阅读成就思想……

Read to Achieve

爆笑吧!上古诸神来了

一方山海中的神话故事

爱讲神话的小志　著

中国人民大学出版社
·北京·

图书在版编目（CIP）数据

爆笑吧！上古诸神来了：一方山海中的神话故事 /
爱讲神话的小志著. -- 北京：中国人民大学出版社，
2023.3

ISBN 978-7-300-31433-4

I. ①爆…　II. ①爱…　III. ①神话—作品集—中国—
古代　IV. ① I276.5

中国国家版本馆 CIP 数据核字（2023）第 020291 号

爆笑吧！上古诸神来了：一方山海中的神话故事
爱讲神话的小志　著
BAOXIAO BA! SHANGGU ZHUSHEN LAILE: YI FANG SHANHAI ZHONG DE SHENHUA GUSHI

出版发行	中国人民大学出版社	
社　址	北京中关村大街 31 号	**邮政编码**　100080
电　话	010–62511242（总编室）	010–62511770（质管部）
	010–82501766（邮购部）	010–62514148（门市部）
	010–62515195（发行公司）	010–62515275（盗版举报）
网　址	http://www.crup.com.cn	
经　销	新华书店	
印　刷	北京联兴盛业印刷股份有限公司	
规　格	170mm×240mm　16 开本	**版　次** 2023 年 3 月第 1 版
印　张	22.5　插页 2	**印　次** 2023 年 3 月第 1 次印刷
字　数	300 000	**定　价** 138.00 元

前言

人间最大的浪漫

在诸位读者阅读这本书之前，我有些话想交代一下，主要还是我对神话的看法。在我看来，神话应该算是文明最源头所保留下来的一种族群式的记忆。在没有书写工具的时代，人们用壁画来记录神话传说，之后口口相传，再后来记录于纸张之上，这个过程中，神话故事本身就有了传奇的色彩和非凡的意义。

回归故事本身，任何故事都有其客观的规律和逻辑，中国的神话也不例外。比如，在中国神话中，我们很少见到一篇"无人出没"的神话故事。在大多数故事里，往往都是主角历尽千般磨难，却还是迎难而上，为生存斗争，最终获得胜利。我想这就是神话从口口相传到成书立传的过程中，想要表达的东西。我们生来弱小，却可以与天地神明相争，唯一能决定我们命运的，只有我们自己。

传奇的色彩，非凡的意义，不同寻常的核心思想，注定了神话是人间最大的浪漫。隔着时间的长河，我们用神话去和先祖对话，去和人类文明的起源对话，去感受在血液中存续了不知多久的抗争精神。我想这样的正能量，也是今天的人们需要的。前言应短，不再赘言，用一句我很喜欢的毛主席的词做结束吧，也算是我个人对神话的理解的总结。

"鹰击长空，鱼翔浅底，万类霜天竞自由！"

上篇

西王母

赤水女献

祝融

共工

巫支祁

中篇

神农

夷木

祸疫

下篇

东皇太一

委蛇

后土

上篇

爆笑吧！上古诸神来了：一方山海中的神话故事

篇

上篇

西王母的女神养成记

暴躁女神的青葱岁月

"昆仑凝想最高峰，王母来乘五色龙。"我非常喜欢曹唐的这句诗，一句话就把西王母的霸道和孤傲展现得淋漓尽致。这句诗描写的西王母出自《后汉书》。

其实，真实的西王母形象是被世人靠着各种小道消息，再加上自己的一点想象给扭曲了的。传说，西王母其实就是一个神力惊人、性格单纯、脾气有点暴躁的女神。

最早记载西王母的典籍就是《山海经》了。根据《山海经》里的描述，西王母的样子是多变的。有时候，人们见到的西王母"其状如人，豹尾虎齿而善啸，蓬发戴胜"；有时候，人们见到的西王母"羽衣飘飘，束发缠腰，容颜甚美，顶簪戴胜"。一个是凶神恶煞的兽形，一个是美貌清冷的人形，这两个形象虽然有冲突，但其实也可以看作西王母的一体两面，象征着王母的两大职能。

兽形的西王母代表战争之神，只要是关于战争的事情，都归西王母管辖。甚至有时候，西王母还可以靠神明之间的古老契约，暂时行使其他神明的职权，比如灾祸之神祸疫才能发动的瘟疫，星辰之主帝俊才能施展的流星坠落。当然了，威力肯定比不上原主发动的，毕竟她只是个"代理商"。

人形的西王母象征命运之神，决定着智慧生灵的命运。也就是说，西王母要是看你不爽，想让你今天倒霉，就绝对不会等到明天。

但是，不管西王母是以什么形象出现的，她都会戴着一块美玉——戴胜。乍一看，好像西王母还挺爱臭美的，但其实这块玉佩

的作用有点类似于我们今天的房产证，主要用来证明土地的归属权。

上古时期的大荒世界，每位神明都有自己的领地，比如烛九阴坐拥不周山、钟山等 21 座大山，是因为他脖子间有一块银色的逆鳞，这块鳞片的形状刚好与 21 座大山相互对应；帝俊占据太阳星，因为他头上的王冠镶有一颗与太阳完全一样的宝珠；西王母戴的玉佩也是如此，这块玉佩对应的就是西王母的领地，也就是她诞生的地方——沃野。

西王母

沃野这个地方可是当时的人间天堂，那里物产丰富，风景优美，而且还有很多奇珍异宝，像黄金树、旋丹花等神奇植物随处可见。

西王母诞生之后，沃野就更加繁荣了，因为她有一个很大众的爱好，就是喜欢饲养宠物。她会经常收留一些在外面生活不下去的小动物或神兽。慢慢地，就有很多神奇生物在沃野定居了。《山海经》里的原话是："鸾鸟自歌，凤鸟自舞，爰（yuán）有百兽，相群是处。"可以说，沃野就是上古年间最大的宠物乐园了。

西王母一心扑在小动物身上，简单的生活模式导致她缺乏人生阅历，心思也变得愈发单纯。没过多久，她就遇到了一连串的伤心事。这一连串的伤心事给西王母留下了巨大的心理阴影，导致西王母性情大变。故事要从一种叫讹的神兽说起。

在《山海经》的记录之中，有一种满嘴跑火车的动物叫讹兽。这种动物长得像兔子，擅长欺骗。西王母就曾经招待过一只讹兽。那只讹兽对西王母说："如果你能给我三颗凤卵，我就帮你找到一种有一百种颜色的巨鸟回来。"西王母信以为真，但讹兽拿了凤卵后却一去不返。

很多年以后，这只讹兽又路过沃野，西王母就质问它，为什么这么久都不见它带着百色鸟回来。讹兽就解释说："百色之鸟，非百万年不得一见，这才过去几年啊，还早着呢！"西王母居然相信了，还嘱咐讹兽，"若得，必早归"。这个故事就是"讹说百色鸟"，记载在《左传》之中。这让人不禁好奇，西王母这个级别的智商是怎么支撑她成长起来的呢？

如果你以为随着时间的推移，西王母就能增长阅历，一朝顿悟，不再上当了，那你就太天真了。事实证明，一个人是完全可以掉进同一个坑里两次的，同一种骗术也完全可以在一个神明身上连用两次。

时光悠悠，距上一次西王母被骗已经有一段日子了，这期间，越来越多的部落进入沃野定居。为了抢占有限的资源，这些新来的居民们开始了大规模的械斗，其中一个头脑灵活的部落为了找到足够粗的大腿抱一抱，就把主意打到了西王母身上。几番接触之后，西王母就暴露了自己清冷高贵外表下的那颗单纯质朴的心。于是，这个部落的首领在西王母面前慷慨激昂地演讲了一番，说自己胸怀平息混乱局面的崇高理想，发动战争也是为了沃野的和平与统一，连哄带骗，终于成功忽悠了西王母。

这个部落靠着西王母的帮助，才几年光景，就已经朝着统一沃野的最终目标极速前进。但是随着目的即将达成，这个部落开始担心西王母以后会成为别人的助力，俗话说"卧榻之侧，岂容他人鼾睡"。在见识过西王母的神力之后，再加上西王母长期外露的单纯善良的性格，本着"君子可欺之以方"的理念，这个部落竟然胆大包天地想要将西王母排挤出沃野，简直是忘恩负义至极！

各种流言蜚语使西王母伤透了心，她终于醒悟了，知道自己其实一直都在被欺骗、被利用。西王母不希望自己在世人眼中变成一个既可怜又愚蠢的人，于是她将这次被骗归咎于坏人的狡猾、奸诈以及人品的低劣。

当夜，西王母匆匆离去，之后没多久，就有流星从这个部落上空坠落，随后大地震动，整个部落伴着可怕的天灾被彻底掩埋。虽然没有直接的证据，但是我们有理由相信，这件事就是西王母干的。可怜这个部落连个名字都没留下，只是在古籍之中被一笔带过，"奉王母，不敬而亡"。

自此之后，从谎言中走出的西王母不再是一副单纯善良、乐于助人的样子了，她变得警惕敏感，脾气暴躁，一言不合就大打出手，或直接运用神力惩罚冒犯自己的人。正因如此，西王母的暴躁之名开始名震大荒大陆。其实，西王母依旧是单纯的，之所以暴躁，也不过是为了保护自己、拒绝伤害而已。

就这样过了很多年，顶着暴躁女神名头的西王母终于又遇到了一个部落，还与之达成了全新的战略合作关系。

沃民国的发家史

世界之大，无奇不有。在大荒时期，有一个国家，堪称奇葩中的奇葩。在记载中，它是这样的："昆仑西南，有不死国，其民

寡，享无疆之寿。"这个国家就是西王母的不死仙国。据说，这个国家的国民靠着西王母炼制的不死药，个个都成了老妖怪，街边的一个童子可能都是岁过万年。该国城中金柱玉梁，光彩耀眼，气势辉煌，引得万国来朝。如此高端的国家，不敢说是大荒之中的第一国吧，排进十大发达部落大概是没什么问题的。那么，这样一个仙国是如何建立起来的呢？答案出乎意料的简单，拍马屁就行了。

最开始，沃民国不过是一个小部落，不仅地处偏远，而且实力弱小。就说该国国民的身高吧，在平均身高大概两米左右的大荒，沃民国国民的身高居然还不到一米四，典籍中甚至用"其国民身形甚矮，男子者身高五尺，女子者身高四尺余，远观难辨"这样的话来形容他们的身高。就是说，这里的国民长得太矮了，离得稍微远一点都不知道看到的是什么东西。

这个小部落最早就是靠着取悦神明来生存的。当然，那时它还不叫沃民国，而是叫齿族，专门供奉一位叫齿的小神。这位神明大家可能不太熟悉。古人习惯把那些既稀少又有点超凡能力的东西叫神明，还专门用"事出反常，非妖必异"这句话来解释。齿族供奉的小神，学名应该叫蟄龙，蛇属，擅长挖洞，沃民国就是靠着这条怪蛇建成了庞大的地下宫殿。

为了让蟄龙安心帮助他们，齿族的人几乎每天都在辛勤地劳动，收集一切可以食用的东西用来供奉蟄龙。在自己的部落食物不足的时候，甚至会把族人当作祭品献给蟄龙。日子久了，他们也就习惯了这种依附强者生存的状态。

可惜好景不长。蟄龙本身就有些愚蠢，没多久就招惹到了当时大荒地下世界中最强的生物——地龙。所谓地龙，其实就是放大版的蚯蚓。在我们印象里，蚯蚓也就是自然界的松土匠而已，但是大荒的地龙可是相当恐怖的。地龙体型巨大，近乎长生不死。有传言说，从人间通往幽冥世界的通道就是由一截地龙的骸骨制成的。

但是，就是这么可怕的生物都没能阻止蟄龙的作死之心，它

| 爆笑吧！上古诸神来了：一方山海中的神话故事

经常跑去偷地龙的食物。时间长了，终于惹恼了地龙，地龙把孽龙吃掉了，就连它给齿族修建的地宫也被地龙顺带毁了。没了家园的齿族只好艰难迁徙，寻找新的家园。

在历经险阻之后，齿族来到了沃野，从此就改名为沃民国。按照《古补增遗》的说法，沃民国到达沃野之后，就藏身山中，不问世事。很多年来，他们一直守着两座宝山，小心翼翼地生活着。这两座大山一座叫海山，一座叫壑山，本来是要送给西王母当见面礼的。

海山就是一整块巨大的贵重金属。它的山体是由黄金堆积而成的，山脊则由白银铺就，半山腰还长着青铜树——不是三星堆出土的那种，而是真真正正青铜材质的大树。在这座山上，所有的动物都是黄铜构成的，他们吃的是青铜的树叶，喝的是白银化成的泉水。

壑山则是另一番神奇光景。壑山中的土石都是五颜六色的，远看万紫千红，走到近处才发现那些五颜六色的石头竟然是各色珍奇宝石。这些宝石每天吸收日月精华，时间长了，还会在日落月升之际大放光芒，这种光芒甚至能传出数里远。

但是，这个身材矮小的种族有一颗贪财的心，就和守护财宝的地精一样，沃民国不愿意这么轻易就交出已经到手的宝山。再加上沃野还算和平，沃民国干脆就把宝山留了下来，虽然他们也不知道这座山有什么实际用途。

日子一天天过去了，越来越多的部落在沃野定居下来。因为人满为患，人们开始互相争夺资源，部落之间也频繁发生争斗。之前以为躲在深山老林里就能避世而居的沃民国也迎来了强大的对手。

据《诸国本纪》记载，沃民国有三大强敌，分别是黑林国、比居国和有源部落，这三大部落可谓各有千秋。硬实力最强的黑林国全民皆兵，最擅长打仗，国内凡是身高超过一尺的国民几乎都能开弓射箭。有源部落则充满神秘，最擅长巫蛊之术，经常和周围的部落发生冲突，一言不合就用巫术屠城灭国，凶残可怖，

毫无人性。比居国实力最差，但是他们特别擅长交友，可谓外交强国，盟友无数。这三大部落唯一的共通之处，可能就是都能不费吹灰之力地灭掉沃民国。

生存的压力唤醒了沃民国那颗讨好西王母的心，沃民国的国君下定决心要把两座宝山献给西王母，以求得到她的庇护。为了保证成功，沃民国君出发前，还特意详细了解了西王母的喜好。

见到西王母后，沃民国君每天都专心侍奉西王母，无微不至，可以说是事事有回响。《南山经补遗》中说，西王母喜欢喝露水解渴，但是采集露水非常麻烦，西王母也只是偶尔享用。沃民国君为了讨好西王母，每天早晨亲自采集露水，还制定了严格的标准，只取用正在盛开的鲜花花瓣上的第一滴露水。他往往会采尽方圆百里的花田，所采花露不仅可以供西王母饮用，甚至连她洗脸沐浴都足够了。如此诚意，足以让所有爱拍马屁的人汗颜。

最终，西王母还是决定给沃民国君一个展示诚意的机会，沃民国君当下就拿出了一卷画着海山和墼山的羊皮卷。西王母看了一眼，就被深深地吸引住了。海山和墼山这两座大山神异非凡，又交相辉映，堪称完美。对美丽事物毫无抵抗力的西王母，当下就抓着沃民国君要去接收"自己的"两座宝山。至于三大部落，西王母早就给它们安排好了结局。

西王母的宅居生活

所谓交易，就是将等价的东西进行交换的行为。其实，除了商品买卖之外，可以被称为交易的行为还有很多，比如拜师学艺，求医问药，以及沃民国供奉西王母。沃民国君将自己国家的财富交给西王母，西王母则为沃民国提供军事保护，这应该算是一个赤裸但并不肮脏的交易。

当然，作为交易的首要条件，交易物肯定是要等值的。沃民国的两座宝山已经不是珍贵二字可以形容的了，单说海山上活着的金属异兽，墼山上取之不尽的五色宝石，就已经举世无双了。西王母的庇护真的值这个价吗？答案是肯定的。南朝一位叫皂葛的人在一篇增补《山海经》内容的散记里写过一篇文章，大致讲述了沃民国称霸沃野又迅速衰亡的历程。其中，西王母出现的地方虽然只有三处，但是基本都在最关键的节点上，甚至可以说是西王母左右了沃野的发展史。

上古时期，人们缺乏礼教，尚未开化，两国交战，既不会下达战书，也不会走什么前置流程，往往是一言不合，立马开打。而西王母的第一次出手，就是沃民国的首次对外战争，当时的黑林国、比居国和有源部落为了占据沃民国的两座宝山，结成了联盟，准备合伙让沃民国在沃野大地上消失。

三大部落的动向一直都是沃民国的关注重点，在三大部落结成同盟的第一时间，沃民国老国君就展现出了其胆小本色。在《洞冥记》中有"其君胆寒，次日将战，入夜而亡"这么一段描述，就是说沃民国国君胆子太小，看着三大部落兵强马壮的，实在没勇气打，于是在决战的前一天晚上直接逃命去了。

可以想象，老国君跑了，必然会带来一系列问题，轻则士气不振，重则军队哗变，说不定不等三大部落打过来就直接亡国了。可惜，如此令人喜闻乐见的剧情最终还是没有发生，因为老国君还有个儿子。虽然他威信严重不足，而且国内大部分人都已经坐等亡国了，但他仍匆忙登基，拉起一支人马，准备直接在野外和百倍于自己的敌人正面对抗。

决战当天，沃民国的军队身不着甲，手不持兵，完全一副早死早超生的状态。即便面对如此惨淡的情形，作为一位有着契约精神的神明，西王母依然帮助沃民国取得了胜利。

交战当天，天空突然乌云骤起，狂风大作，无数块陨石落向大地，三大部落的大本营和军队瞬间覆灭。紧接着，天上落下雨水，大地崩裂，北风吹动黄土，地上的尸体和城池的废墟也随之卷入大地的裂缝中，血迹也被雨水彻底冲入地下。不到一刻钟，三大部落被无上的神力从地上抹去，仿佛从来不曾存在于这个世界。而沃民国虽然近在咫尺，却没有受到一点波及。

天气变幻和西王母有什么关系呢？据《西域诸国随笔》记载，

曾经有一个叫惊夜的小国，这个小国国君因为对西王母多有不敬，结果该国一夜之间先是遭到陨石轰击，紧接着就遭遇了一场巨大的沙尘暴，从此惊夜国就永远沉入无尽黄沙之下。所以，虽然没有直接的证据，但是我们有理由猜测，西王母就是沃野的终结者。

沃民国新国君和老国君的个性完全不同，新国君野心勃勃，不安于现状。自从西王母出手解了沃民国的亡国之危后，新国君就不满足于钱货两清的买卖关系了，他更想和西王母成为长久的战略合作伙伴。

可是将海山和螯山送出去之后，沃民国已经没什么拿得出手的宝贝了。但是，皇天不负有心人，新国君不仅有野心，更有智商，他想出了一个绝佳的办法。这个办法，在今天叫作分期付款。新国君向西王母许诺，只要西王母愿意帮沃民国称霸沃野，他就穷极整个沃野的珍宝来为西王母修一座神宫。

可能是因为第一次交易还算愉快，提升了沃民国的整体信用指数，西王母几乎没怎么考虑就答应了。但是西王母第二次出手，就和第一次完全不同了。如果说第一次是干脆利落地化解了沃民国的亡国之危，那第二次就是从根本上提高了沃民国的国力。

两晋时一个叫魏符的人曾记录，"沃民国中，皆善战之士，凡将领，皆有百胜之能"。看起来好像和入夜而亡的沃民国传统有所不符，但究其根本，这还是得益于西王母的作为。西王母在海山和螯山上炼制神药，将神药投入沃民国的水源之中，其国民喝了这种水，生下的后代不但身强体壮，而且聪明过人。

就是靠着这种神药，沃民国才从根本上变得日益强大。可以想象，虽然沃民国的国民个个身高只有一米四，但是一上了战场，就会变得力大无穷，嗜血残暴。在那个时代，面对这样的对手，实在是一件令人绝望的事情。

自此以后，沃民国人口日益增多，人才辈出，仅靠国力就已经在沃野称霸一方了，更别说，每逢战事还有西王母在沃民国身后出谋划策，甚至是帮助作弊。如此一来，没多久，大半个沃野就落入了沃民国的掌控之中。按照《山海经》的说法，从此以后，沃民国人吃的是凤凰蛋，喝的是甘露水，平时还要定期观看鸾鸟跳舞，简直是奢靡无度，令人羡慕。

完成了自己预定目标的新国君也果断履行契约，发动无数奴隶为西王母修建了一座神宫。传说，西王母的神宫就修建在海山和鹥山之间。从远处看去，神宫通透晶莹，就像一整块巨大的宝石；到了近处又会发现，神宫被能工巧匠刻满了各种花纹，随着日升月落，折射出五彩神光。眼看着神宫一点点建起来，西王母的青葱岁月也随之而去，她每日宅居在自己那座集精致和壮丽于一身的宫殿中，不再理会外界的纷纷扰扰，直到沃民国第三次历史转折点到来。

不知什么原因，西王母和两座宝山突然消失了，这真是一个悲伤的故事。随着西王母的离去，在沃野树敌众多的沃民国消亡了，沃野又重新回到了万族争霸的混乱局面。

西王母的辛酸搬家史

拆迁大队长水神共工

"窃钩者诛，窃国者侯"这句话其实一点道理都没有，不是因为窃国而成诸侯，而是能成诸侯者方敢行窃国之举。通俗点说就是，不是因为干了厉害的事情所以成为厉害的人，而是只有厉害的人才敢去做厉害的事情。在《山海经》中有一位牛人，他的人生可以总结为八个字——凡我眼中，皆可拆迁。没错，他就是共工。

共工之所以被称为大荒暴力拆迁大队长，是有原因的。这个大家还算熟悉的神明被世人尊崇为水神，但这个称号其实有点水，因为共工既不会水系法术，也不能凭空降雨。他之所以被称为水神，是因为他擅长治理水患。这位不走寻常路的水神，其治水方式更是奇特。

共工治水的基本流程如下：找一座大山，直接搬起来，然后背着大山，回到洪水暴发的江河旁，把大山直接投入河中，用山石堵住河水，使河水改道。如此奇特的治水思路，估计也只有共工能想出来。于是，他基本上每天都在找大山，搬回去，然后再扔到河里，无休无止。

拥有如此强健体魄的共工，其破坏环境的程度也是远超寻常人的。据《山海经》记载，共工居住在一个叫共工台的地方，据说这里本来群山环绕，可是后来共工硬生生地将方圆千里之内的大山全部搬走了。

共工搬山的时候，都是拖动大山而行。大荒之中，高山无数，虽然共工搬动的都是无人管辖的野山，但是在拖动大山的过程中，经常对地表造成不可修复的损伤。如果那个时候就有环境监测部门，恐怕光是制造噪音和破坏生态两项罪名就能把共工罚得倾家荡产。

虽然共工脾气憨直，性格冲动，头脑简单，四肢发达，但是总体来说，他还是个好神明，因为他庇护人族，兴修水利。渐渐地，这里的人们就组建起了一个以共工为名的部落。从那以后，共工的责任感更强了。在他的想法中，既然共工部落如此信任自己，那就更应该治理水患保护大家。后来，共工部落成了一个巨型部落，占地辽阔，族人极多。《说神》一书中记载，"共工治水为功，而利四方之民，拥护者众"。

但是人多了，也有麻烦。随着共工部落的壮大，涉足的地域越来越广阔，共工原来的治水方法效率就有些跟不上了。水患频发的共工台需要一种能够快速大范围治水的可行性方案，因为共工分身乏术，根本无法照顾到所有族人。

共工作为一个暴力拆迁成瘾的神明，如果让他去策划一套全新的治水方案，显然是有些为难他了。但是共工也有自己的办法，他找到了自己母亲（玄冥）的朋友——群山之主后土，来为自己分忧解难。果然，后土很快就想到了解决的办法，就是仿制共工母亲玄冥的一件神器——乌石盘。

乌石盘功能强大，是玄冥创造冥界的重要工具，可以随意改动山川河流的走势。后土制作的仿制品虽然比不上原版，但是挪动几座大山显然不成问题。只是仿制的乌石盘有两种限制：第一是只能挪动山石，第二是不能搬动已经诞生了山神的高山。这两种限制在共工看来并不算什么大问题，大荒之中没主的大山多得是，用来治水绰绰有余。有了神器的共工更加肆无忌惮了，靠着乌石盘成为大荒暴力拆迁第一人，没有任何竞争对手。

之所以如此，是因为后土炼制的乌石盘威力强大，上面有专门为共工绘制的群山图，记录了大荒中每一座大山的信息。共工只要轻轻挪动图上面的石子，就能将大山来回挪动，省心省力。高效工作之中，共工是高兴了，可大荒世界的其他人却倒了大霉。

粗枝大叶的共工根本不考虑挪动大山时产生的影响。原来共工人力搬山的时候，虽然动静也挺大，但是毕竟频率极低，影响范围也很小，自从使用了乌石盘这件神器之后，大荒之中无主的大山都有可能被随时移动。你想象一下，你正坐在山上吃着火锅唱着歌，悠然自得，突然就被一座大山迎面撞上，那该是一种什么样的体验。

更何况，这种事情可不是一两个人遇到的。据《考古集》记载，共工搬动天下群山，致使民怨沸腾，就有人去玄冥那里告状说："汝子大逆，易群山而威天下，利一方而残万民。"就是说，你儿子太蛮横了，每天搬山吓得全天下的生灵不安生，虽然造福一方，可是除了当地人，全天下的人都遭罪了。玄冥没办法，只能让共工夜晚搬山，白日休息，尽量不给其他人的正常生活造成影响，这才稍微平息了众怒。

可是夜里搬山有个坏处，那就是共工作息日夜颠倒，办事情就更马虎了。本来他还会考察一下那座大山是不是有神明占领，现在完全不管不顾了，只要是他看上的大山，就没有不动手的。很快，共工鲁莽的拆迁工作就给他带来了天大的麻烦，在修建水利工程的施工作业中，他把西王母的两座宝山给挪走了，就是那两座号称沃野奇珍的海山和鏊山。

海山和鏊山诞生的年份很晚，还没来得及诞生山神，而随着西王母的入住，海山和鏊山就被默认为西王母的领地，因此，后土也没有派驻山神。海山和鏊山名义上被西王母占据着，本质上却是无主之山。在粗线条的共工眼里，只有能治水的山才是好山，管你什么仙府奇珍，绝世宝山，在他的治水大业面前，统统都是堵水眼的料。于是，在某个月黑风高的夜里，共工终于对这两座宝山下手了。

西王母一觉醒来，发现自己心爱的宝山不翼而飞了，自然是暴跳如雷。《昆仑寻仙志》中说："西王母怒，而沃野不安，百兽伏地，群鸟不飞，风雷阵阵，诸异象皆大不祥也。"就是说，西王母的家丢了，她非常生气，小动物们连大气都不敢喘，整个沃野的空气都是紧张的。

更可怕的是，共工见到这两座宝山之后，虽然觉得它们和自己平时见到的山不一样，但还是把它们投入河中，完全没有意识到自己犯了错。

随着共工搬山治水工程的不断展开，共工正式进入了自己事业的上升期。暴力拆迁大队长的大名响彻整个大荒的同时，也为西王母指明了偷山贼的下落。西王母一路朝着共工台进发，而沃民国什么的统统都被抛在了脑后。西王母此时唯一的想法，就是要让共工领教一下自己的怒气。

黑心大叔火神祝融

既然已经有了一个不会御水的水神共工，那么再多一个不会玩火的火神祝融似乎也不是什么令人诧异的事情。与单纯耿直、满身肌肉的共工相比，火神祝融则完全是另一种性格。

祝融很早就开始与人族接触，并且享受着人类的供奉，在与人类交往的过程中学会了狡诈和计谋，渐渐变得腹黑起来。虽然外表看上去他依旧是那个脾气暴躁、性烈如火的神明，但是他内心却完全是一个腹黑大叔，做事隐忍，不择手段，堪称大荒北部第一黑心神。

没人知道祝融是何时出生的，根据最早有关祝融的记录，人们只知道他住在东出射水千里——一个到处都是火山的地方。传说中，祝融肤色赤红，发色如血，身材干瘦，形如中年男子，手提枪杖。

祝融长相虽说不是那种帅气男神的类型，却另有一种威严硬汉的感觉。如果非要对应一下，那共工更像施瓦辛格扮演的终结者，祝融则是安东尼·奎恩饰演的桑提亚哥，都能带给人充足的安全感。

不过，神明毕竟不是靠颜值吃饭的，他们通常都有拿得出手的专业技能。祝融也不例外，他的技能就是能够灭火，火神的称号也由此而来。其实，相比共工，祝融才更配得上水神这个称号，因为他可以行云布雨，还能跳入火山之中，将其中的热量吸尽，使火山进入休眠状态。对于当地的各大部落来说，这样的技能是救星一样的存在，因此祝融刚刚降生没多久，周围大大小小的部落都争相前来供奉，互相之间还立下盟约，组建联盟，自称司火之部。

因为祝融一开始就与人类生活在一起，性情也就更加像人，可惜人是不能娇生惯养的，神明也一样。供奉祝融的部落为了讨他欢心，曲意逢迎，多有吹捧，渐渐养成了祝融好大喜功的个性。他脾气暴躁，说一不二，却偏偏喜欢打造好名声。腹黑的个性，加上擅长经营的头脑，让祝融比大多数神明都更懂得如何权衡利弊。为了收获更多的追随者，也为了让自己更加出名，他经常高调张扬地做一些帮助人族的善举来提高自己的声望。

大荒之中，凡环境险恶之处，必有大凶大恶之兽，祝融所在的地方也不例外。在当地的火山中有一种叫祸斗的凶兽，这种凶兽吃的是硫黄，喝的是岩浆，拉出来的是炽热的火炭。它们成群结队，在周围喷吐火焰，放火烧山，搞得民不聊生。但是还没等这些部落前来向祝融求助，他就主动出手了。祝融不畏惧火焰，还能在一定程度上控制水流，当然能轻而易举地解决问题。随后，他还让这些部落的首领去外面宣传，只要有祸斗出没，祝融都可以前去收服。这一举动不仅获得了各部落首领的感激，还收获了其他被祸斗侵扰的部落的追随。但是，这件事其实从头到尾就是一场阴谋。

祸斗本就是祝融的宠物。据《诸神方考》记载，"东有祝融之神，善御祸斗，能吐流火"。说到这里，不得不说祝融这个导演当得真好，一出好戏，硬是没有一个人看出破绽来。

但是，就是这么腹黑的阴谋家，却在共工手下吃了大亏，也导致他和共工结下了不共戴天之仇。

神明也是有单身的，但不是所有的神明都是单身的，远的有帝俊一家几十口，近的也有祝融夫妻。祝融的老婆名字叫天女，两口子恩恩爱爱没多久，天女就怀孕了。这对祝融来说是件大事，因为神明生子是很困难的，凭的是运气和技术。祝融自火山之中诞生，他的基因决定了他的子嗣一定是喜热避阴的。考虑到这一点，为了能让天女更加顺利地生产，祝融专门找了一座巨大的火山，在它的正上方修建了一座宫殿。有了火山的支持，这座宫殿之中永明不暗，因此取名光明宫。

有了这座宫殿做待产房，天女果然是无灾无病，孕期过得相当顺利。可是祝融正高兴呢，祸端却从千里之外飞来，罪魁祸首就是共工。共工治水是用山石堵住洪水，继而更改河道，但是河道会被改在什么位置，就完全没谱了。这次河道偏偏从光明宫正下方流过，火山直接就被无穷无尽的河水给浇灭了。后世有记载说，"共工治水，水易流而没光明宫"。光明宫都被淹了，天女自然也受到了影响。

此时，天女产期将近，光明宫中却变得潮湿寒冷，结果天女不出意外地难产了。历经磨难之后，祝融的儿子长琴虽然顺利出生，可是天女却落下了病根，没几年就去世了。祝融万分悲痛，把所有的过错都归咎于共工，从此开始了漫长的报复生涯。

祝融在大荒之中营造出来的形象都是高大上的，不仅凡人，就连很多神明都很信服他。因此，只要一有机会，祝融必然要使劲抹黑共工，他要在找到一击必杀的机会前，先毁了共工的名声。只有把共工连同他治水的功绩一同钉死在耻辱柱上，才能平息祝融心中的仇恨。

等了好多年，久到祝融都懒得计算时间了，终于让他等到了一个机会，那就是西王母的大本营被人偷了。和共工做了十几万年的邻居，祝融特别清楚，这件事就是共工干的。往常，共工得罪的都是些不出名的神兽乃至凡人，这回可不一样了，西王母可是上古的顶级大神，要是能够挑唆她向共工发难，说不定就能一举消灭共工。

但是，祝融并不认识西王母，如何才能让西王母相信自己的挑唆呢？对一个顶级导演来说，这根本不是问题。他熟知共工的个性，憨直的共工面对怒火冲天的西王母，必然有一场好戏，他可以慢慢看。

钢铁直男共工的完美沟通技巧

不记得是哪位哲人说的，解决纷争的最好方式是沟通，而最有效率的沟通则是当面交谈。我猜，在那位哲人生活的年代里，应该没有像共工这么耿直的人，否则说这句话的前辈也许就不会这么想了。这位钢铁直男真的是四处给自己树敌。

共工是一位头脑简单、四肢发达的神明。若是把共工的头脑简单归咎于傻，显然是不正确的，共工的头脑简单更多的还是体现在情商上。对共工而言，除了治理洪水之外，别的事情都不值得他关注。因此，在待人接物上，共工有很多欠妥当的地方，比如缺乏礼数、言谈粗鲁等。再加上他脾气本来就有些暴烈，性格也很急躁，就更容易被别人误会。

就拿共工早年的一件事情来举例吧。当时大荒之中有一位叫河伯的神明，号称天下水脉之主。河伯虽然和共工的母亲玄冥交情一般，可是和后土的感情却异常深厚。共工那时候听说河伯神力惊人，掌管大荒所有河流，就通过后土的介绍，专门前去拜访河伯，想从河伯那里寻求一种治水的方法。按照正常的做法，既然是求人办事，最起码也应该准备些礼物，提前预约，并且语气尽量委婉一些，可共工的做法却和正常神明完全不同。

典籍中是这样记载的："西南之神共工，青面蓝发，脚踏二龙，直视河伯，声如雷震，斥其无治水之能。"就是说，西南方有个叫共工的神明，脚踩着两条龙，眼睛直勾勾地看着河伯，大声呵斥他，说他是个没有能力的人，不配成为大荒诸水之主。共工这种求人办事的方法简直让人大跌眼镜。这就好比一位职员想升职，给自己的领导写了一封信，但信里一没说明自己的能力特长，二没有交代自己对公司的规划设想，反而一上来就疯狂地羞辱领导。

这件事情让河伯震怒不已，要不是后来河伯看在后土亲自调停的面子上，共工恐怕就要"出师未捷身先死了"。你以为这就是共工情商低的直接表现吗？事实上，这种事对于共工来说根本不算什么。最值得同情的是玄冥，怪不得玄冥早早就去创立冥界，隐居不出，十有八九都是为了让共工有独立成长的机会。当然，也可能她就是不想天天给共工收拾烂摊子。

低情商的共工不仅会在职场中吃各种亏，就连在情场上也是万般不如意。想象一下，一副中年大叔形象的祝融都能组建起一个美满的家庭，而共工却生生单身了好几十万年。虽说这是因为共工自己并不在意感情生活，但最根本的原因恐怕还是共工太耿直了，根本没有异性敢靠近。

自从西王母的大山被偷走之后，西王母就离开沃野，一路向北，早就打听清楚罪魁祸首是谁了。她路遇祝融，听到了很多关于共工的负面消息。祝融作为一代大导演，太清楚如何让一个暴怒的人相信自己了。他把自己的事情一五一十全讲给了西王母，又添油加醋说了一些别的事情。真情流露之下，西王母确实是有三分相信他的，还没见面就对共工有了很不好的印象。为了亲自验证一下，她还是决定先独自去找寻共工。

当西王母怒气冲冲找到共工时，共工正独自一人站在万丈孤峰上观察水脉，欣赏自己的治水成果。看见西王母来了，共工压根就没意识到，西王母是来找自己的。一直等到西王母质问共工，为什么要盗走自己的宝山时，共工还是一脸无辜。

西王母只能继续问共工，金玉之山去哪儿了。共工一指山下汹涌澎湃的河水，笑着说："治河以安民，吾之乐也，汝以为然否？"西王母听到这个回答，差点连肺都气炸了，心想你拿着我的山往河里扔，扔完居然还敢问我是否也感受到了同样的快乐。眼看着自己的宝山彻底完了，西王母也没有心情讲道理了。这种情况下，西王母奉行的就是暴力可以解决一切问题的准则。

遗憾的是，西王母是战争之神，不是单挑之神。共工虽不是以战斗力出名的神明，但是好歹占着个力大无穷的名头，西王母和共工越打越憋屈，火气也越来越大。

共工和西王母的大战，惊动了在远处悄悄观察谈判现场的祝融，祝融一看两人火气越来越旺，心里别提有多高兴了。为了博得西王母的好感，祝融当即就加入了战斗，对于此时此景，古人是这样描述的，"沃野王母，射水共工，怒而相争，千里之水逆流，山石俱碎，草木不生，惊百兽而径走"。

但遗憾的是，这场战斗到底还是没能打出个结果来，因为共工的老娘玄冥出手相助了。虽然这个儿子让她很不省心，但好歹也是亲生的，怎么可能让外人欺负了！祝融和共工实力相当，但西王母和玄冥却同样是上古巨神，严格说起来，西王母并不惧怕玄冥，于是经过一番沟通之后，西王母和玄冥约战，定下了规则。

西王母与玄冥不能直接出手参与战斗，只能从旁协助，真正的决战只能由共工和祝融来进行。

一场大战在所难免，共工倒是无所谓，可祝融却非常激动，他多少年等待的就是这样一个复仇的机会。他已经给共工准备了一揽子计划，这次他一定要报仇雪恨。

四方诸神的首次混战

风伯的惊人破坏力

接下来即将登场的神明叫作风伯，他能力强大，也参与了祝融和共工的第一次大战。

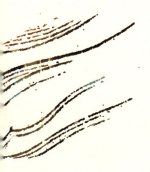

在大荒诸多大神之中，风伯也许不是最强的，但一定是最神秘的。风伯是天下一切气体的主宰，但是人们更愿意尊称风伯为风神。主要原因在于，风伯手捧一团罡（gāng）风，整个大荒的风都是从这团罡风演变而来的。每天都会有几缕风自罡风之中脱离，再从九天之上落入大荒，慢慢被空气稀释后，就变成了各种风象。有的变成飓风狂飙，有的则变作微风拂面。可以说，它们虽然同源，却又变化万千。

风伯这个级别的神，在大荒之中备受关注，却很少有人见过他的真面目。根据记载，他相貌奇特，鹿一样的身体上面布满了豹子一样的花纹，头像孔雀，还长着峥嵘古怪的犄角，身后拖着一条又细又长的蛇尾。平时没事的时候，风伯就在九天之上的云层里闭目静坐，但风伯居家是为了事业。

说风伯是为了事业才安居家中，绝不是信口开河。《四象神》中说，风伯能顺风聆音，可知天下事。就是说，风伯可以监听大荒中任何一个人的任何一句话，这种能力真的是太可怕了，其他人完全没有个人隐私可言。更要命的是，风伯本身心眼儿特别小，很记仇，又护短，最听不得别人说自己和自己朋友的坏话。谁要是一不小心犯了风伯的忌讳，那可就惨了，因为风伯会第一时间化身为一位谢顶老者，让他深刻认识一下自己的错误，具体案例可以参照《戏语东周》中的一个小故事。

故事说，"北地之人，多不敬鬼神者，姜姓人尤甚，常言鬼神难堪。路遇老者，面黄发稀，赤身露体，腰缠一袋，闻其言语不敬，鼓袋生风，顷刻姜姓人远至西极二十四万里"。这个故事讲的是，北方人大多对鬼神没什么敬意，尤其是有个姓姜的人，天天都辱骂鬼神。终于有一天，这个家伙在路上遇见了一个脸色枯黄、头发稀疏、身体赤裸，腰间还缠着条麻袋的老人，这个老人就是风伯的人形形象。相遇的时候，这个小伙子可能正在拿鬼神找乐子，却没想到，风伯把麻袋张开，一股狂风就从袋子里吹出来，一瞬间就把这个他吹到了二十四万里之外的西极之地。这个故事告诉我们，谨言慎行才是长久的生存之道。

不过，风伯也确实是够小心眼的。正常来说，大荒神明很少去和凡人计较什么，唯独风伯，那是睚眦必报，稍微有点不顺心，就会用风袋去惩戒那些对自己不敬的人。

风伯手中的风袋可算得上一件了不起的神器，正面张开，就能放出无穷狂风；反面张开，则可以收纳天下一切气体。更人性化的地方在于，无论是吸力还是风力，他都可以手动调节，细致入微。风力最小的时候，可以用来吹吹凉风，消消暑气；风力最大的时候，天地变色，山河碎裂。

如此强力的神明，自然会有很多人上赶着交朋友。可是真正能入风伯眼的也就两个：一个是西王母，一个是烛九阴。这三位神明互为挚友，原因很简单，就是他们有一个共同的特点，那就是都有兽形的原身。这个共同点让他们拥有共同的语言，再加上互相之间兴趣相投，都是那种脾性有点古怪的神明，所以三个人自然而然地成了亲密的伙伴。

这一次，西王母的宝山被偷，还被共工不知悔改的态度刺激，可以说，心里的怒火已经完全转化成了恨意。加上祝融的挑唆，现在的西王母对共工，真的是恨不能寝其皮，食其肉。但是因为她和玄冥有约定，所以错过了直接出手的机会。没办法，西王母就只能找队友对付共工了，毕竟当初约定的时候又没说过不能请外援。

西王母把自己的那块玉当作信物交给了祝融，让祝融去请风伯出手。祝融没有腾空飞行的神力，西王母还专门把自己饲养的两条黄龙送给了祝融。有了西王母的信物，风伯很好说话，他本来就是个护短的神明。听说有人得罪了西王母，他立马拿上自己的风袋，让祝融先去答复西王母，自己则准备单枪匹马去找找共工的晦气。

这时候，共工其实还没反应过来，不知道到底发生了什么。在他朴实无华的大脑里，他和西王母的矛盾大概就相当在路上不小心和人撞了一下。总之，他根本没有认识到问题的严重性，因此，当风伯找上门来的时候，猝不及防的共工就吃了大亏。

据目击者说，当天，风伯从天而降，御风而立，衣袍飘飞，脑袋半秃。在半空中，风伯一手执风袋，一手捉袋口，就有无穷无尽的罡风从风袋之中倾泻而出，落向大地。罡风好像无数快刀一样，把整个共工部落给剁了一遍，其风密，所过之处，未见有无伤之人。

共工当然不会坐视不理，可是风伯的飞行速度实在太快了，共工又是个彻头彻尾的陆军，根本不具备制空能力。他只能眼睁睁地看着大搞破坏的风伯从容离去，只留下被摧残得支离破碎的共工部落。更要命的是，风伯不是心血来潮，他一早就做好了打算，隔几天就来这么一下。他要让共工知道，自己的朋友可不是那么好得罪的。

共工可就惨了，他拿风伯是一点办法都没有，只能眼看着风伯在自己的地盘上来去自如。玄冥还要在冥界主持工作，他只好向后土寻求帮助，希望能获得解决办法。

共工和祸疫的怒火

众所周知，起床气不仅无药可救，更是有着发作时间随机、破坏力不同的强大特性。比如，蚂蚁的起床气那就完全不值一提，但如果一位神明有起床气，那后果就完全不同了。

上古时候，一位安心沉睡的神明被祝融和共工决战的巨大动静吵醒，起床气发作之下，他展现了自己无与伦比的破坏力，差点就让祝融和共工当场丧命。这位神明就是祸疫，在大荒之中也称得上一位顶级大佬。

在古籍记载中，祸疫长着牛的身体，人的脑袋，头上还有一百只会喷射毒液的毒角，全身颜色五彩斑斓。关于这个形象，说不定和祸疫常年不洗澡有关，因为祸疫特别讨厌水，但是古人可能是为了照顾这位大神的颜面，于是就把他邋里邋遢的形象，说成和祸疫的神职有关。

祸疫其神，执掌五瘟，身有百毒，呼气而瘴气散于万里，吸气而有地震山崩。在后世人看来，祸疫是掌管瘟疫与灾祸的神明。

照理来说，拥有这种神职的祸疫，绝对可以称得上一代凶神。不过，就像武功是不分正邪的一样，神明的神职和神明本身的性格，其实也没有什么必然的联系。虽然祸疫的神职既凶残又暴力，但出乎意料的是，祸疫本身却是个很温柔的神明。

他早年时期就喜欢帮助弱小，经常游走在各大部落之间，为人族和一些弱小的动物治愈疾病，还会帮助那些被自然灾害侵扰的弱小生灵。渐渐地，祸疫的好名声传遍了整个大荒，大家都知道，山北有神，其名祸疫，好与人居，是有德之神。

但是后来发生了一件出乎意料的事，导致祸疫不得不过上了离群索居的生活。这件事对祸疫的打击实在太大了。

那大概是个风不调雨不顺的年份，有一个小部落正在遭受一场大规模的瘟疫。在那个时代，巫医对这种突发状况毫无办法，只能祈求神明的帮助。在巫医的主持下，部落举行了祭祀，向远在千里之外的祸疫寻求援助。

好在祸疫是个热心肠的神明，他纳百毒，接瘟种，平瘴气，灾祸自消。也就是说，祸疫靠着自己百毒不侵的能力，将毒气、瘟疫和瘴气都吸到了自己的身体里。但是祸疫在离开的时候，不小心把自己头上的一根尖角撞掉了，于是世人第一次见识到了这位灾祸之神的可怕能力。

《诸煞神考》中记录，"祸疫治瘟而遗独角，其内有毒，入土而融，遇水生烟，万里之地草木不生，人畜惧其害，皆亡"。就是说，祸疫去帮助别人，结果不小心把自己的一只角撞落在了地上，那只角是剧毒之物，落在地上就化成液体渗透到了土里。从此以后，这个地方每到下雨就会瘴气弥漫，方圆万里的植物都枯死了。人和动物害怕这些东西会伤害到自己，开始纷纷迁徙。

祸疫心地善良之余，其实还有点单纯和自闭。祸疫把这次问题都归在了自己的头上，越想越悲伤，于是他毅然决然地把自己埋入地下，去休眠了。这可不是短时间的自我疗愈，这次休眠完全是一种逃避式的自闭式休眠。也就是从这时候起，在大荒之中，祸疫正式变成了一个传说，大家都是闻其名而不见其人。

随着休眠的时间越来越长，祸疫的孩子气也在日益增加，随之而来的还有起床气。每次被惊醒，他都会感到怒气蓬勃，在他醒来的地方大肆发泄之后，再次选择一块新的休眠之地。而这次祸疫选择休眠的地方，就在距离射水三百里的一处火山和大河交汇的地方。听起来是不是有点耳熟呢？没错，这里正好是共工和祝融决战的地方。

此时，共工被风伯骚扰得不胜其烦，已经为他准备好了一道大菜，就等风伯前来品尝了。共工手中有乌石盘，可以移山治水，自然也就可以将群山分开，让被堵截的洪水倾泻而下。某次，共工趁着风伯又来搞事情，提前把部落中的人迁移到山上，然后把上游堵住河道的大山全部移开，霎时间，千江汇成一股，万水奔腾如龙，洪水像天河一样，向着祝融部落冲去。风伯的风袋虽然厉害，但是面对如此汹涌的洪水，还是有点力不从心，虽然靠着飓风将部分水流带走，可是并没有什么用处，洪水还是冲向了祝融部落。

除了洪水之外，在玄冥的请求下，后土也给了共工新的权限，他允许共工暂时搬动周围的大山。共工得到后土的授权后，除了将一部分大山移到自己部落的附近，作为阻挡风伯的屏障，把剩余的大山全部连根拔起，一股脑甩入了祝融的领地。既然祝融可以袭击平民，那共工自然也要做出相应的表示。风伯的风袋自此便失去了它应有的威慑力。

一场酣畅淋漓的大胜让共工部落士气高涨，但也在历史上留下了共工居淮河之下为水害的记载。一个一辈子治水救人的神明却留下了这样的名声，实在是有点讽刺。

这次大洪水让祝融彻底失去了理智，暴怒之下，祝融第一次拿出了他的神器——光明杖。这根光明杖乃是黄金制成，杖身顶端是火焰枪头，枪头与杖身连接的地方有一个巨大的圆环。按传统的说法，这个圆环正反分阴阳，环中有里外。就是这个圆环，一面朝上就能让火山休眠；反过来，则能在大地上凭空制造出一座爆发的火山。祝融用这件神器在地上引出了无数喷发的火山。火山与洪水接触之后，又纷纷炸裂，一连串动作终于引起了地表的动荡。

祝融和共工仅凭两神之力，就搞得山石俱碎、大地崩裂，洪水顺着裂缝灌入地下，惊醒了正在沉睡的祸疫。祸疫本来就有很严重的起床气，再加上他极其讨厌水，气上加气的怒气，从脚底板直冲天灵盖。于是乎，从地下站起来的祸疫，抖落身上的灰土和污水，张开口鼻，大口呼吸。

随着呼吸，祸疫喷吐出一阵阵毒烟，这些毒烟落在地上就化作了弥漫的瘴气，随着地震蔓延开来，所过之处，就连石头都被腐蚀得坑坑洼洼，场面像极了天灾现场。《历代神仙通鉴》中记载说，"泥沙俱下，山石崩毁，凡睹此景，人畜无活"。至于是谁记录下来这条信息的，那就不得而知了。

共工和祝融虽然不认识祸疫，但是西王母和玄冥对这位灾祸之神却并不陌生。这两位大神非常清楚，如果放任祸疫大搞破坏，怕是共工和祝融都得当场丧命。

西王母就在旁边观战，眼见情况不妙，直接出手救走了祝融。可共工就倒霉了，没办法，玄冥只能亲自出手相救。

拥有毁灭世界能力的女神玄冥

共工和祝融两位神明大战，却引出了破坏力惊人的上古巨神祸疫。祸疫刚一露面，就差点要了共工和祝融的命，要不是西王母和玄冥出手相救，只怕后面的共工怒撞不周山，祝融扼玄水的事情就不会发生了。西王母的能力大家都已经知道了，那玄冥又是什么身份，能从祸疫这样的大神手下救人呢？

想当初，大荒世界天圆地方，外有四海，内有八荒，无数生灵被各种神明创造出来。但是，这些神明在创造生灵时，忘记了一个非常重要的问题，那就是神明们忽略了寿命的限制，结果这些生灵个个都永生不死。他们共同生活在这片大陆之上。随着各种生灵繁衍生息，大荒大陆逐渐显得局促起来。生灵之中，强大的神兽占山为王，画地封疆，弱小的生灵就只好依附于强者，苟延残喘。

神明们虽然也意识到了人口膨胀的问题，却还没有意识到问题的严重性。直到后来，资源愈发不足，无数生灵为了争夺食物和地盘，开始了一场惨烈的混战。在大战中，神兽们发现了自己不会死亡，于是更加肆无忌惮地欺凌弱小，互相争斗，而弱小的野兽则开始尝试反抗神兽们的欺压。反正不会死，拼一拼，说不定还能有个光明的未来。

这下，大荒之中更加混乱了，很多神明都受到了波及。比如，女娲的黄河之中就有两只独脚独眼的巨人每天争斗不休，使本来清澈无比的黄河河道开裂，河水浑浊。女娲都是如此境况，其他的神明就别提了。就在这个时候，一位女神站了出来，她就是玄冥。

玄冥本来是破坏之神，古书有记载说，"北冥有神，其衣色玄，白骨为伞，司天地威仪，掌破灭之能，是大恐怖神"。也就是说，这个女神很危险，拥有毁天灭地的威能。但是就是这样一位女神，却有着自己的理想，她想要结束大荒的混乱局面。因此，她拜访了诸多神明，终于在烛九阴那里，找到了结束混乱的方法。这个方法说来也算简单，就是让生灵有生有死，生者居于阳世，死者退避幽司，大荒的人口压力就能缓解。有了生死之分，大荒众生灵也会生出对生命的敬畏之心。

可是玄冥擅长破坏，却不擅长建造。在大荒之外重新开辟一方世界，对玄冥来说是一件很有难度的事情，好在烛九阴作为大荒的第一智者，给玄冥制订了一个周密的计划。

烛九阴给了玄冥自己胸口的一块逆鳞，并且告诉玄冥，只要拿着这块逆鳞去找伏羲，就能获得创造冥界的方法。就这样，玄冥踏上了寻找伏羲的道路。

玄冥靠着烛九阴和伏羲的帮助，成功地将冥界从无到有搭建了起来。从此以后，玄冥过上了半隐居的生活，正式开始了自己的创业之路。但是玄冥还有一个小小的心愿，她希望自己的独子共工可以见识一下广阔的大荒世界，而不是跟着自己一同生活在一片荒芜的幽冥世界。

于是玄冥便将自己的独子托付给了后土。后土是个热心肠，也确实在尽心尽力地帮助共工。可是没想到，共工的成长之路充分体现了什么叫"只长肌肉，不长脑子"。他治水几万年，得罪的神明有一箩筐，还把沉睡中的祸疫给惊醒了。后土虽然是大地群山之主，可是对祸疫却是一点办法都没有，情急之下，玄冥只好亲自出手了。

据说，这次营救工作其实并不复杂。后土之所以拿祸疫没有办法，是因为祸疫的瘟疫和毒气无形无质，天生不受山石岩土的束缚。而玄冥在建设冥界的数万年时间里，开发出了一种全新的能力，这个能力完全可以克制祸疫。玄冥在看到祸疫追杀共工的情景之后，数万年来第一次离开了幽冥世界，刹那间，整个大荒都不一样了。

据说，玄冥出行，所过之处尽化冥土，身后有十二万六千个阴神相随。不过，面对祸疫，玄冥背后的那些阴神大多都是打酱油的，主要还是看玄冥的本事。玄冥的新能力就是可以划分阴阳，简单来说，就是可以将别人直接拉入幽冥世界。玄冥第一次使用这个能力，就用在了祸疫的身上。

祸疫被玄冥强行拉入幽冥世界之后，等于和共工身处两个世界，共工算是暂时安全了。可是失去目标的祸疫开始变得更加暴躁。这次，他不仅是从口鼻中，就连头上的一百只毒角都开始喷射毒汁。幽冥世界很快被腐蚀出了一个洞，随着时间的推移，越来越深。

　　幽冥之中没有时间的概念，不知道过了多久，祸疫的起床气终于消退了，见到被自己破坏得不像样子的冥界大地，祸疫有点不好意思。其实，祸疫本身除了起床气严重之外，脾气和秉性都还不错。这时候，心怀愧疚的祸疫听到玄冥在为自己的独子求情，就很痛快地表示不再追究了。但是，他也提出了一个要求。

　　这个要求和祸疫的沉睡习惯有关，他希望能在玄冥的幽冥世界之中划出一块小小的地盘，供自己继续沉睡。祸疫认为，在这里被人打扰的概率应该是极低的，心急的祸疫连具体的地方都选好了，就是刚刚被他腐蚀出来的无底深洞。

　　玄冥忧心独子安全，当然是一口答应。有了房主和租客这一层关系之后，祸疫的事情算是过去了。可是，西王母和祝融这两个大麻烦还没有解决，共工和他们的仇恨可不是能够轻易化解的。玄冥觉得反正自己已经重新介入大荒，干脆和西王母商量，双方重新约好时间地点，堂堂正正地打上一场，彻底把双方的宿怨了结一下。就这样，一场大决战即将到来。

四方诸神的决战

神仙打架，凡人遭殃

　　展颜消宿怨、一笑泯恩仇的江湖生涯一直都是备受推崇的。可惜，这到底只是小说家笔下的浪漫情怀而已，真正的仇恨往往都伴随着战火与硝烟，比如祝融和共工之间的仇恨就不是能够轻易化解的。一场大决战在所难免，这场决战不仅是两人之间恩怨的了断，更影响了整个射水的格局。

　　句（gōu）龙是共工的部下，也是共工治水不可缺少的帮手。他擅长掘土分山，可以在一昼夜间挖出千里河渠，可以说，句龙是个功能型神明。照理来说，以句龙的战斗力他是没有参战资格的，可是神明之间的战争，并不是简单的兵对兵、将对将的厮杀。这一点单从共工和祝融的开场之战就能看出。

　　大战刚刚开始，就看见共工手持分水叉，挥动间笼罩方圆一万两千丈的大地。兵器掠过之处，山石横飞，四野震动，无数巨石被共工以巨力挑起，四处飞溅，铺天盖地地砸向祝融所在之处，充分展示了什么叫搬山填水之力。

　　祝融并不以力气见长，可是腹黑的祝融却懂得什么叫攻敌必救。他冲入共工部落之中，不停地用自己手中的光明杖引爆大地，竖起无数火山，岩浆喷发，毒烟弥漫。共工为了不让族人受损，片刻不敢停歇，只好和祝融两人且走且战，倒比两大部落数百万人造成的伤亡更大些。好在两人交战的地方位于战场正中，两大部落的族人避开之后，也并没有真正造成多少伤残，真正的人口损失还是风伯和后土造成的。

爆笑吧！上古诸神来了：一方山海中的神话故事

风伯随风而行，身处战场的最高处，打开风袋，吹出的丝丝罡风，化作无数风刀，落在战场。而后土当然不会任由风伯随意屠杀，反手将自己的权杖落地，引动大地开裂。他还号召一万四千名山神，把方圆万里的大山都搬了过来，将战场围成铁桶一般。风伯的风刀大半都被群山挡住，剩下少许落入战场之中，却起不了多大作用了。

前方战况如此激烈，后方却相对平静许多。句龙就待在这里，负责保护着共工部落的老弱病残。可是突然间天降暴雨，因为四周都被群山挡住，所以片刻之间，积水竟然已经没过了胸口。句龙乃是跟了共工上万年的老人了，知道这必然是祝融的手下雨师妾所为。这位雨师妾擅长搭建祭台作法，可以行云布雨，而且心狠手辣，只有她才能做出这种偷袭老弱的勾当。兵来将挡，水来土掩，句龙立马开挖地道，将雨水引流，但是地上却也因此变得泥泞不堪，给交战双方都造成了极大的不便。而且随着风伯吹起寒风，配合暴雨，更是形成了无差别的杀伤，双方部落都有人被生生冻死在战场之上。

战场上的参战者并没有全部出场。玄冥和西王母真的是应了那句话，未知的才是最可怕的，这两位大神不动声色之间，在幕后主导了整场战争。接下来才是这场大战最精彩的部分。

战场中央，神明与凡人都在不停地厮杀。激战正酣，一只青鸟从战场上空划过，嘴巴一张，落下一粒种子。这种子落地生根发芽，几个呼吸间，就长成了参天巨树。巨树上有九个分叉，没有树叶，却开出了无数黄花，花身随风摇摆，花粉就飘入空气之中。随着几缕微风拂过，共工部落的不少族人只觉浑身一软，紧跟着就失去了意识。随着时间的推移，突然倒下的共工部落的战士越来越多，往往是一息之间便浑身无力，十息之内就会暴毙而亡。

这就是西王母在暗中出手了，那粒青鸟投下的种子，就是西王母炼制的战争神药五瘟散，是西王母掌握战争走向的重要工具。西王母号称司天之厉及五残，并非浪得虚名。她主宰战争，能在战场之上掀起瘟疫制造灾厄，靠的就是自己炼制的各种神药，比如这次使用的五瘟散，就是大荒生化武器中的极品。据说，这五瘟散乃是采百毒之精，集天地瘴气炼制而成，虽然比花椒粒还小一号，却能让方圆千里之内的人畜死绝。

可即便西王母使出了如此强力的神药，也没能克制住玄冥的手段。毕竟，玄冥是掌控生死的大神，而这次大战也正好展示了到底什么叫掌控生死。

受到西王母各种毒药残害的共工部落，每天都有数以万计的族人死去。而玄冥作为掌控生死的大神，仗着自己执掌冥界，手握可以断人死活的生死簿，可以使共工部落的族人无限复活。战场之上，几乎每分每秒都有这样的场景，无数共工部落的族人刚刚倒下，就有阴神将其灵魂从冥界送回，重新塞回躯壳之中。阴神铺天盖地，竟然让方圆千里都变得日月无光，阴森恐怖。被这些阴神送回的共工战士，往往刚刚死去还未倒下就原地复活了，继续和身边的敌人厮杀在一起。两个部落的人足足打了数月，战线却还是死死地钉在战场的最中间，丝毫没有移动。

大决战眼看着要永世不休地进行下去了，神明们可以不饮不食，不眠不休，可是两大部落（的族人）实在承受不起了。这种没日没夜的惨烈战争摧残着每个人的神经，无数族人向玄冥和西王母请求停战。西王母和玄冥都曾经庇佑过人族，是无数人称赞的伟岸神明，也是正义与慈悲的化身，可如今却给人族带来无尽的痛苦。

看着跪在面前的首领们，西王母和玄冥陷入了沉思，其实这么长时间以来，她们也早就有些厌烦了。玄冥本来就事务繁忙，要不是事关自己独子的安危，她根本懒得搭理大荒之中的琐事。而西王母长时间和玄冥暗中交手，不仅消磨了她的怒气，还让她有些欣赏起玄冥这个同性别、同级别的神明来。于是，在她们两位的主导下，双方开始正式走向了谈判桌，商讨是否停战，停战之后又该何去何从。

神战落幕，诸神永离故土

神仙打架，凡人遭殃。这次诸神之战让两大部落的族人伤亡惨重，随着部落首领们一次又一次地向西王母和玄冥请求停战，

爆笑吧！上古诸神来了：一方山海中的神话故事

这场射水之争才算正式走向了尾声。坐到谈判桌的各位神明终于冷静下来，开始反思这次大战到底带来了什么样的严重后果。

先不说双方部落的损失，单是交战时，对环境的破坏就让人触目惊心。往昔的射水有无数部落在此定居，算得上百里炊烟不尽，千里人声鼎沸。可是一场大战过后，射水的生态环境被彻底摧毁了。

如今的射水变得死寂一片，飞鸟不见，走兽无踪。大地之上延伸出无数裂口，地下水夹杂着浓烈的腥臭味，顺着地表裂缝喷涌而出。火山喷发之后带出的黑烟将整个天空遮蔽，灰蒙蒙一片，几乎分不清白天和黑夜。

用《谈古随笔》上的话来说就是，"共工与祝融相争，而射水不存，水火之灾，威慑千里"。古人把这次大决战看作一场严重的灾难，并且完整统计出了双方的损失数据。

经过此次大决战，共工部落的人口从一百万锐减到了五万人，而司火之部由原先的一百五十万人下降到了不足十五万人。射水成了双方部落战士的埋骨之地。

而谈判就是在这片土地上展开的。满怀愧疚的神明们都在思索如何才能补偿这些战后的幸存者，毕竟，这次事件完全是由神明不计后果的战争行为导致的。

如今的射水已经完全不适合人类生存了，最好的补偿方式就是给两大部落再寻找一片新的栖息地，让其繁衍生息。而且经过这次大战，祝融和共工再也不想做邻居了，他们都想远离对方，忘掉过去，重新开始。

可是，从未离开过射水的共工和祝融根本不知道，外面的广阔世界到底哪里才是自己的容身之所。最后，还是后土为他们各自挑选了领地。

最适合共工部落的是位于射水西南八万里的一片平原，叫帝丘，那里地势平坦，食物充足，很少有凶兽出没。而且在那片领地中央，还有一条叫渭水的大河，可以获取充足的水源。

而最适合祝融的，是射水东南方十四万里之外的一个叫赤水的地方，那里终年高温，火灾频发。对当地而言，像司火之部这样懂得治理火灾的部落是救命稻草一般的存在，只要肯去，必然会很受欢迎。

共工和祝融都表示满意，简单收拾之后，就各自带领族人离开射水，踏上了新的旅程。

对人族的补偿其实还只是解决了一个小问题。更大的问题是，射水被六位神明破坏之后，无数生灵失去了赖以为生的家园。要想安置它们，必须修复射水的生态环境，而这项工作由后土娘娘承担了。

《古怪奇谈》中记录了这次后土修复射水的过程：后土为山主，其血玄黄，落地为山。就是说，后土的土黄色的神血流到大地上，就有了无数山丘隆起，自此之后，射水改名为射台。而完成这些工作的后土深感疲倦，独自返回成都载天山休养身体去了。

可能是被后土的宅心仁厚和自我牺牲的精神给感动了，性情古怪刁钻的风伯也不由生出了悔恨之心，但是又不知道自己能为受害的生灵做些什么。最后，他只能将自己的风袋和一卷可以预测风象的兽皮留在了射水附近，作为对人族的补偿。并且为了惩罚自己，风伯对着射水大地许下誓言，在十万年之内，自己将在九天之上的风神台静思己过，不再离开半步。

如此一来，射水就只剩下玄冥和西王母两位神明了。她们要比风伯和后土更加细致一些，补偿的方式也有所不同。西王母将自己多年炼制的神药全部倒在了射水。很快，射水方圆千里就长出了无数奇花异草，看起来竟然比过去更为生机勃勃了。而玄冥则是派出了十二万阴神，收拢射水死去的生灵的灵魂，将它们接引入冥界，开启作为亡灵的新生活。

补偿了射水的诸多生灵之后，两人还有一笔旧账要算，毕竟共工还欠着西王母两座宝山。于是，两个人继续就赔偿事宜展开谈判。西王母的要求非常简单，只要照着两座宝山的规格重新赔她两座新的大山即可，可惜玄冥完全不认可西王母的赔偿方案。

玄冥认为，西王母虽然丢失了两座宝山，但是毕竟也将共工赶离了自己的家园，功过相抵，这件事应该就这么算了。

两位女神都是不肯吃亏的性格，唇枪舌剑，不知道多长时间之后，才算达成一致，玄冥给西王母找了个新的住处，这事就算过去了。可是就算这个要求，玄冥也很为难，倒不是她存心赖账，而是自从玄冥创立冥界之后，就把自己几乎所有的财产全部送给了往日的好友。仅剩的两处住宅，一处位于地下，另一处则是常年被冰雪覆盖的北冥，如此寒酸的住处，想来西王母也是看不上的。

最后，没办法的玄冥只好再一次把西王母推给了后土，并告诉西王母，后土在成都载天山有一幅山川地理图。在那上面，记载了大荒所有的名山大川，里面必然有风景绝佳、舒适豪华的仙山福地。

西王母听了玄冥的介绍，觉得这事还算靠谱，就答应了下来。玄冥回归冥界之后，西王母带着信物，一路赶往成都载天山，她要在那里为自己挑选一座既豪华又舒适的新住宅。

自此，一场神战落幕，共工和祝融在射水的这段恩怨，也随着共工台和光明宫被埋入尘土之中。虽然之后他们还会再次相遇，不过那就是另外一个全新的故事了。

西王母定居昆仑山

上古时的房产中介后土娘娘

常言道"送人玫瑰，手有余香"。在玄冥的引荐下，西王母结识了新朋友后土，也彻底放下了和共工的恩怨。在玄冥回归冥界之后，西王母一路赶往成都载天山，去拜访后土，想要顺便把自己的房产问题解决掉。那么，后土真的能解决西王母的住房问题吗？答案是肯定的，因为这位即将为西王母提供房产中介服务的大神是大荒第一土豪，号称大荒万山尽归他有，他手里的房产可不是一处两处。至于这位大神为什么这么富有，还得从他的身份说起。

提到后土，今天的人都尊称其为后土娘娘，但这个称呼是历史演化的产物，真实的后土其实是位男性。

尤其值得一提的是，与大多数神明不同，后土的长相是非常符合人类的审美。他的脸型棱角分明，四四方方，面色明黄，身高百丈，站起来的时候，群山俯首，山顶只敢和他的眉毛齐平，以示尊敬。但是就是这位纯爷们儿，却还有个地母元祖的称号，这和他的神职有关。

后土的神职是管理土地群山，凡是地上之物，无论山川平原，土石岩矿，统统都在他的管辖范围之内，甚至连大荒的格局部署、地理形势，都是他和伏羲两位神明商量的结果。因此，凡是生活在陆地之上的生灵，都要领后土的人情，到了后世，慢慢地演变出了天父地母的说法。后土也就此被称为地母元祖，享受着超然的地位。

在古代，君王登基之后的第一件事情就是祭祀，而祭祀的对象就是这位后土大神。这类祭祀还有专门的礼仪规范，《周礼·春官宗伯·大宗伯》就曾经提道："王大封，则先告后土。"意思是王想要上岗，得先和后土打份报告，争取一下签字授权，否则就是当上王都不算正统。

地位崇高的后土是大荒最大的土地产权拥有者，同时代的很多神明都要寻求后土的帮助，为自己开发一套体面的住宅，比如烛九阴的钟山别院，玄冥的北冥故居，神农氏的伏牛山草庐等，都是在后土的默许下才建成的。

当然了，作为房地产开发商的后土，自己住的地方绝对不会含糊，他的住宅就是大荒第二高的成都载天山。此山之所以叫载天山，是因为山顶平整，面积极大，山体坚硬异常，号称就算天落下来，也能承载万年而不倒。

平时大多数时间，后土都在这里休息和办公。他经常背靠着成都载天山，坐在大地之上，手提一根用来丈量山河土地的手杖，身前摆着一幅会随时变化的地图。他每天考虑的事情，不是大荒山川丘陵的排列，就是平原盆地的基建工作，可谓公务繁忙。

不过，后土身为大老板，在工作方面还是以抓大方向为主。毕竟大荒地域辽阔，纵横何止数十万里，一天不知道有多少琐碎的工作，这些事情自然不可能件件都由他亲自完成，更多的时候还要仰仗他的两万多名手下。这些手下被统称为山神和地神，跟随后土也有好几亿个年头了，后土和他们的相识过程也颇为传奇。

想当初，大荒山峰众多，其中名山共计一万四千座，诞生了一万四千余名山神。这些大山互相连通，又把大地分成六千四百余块，诞生了六千四百余名地神。这些神明之间的领地界限不清晰，各自拥有的土地划分也很不均匀，为了占据更多地盘，彼此之间争斗不休。最后，他们只能向后土求助，希望后土能为他们划分出各自的领土范围。

后土对于土地改造并没有什么经验，也没有合理的规划思路。不过，热心肠的他为了帮助这些山神地神，东奔西走，更是不惜代价请来了伏羲，帮助自己设计规划版图，最后才成功将大荒众多山神地神的领地归属明确，彻底化解了他们之间的矛盾。整个过程虽然费尽辛苦，但他也因此收获了两万多名忠心耿耿的手下。

有了这些山神、地神的加入，后土地产集团外加工程大队，一跃成为大荒第三大势力，仅次于四海海神的四海集团和河伯的水利集团。当然，这是从组织成员的人数来看的。论成员质量和忠诚指数，后土地产开发集团才是当之无愧的第一。与另外两大集团的无组织无纪律不同，后土和自己手下的关系更加紧密，组织的凝聚力和执行力也不可相提并论。关于这一点，从后土填泽这个典故就能看出来。

上古大荒有一片湿地叫大泽，地广千里，那里的花草树木、蛇虫鼠蚁都是剧毒之物，还经常散发出毒雾瘴气。大泽周围的许多部落都深受其害，许多外出打猎的族人都丧命于此。尤其是到了年景不好的时候，食物短缺的各大部落更是不得不冒险进入大泽寻找食物，此时伤亡就更加惨重了。

后土无意之中知道了这件事情。他向来同情弱小，喜欢帮扶人族，是个有怜悯之心的神明，于是后土决心将这个麻烦解决掉，此事被记录在了《淮南子》当中。

书中说，"天地间合地神两万四千余，受后土命，移大泽于群山之中，而后难为人所见"。就是说，后土一声令下，两万名建筑工人齐上阵，把大泽挪走，又搬来高度超过万丈的大山十万座，小山不计其数，用来充当护栏，将大泽与外界彻底隔绝。从此以后，这片地方就被称为十万大山，而大泽这片剧毒无比的世外险境，也就没什么人再见过了。后土的这一举动，为我们展示了大荒第一包工队的强大实力，推山填海都视若等闲。

话说回来，像后土这样有钱有势有面子、有人有地有产业的神，身边是向来不缺朋友的，可后土最在意的还是玄冥这位青梅竹马、两小无猜的旧友。两位神明，一个出生在北冥，一个出生在瑞土，足足做了数十亿年的邻居，彼此之间的感情那是无法用利益来衡量的。这次玄冥要为自己的儿子解决麻烦，拜托后土帮西王母寻找一块上好的宅基地，后土想都没想就一口答应了下来。

可是听了西王母的要求，后土才发现，事情并不如他想得那么简单。西王母实在太过挑剔了，既要风景优美，还要贴合西王母喜欢小动物的需求，更要物产丰富，以满足西王母炼药的技术爱好。想要三点齐备，着实有些难办。

无计可施的后土只好用上了自己的终极法宝，一幅靠着两万神明不停更新数据的活地图——山河地理图，上面记载了大荒所有的名山大川，信息实时变动。就是在这幅图上，后土找到了西王母的新住所——昆仑山。

昆仑山高一万一千一百一十四步二尺六寸^①，山峦重重叠叠分出九层，各有不同的风景，植物种类丰富，几乎囊括了大荒之中大半的神树仙草，动物更是大荒一绝，号称百神俱在，千兽同居。这么一块风水宝地，西王母当时就表示十二万分的满意，想要立马拎包入住。可是后土却有些尴尬地表示，现如今的昆仑有一点小小的问题。

因为昆仑巍峨耸峙，绵延万里，地方实在是太大了。因此，昆仑被大荒诸神默认分成了三份，如今的昆仑已经有了两位神明，只剩下昆仑西峰还无人问津。如果西王母想要入住昆仑，恐怕只能与人合居了。

本着对美好事物的向往，西王母最后决定还是先前往西昆仑，实地考察一下，看看这西昆仑究竟是何等福地。只是她万万没想到，现如今的西昆仑上，聚集着一群问题少年。

神兽主题乐园的房产问题

虽然上古大荒幅员辽阔，但豪华舒适、风景绝佳的住所还是供不应求的。因此，西王母匆匆拜别了后土之后，就迫不及待要去西昆仑验房了。为了自己的赶路速度能更快一点，西王母甚至还从后土那里借来了五条不同颜色的神龙，一路拉着自己，风驰电掣般朝着昆仑神山赶去。

西王母座下的五条神龙和今天我们看到的神龙形象其实不太

---

① 一步约等于 1.5 米，一寸约等于 31 厘米。——译者注

一样。在上古时期，龙这种生物不是特指某个物种，而是一种笼统的称呼。在那个年代，所有长着角、身形长的生物都被称为龙，长有一只角的叫蛟龙，两只角的叫奢龙，三只角的叫蟠龙，四只角的叫神龙，长有五只角和六只角的就是应龙和烛九阴两位龙神了。所以，西王母驾乘的五色神龙绝对是大荒独一份儿的存在。

因此，当西王母带着五色神龙驾临西昆仑的时候，场面是相当轰动的。《九州山河志》里说，王母驾五色龙入昆仑，落于西峰，百兽来朝。这充分说明了当时的西昆仑还是有很多小动物欢迎西王母入驻此处的，但是也不是所有动物都乐意。比如，陆吾、开明兽、英招和希有这四位就不是很乐意西王母接管西昆仑，理由还要从它们的来历说起。

想当初，天地初开、万物初生的时候，昆仑并不是什么仙山福地，而是一处不折不扣的凶险所在。在这片山脉之中，天气混乱，一天之中寒暑交替数百次，狂风不止，附近的人基本没有敢靠近的。

后来，上古大神东王公路过，觉得这个地方位置不错，有心将其改造成自己的一处住所。结果进山之后才发现，原来昆仑之所以环境恶劣，是因为里面有四只神兽作怪。这四只神兽就是陆吾、开明兽、英招和希有了。

陆吾，人面虎身九尾，能够小范围地控制天气，西昆仑寒暑冷热，都是它说了算，人称西昆仑中央空调。

开明兽，九头人面虎身，无死角监控西昆仑的每一个角落，仗着自己战斗力极强，欺软怕硬，整个西昆仑就没有它没欺负过的小动物。

英招，八卦狂人，人面马身虎纹，背生双翅，手里拿着锤子和凿子，专门将大荒之中的各路新闻刻在石碑上，再由自己的搭档希有送往大荒各处传阅。

希有是一只大鸟，体型巨大，双翅展开有一万八千里，开合间能刮起飓风，飞行速度极快。西昆仑和不周山相距百万里，希有一个小时就能飞个来回。

这四个家伙盘踞昆仑，利用自己的一身本事，硬是把一片仙山福地祸害成了大荒第一险境。它们看到东王公找上门来，居然还想将东王公强行劝退，却没想到，东王公神力惊人，手上的青木杖在地上一划，就把昆仑山分成了一大一小两份了。四神兽不过是个偏安一隅的小神而已，敢向东王公出手，也就是仗着初生牛犊不怕虎的鲁莽劲罢了。当看见东王公有如此神力时，它们马上就怂了，好在东王公性格温和，并没有想过要拿它们怎么样，只是让他们远离东昆仑，并且勒令它们不许再搞恶作剧，蓄意破坏环境。四只神兽当然不敢不答应，于是就从霸占昆仑全境改成了霸占这里三分之二的土地了。

由于四神兽秉承东王公的教诲，再没有主动破坏过这里的环境，所以昆仑很快就变成了一处风景绝佳的仙山福地。没过多久，又有一位神女从这里路过，重复了东王公的举动，把剩下的昆仑又一次划分开来。这次，四神兽又从霸占三分之二的昆仑，变成了占据昆仑西峰。不过，此后的漫漫岁月里，再也没有强力神明来过这里。渐渐地，四神兽互相勾结，沆瀣一气，强行收服了西昆仑上下的所有生灵，把整个西昆仑打造成了一座神兽乐园。

它们甚至还时不时地欺负一些入山的小神，以此为乐。《神仙通鉴》记载了上古时候一位叫夷固的神明在此惨遭四恶霸欺凌的故事。

夷固本来是钟山山神，但是自从钟山被烛九阴占下之后，夷固就没有了去处。无奈之下，他只能四处寻山，本来大荒宝山无数，想要找个去处还是不难的。偏偏夷固心气极高，寻常的小山他根本就看不上。思来想去，他就把主意打到了西昆仑头上。临出发前，夷固还专门向后土打听过，知道这里没有什么出名的大神之后，就满心欢喜地去接收宝山了。

没想到，大神确实没见到，四神兽倒是给夷固来了一记闷棍。全过程大致如下：西昆仑有兽焉，一者善战，日日扰其不安；二者善变幻天气，积雪皑皑；三者垂翼鼓风，山石俱起；四者兴不善之言，坏夷固名声。这么说吧，夷固到了西昆仑之后，毒打也挨了，名声也臭了，不仅没有接手西昆仑，反而灰头土脸的，差点被评为神明之耻，被神明圈子给除名了。

如此事件，每隔几万年，总会有那么一两起，所以时间慢慢过去之后，四神兽也有了一种其实自己也是狠角色的错觉。这次它们看见西王母赶来挑衅自己的威严，登时面子上就有点挂不住了。而且昆仑山也就剩下西侧了，这是四神兽的底线，是绝对不容侵犯的。当下，它们气势汹汹，就要找西王母的麻烦。

陆吾变化天气，当时西昆仑就大雪飘飞，寒风刺骨。再有开明兽监视西王母的行踪，西王母去哪儿，就向哪里投放冰雹。希有鼓动翅膀扇起飓风，一时之间，西昆仑上下都劈啪作响。那些前来朝拜西王母的小动物们，更是趴在地上瑟瑟发抖，连头都不敢抬一下。

西王母乘兴而来，心情本来是极好的，被四神兽这么一搅和，当下心情就变得极其糟糕了。在自己选中的房产里被偷袭，让她又回想起了被共工偷家的经历，因此，西王母直接伸手从天上拽下一颗流星，悬在四神兽头顶。她的意思很明白，要么今天老娘的神宫就立在这儿，要么这儿就是你们的坟地。面对如此强势的西王母，结果那还用说吗？《神仙考》中记录得很明白，西王母"以萤火胁之，四兽拜服，神宫乃建"。毕竟四恶霸本来也不是什么有骨气的神兽，看见大神发威，只能乖乖拜服。

可是接下来的生活，才让四神兽明白了什么叫水深火热。最后，它们甚至不得不请动另一位大神来为自己出头。

难以相处的昆仑神女

日常生活中，最倒霉的事情，莫过于拥有两个脾气火爆的邻居。而此时的东王公，就面临着这样的生活。一大早，天刚蒙蒙亮，住在昆仑的西王母和昆仑神女就开战了，事情的起因是这样的。

自从四神兽被收服之后，本来以为只要苟延残喘、重新做兽就能好好生活下去，可是现实却是惨淡的。因为西王母虽然看似大度地原谅了四神兽，实际上却很记仇，她时不时就给四兽找点麻烦，小小地报复一下。正好西王母有炼制神药的习惯，于是闲

着没事，西王母就拿它们四个当小白鼠，试验一下自己新开发的神药。

这下四神兽可惨了，还在开发阶段的神药，不可避免会有一些副作用。四神兽有时候浑身毛发全部脱落，有时候则全身肿胀刺痛不已，可以说每次试验，都能折腾掉它们半条命。想到以后的日子还长，四神兽合计了一下，不能再忍了，否则早晚得把命丢在西王母的炼药房里。

但是，它们被西王母强大的神力吓破了胆，要它们奋起反抗，肉身堵枪眼，那是不可能的。无奈之中，还是老大陆吾想到了居住在中昆仑的一位女神。这位女神同样是大荒中的顶级大神，对昆仑山的花花草草、各路神兽向来爱护。如果能找到这位女神出手，说不定就能摆脱现在水深火热的境遇。等到一个合适的机会之后，打定主意的四恶霸就果断前往中昆仑求救了。

可是这次求救之路实在是太不顺利了，别看西昆仑和中昆仑同样属于昆仑山脉，其实两者之间相距万里。而且，中昆仑和西昆仑的四季变化不同，中昆仑终年飘着鹅毛大雪，地面上全是万年的寒冰。陆吾一路连滚带爬，好不容易才在一座冰雪宫殿中找到了正在一张冰床上沉睡的昆仑神女。

沉睡中的昆仑神女面貌绝美，发色银白，肌肤晶莹剔透，头上还长着两根短短的鹿角，一身轻薄的白色纱裙，更加凸显了她的纯洁气质。但是陆吾在来到这位女神身旁后，还是不由自主地夹起了尾巴，屏住了呼吸，因为这位看起来极具少女气息的昆仑神女还有个了不得的外号，叫寒冰之主。

至于为什么有这么一个外号，那就不得不说《曾广补遗》中记载的一个故事了。昆仑神女本来是在极北的无尽冰原之中诞生的神明，她天生呼吸悠长，一呼一吸就是十万年之久。她每次吸气，都会带走大地上的所有热气；而每次呼气，则会带来无尽的冰雪寒流。更恐怖的是，即便这位女神停止呼吸，自身所散发的寒气，也会让方圆万里化为冰封世界。昆仑神女和西王母有着同样的爱好，都喜欢和小动物相处，所以在没有生机的北方无尽冰原生活了数亿年之后，这位女神终于有了离家出走的念头。

昆仑神女性格率真，有了这个想法之后，立马付诸行动，来了一场说走就走的旅行。随着她一路向南而去，路上的风景也从一开始的冰雪世界变成了万里青山。可以说这次出行，也让昆仑神女真正见识到了外面的世界是多么美好。

　　但没过多久，昆仑神女就高兴不起来了。随着她的四处游玩，她自身散发的寒气，冻死了无数生灵，别说亲近小动物了。只要有人听到了昆仑神女的名头，就会立马逃之夭夭。眼见自己如此不受欢迎，纯洁善良的昆仑神女备受打击，于是情绪低落的神女就有了返回北方老家的想法。

　　可是昆仑神女是个路痴，数万年过去了，她不仅没能找到回家的路，反而把自己给走丢了。这个时候，昆仑神女的恶名几乎都快传遍大半个大荒了，情急之下，她就随便找了个地方，定居下来，陷入了沉睡之中。

　　这个被选中的地方就是中昆仑，至于说赶走陆吾等神兽，也是出于保护它们的目的。而且，昆仑神女在沉睡之前，还告诉陆吾有什么问题可以来寻求她的帮助，所以这次四神兽出了问题，第一时间想到的求助对象就是这位昆仑神女了。

　　可是，怎么才能把昆仑神女从沉睡之中叫醒呢？万一她有起床气怎么办？正在胡思乱想之中，陆吾就听见了昆仑神女的声音，问它是不是有什么困难需要帮助。陆吾这才发现，昆仑神女不知道什么时候已经醒了，当即就赶紧把兄弟几个的遭遇一股脑地全部告诉了昆仑神女。为了凸显四神兽的悲惨处境，在讲述西王母的性格和行为时，还进行了许多夸张的处理，硬是把西王母说成了一个十恶不赦的凶神。

　　昆仑神女本来就爱护动物，再加上陆吾几个也算是自己罩着的，听到居然有凶神敢这样欺负它们，当下就拖着陆吾直奔西昆仑而去。

　　此时的西王母才刚刚发现，陆吾不知道去哪儿了，正在审问剩余的三只神兽呢，突然就看到半个西昆仑一瞬间就被冰雪覆盖了，无数的花草树木直接被冻成了碎渣。她抬头一看半空中，居

然有一位浑身纯白的女神气势汹汹地瞪着自己。

费尽辛苦找到的新家，好不容易才从神兽乐园改造过来，突然就被人毁了大半，西王母只觉得一股热气，从脚底板直冲脑门。还没等昆仑神女说话，她就伸手一甩，一股翠绿的袅袅轻烟飘出，顿时，大地回光，整个西昆仑又恢复了生机盎然的景象。随后，无数藤蔓从地上升起，朝着半空之中的昆仑神女扎了过去。

西王母脾气火爆，可昆仑神女也不是好惹的，她张开嘴巴，吐气成冰，顿时，天空之中，如同小山一样的巨大冰块就噼里啪啦冲着西王母砸了下来。就这样，两位女神一句话没说，直接就开打了，打斗持续了十几天，直到老好人东王公赶来，两人还是没能分出个高下。

东王公是大荒出了名的劝架高手，在他的主持下，不知道调和了多少冤家对头，再加上西王母和昆仑神女之间本来也没什么深仇大恨，几句话下来，就把两个人的误会解开了。昆仑神女性格单纯，而西王母也有心搞好邻里关系，就干脆卖了东王公一个面子，答应昆仑神女，以后四神兽归昆仑三神共有，负责日常运营，自己以后也不再拿它们做实验了。四神兽听到这个好消息，喜极而泣，地狱般的生活终于到头了。

此后，西王母就安安心心地待在了昆仑西峰之上，直到有一群故人找到了西王母。

昆仑仙国的建国史

昆仑仙国的第一批原住民

"天上白玉京，十二楼五城，仙人抚我顶，结发受长生。"这既是唐代诗人李白对于仙人的憧憬，也是古人渴望长生不死的浪漫情怀。在这首诗里，天上的仙人居住在一座巨大的城池中，那里有长生不死的仙药，鹤发童颜的仙人，玉石堆砌的城池，是一处无比美好的神仙世界。那么，这所谓的拥有十二楼五城的白玉京到底在哪里呢？

说起来，这事还是和西王母有关系。在西王母的帮助下，沃民国变得兵强马壮，吞并了沃野之上大大小小七千多个部落，还将这些部落的成员变成了奴隶，来为自己的国民服务。而原本的沃民国全体国民，都成了高人一等的存在，凭借西王母炼制的神药，只靠着十几万兵马，就镇压了手下数百万的奴隶。在当时，沃民国的这种统治模式也算是个奇迹了。

靠着大量的奴隶，沃民国的国民纷纷转型，成为既得利益者。用《北域神工图》里的话说就是，"沃民其国，民虽寡，占千里沃土，锦衣玉食，下奴隶百万，皆为牛马之用"。就是说，因为人力资源发达，所以沃民国摆脱了传统的农耕狩猎的生活模式，开始成为纯粹的享乐阶级，让奴隶们当牛做马，而本国的国民则过着神仙般的美好生活。

但是，俗话说得好，物极必反。沃民国的兴衰可以说是成也西王母，败也西王母。因为老家被共工盗走，所以西王母愤而出走，离开沃野，去找共工讨了个公道。但是西王母的突然离去导致沃民国失去了神药的供应来源，而后在一系列的连锁反应下，沃民国很快爆发了轰轰烈烈的奴隶起义运动，沃民国也正式进入了毁灭倒计时。

失去了神药支持的沃民国小矮人们，又怎么能抵挡得住上百万满腔怒火的奴隶呢？眼见着亡国在即，为了保留希望的火种，沃民国国君挑选了十万身高大概在一米四左右的沃民国精锐战士，带着所剩不多的神药，护送着几万国民，踏上了逃亡之路。而此次逃亡的最终目的，就是找到西王母，重新获得神明的庇护，然后建立新的家园。

但是，这群没怎么出过门的沃民国精锐才刚刚离开沃野，就感受到了大荒世界满满的恶意。在逃亡的路上，身高数百丈的巨人随处可见，一口能吞下数千人的恐怖凶兽到处都有。甚至于一些凶残善战的部落，都能给予这群流浪汉沉痛的打击。

短短几年时间，沃民国就从出发时的十几万人，锐减到了数万人。更惨的是，流浪了好几年了，都还不知道西王母到底在哪儿，也不知道自己在哪儿。迷迷糊糊地，一群人就走到了成都载天山附近，在这里，他们遇到了后土。

后土是个很有爱心的神明，在看见这群衣衫褴褛的小矮人时，后土差点儿没落下泪来。此时的沃民国国民实在太惨了，本来就身材矮小，还个个都皮包骨头似的，离远了看，就是一群骷髅小矮人。而在听到这群小矮人的遭遇之后，有着悲天悯人情怀的后土，好心给沃民国国民指明了前行的方向。他告诉沃民国国民，西王母此时就在西昆仑，从成都载天山走到那里大概需要十天时间。

听到这个消息，沃民国国民终于看到了安定生活的希望。但是后土和沃民国全体国民都没有考虑到一个问题，那就是后土所说的十天，对于凡人来说，到底是多么漫长的一段距离。整整八十几年，沃民国人口都跌破了五位数，仅剩的八九千人都开始怀疑他们遇到的那位看起来一脸温柔和善的神明，到底是不是在骗自己。但是，让他们掉头返回，他们也没那个勇气，本着一条道走到黑的决心，沃民国依旧艰难地向前行进。

又过了七八年的光景，此时距离沃民国亡国已经一百二十多年了，沃民国终于抵达了西昆仑附近，也听到了关于西王母的确切消息。但是，此时的沃民国的人口也只剩下不到五千人了，幸存者们欢呼雀跃，为自己坚持到了最后感到兴奋不已。但是，很显然，他们高兴得太早了。

对于凡人来说，西昆仑就是一片禁地，无数凶兽潜伏在这座神山之中。而毫无准备就匆忙进山的沃民国国民们，用血的教训为后人验证了逢林莫入这条真理。要不是陆吾赶到，解救了沃民国，恐怕就没有《西域诸国随笔》上的"沃民国民十数万，经行数万里，终有国民二千余至西昆仑，谒西王母"的记载了。

西王母见到这群小矮人的时候，还是挺意外的，尤其是在听到了沃民国幸存者们的哭诉后，更是感到有些尴尬。她当初一时冲动，好像确实是把这群小矮人给忘掉了。

西王母打心底里对这群小矮人还是很重视的，她见到这群来自家乡的故人之后，有一种说不出来的亲切感。于是为了旧日的情谊，也出于某种愧疚的补偿心理，西王母向这群小矮人保证，为他们重新建立一个永恒不灭的国家，让他们可以安定地生活下去，并且传承千万年不朽。

小矮人们一想，这太好了，于是便欣然同意。随后，西王母在两位邻居的帮助下，成功搭建起了一座豪华都城：中央是西王母的神宫，神宫四角各有一座观星楼，而外围是东南西北四座附城，每座附城左右各有一座瞭望台，如此共计十二楼五城，而又因为这十二楼五城乃是由白玉搭建，所以，又称为白玉京。

那么十二楼五城的白玉京有了，仙人又在何处呢？

话痨大神烛九阴赐下不死药秘方

"有生有死谓之人，长存不朽谓之神"。但是在人和神之间，还有一种虽然为人，却长生于世，近乎神的存在，被称为仙。而仙的起源，就和西王母的白玉京有关，这个故事要从昆仑仙国建立之后的一场庆典说起。

西王母为沃民国遗民新建国，并且定名为白玉京之后，沃民国的幸存者们摇身一变，成了白玉京的国民，拥有了巨大的城池和稳定的生活，还推举出了新的首领。在新首领的建议下，白玉京全体国民举办了盛大的宴会，一是庆祝乔迁之喜，二是表示对西王母的感谢，三则是希望和西王母重新建立供奉关系，以便获取全方位的庇护。

因此，白玉京举办的这场宴会规格极高，不仅沃民国全员参与，而且新任首领还以增进邻里感情的名义，专门请来了东王公和昆仑神女两位神明参加宴会。在两位大神的见证下，白玉京国民们拿出了各种各样极尽奢华的礼物供奉给西王母。

这些礼物都是沃民国徒步迁徙一百多年来，在沃野到西昆仑的路上收集到的。在迁徙的路上，他们把自己能看得见的奇珍异宝，想尽各种办法搞到手，带到了西昆仑，就打算借着这次宴会的机会，送给西王母，来获取西王母的垂青。

据《昆仑神仙志》记载，在这场宴会上，西王母仙国之民，献礼于西昆仑白玉京中，入目尽是金玉贵物，放眼皆是海内奇珍，又以青铜托举，赠凤凰羽衣，王母披配，以示欢喜。就是说，白玉京国民很有心，西王母很满意，在宴会上可以说是宾主尽欢。可是，就是在这样的氛围里，白玉京推举出来的新首领却放声大哭起来，把所有人的视线都吸引了过来。

东王公是个老好人，自然要问一下他，到底为什么在欢庆之时放声痛哭呢。新首领一听有人问自己，立马就在众目睽睽之下开始倒起了苦水。原来，此时的白玉京虽然城池雄伟，却是地广人稀，以区区不到两千人就建立了国家，但凡有个小灾小难，只怕顷刻间就要亡国。首领所以放声痛哭，就是不知道自己如何才能带领国民走向强盛，永恒不灭。

其实新首领就是在耍心眼，目的就是想让西王母在东王公和昆仑神女的面前给个保证。当然了，这也不完全是小人行径，毕竟这群人已经被西王母坑怕了，担心白玉京重蹈覆辙，走上沃民国的老路。

西王母心里当然明白了，可是自从脑子一热说要帮沃民国遗民们建立一个永恒不朽的国度之后，西王母就后悔了。区区两千人的小国连繁衍都是个问题，更别说什么长存不灭了，这实在太难了。但是当着两位邻居的面，要是食言而肥，那就实在太没有面子了。

西王母是个很要面子的神明，她愁眉苦脸地答应了沃民国的要求，可是具体该怎么办，西王母是一点主意都没有。新首领眼看着西王母虽然答应了下来，却始终没有一个明确的说法，当下又开始放声大哭，场面很是尴尬。好在关键时刻，昆仑神女体现了一个好邻居应有的素养，她给西王母想了个办法。

昆仑神女告诉西王母，她有一个朋友叫姑射神人，在大荒东海的海岛上建立了一个姑射国。姑射国已经存在了百万年之久，从某种意义上来说，也算长存不灭了。西王母如果能效仿一下姑射国的治国方式，那白玉京的问题并不算难以解决。

西王母问昆仑神女，她的这位朋友是怎么做到的。昆仑神女告诉西王母，姑射国之所以能长存，是因为这个国家的人都很长寿，十万岁死去就算早夭，三十万岁才算成年，所以国家才会长长久久。如果西王母也能让自己的国民长生不死，那白玉京自然也就长存不灭了。

西王母虽然觉得昆仑神女说得很有道理，但是却觉得这个办法对自己来说还是有点不靠谱。自己手下的这群小矮人，如果靠神药维持千年寿命并不困难，可是要想活过一万岁，那就不是西王母的能力范围所能办到的了。

西王母正发愁呢，东王公给她提供了一条信息。他告诉西王母，不周山的烛九阴是他的老朋友，无所不知，他应该有能让凡人长生不死的方法。

爆笑吧！上古诸神来了：一方山海中的神话故事

本着"宁可信其有，不可信其无"的态度，西王母第二天就出发去拜访烛九阴了。可是没想到，在不周山上，西王母遭遇到了巨大的坎坷。其中的艰难崎岖，甚至给西王母留下了巨大的心理阴影，原因在于烛九阴是个超级无敌的话痨。

在《戏说神仙谱》中，有一个故事就曾经明确提到过这一点。这个故事讲的是，有一个想要求取长生的凡人，历尽千辛万苦爬上了不周山，见到了烛九阴。没想到的是，烛九阴自从在不周山定居之后，几万年都见不到一个会说话的。现在好不容易见到了活人，他太过兴奋，于是一聊就是好几百年。等烛九阴回过神来，前来求取长生的凡人已经变成了一副骷髅架子了，为此烛九阴还难过了许久。

这次见到是一位神明前来拜访自己，烛九阴简直是无限欢欣，于是一场漫长的谈话就这么开始了。整整一百年，西王母没吃没喝没睡，就这么干陪着烛九阴说话，烛九阴终于过足了聊天的瘾，之后才问西王母来找自己到底有什么事。终于有机会提出自己请求的西王母告诉烛九阴，她希望知道如何才能让凡人长生不死，并希望借助这种方法，建立一个不朽的国家。

烛九阴想了一下，告诉西王母，他确实知道有一种不死药可以让凡人得到永生，但是炼制这种长生不死药非常困难，需要黄金、玉髓、木精、珍珠、凤凰蛋等许多珍稀材料。而且这种不死药必须持续服用，一个几千人的小国恐怕没有这样的财力可以大量炼制。

西王母对后勤这项业务并不精通，不怎么会算账，在她看来，烛九阴说的问题根本不是事儿。于是，西王母高高兴兴地返回西昆仑，并且依照烛九阴给出的药方，成功炼制出了长生不死药，分发给了白玉京全体国民。

此后的几百年间，白玉京中的国民有增无减，国中的居民各个永葆青春，被外界的部落称为仙人，而白玉京也被称为神仙之国。

那么，西王母的承诺这就算完成了吗？并没有，炼制不死药的巨大花费彻底掏空了西王母的家底，眼看就要坐吃山空了，西王母又能想出一个什么办法来度过危机呢？

股份制国家的日常运营及维护

一个国家无论做什么，都应该遵循一个可持续发展的基本方针，否则不管多么兴盛，到最后都不过是黄粱一梦罢了。可惜这个道理西王母明白得太晚了，自从她开始炼制不死药之后，西昆仑就进入了超负荷的运行状态，主要原因就是炼制不死药的花费太过巨大。

不死药的炼制方法，说白了就是一种提纯技术，从各种珍贵材料之中提炼出可以帮助人延年益寿的成分，然后合成药剂，以此来达到让人长生不死的目的。每份不死药都需要凤卵一颗，黄金数千斤，美玉数百斤，以及其他奇花异草无数。一份不死药只能保证一人延寿千年。

白玉京上下一千两百名国民，如果人人不死，需要的物资之巨大，根本不是此时的西昆仑能够负担得起的。更何况西王母缺乏后勤管理的经验，忽视了开源节流的重要性，直接导致了西昆仑财政赤字，经济构架崩溃，现金流断链。简单来说，就是西王母要破产了。

想要不破产，最快速有效的方法就是，把白玉京全体国民直接扫地出门，及时止损。但是西王母是个要面子的神明，而且还有点认死理，在西王母看来，答应了要保住白玉京永恒不朽，那就要说到做到。所以，西王母不仅没有停止炼制不死药，反而开始利用一切闲暇时间来收集炼制不死药的材料。

据《西王母传》记载，"王母离昆仑，东猎鸾凤，西采良玉，北集甘露，南寻金石，制不死药分于国人，以全长生"。就是说，西王母亲力亲为，为自己国中居民炼制不死药作为国家福利，要是那个时候也有感动大荒人物的评选，西王母一定能榜上有名。

可惜的是，西王母的做法并没有缓解西昆仑的财政问题，反

　　爆笑吧！上古诸神来了：一方山海中的神话故事

而让自己的名声一落千丈，原因大概就是西王母获取资源的方式太得罪人了。西王母每到一地，都实施暴力开采的方式采集资源，不仅破坏了环境，而且影响到了周围部落的生活。更何况西王母掠夺的物资之中，还有一部分是来自其他神明的领地，可以说为了炼制不死药，西王母都快把人得罪遍了。

即便如此，西王母发现自己搜集到的资源离既定目标还差得很远，这下西王母彻底没办法了。于是，开始找来了白玉京的现任首领商量对策，毕竟建立不朽仙国也不是西王母一个人的事情。

白玉京的新任首领头脑确实很灵活，在听了西王母的难处以后，略加思索，就想到了一个可行的办法。在白玉京新任首领看来，如今的西昆仑最关键的问题其实有两个：第一是缺乏知名度，第二就是没有赚钱的产业。要是放在原来，白玉京首领也没有好办法，但是现在不一样了，西王母有了炼制不死药的秘方。如果把不死药开发出一条产业链，西昆仑缺钱的问题立马就能迎刃而解。

西王母听完觉得很有道理，于是就让白玉京首领全权负责推广西昆仑特产不死药的销售工作。白玉京首领有了西王母的允许，也很高兴。他就拿着西王母的信物，邀请西昆仑附近有名气的神明和部落首领到西昆仑聚会，并且扬言西昆仑西王母新练成了不死神药，想要请周围的邻居们品鉴一番。

对凡人来讲，能够延年增寿的神药诱惑力太大了。虽然白玉京邀请的只是周围有限的十几个部落，但是消息传开了之后，无数部落不论远近，都带着丰厚的礼物，前来西昆仑觐见西王母，希望也能获得不死药。

西汉的《长生录》里说，"西昆仑王母宴客，以不死药赐下，见者增寿百年，闻者添岁五百，服者长命千年。自此，世人皆知，西王母有不死药，得之不死"。这说的就是这次聚会。当然，西王母也不吃亏，礼尚往来中，西王母也获得了很多宝物，算是暂时化解了西昆仑的财务危机。

西王母有了新材料，就想要把这门生意的规模再次扩大，可是白玉京首领却告诉西王母，这样的聚会可一不可二。原因很简单，如果流传出去的不死药太多了，这种药就不值钱。要想价值最大化，就得遵循一个原则，那就是宝不轻传，说白了，就是得把不死药卖上档次。

西王母没做过生意，哪知道这里面的门道，就问白玉京的首领怎样才能把不死药的价格抬上去。白玉京首领就给西王母出了个主意，在白玉京首领的规划中，要想得到不死药，首先要拜见西王母，而且还得经受考验。

这个考验分成三关。第一关设立在前来西昆仑的路上，由钦原和土蝼在半路上拦截来求见的人，只有经历过与钦原和土蝼的厮杀能够保住性命的，才有资格进入西昆仑。这一关是为了把弱小的部落剔除出去，如此一来，能得到不死药的就都是大荒之中的顶级部落，而不死药的档次也就随着客户群体的提高而提高了。

第二关由开明兽守门，监察前来拜山之人。如果来人带足了黄金美玉，奇花异草，就放他上山，否则就立马驱逐出去。这样就保证了西昆仑能够获得足够的收益，但是单单是这样还不够，还要有第三关。

第三关就是过陆吾这一关，来人要和陆吾赌博。陆吾生性好赌，逢赌必赢，一旦来人输了，所带的金玉奇珍就要全部留下，然后下山离去。而能赢陆吾的人，那就是百里挑一了。这一关是为了尽可能提高闯关人的门槛，毕竟，如果太容易得到，那不死药就显得不够珍贵了。

至于最后上山的人，他们也不一定能够获得不死药，还要通过西王母的考验。至于考验的内容，就要随西王母的喜欢了。

有了白玉京的这套办法，西王母的不死药果然在大荒之中名声大噪，前来求取不死药的人不计其数，可是能获得不死药的却寥寥无几。到了后来，不死药已经不再是人们增加寿命的手段了，而成了各大部落之间彰显实力的一种方式，越来越多的部落热衷于来西昆仑求药。

西王母借此获得了巨额的财富，自此西昆仑才真正成为大荒之中顶级的势力——有钱有势有名声。西王母的故事也就此告一段落了。接下来的很长时间里，西王母都宅在西昆仑炼制不死药，建设自己的西昆仑仙国。

共工降服天字号打手

奇丑无比的九头蛇相柳

地是家中好，月是故乡圆，但这对共工部落而言，都已经是过去式了。自从射水被毁之后，共工部落就在共工的带领下向着渭水出发，赶往新的栖息地。这一路上，人烟稀少，交通基本靠走，通讯基本靠吼，导航基本没有，毕竟，共工以前也没有到过渭水。

不过好在共工经历了和祝融的大战之后，脾气收敛了很多。在迁徙的路上，只要遇到有人族定居，或是有神明居住的地方，共工都要前去拜访。虽然情商依旧低下，但做事不再冲动莽撞的共工还是结交到了不少新朋友。在这些朋友的指引下，共工也是坚定不移地朝着渭水进发。

走了差不多三分之二的路程时，共工到了一个叫有凉山的地方。这里住着一位青面獠牙、身高两丈、背生八翼的山神，叫青翼。共工按照自己往常的习惯准备了礼物，上山拜访，却意外发现这位长相凶恶的山神骨子里还是很热情好客的。他不仅招待了共工部落一行人等，还给共工提供了一个重要的信息。

青翼告诉共工，在前方不远处有一个叫十万大山的地方，凶险异常。那里群山环绕，凶兽出没，而且大雾弥漫。如果共工想要安全到达渭水，最好的办法还是要绕路而行。为了让共工熟悉路径，青翼不仅给共工指明了方向，还画了地图。可就是这样，共工这个没出过远门的家伙还是误入了十万大山之中。

说起十万大山，其实距离渭水已经不算太远了。据《淮南子》记载，这里本来是后土为了安置大泽而设立的一处隔离带，位于渭水北方三万里，因为有着群山的阻隔，周围的居民还算生活安定。可是内部就完全不同了，因为环境险恶，在十万大山之中聚集了大量凶兽。再加上大泽不停地释放毒气，使这里瘴气横生，别说是寻常人了，就是一般的神明进入其中也会迷失方向，然后被层出不穷的凶兽吞食。

不过万物相生相克，这一套对共工完全不起作用。因为共工这个莽夫眼看着自己和部落的族人迷失了方向，不仅没有考虑原路返回，绕道而行，反而开始拖动群山，将所有拦在自己面前的大山全部移开，给十万大山做了一个通风口，将山中的瘴气全部散了出去。

没有了迷雾的困扰，共工和自己的族人很容易就进入了十万大山的中心地带。可是共工不知道的是，自从他搬山移石泄走瘴气之后，就已经有一只凶兽盯上了他们。这个家伙叫相柳，是大荒之中很有名气的凶兽。

据《白泽图》记载，相柳身体长一千多丈，长着九个巨大的脑袋，每个脑袋都狰狞无比，口中有两颗巨大的毒牙，可以喷吐毒汁，毒液落入水中，就可以将整条河流污染。而且它的身体鳞片之间还长满了毒瘤，这些毒瘤会不停地渗出毒液。凡是它经过的地方，都会沾染剧毒，寸草不生。要是上古年间评选四害，无论从危害程度还是相貌狰狞程度来看，相柳都一定是高居榜首的。

相柳本来是生活在汉水附近，但是因为长相太丑，吓到了河伯，就被河伯赶到了大泽之中。再后来，后土又将大泽挪走，相柳也就被困在了十万大山之中。这下相柳可惨了，十万大山是后土创造的天然屏障，主要功能就是防止生灵误入大泽，所以整片群山几乎完全隔绝了大泽和外界的接触。相柳体型庞大，想要逃出去，是根本不可能的事情。好几万年时间，除了极少数倒霉蛋之外，相柳几乎没见过什么像样的活物，更别说吃顿饱饭了。

不过在饱受饥饿折磨中，相柳想出了一个能不时给自己加餐的方法，那就是开发一种全新的技能。这个技能的主要作用是，相柳把自己褪下的鳞片化作各种毒蛇，然后将这些毒蛇放出去，为自己找寻猎物。

这些毒蛇因为来自相柳不同的头，所以能力也是千奇百怪。有的体型庞大，可以绞杀大型野兽；有的毒性猛烈，可以毒杀路过的生灵；甚至还有一部分毒蛇，全身上下五彩斑斓，但凡看到这些毒蛇的，都会被它们迷惑心智，自己把自己送到相柳面前，成为他的一顿大餐。靠着这种本事，相柳的小日子也算有所改善，虽然还是吃了上顿没下顿，但最起码不至于被活活饿死了。

　　相柳总是处于半饥饿的状态，备受折磨，所以它一直都有好好饱餐一顿的心愿。这次看见共工部落，相柳眼睛都红了，在他看来，这正是自己的好机会。当下，相柳把自己所有的下属都召了回来，准备光天化日之下直接强攻共工部落。

　　好几万年来，相柳培育的毒蛇不知道有多少，这下全员出动，声势堪称惊天动地。密密麻麻的毒蛇爬动的声音竟然能传出数十里远，等共工和部落族人们看到这些毒蛇的时候，连山体表面都被完全覆盖住了。无数各种颜色的毒蛇纠缠在一起，好像给山体刷了一层彩漆一样。

　　不过，虽然相柳这边蛇多势众，但是在共工这种见过大场面的神明眼里，根本不值一提。眼看着无数毒蛇慢慢将自己合围，共工左手提起一座大山，右手拔出一棵巨树，像拍苍蝇一样对着群蛇就抡了过去。虽然毒蛇的数量挺多，但是架不住共工体力太好了，他两手提着大山巨树，从中午一直砸到了斜阳将落，无数毒蛇变成了肉馅儿，蛇血把大地都给浸透了。

　　相柳哪里见过这种厉害角色，当时就吓傻了。这些手下可是它好不容易培育出来的，要是在这里全部报销了，就算把共工一行人全部拿下了，那也得不偿失。于是，相柳直接下场，准备和共工来一次决战。

　　决战的结果就是共工打得很开心，相柳则挖地洞挖得很卖力。从某种角度来说，这也是另一种形式的皆大欢喜，毕竟相柳在这次决斗中充分认识到了生命的可贵。他还下定决心，在共工离开十万大山之前他再也不离开大泽了。

　　可是相柳逃走之后，共工开始发愁了。大泽是一片占地千里的沼泽，也是大荒万毒汇聚之处，这里的每一寸土地，每一种动物，甚至就连呼吸的每一口空气都是剧毒之物，共工部落的一群凡人想要通过这里，是根本不可能的。

不过没多久，共工想到了一个可以让族人安全通过大泽的方法。既然相柳能生活在大泽里，那它必然是不畏惧大泽毒水的，只要把它变成交通工具，不就能把自己部落的族人驮出大泽了吗？但是，相柳躲在大泽底部，怎么才能让它出来呢？

我虽然变秃了，但是也变强了

没有人能叫醒一个装睡的人，所以也没有人能把存心当缩头乌龟的相柳引出来。好几天的时间，共工尝试了包括叫阵、喝骂、嘲讽、挑衅等一系列手段，都毫无效果。任凭共工在大泽边上随便干什么，相柳都是两耳不闻窗外事，一心躲在大泽中。虽然共工拿相柳没什么办法，但是共工的手下可就不一样了，他有一个对付相柳的绝招。这位手下的名字叫句龙。

句龙最开始并不是共工部落的族人，而是属于一个叫句芒氏的部落。句龙天生体型瘦小，气力虚弱，在以勇武著称的句芒氏中，属于被排斥、被看不起的那一类。某一天，句龙外出打猎，还被两只打架的神兽给坑了。

这两只神兽，一只叫甲龙，一只叫留鸟，都是身形巨大、性格彪悍的家伙。这两只神兽不知道为什么发生了冲突，在半空中就直接开打了。打斗中，甲龙被留鸟在肚子上抓出了一道伤口，一大滴鲜血直接掉落了下来，正好砸在了句龙的头上，当时就把句龙砸晕了。

可是刚晕过去，句龙就又疼醒了，甲龙的那滴血实在太大了，句龙全身都浸在血中，像泡在了岩浆之中，身上的骨头也如同被人敲碎了。醒了晕，晕了醒，就这么好几次之后，句龙终于彻底昏睡了过去。句龙一睡就是十几天，等再醒过来，他的命运就被彻底改变了。当然，最先改变的是他的外貌。

在《搜神广记》里说，句龙身高六尺，头顶无发，手如龙爪，形态佝偻。这就是洗过龙血浴的副作用。据记载，龙血滚烫无比，温度极高，滴落在凡人身上，运气不好的当场就能气化蒸发，而运气好的就会得到强化。句龙就是第二种。

从此，句龙就增加了一副无坚不摧、可以穿山破土的龙爪，之后他就可以不依赖任何工具，在一昼夜间挖掘出上千里的地道。可是这个本事并没有帮助句龙完成"我变丑了，也变强了"的华丽逆转，他反而因为生得过于丑陋而被族人赶出了部落。此后，他在大荒之中流浪了好几百年，过着颠沛流离的生活，直到遇到了共工。

对共工这种讲实用主义的神明而言，外观的美丑完全不重要，他看中的是句龙的手上功夫。在成功招安句龙之后，共工就任命句龙为射水地下水利工程的总设计师，俗称排水管道工。在这个岗位上，句龙找到了自己的人生价值。他不停地开挖河渠、疏通洪流，让共工搬山治水的工程变得更加轻松。

据《水势图》记载，"句龙以手刨渠，于射水开地河千余条，射水之水，尽泄他处"。用今天的话来说就是，句龙为射水的水利工程事业做出了不可磨灭的贡献，也因为这些贡献，与共工部落的族人打成了一片。渐渐地，人们忘记了句龙的来历，甚至很多人都不清楚，句龙本来并不是共工部落的人。

收获了人性温暖的句龙不仅在下水道工程上尽心尽力，还充分发挥了自己发明小能手的本事。句龙模仿自己的双手，发明出了一种叫句龙齿的工具，可以让普通族人也能开挖地洞。虽然效率不高，但影响却相当深远。

正因为有了句龙齿，共工部落的很多人才意识到，凡人也是可以靠着自己的努力来抵抗洪水的。于是，共工部落倾举族之力大搞发明，后世我们所用的很多工具都是这个时候被发明出来的，比如锄头、铲子等。这些工具奠定了人类文明的基础。

不过，也就是因为句龙太厉害了，共工治水的进度越来越快，再加上一些意外因素，才直接酿成惨剧，引发了共工和祝融的矛

　　爆笑吧！上古诸神来了：一方山海中的神话故事

盾。所以，共工部落的八万里迁徙之旅，句龙至少也要负百分之三十的责任。

不过这都是过去的事了，眼下最关键的还是，在离开射水之后，感激共工知遇之恩的句龙依旧跟在了共工身边。眼看部落迁徙遇到了困难，句龙当仁不让地站了出来。他告诉共工自己有办法让相柳离开大泽，但是需要共工做出一点小小的牺牲。

按照句龙的想法，只要他挖出一条地道，将大泽的毒水排空，共工就能亲自到大泽之中把相柳抓出来。但句龙的这个办法有一个缺陷，那就是挖开大泽之后，泄漏的毒水会将方圆万里的水域全部污染。共工部落本来就已经是异乡来客了，要是再干出这种天怒人怨的事情，恐怕走不到渭水就要被群起围攻了。

所以，句龙需要共工提供一件叫钧瓶的宝物，这件宝贝是共工的母亲玄冥留下的。虽然钧瓶只有拳头大小，却能容纳一条河的河水，本来是共工用来治水的重要工具。现在句龙希望共工能用钧瓶将大泽排出的毒水全部装起来，但是这样一来，只怕钧瓶就要报废了，所以句龙想要征求一下共工的意见。

共工当然很舍不得，但是眼看着渭水就在眼前了，为了不在这里耽搁太长时间，他咬了咬牙，还是同意了句龙的办法。当下，句龙脱去了全身的衣服，从大泽外围三百里的地方挖了过去，也就半天的功夫，地道就彻底挖通了。

然后，共工抡起分水叉，照着地面猛地一杵，震裂了地道之上大泽底部的土层。然后，大泽本来平静的水面出现了一个巨大的漩涡，里面的毒水顺着地道全部被排放了出来，其中大部分都被吸入了钧瓶之中。剩下的一小股毒水渗入地下，看样子也不会对周围产生什么威胁了。

大泽的突然干涸惊动了正在水底养伤的相柳。从睡梦中醒来的相柳迷迷糊糊之中，抬头看到了站在自己面前的共工，还没反应过来呢，就被共工一顿暴打。足足三天之后，相柳才听到共工问自己，愿不愿意臣服。

相柳对共工是既惹不起，又躲不起，只能归顺于他。然后，它驮着共工部落向着渭水出发了，但是刚走出十万大山没多远，共工就又遇到了麻烦。这个麻烦是一只神奇的凶兽带来的，直接导致共工部落减员三分之一。

铁憨憨遭遇猥琐熊大

所谓福无双至，祸不单行，共工与相柳大战一场之后，没走多远，又遇到了另一只叫浮游的凶兽。这只凶兽和相柳这种缺心眼的完全不同，它曾经是上古大神夷木的宠物。从战斗力上来看，浮游和相柳相差不大，但是浮游比相柳更不好惹的地方在于，这个家伙一肚子坏水，满脑子都是各种阴谋诡计。共工为什么会惹到这只凶兽呢？这要从这只凶兽的来历说起。

上古时期，大荒之中有一棵神树叫建木，生长在东海中心，横十二万六千八百里，纵不知多少，因为从没有人爬到过顶上。直到后来，星辰之主帝俊从建木顶端走了下来，在树下立了一块神文石碑，大家才知道建木联通的乃是星辰世界，是天地的桥梁。

在建木上，诞生了一位叫夷木的神明。据《木神方志》记载，"东海有神，名曰夷木，司草木生长，其色青，落地则生草木，落水则生藻苔，吐纳之气可使百花盛开，目中溢泪能致藤蔓滋生"。可以说，夷木就是整个大荒所有植物的起源，也是整个大荒植物体系的建立者。

夷木在建木之上生活了很长一段时间，每天看到的都是辽阔海域之上的日升月落，倍感无聊。静极思动，夷木就从建木上取材，做了一艘小船，然后独自横穿半个东海，抵达大荒大陆。在游历了无数个地方之后，最后选择在渭水正北八千里，一个平平无奇的地方定居下来。在这里，夷木培育了无数神奇之物，其中最受夷木喜爱的叫白树。

白树这种植物，高十二丈，树身笔直没有分叉。虽然名字里带着一个白字，但长得遍体通红，而且白树的树皮质地通透，如同玛瑙一般，还会分泌一种鲜艳如血，像油漆一样黏稠的汁液。一般的凡人乃至凶兽，舔上几口树汁就不会感到饥饿了，配上蜂蜜一起吃下去，更是会觉得身心舒畅，无忧无虑，可谓肉体与心灵的双重补品。

不过，这种好东西并没有流传开来，因为夷木这个神明爱惜植物，在他眼里，自己繁育的神树比命都重要。再加上夷木抠门小气，所以数百万年中，虽然白树慢慢繁衍成一片森林，但是真正品尝过白树树汁的人，也仅有夷木每次在白树林中举办宴会时，邀请的几位至交好友而已。

夷木的好朋友里有一位叫狰的神明，是大荒之中仅次于西王母的动物爱好者，而且专精于饲养凶兽。他知道夷木有外出旅行收集珍稀植物的爱好，就送给夷木一只凶兽，用来看家护院，守卫白树林。夷木还专门给这只凶兽起了个名字，叫浮游。

据《少室山房笔丛》记载，"浮游其色赤，其言善笑，其行善顾，其状如熊"。说白了，浮游就是一只红色的大熊，只不过这只红色大熊能口吐人言，喜欢一边说话一边傻笑，懂得察言观色，善于揣摩别人的心思。浮游还有模仿学习的优良习惯，可以独立设置陷阱，还有隐身的技能。

自从夷木有了浮游看家护院，多少前来偷树的土贼都栽在了这只熊怪的手中。其中最出名的是一位叫俾晲的来自无肠国的小神。俾晲本来是受无肠国君主的委托前往白树林，向夷木大神求取白树解决无肠国饥荒的，却没想到历经四个月到达白树林后，才发现夷木大神竟然外出了。救灾如救火，等不及的俾晲在经过一系列复杂的思想斗争之后决定，干脆直接偷几棵白树回去慢慢培植。可是没想到，此举惊动了正在沉睡的浮游。

在发现俾晲偷树的行径之后，浮游小心地隐身其之后，开始在俾晲的来路上设下层层陷阱。当俾晲扛着白树准备离开的时候，一场悲剧上演了。

俾晲不惧水火，防御力惊人，但是天上地下，林间草中，无处不在的危险还是让俾晲疲于应对。除此之外，浮游还时不时突

然现身袭击俾睨，俾睨的反抗不仅没有击退浮游，反而被浮游利用读心术找到了致命的弱点。那就是俾睨不抗饿，它干脆将俾睨拖入陷阱之中，开始了持久战。在一神一兽的激战下，本来数十米深的陷阱硬生生变成了一个深达千丈、宽数百米的巨大天坑，而俾睨也彻底饿晕了。

从此，浮游的凶名在渭水附近被传扬开来，它的阴险狡诈尤其让人胆寒。也就是共工部落这种领地距离很远的偏安一隅的土包子才没怎么听说过，所以命里该着共工部落倒霉。

数万里行程，共工部落一路走来缺衣少食，看见白树这种东西，虽然不认得，但是在经过尝试之后，也发现了它的好处。在连吃带喝之后，他们犯了一个和俾睨同样的错误，那就是试图将白树打包带走。这下浮游再次被惊动了，不过在看出共工行进的方向后，浮游就放心了。因为共工部落行进的方向上正好有一个浮游历经万年打造的特殊陷阱群，它的名字叫蝼台。

蝼台其实就是一座迷宫，位于白树林正中，通体都是用红褐色的石头搭建的，再经过浮游口水的黏合，变得坚硬无比。迷宫内含通道三千八百条，出口上万个，陷阱众多，暗道无数。就是在这里，共工部落遭遇了射水之战后最大的危机。

浮游靠着自己隐身的技能，配合读心术，在蝼台里神出鬼没，将共工部落的族人分割成无数零零散散的小团体。这些走散的族人误入陷阱和暗道之中，被浮游夺走了性命。到了后来，靠着皮糙肉厚、随时能跑的优势，浮游甚至敢大着胆子直接袭击相柳和共工。就连共工都险些被困入陷阱之中，而相柳就更惨了，身上的大片鳞甲都被剥了下来。

到了最后，忍无可忍的共工开始暴力拆迁，企图破墙而出。而浮游也不阻止，只是每次在共工动工的时候，就偷袭共工身边的族人，等到共工成功打通逃离通道的时候，共工部落已经减员超过一半了。而好不容易逃出蝼台的共工还没能松口气，就发现即便是在白树林之中，也是遍地陷阱。浮游还在地下挖出了无数暗道，才走了没多远，就已经发动了好几次突袭了。此时此刻，依靠复杂的地形，浮游终于展示出了一个全能刺客的强悍威慑力。

共工这时也明白了，如果不擒获这只可恶的凶兽，不用多久，连同自己和相柳在内的共工部落就要全军覆没了。此时，相柳给共工出了个主意。相柳让残存的共工部落的族人架起了篝火，然后从自己的口中拔出一颗毒牙，毒牙上的毒液不停地滴落在火焰上，被高温蒸发成毒烟，笼罩了整片白树林。另一面，又命人将焚烧后的毒牙磨成粉末，给部落族人吞服来增加免疫力。

毒雾弥漫了整个白树林，无数小动物倒在了瘴气之中，浮游也不例外。虽然他有隐身的神技，但是依旧没有躲过共工部落的地毯式搜查。在俘获了浮游之后，共工知道了前因后果，对于是否要处死浮游犹豫不决。按照浮游的说法，夷木是下过死命令的，只要白树有所损伤，就要浮游给白树陪葬。如今白树林被毁了大半，浮游就算把共工拿下，也难逃一死。

相柳听了浮游的说法之后，劝说共工，与其杀了浮游，还不如把它留下将功赎罪，毕竟前路未知，能多一个帮手总是好的。共工思考了一下，觉得毕竟还是活着的族人更加重要，所以同意了相柳的建议。

相柳得到了许可，就劝浮游，如今白树林已经毁了，等夷木大神回来自然不会放过他，与其坐着等死，还不如离家出走，跟着自己一行人去渭水。他还拿饕餮、梼杌（táo wù）这些凶兽举了几个例子，充分说明了离家出走的好处。看浮游口气松动了，他又说共工已经答应了，这次的事情可以不追究，但是如果浮游不愿意戴罪立功，那就只能杀了浮游为族人报仇。威逼利诱之下，浮游终于同意加入共工部落。

于是共工部落在两只凶兽的保护下，很快就抵达了渭水。但是夷木的事情并没有这么完结，毕竟，共工不仅毁了他的居所，还拐走了他的宠物。不过这都是后话了，眼下共工还有更重要的事情需要解决。

共工部落定居北邙山

同生共死的双生部落

独在异乡，难免要受人排挤欺凌。而历经千难万险，终于抵达目的地的共工部落就面临着这个问题。在到达渭水之后，共工详细勘察了地形，并且经过充分考虑之后，决定将部落的定居地选在邙山北侧。那里紧挨着渭水，食物充足，而且地势很高，不用担心洪水的侵害。这个提议得到了部落族人的高度认可。

可是就在共工部落热火朝天地开始搞建设时，本地人不乐意了。所谓的本地人，其实就是两个部落：一个是拓山部落，另一个是拓羽部落。这两个部落和上古大荒一位非常有名的猎手有关。

我们都听过大羿射日的故事，但是同时代其实还有一位和大羿齐名的射手叫拓直。他也是一个战斗力强悍且对人族有着突出贡献的大人物。据《古语斋谭》记载，"东海之滨有人名曰拓直，善射，时有蛟龙作恶，拓直独身日猎百余，居三年，从此东海无龙矣"。就是说，拓直战斗力很强大，一人灭一族，堪称龙族终结者。

当然，这位叫拓直的大神为人友善，性格直爽，并不是针对所有动物的。他针对的都是那些为祸一方的凶兽或是恶兽，除了自己所在的部落，其他地方有人来求助，拓直也会毫不推脱。时间长了，大家都很认可这位射手，就将他推举为首领，而他所在的部落也被称为拓部，在东海一带算得上鼎盛的部族。

但是没过多久，因为炎帝和东海海神禺虢（yú guó）发生了矛盾，冲突频发，为了不让族人被大战波及，拓直就带着自己的部落一路西迁，到邙山附近定居了下来，繁衍生息。因为拓直名声在外，所以他活着的时候部落发展可以说是顺风顺水。但是拓直死去之后，情况就不一样了，他的两个儿子有了矛盾。

拓直有两个儿子，他们是拓山和拓羽，分别继承了拓直不同的本领，在部落的发展思路上截然不同。长子拓山擅长与凶兽作战，在他看来，部落未来的发展就应该像以前一样，帮助别的部落抵御凶兽，然后以此来换取生活物资。可是次子拓羽更擅长种植和捕猎，他认为和凶兽作战会导致族人的伤亡，不如自力更生，平稳发展。兄弟两个谁都不服谁，干脆分了家，两个人各自带领着支持自己的族人，建立了两个新的部落，这就是拓羽和拓山两个部落的由来。

但是，拓山和拓羽的想法还是太过单纯了，完全没有明白部落与部落之间弱肉强食的关系。这导致这两个部落后来发展得都不怎么样，一个没有稳定的收入，一个不够强大。没多久，他们就被周围的部落从邙山西面的大平原，排挤到了邙山北面的小山沟里。眼看着两大部落都要完蛋了，拓山和拓羽终于决定放下成见和恩怨，守望相助。

说白了，就是两个部落联合起来谋发展。这种模式确实很适合两个本来一体的部落，因为他们同出一族，所以信任度很高，再加上双方的技能也很互补，很快就明确了彼此的分工。拓山部落负责对外战争，扩大地盘，而拓羽部落就利用拓山部落抢来的地盘全力种植和捕猎，做好后勤保障。

就这样，经过几百年时间，拓山和拓羽两大部落靠着这种共生关系，硬是整合了十几个部落，奠定了自己邙山霸主的地位。但是部落的发展需要资源，而一片地区的资源往往又是有限的，所以当人口过多之后，两大部落定下了新的发展思路，那就是不再吞并人口，改为将周围的部落全部赶走，并且一致排斥外来者。清场完毕，彻底占领邙山的两大部落开始了全新的建设模式。

这种模式在《邙山地志》里有过记载：拓山氏居邙山之顶守望四野，拓羽氏居山腰耕植狩猎，二者共存，一体而生，互为屏障，独占邙山。就是说，善战的拓山氏将部落建立在邙山山顶的位置，

而以耕种为主的拓羽氏则将部落安置在山腰，虽然听起来不符合外强内弱的建设逻辑，却是两大部落多年生存经验的总结。

这种方法的好处是，即便有强大的敌人入侵，拓羽部落也可以作为一个缓冲带，给作为主要战斗力的拓山部落留下组织反击的时间。比如说，邙山以东八百里曾经有过一个叫尾中氏的巨人氏族，都是些身高八丈左右，茹毛饮血，喜欢生吃活人的独眼巨人。这些家伙把自己氏族附近的所有部落都吃光后，就把主意打到了邙山的拓山和拓羽部落的头上。结果好几百年过去了，拓山和拓羽部落硬是靠着顽强的抵抗精神，打退了巨人们的一次又一次进攻，活活把尾中氏给拖到了灭族，用事实向世人证明了自己经营模式的优越性。

这次，共工部落准备定居邙山，就受到了拓羽部落的沉痛打击。拓羽部落毕竟是神射手的后代，其族人个个善射，靠着对地形的熟悉和一手过硬的射击技巧，昼夜不停地袭击共工部落。虽然在共工的保护下，部落没有多大伤亡，可是部落的建设就完全被耽误了。

共工部落到达渭水的时间大概是在夏末，往后就是一场秋雨一场寒。眼看着天气越来越冷，自家部落却连个过冬的地方都没有，没了办法的共工只能让相柳和浮游保护着族人，自己和句龙单枪匹马杀进邙山，准备把拓羽部落强行拆迁了。

刚开始，靠着个人强大的战斗力，共工确实给拓羽部落造成了巨大的伤亡。可是很快，在得到求援信号之后，拓山部落就组织起了部落里的战士，开始和共工打游击。只要共工敢上山袭扰，两大部落就直接进攻共工部落，偷袭共工的大本营，硬生生和这位神明打成了有来有往的局面。

不过，虽然两大部落战术正确，却也架不住共工是个有神力的玩家。眼看着玩战术玩不过人家，共工直接靠着自己的搬山巨力将北邙山硬生生从中间撕开，引来了渭水倒灌。这下两大部落可扛不住了，只能暂时向北迁移。不过这件事并没有这么算了，两大部落还是有靠山的。

土地主惨遭黑恶势力入侵

对于拓山和拓羽两个部落而言，共工部一行人就是从天而降的祸患。本来在两大部落团结一致的努力下，族人们已经过上了耕作狩猎、太平安稳的美好生活。可是没想到作为此地主人，两大部落却反而被共工部落这个外来户给驱逐了。没有了容身之所的两大部落当然不会善罢甘休，他们准备找到邙山山神固泽来为自己主持公道。

说起固泽这位神明，就不得不交代一下他的来历。据《北玄经》记载，邙山有司山神十二人，皆蓝面青发獠牙，身高九丈，性喜食人，后为固泽所恶，取而代之。就是说，固泽这个山神的位置其实是从别人的手上抢来的，当然，这事没这么简单。

想当初，岐山有一位叫夏耕的巨人，专门讨伐那些作恶凶神。他身高十五丈，力大无穷，头上长着三只眼睛，分别可以射出闪电、火焰和强光。靠着这个本领，不知道有多少凶神惨死在他的手上。在他活着的时候，北至北冥，南到天池的凶神，只要提起他来就没有不害怕的。

可惜，似乎大多数厉害的神明都有个逃脱不了的宿命，那就是虎父犬子，夏耕也是如此。这位性情豪迈、脾气刚直的巨人一共生了十二个儿子，从外形上来说都是身高九丈、筋骨强健的巨人，可是人品就不行了。他们属于典型的叛逆神二代，放着好好的执法者不当，反而落草成为吃人的凶神。

老话说得好，虎毒不食子。夏耕对外人秉持法不容情的原则，但是对自己的亲生骨肉却下不去手了。他不想自己的儿子们每天在大荒上到处搞破坏，只好跟后土讨要了一座荒山，将自己的十二个儿子软禁在了那里。

这个地方就是邙山了，可是没想到的是，这十二个儿子都被发配了，还是贼心不改，经常跑出去吃人作恶，结果把周围的所有部落都吓跑了。缺乏食物来源的十二个巨人就只能跑到西北方向的奎山，骚扰那里的部落，却没想到他们的举动把固泽给惹怒了。

固泽那个时候是奎山山神，他最讨厌的就是别的地方的凶兽或是凶神在自己的地盘上搞事情。刚开始，十二凶神只是偶尔到奎山用餐，奎山的部落并没有受到太大的影响，毕竟那个年代比巨人危险的东西有的是。可是后来，十二个凶神经常光顾，就有部落承受不了了，来请求固泽为民除害。

按照《考异集》上的说法，"奎山之神，善驱妖鬼，能役百兽，可点化草木山石之灵"。用今天的说法，固泽就是个召唤师，能将草木山石变成可以活动的生灵。往常，他讨伐别的凶兽凶神时，基本都是驱役百兽和山石，自己并不直接参战，安全系数有保证的同时，战斗力也格外强悍。奎山数十万年的安稳就是靠固泽一个人撑起来的。

照理来说，十二凶神其实是打不过固泽的，但是固泽也有顾忌。作为一位神明，固泽很清楚十二凶神的来历。直接杀了他们不好和夏耕交代，可是手下留情，又很难降服这十二个凶神。毕竟，这十二个凶神不仅力大无穷，还继承了夏耕的三只神眼，相当不好对付。

结果在固泽不想直接和夏耕撕破脸的情况下，双方大大小小打了几百次，都是不分胜负。时间长了，固泽也是心灰意冷，虽然时不时地还是要找十二凶神的麻烦，可更多的时候，也只是将他们驱逐出奎山而已。

但是后来，拓直带着自己的部落迁移到了邙山附近，这事就有了转机。在十二凶神看来，相比有固泽守护的奎山，新来的部落就要好对付多了。于是，经常吃了上顿没下顿的凶神们就把主意打到了拓直部落上来了。

拓直可不像固泽一样消息灵通，在拓直看来，一切威胁到人族的东西都只有一个下场，那就是不要命了。而且，拓直是个行动派，说干就干。他凭着自己神射的本事，生生追得十二凶神在邙山里到处乱窜。

另一头的固泽也注意到了这位新来的邻居，在发现拓直本事了得后，和拓直取得了联系。在说明了情况之后，双方达成协议，联手直接把十二凶神给制服了。之后，流程就很简单了——通知家长领人。自知理亏的夏耕亲自出面，并且保证，回去之后就把这十二个儿子全都关到雷泽深处，永不放出。

自此，拓直和固泽有来有往，都觉得对方很合脾性，渐渐地就成了好朋友。再后来，拓直老去将死，就把自己的后人托付给了固泽。而固泽为了更好地照顾拓羽和拓山，就搬到了邙山居住，成为邙山山神。也就是在固泽的帮助下，拓山和拓羽部落才熬过了最艰难的时期。

这次，听说又有外来的神明到本地闹事，固泽义不容辞，当下就答应了两大部落的请求，准备出山为他们讨个公道。可是没想到，多年的安稳生活已经把固泽变成了一个土地主，长期不再关注外界的固泽，完全不知道这次来的共工和十二凶神那样的水货完全不同。

固泽将大半个北邙山的妖鬼和精灵都召唤了出来，雄赳赳气昂昂，奔着共工部落就直接杀了过去。刚开始，这确实对共工部落造成了不小的冲击，但是在共工看来，他也就那样了。因为共工发现自己手上竟然有一件克制固泽的神器，这件神器就是当初玄冥回冥界之前留给共工的一样宝物——冥镜。

当初玄冥回冥界之前，担心共工再次遇到对付不了的仇家，就给共工留下了一面镜子。这面镜子可以沟通冥界，而共工这次还发现了这面镜子的另一个功能——将被创造出来的精灵重新变回原形。没错，冥镜就是后来照妖镜的前身。靠着这面镜子，共工逼得固泽这个召唤师无计可施了。

最后，固泽不得不面对一个事实，那就是他不是共工的对手，今天这个公道怕是讨不回来了。有了这个觉悟之后，固泽只能带着拓山和拓羽两个部落向南迁徙。而共工部落虽然赶走了两大部落，可是没想到前脚两大部落刚走，紧跟着就又有麻烦了，而且这个麻烦还是共工部落自己惹出来的。

共工网购治水神器

人无千日好，花无百日红，这话说得很有道理。眼看着共工部落从拓山和拓羽手上接管了邙山，马上要在这个山清水秀、鸟语花香的地方定居下来了，结果却又出现了另一个大麻烦。这个麻烦还是共工自己给自己找的，这个故事得从共工横穿十万大山说起。

不久前，共工为了迅速赶到渭水，横穿了十万大山。他自以为高明地挖了条地道，将大泽的毒水全部放干，并且还利用下水道技术，把大部分毒水都装入了一个叫钧瓶的宝贝之中，剩下的少部分毒水就顺着土壤的缝隙渗入地下。按照共工的想法，这个事情就应该这么过去了，可是没想到这部分渗入地下的毒水没有被土壤吸收，而是顺着地下缝隙流入了渭水之中。

这股毒水量虽不大，但是污染非常严重。据《渭水水志》记载，大泽之水入渭水中，从此飞鸟难渡，往来禽兽，无不受其害者。想象一下，太阳一晒，水汽蒸发，渭水的上方连鸟都飞不过去了，这得是什么级别的生化武器？更何况，这水闻一闻都得死，要是有人喝上一口，后果不堪设想。

在这么强力的污染下，共工部落不仅失去了重要的水源，还因为周围的动物大规模远离邙山而失去了食物来源。共工看在眼里，愁在心里。

虽然他有心治水，可是射水大战之后，他的乌石盘就已经毁了。即便有乌石盘，那也只能将渭水截留，并不能改善水质，恢复邙山生态环境。最后，共工只能号召部落每天到邙山的山溪之中取水，到邙山西侧的平原上狩猎。

这个办法刚开始还行，但是日子长了就有问题了。共工部落人口众多，几条小溪或者几个泉眼根本满足不了正常用水需求。而且，共工部落到邙山西侧大平原狩猎的行为，也有点过界的意思。在平原上的各大部落眼中，这属于严重的挑衅行为。一时之间，共工部落和周围邻居们的关系降到了冰点。

不过就在共工发愁的时候，浮游替共工想了一个办法。大家都知道，浮游当初也是跟着夷木大神混的，算是一只见过世面的熊。他知道在位于大荒东北的汉水，居住着一位叫河伯的神明，号称大荒诸水之主，一定有办法治理毒水。巧的是，这位神明共工也认识。

当初玄冥游历大荒的时候，就曾经和河伯打过交道，那时河伯还不住在汉水，而是住在淮河，是大荒之中鼎鼎有名的大神。玄冥到淮河附近玩耍的时候，河伯热情地招待了玄冥，两个人就算认识了。有来有往之下，两位神明交情还很不错，甚至后来河伯搬家还曾经邀请玄冥到汉水做客。所以，作为玄冥的儿子，共工还是有把握让河伯帮忙的，之所以没有付诸行动，是因为有个比较尴尬的问题，那就是河伯很难求见。

据《祇因》记载，"汉水有河伯，分封天下河神溪主而自治汉水，万年而醒，万年而睡，周而复始，故汉水万年一易"。就是说，河伯很懒，把自己管辖的河流山溪都交给别人治理，而自己则守着汉水睡大觉，一万年清醒，一万年沉睡，他苏醒的标志就是汉水的河道移动。

很不凑巧，在共工深受水系污染问题困扰的时候，正好是河伯入睡不久的时候，想找河伯解决问题，时间上根本来不及。所以，共工打算直接否定了浮游的这个建议。但是没想到，浮游却告诉共工不一定非得找河伯亲自来，只要有一件河伯身上的东西，也能管用。

浮游告诉共工，河伯其实还有个不为人知的属性，那就是浑身是宝。上古年间，很多神明都知道河伯的这个特性。据说，河伯的牙齿之中藏有明珠可以避水，河伯的眼泪落地成湖，就连河伯身上的鳞片都能化气成雨。

至于治理污水，河伯身上能管用的部件也不少。既然共工的母亲和河伯有交情，那是不是可以先斩后奏？共工本来不想听浮游的馊主意，但是架不住渭水的生态环境不断恶化。共工实在不想部落的族人们继续生活在水深火热之中，思量再三后，觉得亲自前往汉水有点不妥，就求助自己的母亲玄冥，让她帮助自己拿到河伯身上的宝物。

这事到了玄冥那里，就简单多了。汉水虽大，但是河伯的住宅位置玄冥还是很清楚的，同为大荒大佬，玄冥远比共工更了解河伯的底细。她让河伯的手下鲛人泉客帮忙剪下了一根河伯的胡须，之后还委托泉客帮忙送到共工的手上。

治水的神器就这么到手了，接下来，共工就需要按照泉客给出的说明书开始治水了。河伯的胡须被剪下来之后，就有了一个专门的名称，叫缚水索，可以把天下江河之中的无形之水捆束起来。这个缚水索还自带智能识别功能，可以把水中的杂质和水区分开来。就是靠着这个功能，共工以山为梁，将渭水捆住悬在半空之中，而毒水就被从河水之中分离了出来。从此以后，渭水邙山的这一段水域，就成了浮空之河。

共工部落的问题解决了，泉客完成了玄冥的委托，返回了汉水。此后，共工部落就开始休养生息，并努力修复和周围邻居们的紧张关系。毕竟大家还要长久相处，必要的社交关系还是要维持的，而且共工部落也有自己的外交手段。

邙山只有西侧的大平原上才有部落居住。这里的部落远离河道，是不需要治理水患的。但他们也有自己的难题，那就是这些部落缺乏开挖河道的本领，因此在用水上有诸多不便。这次有了共工的帮助，周围的部落都有了自己的饮水水渠，就把先前的不愉快一笔勾销了，开始正式接纳共工部落作为邙山的一员。但是，共工部落多灾多难的迁徙之旅并没有告一段落。因为共工把渭水变成浮空之河的事情，又触怒了一位凶神。这位凶神就是巫支祁，是一个地道的恶霸。

　　爆笑吧！上古诸神来了：一方山海中的神话故事

共工大战恶霸巫支祁

邪恶又残暴的淮水水神

旁有恶邻，家宅不安。共工怎么都没想到，自己不过是当了一回环保志愿者，给渭水做了个水质净化工程，就被人记恨上了。对方不仅记恨他，还要报复他，甚至连共工部落也被牵连。不过，这事倒也不能完全怪他，事情的起因得从渭水水神说起。

渭水水神名叫巫支祁，形如猿猴，身高三丈，牙齿尖锐，相貌狰狞。他长着一双金色的眼睛，能够看到千里之外的东西，听觉灵敏，五百里内风吹草动都尽收耳中，再加上力大无穷，水陆两栖，能够控制水流。在大荒之中，巫支祁也是很有名气的。只不过这个名声并不是太正面，原因大概和它的性格有关。

巫支祁这个家伙最早的时候居住在淮河上游的桐柏山中，不过因为桐柏山太过荒凉，就跑了出来。后来他发现外面果然比较适合自己生存，于是就开始在大荒之中游荡。但是时间长了，他也想找个属于自己的地盘，但是又懒得自己挑选，于是就打起了坏主意。

据《古岳渎经》记载，巫支祁性喜水，每见名水，必驱其水神而代之。就是说，巫支祁这个长得像猴子一样的家伙喜欢在水里生活，而且喜欢在有名气的河流湖泊里生活。为了满足自己的喜好，只要是听说了哪里有比较出名的河流，巫支祁就会把那里的水神赶走，然后取而代之，过一把做水神的瘾。

所以，巫支祁虽然名义上是个水神，本质上却是个打家劫舍的强盗，属于上古时期的顶级恶霸，也算是臭名远扬了。不过，和一般强盗不一样的地方在于，巫支祁对金银珠宝、美玉奇珍之类的东西完全不感兴趣，他打劫的对象都是那些知名水脉的水神。

　　当然了，如果巫支祁仅仅是祸害一下各地的水神，也不算什么大事，上古时期的生存环境本来就是弱肉强食。可是偏偏巫支

祁还是个不折不扣的凶神，他性情残暴，喜欢以折磨弱小取乐，经常在自己的地盘上掀起洪水或制造干旱，并以此来残害生灵，打发时间。甚至只要是能让别人不痛快的事情，即便对他没好处，他也喜欢干。用今天的话来说，这就是典型的反社会人格。

左　共工
右　巫支祁

不过以上的行为只能说是一个恶霸的必备素养，真正让巫支祁跻身顶级恶霸行列的根本原因，还在于巫支祁喜新厌旧的毛病。就因为这个毛病，巫支祁经常在一个地方待腻了之后，就会找个新的地方继续作恶，于是他的名声越传越远。后来巫支祁当上了灞水水神，这个地方正好位于人族聚居地的中心地带。

眼看着凶神驾到，人族倍感惶恐，于是四处求援，吸引来了无数英雄和神明助阵。这些神明有大羿、夸父、寒报（nǎn）等，只不过名单虽然华丽，却没有一个完成任务的。虽然逼退了巫支祁，并且展开了持续不断的追杀，但是巫支祁很狡猾，被追杀得狠了，就销声匿迹一段时间，风头一过，就立马出来再次为祸一方。

几万年的时间里，在被多位大神追杀的情况下，巫支祁这位凶神硬是前前后后出任了包括渭水、淮涡、泾河等四十多条水脉的水神。仅此一条，就足以证明巫支祁的"大荒第一恶霸"的名号实至名归。

没过多久，在巫支祁又一次寻找新地盘的时候，悲剧发生了。那时巫支祁刚刚离开泾河没多久，可能是离开自己的故乡时间长了，有点想家了，巫支祁就有了回到淮河的想法。但是，没想到正好碰上了治理水脉的河伯。

据《淮水志》记载，当时的情况大概是这样的："河伯舒天下水脉，以去其淤塞，遇一猿猴，会吐人言，口出不逊，河伯怒，囚其于淮河水眼五百载。"就是说，巫支祁去挑衅河伯，结果被人家一关关了五百年。不过，五百年后巫支祁还是趁着河伯陷入沉睡的时机偷偷跑了出来，到了渭水继续兴风作浪。

但是，邳山有山神固泽，在他的保护下，渭水并没有出过什么大乱子。一是因为固泽确实有本事，二是因为巫支祁刚刚脱困，也不想搞出太大的动静。他们约定了互不侵犯的和平友好条约，明确划分了地盘——邛山归固泽管理，巫支祁则占据渭水，互相不能侵犯对方的合法权益。

这件事本来就属于秘密协议，共工初来乍到当然不知道了，所以治理渭水的时候，巫支祁就不乐意了。它觉得共工这是在挑衅，严重冒犯了自己的尊严。不过因为没见过共工，没搞明白状况之前，巫支祁选择先观望一下。可是没想到，共工居然拿出了河伯的胡须治水，这下巫支祁可就来气了。

巫支祁不认识共工，却认得河伯的胡须，毕竟湛蓝通透、如同水晶一样的毛发，整个大荒也只有河伯才有。刚刚在河伯手上吃了大亏的巫支祁认定共工就是河伯的手下，虽然他不敢去找河伯报仇，但是冲河伯的手下出口恶气的胆子，巫支祁还是有的。

当下，巫支祁在渭水上游截断水脉，然后让河水不停涨高，最后高达万丈的洪水朝着邛山北侧的共工部落一路赶去。他要用实际行动告诉所有人，他巫支祁绝对不是好欺负的。

共工在看到洪水到来的第一时间，就将整个邛山从地上抬了起来，顶在了洪水前面，靠着天下无双的蛮力，生生阻挡住了洪水的第一波侵袭。可是挡住洪水之后，共工还没来得及看清楚是什么东西在兴风作浪呢，他头上就挨了一记闷棍，顿时头晕眼花。

好半天才缓过来的共工看见自己面前竟然有个相貌丑恶的猴子，而且这个猴子看着自己的目光充满仇恨。共工脾气本来就刚猛耿直，当下就要以牙还牙，却没想到这只猴子居然说话了。这只猴子自称渭水水神巫支祁，并且对共工说，你老大跟我有仇，所以你倒霉了，从今天起，这渭水上下，"有你没我，有我没你"。说完了，他扭头就走，显然是没打算给共工说话的机会。不过从这天开始，共工发现自己确实倒霉了，因为巫支祁的报复来了。那么巫支祁到底是怎么报复共工的呢？

共工遇到的首个难题

虽然共工不过是出于改善自己族人生存环境的目的，搞了一个净水工程，却还是给自己找了一个大麻烦。隔壁一个叫巫支祁的邻居不仅在口头上表达了对共工的不满，还从实际行动上展开了对共工的报复。我们先来对比一下双方的力量。

共工的主要优势是力大无穷，有钢铁之躯。按照现在的说法，他就是典型的攻高防高的精英战士，而巫支祁则是一个全能近战法师。作为一个恶名远扬还能逍遥自在的凶神，巫支祁的力量属性比起共工来也是毫不逊色。虽然巫支祁没有力能扛山的举动，却曾经在浯河之中有过倒拽炀龙的战绩。

炀龙名为龙，其实是一条巨蛇，它和巴蛇吞象中的巴蛇算表兄弟。只不过，炀龙体型更加庞大，古人说炀龙拽海就是指它。连大海都能拖动的它却被巫支祁从河里拽了出来，可想而知巫支祁的力量有多么惊人了。

所以，共工和巫支祁两个神明单看能力好像差别也不是很大，但是打架输赢有时候还是要看智商的。巫支祁阴险狡诈，他从头到尾根本就没想过要和共工公平决斗。他的目的就是搞破坏，当然了，不是靠蛮力，而是靠战术。

每次巫支祁到共工部落捣乱，就是带着共工到人群密集的地方开战，两个人打斗产生的强大破坏力没几天就会把刚修建好的基础设施给破坏掉。

好在如今的共工也不是当初那个直肠子小伙了，毕竟吃一堑长一智，眼看着阻止不了巫支祁，共工干脆就守在渭水边上，完全不给巫支祁靠近人群的机会。但是天真的共工没想到，巫支祁的阴险程度实在是超出了他的想象。

巫支祁是全能型近战法师，所以有些共工不会的招数，巫支祁玩得贼溜。比如说，共工并不知道巫支祁还拥有操控水流的能力。从这一点上来说，其实巫支祁比共工更像一个传统意义上的水神。

眼看贴身肉搏已经不能扩大战果了，巫支祁干脆直接发动了一场大洪水。他要把邙山整个淹没，搞个物种大清洗，而且这一次巫支祁直接把北域八水全部掏空了。

所谓的北域八水，其实就是当时大荒北域最出名的八条河流，包括泾河、灞水、凉河等八条大河。按照《水利图》的记载，天下分流可划三十六域，北有八水，泽被两万四千里。就是说，这八条水脉，直接满足了两万四千平方里内所有生物的用水需求。仅这一点就可以想象，这一次巫支祁为了报复共工，也是下了血本了。

可惜的是，巫支祁搞出来的场面虽然足够宏大，却没什么效果。毕竟巫支祁制造洪水的能力虽然强悍，却架不住共工本身是个水利专家，治水经验丰富。共工按照当年在射水抗洪的经验，邙山但凡有点高度的土丘都被他拿来堵水了。方式虽然简单粗暴，但是效果出类拔萃。

当然了，对生态环境的破坏也是一流的。在共工的努力下，邙山向西五千里都变成了一片大平原，寸草不生。甚至因为这个，这片地方还有了自己专属的名称，人们把这里称为北荒。不过这都是后来的事了，眼下最重要的还是巫支祁，他的报复还远远没有结束。

巫支祁往常对付敢于挑衅自己的铁头娃都是三板斧，先是搞破坏，让对方疲于奔命，紧接着就是发起洪水，摧毁那些得罪他的弱小生灵的家园，最后等到洪水把生态环境彻底破坏的时候，再直接切断水源，让大地干旱。靠着这无往不利的三板斧，不知道多少部落倒在了巫支祁的脚下，共工部落也不例外。

据《神魔志怪图》记载，"巫支祁聚八河之水，兴洪于渭水，浪高万丈，邙山千里，尽受其害，凡目之所及，皆汪洋世界，后为共工所阻，巫支祁怒，则断渭水，涸河为峡"。就是说，巫支祁聚八河之水制造洪水，却被共工阻止，于是恼羞成怒，干脆直接把渭水从上游截断，结果渭水从奎山往后的河道直接变成了一条峡谷。

短短几天时间，巫支祁不仅将渭水截流，还把邙山附近的十四条小河一同截断，彻底断了共工部落的饮水来源。这下共工部落真的扛不住了，族人们已经开始从花草树木之中提取水分来维持生命了。可共工也没想到什么办法，毕竟他是以治水出名的神明，找水这事确实专业不对口。

看着一天天走向绝境的族人，共工明白要是不能尽快把巫支祁解决了，照现在的情况来看，自己的部落最多等到草木枯死之后也就该灭亡了。可是巫支祁自从发动洪水以来，就一直躲在渭水上游不出来，水性一般的共工想找到他谈何容易。

好在关键时刻，共工的手下相柳发挥了巨大的作用。作为一只有丰富水下作业经验的凶兽，相柳自告奋勇，愿意下水与巫支祁一战，把这个麻烦彻底解决掉。共工经过再三考虑，同意了相柳的建议，但是为了保险起见，共工决定让浮游和相柳一同前往。

毕竟，巫支祁不是吃素的，而且为了防止巫支祁顺着渭水逃入别的水脉中，共工还准备用缚水索将整个渭水连根拔起，隔断其与其他水脉的联系。可是没想到的是，即便共工准备得如此周全，依旧没能把巫支祁解决掉，因为从行动一开始，剧本就完全脱离了共工的掌控。

共工答应将浮游和相柳派出去解决巫支祁，也是经过充分考虑的。在共工看来，相柳和浮游这个组合就是暗杀特工队的顶级配置。就拿相柳的一身剧毒来说，在大荒所有带毒的凶兽里，至少也得排在前二十。再配合上浮游能打能逃的隐身技能，他们绝对能将巫支祁一举制服。

这个计划刚开始确实很顺利，浮游如愿以偿地靠近了正在休息的巫支祁，并且成功用相柳的毒牙刺破了巫支祁的皮肤。可是紧跟着，他就被从睡梦中醒来的巫支祁逮住一顿暴揍。虽然相柳赶来支援，但他也不过是送上门来的沙包而已，要不是最后共工及时赶到，成功将他们救了下来，恐怕相柳和浮游就要成为共工部落进入邙山之后第一批阵亡的成员了。

回去之后，共工百思不得其解，亲自前往成都载天山向后土求助。他这才知道，原来巫支祁还有两项特殊的本领。据后土介绍，巫支祁天生拥有四颗瞳仁，可以看到六面十方的一切事物，浮游的隐身技能对他根本没用。而且，巫支祁诞生的桐柏山之中遍地都是毒草奇花，从出生开始，巫支祁吃的是毒草，喝的是腐水，早就对毒素免疫了。对巫支祁而言，相柳的那点儿毒性简直算不了什么。

这下共工可发愁了，自己手下最厉害的组合竟然被巫支祁轻易克制了，自己到底怎样才能制服巫支祁呢？好在后土是个优秀的长辈，他让共工去找寻一位神明，并且告诉共工，只要有这位神明的帮助，必然能够降服巫支祁。那么这位神明是谁呢？

爱美是一种可怕的天性

对共工这样头脑简单、四肢发达的神明来说，暴力就是解决一切问题的最好方法。凡是不能被他以暴制暴降服的对手都属于难缠的对手。因此，这次共工发现巫支祁和自己的战斗力相差不多后，就果断选择了向后土求援。只是这次，后土为了纠正共工凡事都要正面对抗的错误理念，专门给他介绍了一个战斗力低下、却剑走偏锋、智商过人的神明，可谓用心良苦。这位神明和后土以及共工都很有渊源。

据《三十六上尊神世系谱》记载，承德载生地母保育元君后土娘娘，司天下山川，为大地之主，生三子，长子为信，次子为固，幼子为堃（kūn），各司其职。信主书契信义，固掌幽狱司劳，堃执土地更易，受四方祭养。简单来说，就是后土有三个儿子，各自负责家族企业中的一个部分。这次，后土介绍给共工的帮手就是自己的二儿子固。固是一位顶级的神二代，专门负责管理那些人迹罕至、太阳照射不到的区域，也就是各个山峰的地基部分，俗称山基。

这些山基是各大山峰的底座，也是稳定大荒大地结构的重要基础。一旦出了问题，轻则大荒动荡，地震山崩等灾害连绵不绝；重则整个大荒都将被掩埋。因此，山基的安全系数和日常维护是一件非常重要的工作。

最早的时候，这份工作是由后土负责的，但是后来因为忙着搞土地规划，分身乏术，只好把这件事交给固来打理。开始的时候，固靠着稳健的做事风格和勤劳的本性，兢兢业业，把大荒诸多山峰料理得妥妥当当。

但是，这个工作量实在是太大了。大荒名山无数，共计大山一万四千余座，中山十二万八千余座，小山一百四十五万九千余座，各类土包丘陵那更是不计其数了。经过了几万年的时光，固终于忍受不了高强度的工作了。他情绪爆发，直接撂挑子不干了。之后，他独自一个人离开了成都载天山，成为一名离家出走的叛逆少年。

这种行为要是放在家法严酷的天帝帝俊家里，固就算不被千刀万剐，至少也会被关无限期禁闭。但是好在后土是个宽厚的父亲，经过一番自我检讨之后，他也觉得自己的做法有些不顾及儿子的感受了。最后，他不仅没有惩罚固，反而还对固外出散心的决定表示支持，并且委托自己正在游历大荒的好友玄冥来照看固。

玄冥受到后土的委托，就前往不周山，把正在那里四处流浪的固带在身边，然后一同走过了大半个大荒。直到共工出世之后，玄冥准备回到北冥照顾共工，固也跟了过去，并且在那里定居。后来玄冥和共工都离开之后，他也没有回家，而是留在了北冥，看护那里的人族部落。

这次后土让共工去请固出山降服巫支祁，共工其实是很犹豫的。在他的印象里，固的战斗力低下，数遍大荒也就勉强离开倒数前一百的行列，让他去征讨巫支祁，怎么看都是去送死。另一方面，现在的固正在做一件耗时很长的大事情，这件事情不仅对人族有益，而且和玄冥建立冥界还有点关联。

想当初，玄冥还生活在北冥的时候，周围的人族部落都受到了玄冥的庇护，生活不敢说是安居乐业，也算得上太太平平。可是，自从玄冥为了建立冥界而离开北冥，共工也被托付给后土照料之后，整个北冥就陷入了无人看管的境地，无数当初被玄冥赶走的凶兽又重新回到了北冥。

这些凶兽大多都是那种偷鸡摸狗的家伙，从来不敢正面侵扰人族部落，而是等到人们离家外出的时候，潜入人族驻地中，偷取食物、财宝甚至是婴儿。大多数部落都严重缺乏安全感，有些部落甚至因为被偷走了重要的过冬物资而灭绝。为了帮玄冥守住老家，固在经过认真考虑之后，决定帮助这些部落设计一套防卫凶兽的方法。

别看固打架不行，动手能力可是一流的。他不仅头脑灵活，善于学习，而且还富有钻研精神。在经过无数次尝试之后，一件划时代的产品终于应运而生，这个东西就是锁。据《天工百物图》记载，"固之制锁，使民可安居而不惧，离家而不顾"。意思就是，固发明的锁保证了大家的财产安全，人们从此不再受凶兽的威胁，可以稳定地在一个地方长期生活。从某种程度上来说，这也算推动了人类文明的进程。

但是，这个时候的锁其实是一套结构复杂、制作精巧的机关，不仅体型庞大，而且开启和闭合都需要一套特别繁杂的程序，虽然有效抵御了小偷，却也给人们的出行带来了不便。因此，固又花费了很长时间，才把锁变成了一种结构简单、实用性高的小巧物件。共工找上门来的时候共工找上门来的时候，固还处在休息的时间，除了不放心以外，多少还有点不好意思。

不过到底是多年的交情，固在听了共工的遭遇之后，顿时火冒三丈，自家兄弟居然被一只猴子欺负了。于是，他带着自己的专属工具，就和共工返回了渭水。在详细了解了巫支祁的各项资料之后，他给共工布置了一个任务，那就是去首山采铜。固告诉共工，只要首山铜一到位，巫支祁绝对手到擒来。

挖矿对于共工这种壮汉来说根本就不算事儿，没几天他就挖出了人头大小的一块儿铜。然后，固拿着这些首山铜，做了一套非常华美的首饰，并且小心翼翼地放在了渭水河边的山洞里。这套首饰一到夜里就大放光华，没多久就把巫支祁给引来了。

巫支祁这个家伙长得丑陋，却有一种近乎病态的爱美天性。虽然他也怀疑这是不是共工的陷阱，可是最后还是按捺不住激动之情，看看四周没人，马上将这套首饰戴在了自己身上，然后悄悄返回河中。可是巫支祁没想到的是，这套首饰其实是固打造的一把锁，看起来像首饰，却内有玄机。这把锁的工艺极其复杂，必须按照严格的穿戴顺序才能避开机关，否则立马就会变成一副镣铐。

　　打造这副锁的材料是首山铜，硬度非常惊人，想要砸开它，恐怕最少也得花几万年的时间。另外，这种金属还有一个很神奇的特性，那就是一旦遇水之后，重量就会无限上涨，别的神明遇到此事难说会怎样，反正巫支祁当时就沉到了水底再也动弹不了了。而且，也没人能把他从河底捞上来，于是共工就任由巫支祁自生自灭了。从那时起，足足好几万年的时间里，巫支祁没日没夜地在水底敲打铜链，不吃不喝，就是为了有朝一日能脱离牢笼。这境遇何止一个惨字了得，所以说，爱美也是有风险的。

　　当然，这都是后来的事了。眼下的共工部落成功清除了周边的所有威胁，准备好好定居下来休养生息。与此同时，另一头的祝融部落可就没这么好的运气了，他们正在接受应龙的热情款待。

祝融部落迁徙赤水

火神祝融惨遭应龙暴打

共工部落终于抵达了目的地，这一路走来，多灾多难，仅仅是有灭族危机的大事件就多达十几件，其他的诸如缺衣少食、迷路受冻的事情就更是数不胜数了。而另一边的祝融部落的迁徙之旅却是如踏青般愉悦，主要原因大概是在于领导人的不同。

祝融比共工要有远见得多，在迁徙之前不仅准备了大量生活物资，还详细研究了迁徙路线，避开了一路上会遇到的大多数风险。一路走来，祝融收敛了自己的暴躁，充分发挥了自己的外交技能。他结交了一大堆朋友，其中很多都是名震大荒的大神，比如说，炎帝的烈山部落，黄帝的有熊部落，颛顼的中央部落等。这充分说明了性格决定命运。

当然最关键的是，与共工部落的一穷二白不同，如今的祝融部落还保留了自己最重要的财产，也就是前文提到的光明宫。在这次长途旅行之中，这件宝贝派上了大用场。毕竟严格意义上来说，这个玩意儿应该属于一件手工制品，它的制作者就是祝融的老婆天女。

当初，祝融还单身时，独居在祝融火山群之中，日子过得简单又无聊。虽然有很多部落供奉他、追随他，但是显然祝融更希望能有一个同类陪伴在自己身边。为了找寻同类，祝融几乎把自己的领地翻了个遍。在这个过程中，他发现天空之中有那么一朵云彩的位置，居然从来没有变化过，好奇之下，就抓了两条黄龙当坐骑，飞到天上去了。结果他竟然发现了一个浮空之湖，也就是神话传说中的云梦泽。

《子虚赋》中说，"云梦者，方九百里"。也就是说，云梦泽形状为正方形，面积大概九百平方里。为什么这座湖会飘在半空中呢？这就要说到天女的一个很神奇的本领了。作为飞行之神，天女可以赋予物体浮空的能力，云梦泽就是被天女从地上升入半空的。

当然，天女这么做并不是为了炫技，只是因为爱干净，想有个洗澡的地方而已。按理来说，靠着云层的遮蔽，这个地方应该是很安全的，可是谁能想到祝融竟然会突然冒出来。这个家伙还发挥自己的社交能力，让天女动了心，最后天女嫁给了祝融。

不得不说，这两个人实在是绝配。天女温柔贤惠，善于持家，祝融虽然脾气暴躁冲动，但是对天女却十分体贴温柔，所以两个人的小日子过得和和美美。唯一的问题就是，两个人没有一个属于自己的家。为了有更加安稳的生活，在天女的建议下，两个人共同搭建了一座可以漂浮的宫殿，这就是光明宫了。

作为一座神明搭建出来的浮空建筑，光明宫不仅建筑面积达到了三百平方里，而且还自带除尘净化效果。更重要的是，它居然还可以移动。所以，在数十万年的时光里，祝融和天女一直都将它作为自己的爱巢小心经营着，走到哪儿就带到哪儿。在天女死后，光明宫的意义早就不局限于一座豪华的宫殿了，对祝融来说，它更是一份美好的回忆，是自己对亡妻感情的寄托。

这次祝融部落东迁，祝融就连它也一起带了出来，并且把它的功能开发到了极致。据《路史》记载，祝融拥光明宫南迁，用度栖身皆在其中，每到一处，必修养充沛，故行万里，不以为苦。就是说，祝融借助光明宫飘浮在空中可以四处移动的特性，干脆直接把这座宫殿给打包带走，一路上不仅将这座宫殿当作仓库使用，存放重要物资，还很大方地允许自己部落的族人进入其中休息。想象一下，这就是背起房子去旅行，无论身在何处，无论风吹雨打，都有一个温暖的容身之所。在这种条件下，哪怕是路途遥远，祝融部落也始终士气高涨。

不过，光明宫虽然很厉害，却也有自己的缺点，那就是这东西和手机一样，需要定时充电。只不过光明宫需要的是大量的热能，最好的补充渠道就是把光明宫放在火山上充能，这就是为什么当初祝融会把自己的家安置在一个巨大的火山上。

这一路走来，祝融广交朋友，也是为了打听迁徙路线上是否有火山存在。不过，在上古时期，人们建立部落的时候，出于安全考虑，一般都是躲着火山的。祝融用尽心思，想尽办法，也不过获得了寥寥几次能源补给的机会。要不是光明宫的续航能力不错，恐怕早就落地成坑了。

但是再好的续航也不代表可以不充电，眼看着离赤水越来越近，祝融反而焦虑起来，几乎每天都花费大把的时间独自一人去找寻附近可能出现的火山。好在上天不负苦心人，就在刚刚进入赤水范围之后没多久，祝融竟然真的找到了一处巨型火山。

这座火山比祝融原来居住的那座强太多了，从外形上看就很壮观，高两千四百多丈，直径有三千七百余丈，几乎每分每秒都在向外喷发着灼热的气流。火山发出的明亮火光把周围的天空染得通红，空气中却丝毫没有硫黄的气味。当下祝融一边把光明宫放在了火山口上充电，一边琢磨要不要干脆就在这个地方定居。毕竟，看这里环境相当宜居。

祝融正琢磨呢，远处一条长有翅膀、浑身明黄的神龙飞了回来，这就是这座山的主人应龙了。他就是那个号称黄帝手下第一战将的应龙。祝融来的时候，应龙正好外出去赤水看望黄帝的女儿献去了。这时候回来一看，发现居然有人在打自己老家的主意，当下照着光明宫就是一记老拳。

祝融其实早就发现应龙了，只是吃一堑长一智，经过射水一战之后的祝融意识到了自己性格上的缺陷，所以一直都有意克制着自己的冲动。可是他没想到，应龙居然直接就对自己老婆的遗物下手了，情急之下，祝融冲了上去，与应龙展开了贴身肉搏，并且让族人带着光明宫先走。

在祝融想来，只要族人一离开，自己立马就走，怎么也吃不了亏。可没想到的是，应龙这种有着丰富打斗经验的强力战斗神明和共工那种级别的完全不同，两个人刚交手他就开始各种花式吊打祝融。要不是应龙并非那种穷凶极恶的凶神，恐怕祝融就得命丧于此了。

好半天过去了，可能是感觉有点无聊，应龙一甩尾巴直接把祝融抽飞到了看不见的地方，然后自己回去睡大觉了。而祝融在和族人汇合之后才发现，光明宫的一角竟然被应龙给打碎了，本来被暴打了一顿的祝融心情就很糟糕，现在更是怒火中烧了。他决定让自己的手下雨师妾悄悄回到南山，去报复应龙一把。

老板与老板之间的差距

江山易改，本性难移，祝融从骨子里就是个爱惹事的神明。本来经过射水之战后，他冲动暴躁的性格已经有所收敛。但是这次应龙打破光明宫一角的行为，恰好触及了祝融的底线，这位被激发了凶性的神明决定好好报复一下应龙。

但是作为部落的最强战力，祝融尚且不是应龙的对手，一个非战斗型神明的雨师妾又该如何去找应龙的麻烦呢？说起来，雨师妾其实和句龙有点相似，都是变异成神的典范，只不过雨师妾的出身比句龙高贵多了。事情的开端是这样的。

当初，盘古开天辟地之后，除了身化万物，他的身体中还衍生出了无数神明。这些神明缺乏管束，却又本领惊人，他们为了明确地盘的划分，彼此间矛盾不断。所有神明都希望自己能够占据最大的地盘，并且丝毫不肯让步，最后谈判破裂，就开启了诸神混战。后来，眼看着大荒都要被毁灭了，烛九阴、后土、玄冥等数百位大神共同表决，将神明按照出生的地域分为五类。

第一大类就是像后土、西王母、东王公这样居住在地上的神明，他们被称为域神；第二大类则高居九天之上，如同风伯、电母、云中君这样的天神；第三类是居于四海之中的海神，最出名的就是四海海神，分别是禺虢、不廷胡余、弇（yǎn）兹和禺疆；第四大类叫域外之神，天帝帝俊一家就在这个分类之中；第五大类叫灵神，这个分类里都是些特殊的神明，比如黄泉之神黄泉、王权之神委蛇等，也可以说这个分类里都是别的分类装不下的杂神。

通过这种分类方法，神明确定了出生地既是自己地盘的规则，并且制定了详细的条约，明确了互不侵犯、互不干涉、互不争斗等多条基本和平守则。其中最重要的一条就是，各类神明不得私自离开自己的地域。

但是，这项约定也有问题，那就是各类神明所处地方的繁华程度不同。比如天神，他们平时高居九天之上，日子最寂寞无聊，所以这群看似远离红尘、超然世外的天界神明反而各自都有一颗不安分的心。这次导致雨师妾变异的就是天神之一的雨师。

据《神异契》记载，"九霄之上有云宫百座，至大者中居雨师，左手持盂，右手执勺，洒水成雨，灌输江河"。就是说，在大荒最高处有数百座白云搭建的宫殿，而其中最大的那一座就属于雨师所有。这位神明左手拿着个盂，右手拿着个勺，没事儿就往地上泼水，然后就形成了降雨，为地上的江河补充水分。用现在的话说，雨师就是大荒水利局局长。

只是这位局长的工作太枯燥了，数十亿年都过着日复一日的简单生活。时间长了，他就想搞点事情来让自己开心一下，但是又实在没有理由下界。满心悲愤的雨师很不争气地哭了起来，可是因为雨师天生没有泪腺，无论多伤心，他都流不出泪来。坐在云端干号了几十年之后，终于有一滴鲜血顺着他的眼角掉入了凡间的汤河之中。

雨师的血液无色透明，质地轻盈，又不溶于水，就顺着河流一直向下，最后落入了汤谷旁的一个泉眼之中，被一个小姑娘喝了下去。这位有幸品尝了神明血液的小姑娘就是汤妾，家住在汤谷以北的一个名为汤的小部落里。汤妾父母早亡，一直都是一个人生活，虽然吃穿上有部落里的人接济，但是家务事就得自己做了。这次喝下雨师的血液，也是机缘巧合，却没想到给自己带来了天大的麻烦。

汤妾本来号称是部落之中的第一美人，年纪不大，生得白白净净，五官端正。可是自从喝了雨师的血液之后，汤妾的模样渐渐发生了变化，先是皮肤一天比一天黑，到了后来，更是好几年都不会流泪。部落之中的人渐渐开始嫌弃她，厌恶她，很多人觉得她是个妖怪，最后经过部落表决，部落的首领决定将汤妾驱逐出部落。

上古时期，一个柔弱女子若是被赶出部落，那就和死了没区别了。在巨大的悲伤刺激之下，汤妾终于痛哭不止，眼泪也流了下来。就在汤妾的眼泪流下来的同时，暴雨也随之而来，淹没了整个峡谷，汤这个部落也就此灭亡了。

汤妾没想到，自己竟然成了毁灭部落的凶手。失魂落魄中，她独自在大荒之中流浪了数万年，希望能够随便找个地方了此残生。可是毕竟她是喝过神血的人，虽然不吃不喝不休息，却依旧顽强地活了下来，并且遇到了祝融。

祝融知道了汤妾的遭遇后，很同情这个孩子，就收其为义女，带回了祝融部落，并且根据她可以操控降水的本事，给她起了个新名字，叫雨师妾。从此以后，祝融把雨师妾作为灭火消防的助手培养，到如今雨师妾已经可以轻易引发暴雨，灭却火山了。这时候的雨师妾才真正变成了《山海经》中记载的那个雨神，其为人黑，两手各操一蛇。

这次，祝融的报复计划就是让雨师妾悄悄前往应龙的南山，降下暴雨，以此来给应龙添点儿堵。这个方法看着有点儿戏，可是祝融也有自己的考虑，作为一个同样常年居住在火山中的神明，他非常清楚，一场暴雨即便浇不灭火山，也绝对能让应龙这种喜热畏寒的神明浑身不自在上好一段时间了。不得不说，祝融的格局着实是小。

不过对雨师妾来说，她很感念祝融的收留之恩，能给祝融帮上忙的事情她是不会拒绝的。在接到命令之后的第一时间，她就动身出发了。本来祝融部落也没走出多远，所以雨师妾很快就来到了南山，并且成功聚集乌云，降下了一场暴雨。甚至，为了效果更好一点，雨师妾还在雨里夹了一些冰雹。

可是，无论祝融还是雨师妾都忽略了一个问题，那就是南山并不是一座普通的火山，应龙也不是一条普通的火龙。所以，雨师姜的暴雨落入火山之后，不仅没能起到降温的作用，反而还助长了火势。

在雨师姜的打扰下，应龙也被惊动了，只是看自己没什么损失心胸宽广的应龙决定放雨师姜一马。但是这时候的应龙并不是一个人在家，还有前来探望他的多年老友赤龙。赤龙脾气暴躁，还很讲义气。赤龙觉得必须给祝融一个深刻的教训，否则不足以平复胸中涌动的真气。

一条脱离了低级趣味的龙

同样是做龙，应龙和赤龙之间还是有很大差距的。对于如何处理雨师姜，两条龙就有着截然不同的看法。对于雨师姜近乎恶作剧般的行为，应龙表示出了自己的大气和包容，只打算小小惩戒一番就好。但是他的好朋友赤龙却不想这么轻易放过雨师姜。

一方面赤龙觉得龙的尊严不容挑衅，另一方面就是性格问题了。如果说应龙是耿直中带着些许温和宽容，那赤龙纯粹就是小心眼的龙。他暴躁，爱发脾气，又睚眦必报。这种性格和他的过往经历有关。故事要从很久以前烛九阴刚刚搬到不周山开始说起。

据《奇物志》记载，"不周山有神石，其状浑圆，受烛龙精气，乃生九龙"。就是说，当初在不周山山顶有一块圆形的石头，这块石头有温度，会呼吸，昼夜交替之时，还会膨胀收缩，好像一个活物一般。后来，烛九阴定居不周山之后，这块石头正好位于烛九阴头颅下方，每当烛九阴沉睡的时候，呼吸就会吹在这块石头上。时间久了，这块石头沾染了烛九阴的气息，竟然化成了一颗卵，并且孵化出了九条神龙。

这九条神龙虽然是同时出生，但是身形和本领却完全不同。其中体型最大的赤龙，头生独角，能够吞云吐雾；老二应龙，背生双翼，擅长飞行；老三青龙，能帮助动植物生长；老四玉龙，自带幸运光环，只要有人看见他，就能交到好运；老五骊龙，全身漆黑，擅长厮杀，凶性十足；老六蟠龙，擅长土遁，平地上扎一个猛子能蹿出两万八千里远；老七虬龙，天生不长犄角，却刀枪不入，不惧

　　爆笑吧！上古诸神来了：一方山海中的神话故事

水火；老八螭龙，胃口奇大无比，能一口吸干江河；老九岳龙，力大无穷，能移不周山。这九条龙真可谓龙中精英，各有绝技。

照理来说，但凡有点追求的神明，在看到这九条神龙之后都能明白，他们绝对是那种最优质的下属，属于争霸一方必不可少的人力资源。不说是当祖宗一样供起来，起码也得好吃好喝招待着。但是很可惜，九条龙面对的是全大荒最没追求的神明——咸鱼王烛九阴。

这时候的烛九阴还没有饱尝寂寞之苦，所以对于收服手下、创造种族之类的事情，完全不感兴趣。抱着多一事不如少一事的心态，烛九阴在给这九条神龙取过名字之后，就忽悠他们说，像他们这样的龙中豪杰，是一定要自立门户的，否则和外面那些庸龙有什么区别。九条神龙毕竟刚刚出生，思想过于单纯，被烛九阴天花乱坠的一通好话哄得自信心爆棚，于是兴高采烈地离开了不周山，准备自主创业去了。

可是在离开不周山之后，九条龙才发现，要想找一个能养得起九条龙的地方，实在是太难了。别的不说，单说老八螭龙的饭量就不是什么地方都能满足的。于是兄弟几个商量之后，干脆就地解散，各奔前程。而赤龙因为不喜欢四处奔波，所以离开不周山没多久，就随便选了个地方定居了下来。

赤龙选择的这个地方叫灞水，是离不周山最近的人族聚居地。当地生活着一个叫牙风的部落，这个部落的族人大多精通兽语，和周围的神兽来往颇多，一直都奉行着人兽和平共居的生存方式。赤龙定居此地之后，当地人除了表示热烈欢迎之外，还经常给赤龙送些好吃的东西。而赤龙对自己的邻居也很满意，为了表示感激，经常做些力所能及的事情作为回报。可是没过多久，灞水就出问题了。

上古时期，大荒水系混乱，河流交汇是常态。和灞水有所关联的大大小小数十条河流中，有一条浊河，每三十年就会发一次毒水，把所有和它相连的河流变成瘟疫之源，祸害沿途的部落。牙风部落也是受害的部落之一。

以往瘟疫爆发的时候，牙风部落都是求助周围的神兽，但是很少能得到回应的，毕竟擅长治病的神兽很少。可是这次，牙风部落求到了赤龙的头上。赤龙不忍心看牙风部落受苦，于是苦思冥想之后，还真想到了一个治疗瘟疫的办法，这个办法和他身上的一件宝贝有关。

据《白泽图》记载，"灉水有龙，赤磷金目，三鳍三尾，腹生白鳞，配之无灾，食之无病"。就是说，在灉水居住的赤龙，它的肚子上长有几片白色的龙鳞，戴在身上可以避免灾祸，吃下去则包治百病。不过这几片白鳞太过珍贵，等闲的时候赤龙是从不示人的。但是，这次眼见自己的好邻居有难，赤龙也就只能忍痛割爱了。可是没想到，这次好心助人为乐，却给他带来了天大的麻烦。

赤龙治好了牙风部落的瘟疫之后，来求取龙鳞的人就越来越多。刚开始，还只是感染瘟疫的部落前来求助，到了后来，连数万里外的淮河附近都有部落前来求援。

赤龙身上的白鳞本来就不多，还全都分发给了牙风部落，所以手头没货的赤龙对前来讨要龙鳞的部落是一概不应。但是人天性多疑且贪婪，眼看赤龙不答应，就有不少部落打起了歪主意，他们准备联合起来屠龙取鳞。

屠龙大战之后，灉水河道一分为二，而双方也斗了个两败俱伤。最后，赤龙要不是靠着牙风部落的帮助，跑到了苍叶山，恐怕就要倒在屠龙联盟的人海战术之下了。经过这一次的事情之后，赤龙痛定思痛，给自己立下了三条规矩：一不轻易帮人，二不心存宽容，三不坐以待毙。

这次雨师妾的行为虽然没有造成严重后果，可是赤龙还是决定给雨师妾以及她背后的祝融一个足够深刻的教训。不过赤龙完全没想和祝融来个正面对抗，反而是飞上半空，张开大口喷吐浓雾，挡住了祝融部落的去路。

完全不知情的祝融本来还和族人一起准备迎接雨师妾胜利的喜讯，可一眨眼的工夫方圆千里就被浓雾笼罩了。在伸手不见五指的环境之中，时不时地传来阵阵嘶吼，好像有什么凶兽正在借着雾气的掩护准备偷袭他们一样。

　　为了防止凶兽袭击造成巨大的损失，祝融来不及等雨师妾回来，就开始组织族人撤离南山地域。但是没想到，这一走就走了足足三天。在迷雾之中，无数族人走散，祝融也渐渐迷失了方向，开始不停地在迷雾之中兜起了圈子。眼看祝融部落上下都精疲力竭，甚至有的族人在不停的走动中活活累倒，应龙不忍心了，它向赤龙求情，恳求赤龙放过祝融部落。赤龙也觉得一口恶气出得差不多了，就将浓雾吸回口中。而祝融从头到尾都没弄明白，到底发生了什么。不过，出于畏惧，祝融还是在等到雨师妾归队之后，迅速继续赶往赤水。但是这次祝融到达赤水之后，却还面临一个问题，那就是想在赤水定居，必须取得献的同意。

祝融部落定居赤水

拥有绝世神通的黄帝之女献

祝融遭遇了一场不明不白的劫难之后，明显老实了许多。最直观的表现就是，在进入赤水之后，他非常规矩地拜见了本地的主人——赤水女献。当然了，最主要的原因还是祝融确实招惹不起这位看起来娟秀清丽的女子，毕竟人家可是黄帝的女儿。

据《通典》记载，"临赤水居一女子，名献，帝之女，受封千里，颇受仁爱"。就是说，在赤水边有一个叫献的女子，是黄帝的女儿，赤水周围千里之内都是她的封地。在这里，她很受大家的敬爱，可以说是民心所向的土地管理者。别说是祝融了，就是应龙和赤龙这样的大神能不能住在赤水附近，都要看她的脸色。为什么女子献会住在环境并不怎么舒适的赤水呢？这要从她的出生说起。

女子献虽然是黄帝的女儿，却不完全是人类，她的母亲是上古时候的喜神。这位神明虽然名为喜神，负责的却是天底下最悲伤的事情。之所以这么说，是因为这位女神是玄冥手下专门负责管理寿命的女神。她的工作就是穿着青色的丝衣，去即将死去的人的家中，报告丧讯。当然，她负责的都是那些比较有名的人物，比如仓颉、蚩尤、大禹这样的。

不过，正是因为如此，喜神更加不受人待见了。毕竟，每次她出现，都意味着要有一个大人物离世。甚至到了后来，一些部落的孩童见到喜神，就会向她丢石头，或者用火把驱赶她。这让喜神觉得很委屈。

爆笑吧！上古诸神来了：一方山海中的神话故事

喜神认为自己不过是尽忠职守罢了，可是却没人能理解她，所以喜神经常在人烟稀少的赤水附近痛哭，以此来发泄情绪。在机缘巧合之下，她就遇到了当时从这里路过的黄帝。黄帝生性温和，听喜神诉说了自己的苦恼后，努力地安慰着这个可怜的女神，

左　赤水女献
右　祝融

并将她带回了自己的部落中，想办法消除人们对她的误解。

日久天长，一人一神的感情逐渐升温，后来他们就有了爱情结晶，也就是女子献。黄帝和喜神两口子对这个小生命万分疼爱，可是没多久，女子献就开始不停地生病，而且往往是刚刚治好了一种病，就又得一种病，没完没了。最后，黄帝亲自赶往华胥部落求见自己的老师伏羲，想求取一种可以根治的方法。

伏羲推演八卦之后告诉黄帝，女子献得病的根源在于喜神。喜神是一位死亡之神，身上晦气很重，小孩子受不了，自然就要生病。如果想要女子献健康长大，唯一的方法就是让她们母女俩分离，否则女子献恐怕难逃夭折的命运。

黄帝回到自己的部落之后，将伏羲的建议告诉了喜神，喜神很不乐意。神明繁衍后代向来和人类不同，比如喜神生下女子献就足足用了十六个月，可如今孩子还这么小就要母女分离，喜神心里自然很舍不得。

但是，伏羲的话已经很明白了，这是救治自己女儿唯一的方法。无论喜神多不舍得，也只能狠下心来将女儿送走。最后，喜神返回冥界独自生活，不过她和黄帝约定，每年她都会在赤水出现，和自己的女儿见上一面。

转眼十几年过去了，女子献从一个婴儿长成了少女，喜神对她的影响也小了很多。女子献为了能多见自己的母亲几次，主动向黄帝请求将赤水作为自己的封地，黄帝当然应允了。但是为了让女子献不孤单，他还主动将自己手下的应龙、赤龙、伯仓等十几位大将派到了赤水保护女子献。

这也就是祝融不敢得罪女子献的关键原因，毕竟人家是有靠山的。真要得罪了女子献，都不用千军万马来相见，单来一个应龙，祝融就招架不住。所以，祝融老老实实地拜访了女子献，并且提出了想在这里定居的请求。

女子献并没有一口答应下来，毕竟在赤水附近的部落之所以在这里定居，主要还是因为自己办事公道。祝融部落好几十万人，要是在这里定居，难免要占用一部分资源，而赤水偏偏是个相对贫瘠的地方。如果他们不是有什么突出的贡献，自己贸然答应，恐怕会难以服众。于是，女子献思考之后，给祝融提了个要求，这个要求和赤水的环境有关。

据《山海经增注》记载，赤水因水色而得其名。赤水之水，受赤岩之热，沸腾不休，故，赤水大热，草木生长不易。就是说在赤水正中间的位置，有一座赤岩山，这座山非常奇怪，山体全是火红色的石头，炽热无比。而山上又经常会有石头掉落下来，久而久之，就把周围的河水都给煮沸了。

不仅如此，赤岩山的温度还会不停地升高，并向周围辐射。以前，赤水方圆千里之内好歹还长着不少奇花异草，可是如今，赤水终年高温，连树木花草都长不出来了。粮食那就更不用说了，赤水周围的部落基本上已经沦落到靠捕捉赤水之中的火鱼来勉强维生了。

以前，女子献也尝试过拜托自己的母亲或者是黄帝的手下来解决这个问题，哪怕是砸了也好，可是任凭这些神明怎么折腾，都没能伤到这块石头分毫。女子献知道祝融是个消防小能手，所以才提出了这个要求。她希望祝融能将赤岩山的温度降下去，彻底改善赤水的居住环境。

祝融听了之后，一拍胸脯就答应了下来。在祝融看来，自己可是专业消防员，扑灭一座小小的火山还不是手到擒来吗？可是祝融看到赤岩山之后却傻眼了，因为赤岩山根本不是一座山，而是一整块无比巨大的石头。这块石头比他当初居住的祝融火山还要大，温度也更高一些，离得很远就能看见。赤岩山周围的水面上都飘着火焰，好像河水被点燃了一样。

这下祝融可犯难了，毕竟这种活儿以前他没干过。但是想到族人，祝融还是决定硬着头皮勉强一试。

习惯在火焰中奔走的男人

女子献告诉祝融，只要他能完成任务，自己一定亲自挑选一块上好的领地作为祝融部落的定居地。但是祝融实地考察后却觉得这个任务很有难度，原因要从祝融的灭火手段说起。

往常，祝融把火灾分为三个级别。一般的让雨师妾降雨，压灭火灾；再厉害一点儿的就是火山爆发，那就需要一面降水，一面用光明杖将火山填埋；最高级别的火灾就只能依靠祝融的独门秘技了。

祝融的绝技其实就是吸收热量。他天生体质特殊，能够吸收天下一切物质的热量。这个热量是有上限的，但是配合着雨师妾的降雨技能，就产生了一加一大于二的效果。可是这次赤岩山的情况有点特殊，因为祝融发现，赤岩山上的火焰居然连水都可以点燃，靠雨师妾那点儿毛毛雨，只怕是根本不起作用。因此，他决定使出自己的撒手锏——一个来历神秘的男人涂焦。

涂焦是灭火小分队的灵魂人物，之所以说他来历神秘，是因为他的身份很特殊，他是个半人半神半鬼的家伙。据《异闻宝鉴》记载，"北山有神，路遇女子而慕艾，化人与之相交，后女子孕半暴毙，腹破产下一子，其名涂焦，生而能言，可通鬼神"。就是说，当初北山有一位神明，他喜欢上了一个少女，于是就化作一个男子和这位女子谈起了恋爱，还成功让这位凡人女子怀上了自己的孩子。

可是以凡俗之躯孕育神明，实在是太过危险，这位女子就是个典型的例子。她在怀孕五个月的时候突然暴毙身亡，北山之神无法承受这样的打击，悲愤交加。他埋葬了自己的妻子之后，就返回了北山，从此避世不出。

但是，北山之神不知道的是，这位女子虽然暴毙了，但是肚子里的孩子却依旧顽强地继续生长。最后，他从女子的肚子里破腹而出，化作了一个男婴，并且被路过的一位老人发现。老人将他带回了自己的部落之中，收留了他，还给他起了个名字，叫涂焦。

可是涂焦的生活并没有就此安稳下来，被老人收留不久之后，部落中的其他人发现了他的与众不同。他们发现，涂焦不仅尚在婴儿时就会说话，还能和鬼神交流。在大荒之中，他这样的人是很容易被人当作妖孽来处理的。好在涂焦年龄尚小，部落中的人不忍心杀害一个幼童，所以只是将他赶了出来。

被赶出部落的涂焦既不知道自己的身世，也没有对未来的规划，再加上缺乏长辈的管束和亲情的滋润，没多久就堕落了，成为一个独行大盗。他依靠着消息灵通的鬼神，专门找到那些因为遭灾而四处迁移的弱小部落实施抢劫。几百年下来，不知道有多少部落被他所灭，可以说"丧尽天良"四个字都不足以形容他的顽劣。

俗话说得好，夜路走多了，总是要撞鬼的。四处打劫的涂焦在一次打劫的过程中遇到了蚩尤率领的九黎部落。这个部落虽然也四处迁徙，但是他们的目的是接近别的部落后发动战争，掠夺人口财富来壮大自己，堪称大荒第一强盗团。涂焦不仅没能占到什么便宜，反而还被九黎部落通缉追杀。

无奈之下，涂焦只能一路向北逃亡，最后来到了祝融火山附近。九黎部落毕竟有自己的主业，不可能无休无止地追杀下去，所以眼看着涂焦不好搞定，干脆就放弃了追杀。而涂焦在躲了一段时间之后，眼看着风头过了，就准备重操旧业。只是这次，他把目标放在了祝融部落身上。

结果可想而知，有祝融坐镇的祝融部落又岂是一个野生强盗能够觊觎的。这次涂焦运气有点儿背，他被祝融俘虏了，还被吊在了一座火山上方，等待着审判。当时，正是祝融准备大规模展开灭火行动的关键时期，祝融想的是干脆直接把他扔进火山里烧死算了。可是在祝融部落的人割断绳子之后，祝融却发现涂焦竟然瞬间消失了。

这下可提起祝融的兴趣了。往常出现火灾，很多族人来不及逃走就被活活烧死了，祝融想要是能搞明白涂焦是怎么快速逃跑的，说不定自己的族人以后就再也不用担心生命财产安全了。于是，祝融靠着自己顽强的毅力，花了一百多年的时间降服了涂焦。

在这一百多年里，祝融不知道多少次抓住了涂焦，然后又被涂焦挣脱溜走。最后，涂焦被祝融抓住之后，干脆都懒得逃了。

他心里明白，即便自己逃走了，也不过是多在外面担惊受怕几天，还不如老实一点。另外，他也想知道祝融如此执着地追逐自己，到底想要干什么。

在听到祝融想要招安自己之后，涂焦其实很犹豫，一方面他一个人闯荡惯了，但另一方面，涂焦其实很想过上安稳的生活。最后，还是雨师妾现身说法，用自己的经历说服涂焦加入了祝融部落。而祝融也终于知道了涂焦为什么可以神出鬼没。

其实，涂焦主要依靠的还是鬼神的力量。据《鬼神经》记载，"鬼神者，能穿梭阴阳两界，日行万里，提举千斤"。而涂焦最擅长的恰好就是与鬼神沟通，常年和鬼神为伍的经历让涂焦对这个物种有着近乎本能的了解。他能轻易摸清鬼神的喜好，然后让他们为自己所用。在知道了祝融希望自己帮忙转移难民之后，他一口答应了下来，并且在之后的日子里成为祝融治理火灾最重要的帮手。在他的帮助下，祝融部落的人在遇到自然灾害之后，永远能被第一时间转移到安全的地方。保守地讲，祝融部落能有今天的强盛至少有涂焦一半的功劳。

这次祝融要做的就是反向利用涂焦的能力。他要在赤岩山上吸热，一旦达到上限，就立马让鬼神把他驮到万里之外的河流中冷却。如此反复，他身上的衣服在不停地被火焰炙烤中化成了灰烬，而祝融也成了一个在火焰中奔走的男人。

好在，在祝融的努力下，赤岩山的温度竟然真的开始逐渐降低，虽然离完全冷却还有不小的距离。但是女子献觉得做到这个份上已经可以了，剩下的慢慢来就好。为了隆重一点，女子献准备在大荒之中找一个有信誉的神明来为自己做个见证，签订一份契约。

祝融表示，这种小事交给他就好了。可是没想到，这件事他搞砸了不说，还得罪了夸父。

擅长制造心理阴影的夸父

山海大荒之中的无数神明都各自有着不同的使命，比如后土管理群山，西王母主宰战争，女娲创造生灵，玄冥执掌冥界，等等。

这些神明的存在完善了大荒世界的运行规则，使整个世界更加祥和了。但是，有时这些神明也会因为自身的本领而遭遇一些不必要的麻烦。就拿这次赤水女献允许祝融定居赤水一事来说，一位叫信的神明就因此遭受了无妄之灾。

说起信，就不得不提到大荒中的几个神明家族的势力，比如星神帝俊家族，又或者是海神禺虢家族，这些神明以血缘关系为纽带组成团体。信就是来自地神家族，他的父亲就是我们多次提到过的大荒大地之主后土。

据《远山随笔》记载，"后土足踝生肉囊，刺痛难忍，刀割之，落地化为一男子，其名曰信"。就是说，后土大神脚脖子上长着一个肉瘤，一碰到就疼得不得了。为了治疗，后土请了神农氏来为他看病，结果神农氏也没什么好办法。眼看这颗肉瘤越长越大，疼痛感也越来越强，本着长痛不如短痛的想法，神农氏干脆就用刀子将这个肉瘤割了下来。没想到，这颗肉瘤落地之后，竟然破裂开来，最后化成了一个身高八尺的成年男子。后土眼见这也是自己身上掉下来的一块肉，只能将这个男子当作自己的儿子来对待，还给他起了个名字叫信。

信生下来就能说会道，而且知道羞耻，所以信就成了后土家族唯一一个身穿长袍、头戴帽子的成员。不仅如此，信的神职也很特殊，作为大地之主的儿子，信的职能却与土地完全无关。他是掌管契约的神明，主要能力包括订立契约内容、见证契约签订、以及保证契约执行等。

这样的神明自然是有弱点的，那就是信的战斗能力很极端。对于违反了契约的人来说，即便是强如烛九阴也要受到信的制裁；可是对于没有违反过契约的人来说，信的战斗力完全可以忽略不计。因为这个弱点，信遭遇了一次人生危机。故事要从赤水女献和祝融的契约说起。

赤水女献经过考察之后，允许祝融部落定居在赤水附近。但是神明落户的大事，显然不是简简单单一句话的事情。所以，赤水女献提出，希望祝融能稍等一段时间，自己要去请来信这位大荒的契约之神来当双方的公证人，帮助制定契约。

但是祝融却不这么想。一来祝融久居祝融火山，偏安一隅，并没有听说过信的名头；二来祝融此时更希望的是，赤水女献能够尽快将自己的部落好好安顿下来，毕竟迟则生变。对于祝融这种性格阴沉的人来说，这一条简直是金科玉律。可是人在屋檐下，不得不低头。祝融经过了赤龙和应龙两位龙族豪杰的毒打之后，显然是学乖了，这次他想了个折中的办法，那就是由他亲自将信找来制定契约。

听起来好像和赤水女献的办法没有区别，实际上祝融心里打着小算盘。按赤水女献的想法，他们应该准备酬劳和祭品，以隆重的礼节将信请来，这样才算名正言顺。只不过这套流程下来，没有三五个月是不行的。所以，祝融憋了个坏点子出来。祝融觉得，要是自己小心一点，直接把信打晕了装进口袋扛回来，事后再威胁一番，让他老老实实帮自己写合同，岂不是简单省事又省心吗？抱着这种想法，祝融在打听清楚信的行踪之后，就昼夜兼程一路赶往了舟山。

这时候，信正在舟山帮助几个部落制定契约，完全没想到居然有人不远十万里之遥，一路从赤水赶来绑架自己。在一个月黑风高的晚上，祝融成功地抓到了信。但是祝融没想到的是，他前脚才刚刚把信劫走，后脚就遇到了一个性格暴躁粗鲁而且很能打的壮汉。

这个壮汉其实就是信的儿子，也就是大名鼎鼎的逐日者夸父。据《山海经·大荒北经》记载，"大荒之中，有山名曰成都载天，有人珥两黄蛇，把两黄蛇，名曰夸父"。后土生信，信生夸父。"夸父不量力，欲追日景，逮之於禺谷"。就是说，有个叫夸父的人想要追太阳，于是从成都载天山出发，结果跑到禺谷附近就已经赶上太阳了。

不过如果你以为夸父只是能跑，那就只能说明你太单纯了，夸父最大的本事还是能打。有明文记载，一次夸父路过岐山，看到防风部落在那里抢夺人族部落的食物。防风部落里生活的全都是身高十几丈的巨人，力大无穷，还善于作战。照理来说，身高只有区区六丈的夸父绝对不是他们的对手。可是夸父硬是单枪匹马将这群巨人全部制服了，还勒令他们帮人族耕地，偿还债务。据说在经过数十年改造之后，这群巨人都有心理阴影了。由此可见，夸父也是一个厉害角色。

这次祝融没想到的是，舟山离岐山实在是太近了，所以夸父很快就收到了消息。在经过半天时间的追赶之后，成功在舟山东北四千里的地方拦截住了祝融。在经过一番很轻松的打斗之后，夸父成功地将自己的父亲信救了出来。

本来信这个人忠厚宽容，是不打算和祝融计较的，但是没想到夸父不答应。在他看来，祝融居然连自己的父亲都敢绑架，这明摆着就是不给自己面子。于是，夸父一路追一路打，硬生生将祝融赶回了赤水，耗时半月有余。这期间，祝融求生不得，求死不能，何止是"凄凉"二字可以形容的。

好在赤水女献还有用得着祝融的地方，派出了应龙和赤龙来劝架，这才将局面平息了。只是，熊熊怒火之下，夸父提出了一个很过分的要求，那就是这次信订立契约的条件要翻十倍。赤水女献一口答应了下来，但却告诉祝融，这是垫付，以后必须还清，祝融也答应了下来。于是，在赤水女献、祝融和信三方表面友好的局面下，祝融改籍签字大会圆满结束。从此，祝融部落彻底被划入了赤水的治理范围。

祝融的到来对赤水虽然是件好事，对别人却未必，毕竟同行是冤家。

祝融降服北水之神

一个连名字都不配拥有的野神

祝融没想到，自己多少大风大浪都挺过来了，却险些在一个无名之辈的手上栽了跟头。这个无名之辈是赤水本地土生土长的神明，也是以灭火消防出名的。因为能力低微以及一些其他的原因，几乎没什么人知道他的名字，但是他的来历和故事却流传了下来。

这个无名神出生的地方在赤水以北一个叫北山的地方。据《湖泉广记》记载，"上古有池，其水通阴，大寒，水在池中为水，离池成冰，人畜触之必死。其内有神，名北水之神，好金玉，性喜食人"。就是说，上古的时候有一座极冰之湖，终年寒冷，湖中的水在湖中是水，离开湖面则凝结成冰。寻常的生物只要掉入湖中，就会被冻成冰渣，融入湖水之中。这样的湖却诞生了一位神明，大家不知道他的真名叫什么，所以只能以地为名，称他为北水之神。

老话说得好，穷乡僻壤出刁民，那凶山恶水自然就出凶神了。这位北水之神不仅性格贪婪，喜爱金玉珠宝，而且性情残暴，把吃人作为自己的终生爱好。

如此凶恶的家伙，即便在凶神这个行业里排名也是靠前的。为什么这个北水之神却没什么名气呢？很简单，因为这个北水之神的战斗力实在是过于低下。

作为小地方出来的土鳖神明，北水之神的神职叫寒冻之神。他的能力只有两个：一个是鼓动寒流给一个地方降温；另一个就是能将北水湖中的湖水引流到别的地方。北水之神的这两个能力都很弱，鼓动寒流降温最多也就是凝水成冰，而将北水引流，就更不值一提了。可以说，这两种能力没有一个是能在战斗厮杀中起到作用的。所以，很多年里北水之神都只敢在赤水附近活动。

不过话说回来了，在女子献到达赤水之前，赤水由于生存环境恶劣，也没吸引到什么像样的部落定居。最直观的一点就是，当时在赤水定居的部落大多连姓氏都没有。在上古时期，从某种意义上来说，姓氏是衡量一个部落强大与否最重要的指标。姓氏的主要获取渠道很少，要么是神明所赐，比如共工部落，祝融部落；要么就是部落内诞生了杰出英雄，直接以部落英雄的名字为姓氏，比如拓氏部落和大羿部落。

当时在赤水居住的都是些不入流的部落，在经过一番龙争虎斗之后，最终还是北水之神占据了些许优势，成功称霸赤水。之后的好几万年时间里，北水之神定期地从赤水的部落以及周边的一些弱小族群手中收取贡品，索要童男童女或是年轻的处子供自己享用。

周围的部落当然有心反抗，可惜心有余而力不足，只好苦苦忍耐，盼着有过路的神明主持正义。苦熬苦盼之中，他们果然等到了女子献的到来。

女子献为了与母亲相见，定居赤水之后，有心为当地扫除凶神邪神。她派出自己的手下将无数在赤水横行霸道的凶兽恶神都驱赶了出去。本来北水之神也是被驱逐的一员，可是北水之神却主动求见女子献，说自己愿意改邪归正，为赤水的安居出一份力。

我们知道，赤水的环境特殊，终年高温，火灾频发，极大地影响了当地居民的生活。北水之神承诺，在归入女子献治下之后，他不仅不再骚扰周围部落，还会定期将北水引流入赤水之中，为当地降温。

女子献毕竟是第一次离家外出，心思单纯，不懂得人心险恶，见北水之神有心向善，自然就答应了下来。而北水之神最初也是信守承诺的，兢兢业业地做着赤水散热器的工作。可是没过多久，赤水的温度就越来越高，灾祸连年，女子献不得不频繁地求助于北水之神。

这时候，北水之神的本来面目就暴露了。他知道只要赤水的高温一天没彻底降下来，女子献就还需要他，于是得寸进尺的他开始试探性地收取一些报酬。女子献是个怕麻烦的人，所以些许的要求也都照办了。在女子献心里，只要北水之神好好干，那给点儿报酬也是应该的。

可是没想到，北水之神在一点一点地提高要求。最开始的时候，女子献要求北水之神出面灭火救灾只需要付出一些财物就可以了，后来他却开始要求一些部落进贡童男童女供自己食用，如不答应，就袖手旁观。

女子献当然不乐意了，于是北水之神就摆出一副死猪不怕开水烫的样子，开始耍无赖，磨得女子献是一点脾气都没有，毕竟还需要他干活。女子献只好和北水之神商量大家各退一步，部落可以进贡，但是不能超出他们的承受能力。北水之神很爽快地答应了下来，但是过几天就反悔，反反复复。

到后来，按《诡神记》的说法，"赤水之神每遇险境，皆献童男童女，以求北水之流"。说白了，就是连赤水的神明都要给北水之神交保护费才能换几天太平日子。

当然，这期间也不是没有人找他的麻烦，但北水之神非常狡诈，仗着女子献不敢翻脸，软磨硬泡，逼着女子献和自己做了个口头约定。那就是，赤水女献不仅要容北水之神存在，不能随意为难他，还必须帮北水之神挡住外界那些追杀他的神明，保证他的安全，否则他很难保证继续大公无私、兢兢业业地工作。

堂堂黄帝之女居然被一个鼠辈敲诈勒索，女子献心里实在是太憋屈了。于是，她就动了找一个神明来顶替北水之神的想法。这次祝融的到来就让女子献看到了除去北水之神的希望。

在祝融定居下来之后，女子献将自己的苦衷、过往经历以及除掉北水之神的计划统统向他坦白了。祝融初来乍到，也希望本地的大佬能欠下自己一个人情。

他们俩一拍即合，开始积极筹备起了驱除邪神的准备工作。那么两位神明究竟准备如何除掉这位贪婪、狡猾又无赖的北水之神呢？

三位不知深浅的邪神的作死之旅

所谓防人之心不可无，而身为赤水一带资深的北水之神，当然明白这个道理。一直以来，北水之神胡作非为的根本原因在于他清楚地知道，对于赤水来说，自己擅长灭火的本事是无法被轻易取代的。但是当他听说有一个同样擅长灭火的神明来到了赤水，并且被女子献接纳安置下来之后，他就开始有所警惕了。

不过，在没有搞清楚状况之前，北水之神决定先让自己的手下去试试祝融的本事。他对自己的三个手下说，听说新来的祝融是个没什么本事的假把式，却不停地吹嘘自己是什么灭火小能手，大荒消防第一人，他很不开心。但是碍于身份，他不好直接出手教训祝融，不知道有没有人愿意为自己分忧解难。这三个手下本来不怎么聪明，再加上北水之神的忽悠，当时就义愤填膺地去找祝融的麻烦了。这三个不知深浅的家伙到底是谁呢？

据《野神录》记载，北水处有三凶神盘踞，居北水湖边，皆兽身诡面，不通人性，然能晓人言，常珠冠华服，以人自居，又好习人事，以为食人则近人。就是说，北水湖边上居住着三个凶神，分别叫寒鸦、重露、熄风，都长着野兽的身体和狰狞诡异的面目，会说人话，也爱学人的做派。

为了改善自己的基因缺陷，这三个家伙找寻了各种方法，最后把目光放在了以形补形的道路上。他们听说，想要补什么，那就多吃什么。所以，在经过简单思考之后，他们决定靠吃人来弥补智商不足这个硬伤。不过，作为正面战斗力一般的凶神，如何捕获人族是长期困扰他们的问题，一直到他们遇到了北水之神。

北水之神告诉他们，如果他们肯成为自己的手下，就给他们出一个主意，保证他们能够轻而易举地吃到人。三凶神当然立马答应了下来，而北水之神也不食言，给他们量身定制了一个吃人计划。这个计划和三凶神的能力有关。

三凶神各自都有一个奇特的本领，其中寒鸦擅长迷惑人心，能让人神志不清，迷迷糊糊之中任人摆布；缺点是持续时间不长。重露能让人昏昏睡去，毫无知觉；缺点是睡去之人身体沉重。而熄风则可以自鼻腔中喷出一道白烟，这白烟可以化作大雾，方圆百米之内伸手不见五指；缺点就是超出百米之外，这道白烟就立刻散开，而且即便在百米之内，白烟也只能维持十几分钟。这些看似都不是什么强力技能，但是在北水之神的安排下，却发挥出了不同凡响的功效。

北水之神让三凶神通过穿衣打扮的方法，冒充成人的样子，然后混入人族部落，找到落单的老弱病残迷惑之后，带到部落门口迷晕，之后制造大雾，将人搬出门口。三凶神靠着这套计划屡次得手，对北水之神也是由衷地佩服。

为了回报北水之神，三凶神这次是抱着出师必胜的心态的。真的是欠啥费也别欠智商费，虽然吃人无数，但三凶神的脑子还是不好使。他们不仅在找祝融的麻烦前没做过详细的调查和计划，而且在他们的眼里，祝融就是个穷乡僻壤里出来的不入眼的小神。

可惜梦想是美好的，现实却是无比残酷的。三凶神气势汹汹地赶来，还没见到祝融，就惊动了正在外面降水的雨师妾。虽然雨师妾不认识三凶神，但是周围的部落却对他们相当熟悉，第一时间就将三凶神认了出来。听说这三个家伙是吃人的凶神，还是北水之神的手下，当下雨师妾伸手在自己的眼角一抹，取下两颗晶莹的泪珠洒向天空，天上的雨水就变成了数不尽的冰雹，朝着三凶神噼里啪啦地打去。三凶神本来就是欺软怕硬之辈，当时就被无数冰雹给吓退了。

可是三凶神很好面子，居然还想着绕路去找祝融的麻烦。这次，他们可就真的是有点找死了。据《北神经》记载，祝融路遇三凶神，见其食人，"大怒，悬于火山之上，受地火之刑"。寥寥几字，只是说了个大概，过程很值得详细说说。

这次三凶神为了接近祝融，细心地化妆成人，小心潜入到祝融部落之中，还顺利地向祝融部落的族人打听到了祝融的动向。

一切都很顺利，但是坏就坏在太顺利了，这套流程让他们想到了自己平时潜入人族部落就是为了吃人，为了解馋，他们决定趁着这个机会捎带弄几个活人尝尝味道。

祝融部落毕竟是初来乍到，没有什么经验，还真的被三凶神顺利得手，将人带出了祝融部落。却没想到，祝融在收到三凶神出没消息的第一时间就已经出来寻找他们了。在他们准备吃人的时候，祝融当场擒获了他们。

接下来的事就不用说了，祝融本就不是什么好脾气的人，他让人把三个凶神的罪状刻成石碑之后，将三凶神捆在一起，准备投入火山中，做一道叫烤凶神的地方特色菜。

当然了，这三凶神最后还是没能死掉，因为女子献找人悄悄传话告诉祝融，要是直接把三凶神杀掉，容易打草惊蛇，万一北水之神被吓跑了，想除掉北水之神可就难了。最好的办法是把这三个家伙囚禁起来，看看北水之神会不会前来营救。

祝融从善如流，把三凶神悬吊在光明宫下（火山口的正上方）静静等待着北水之神前来营救。甚至为了保证成功率，祝融还写了一封信，北水之神看过之后，果然亲自来到了赤水。

如何优雅地逼疯你的邻居

如何优雅地逼疯一个人呢？很简单，从肉体上打击他，从精神上摧残他，从生活的细节上骚扰他，然后持之以恒。而祝融本就对这一套流程非常熟悉，在他的各种安排下，没多久，北水之神就差点疯了。那祝融究竟做了什么呢？事情要从祝融写给北水之神的信说起。

在祝融的成长经历中，始终伴随他的是"精明"二字，也是基于他的精明，在听说过北水之神的过往之后，祝融很快就推测出了北水之神的性格。他觉得，北水之神其实就是典型的无赖人格，主要特征表现为欺软怕硬。于是，祝融将北水三凶神绑架之后，给北水之神写了这样一封信。

信里祝融一方面很强硬地表示，北水之神的手下让他很生气，要不是有女子献的帮助，自己非得吃大亏不可。如果北水之神还想让他们三个活命，那就必须亲自来赎人。另一方面，祝融又说，只要双方可以和解，条件都是可以谈的。

祝融信里这种犹犹豫豫的语态，果然给北水之神造成了祝融是个好欺负的神的错觉，于是他大着胆子找上门来，准备好好修理一下祝融。而祝融也是严阵以待，准备将北水之神一举擒杀。可是出乎意料的事情发生了，那就是祝融没想到，北水之神比他想象的要阴险得多。

据《北神怪异录》记载，"北水之神于光明宫外喝骂祝融，祝融大怒，披甲乘龙，怒伐北水之神，北水之神不敌，遁入北水不出"。就是说，在祝融的计策成功之后，北水之神果然来到了祝融部落，可是他并没有直接和祝融正面对峙，而是站在光明宫外疯狂地骂人。可能是他骂得太难听了，祝融忍无可忍，冲出来将北水之神教训了一顿。

别看北水之神战斗力不怎么样，逃命却是一把好手，硬是顶着祝融的追杀逃回了北水之中。北水奇冷无比，不论人神鬼畜，入之必死，所以祝融也只好放弃了追杀。但是眼看着北水之神当起了缩头乌龟，祝融想出了一个更加阴险的办法，他准备把北水直接烧开。

我们知道祝融的光明杖拥有制造火山的能力，这次祝融见北水之神闭而不战，干脆就在北水周围竖起了一圈火山，还每天都定时鼓动火山喷发。随着大量的岩浆不停地流入北水之中，北水的水温竟然开始升高了。

北水之神乃是寒冻之神，天生畏惧火焰和高温。虽然此时北水的泉眼周围没什么变化，但是表面却沸腾了起来，彻底把北水之神困在了北水之中。不仅如此，自从祝融竖起了一圈火山之后，每天都有无数人类在湖边敲锣打鼓，巨大的声音传入湖底，如同魔音灌耳，搅和得北水之神再无片刻安宁。

刚开始，北水之神还自诩是一条硬汉，想要顽抗到底。可是

　　爆笑吧！上古诸神来了：一方山海中的神话故事

过了没几天，湖底的存粮吃光之后，北水之神就有点为难了。饿是一方面，更重要的是，好几天不睡觉，北水之神实在是困得不行了。但是在外界巨大噪音的刺激下，别说睡觉了，他连个打盹的机会都没有。

如果只是这样也就算了，真正让北水之神明白自己斗不过祝融的，就是刚开始配合祝融骚扰自己的还只是祝融部落的人，几天之后，别的部落的族人也自发前来帮忙了。

眼看自己已经陷入人民的海洋了，北水之神终于认命。他走出了北水湖，准备靠自首争取宽大处理。这让祝融和女子献挺为难的，毕竟当时大荒流行的一套基本法就是投降不杀，尤其是神明之间更是如此。北水之神已经投降了，总不能连个改过自新的机会都不给他。

正为难时，一位大神的到来帮女子献和祝融解了围，也宣告了北水之神的死亡。这位大神就是刑天，乃是大荒十魔神之一，也是大荒之中的刑罚之神。他和北水之神之间曾经有过一段恩怨，那大概是女子献刚到赤水的时候。

那时候，刑天刚刚离开大荒山脉不久。一腔热血、心怀正义的刑天立志周游大荒，为的就是惩奸除恶。凡是被他碰到的正在干坏事的邪神凶兽，就没有一个有好下场的。

后来，刑天在哪个地方出现了，当地的邪神凶兽就一定会闻风而逃。但是偏偏北水之神是个没见过世面的神，因为从来没出过赤水的缘故，压根就没听过刑天的大名。所以，当刑天找上门来的时候，北水之神还满不在乎，吃人勒索，毫不收敛。

刑天也是第一时间就注意到了这个家伙，四处打听后知道了北水之神的老巢在哪儿，立马就找上门去，准备为赤水除害。北水之神眼看着刑天左手提斧，右手执盾，一副凶狠的样子，立马就躲回了北水之中。可没想到，刑天手里的兵器竟然连水都能劈开。

唐朝的《十魔神录》上说，"刑天分水而擒北水邪神"。说的就是刑天拿着斧头在北水湖面轻轻一划，就将北水一分为二，露出了藏身其中的北水之神。北水之神无险可守，几乎毫无反抗之力，被刑天当场擒获。

之后，刑天本来打算直接把北水之神就地正法，还是女子献出面求情，他才放过了北水之神。从那天起，在行侠仗义的生涯中从来没有完不成任务的刑天就住在了赤水附近，静静地等待诛杀北水之神的时机。这次眼看祝融和女子献已经做好了铲除北水之神的准备，刑天就想亲自出手斩杀北水之神，女子献本来就对当年的事情不好意思，自然不能拒绝。于是，北水之神的行刑官就这么被确定了下来。

可能是数万年时光实在太长了，刑天为了更好地了结夙愿，把这次行刑搞得极有仪式感。他斧头一挥，将一座三千余丈的大山拦腰砍断，并且在上面用五种金属混合打造了一座断头台。之后，以斧击盾，唱了一首苍凉古朴的歌，吸引来了无数神明的注意。最后，在万众瞩目中，他手起刀落，斩下了北水之神的头颅，以此敬告四方，凡胡作非为、祸乱一方的，就是这个下场。而这半座山从此便改名为斩仙台。

赤水的一害终于被除，祝融也要开始新的生活了。此后，祝融开始静下心来为赤水降温，但是传统方法成效甚微。于是，祝融又想出了一个歪门道。

爆笑吧！上古诸神来了：一方山海中的神话故事

祝融部落建立役火国

一个神明创造的民族

如果说人和动物的区别在于对工具的利用，那么神明和人的区别就在于对自身功能的开发。祝融眼看着赤水一切都已经步入了正轨，自己的部落也很好地安顿了下来，他便开始静下心来思考如何才能解决赤水的高温问题。毕竟，女子献之所以同意祝融部落可以在赤水定居，就是看中了他消防小能手的本事。

在祝融眼里，赤岩也算不上什么难题。我们知道祝融诞生于火山之中，但是更详细的流程是这样的。

祝融其实是一块像琉璃一样的巨石孕育出的神明。这块琉璃在祝融火山之中存在了不知道多少年，吸收了大量地热能量。这些能量汇聚在琉璃的中心，将琉璃的中心融化成了液体之后，诞生了一只精灵，也就是后来的祝融。

据《神魔志》记载，"祝融破琉璃而生，生而能言，以岩浆沐浴，吸进地火，故双目赤金，肌肤赤粉"。意思就是说，祝融从琉璃之中诞生之后，天生就会说话，还喜欢用岩浆洗澡，吸收火山的热量，所以他的双目慢慢就变成了金黄色，而皮肤则变成了粉红色。因为他吸收热量的效率很高，所以祝融火山一带的火山渐渐都平息了下来，进入了休眠状态。

此后，祝融除了吸收火山的地热能量之外，也会吸收火灾带来的热量，甚至是气候变化产生的热量。毫不夸张地说，祝融在漫长的神生之中，几乎没有遇到过搞不定的火灾。在祝融看来，自己的方法就是万能灭火法，就是给赤岩降温也不在话下。但是祝融万万没想到的是，在经过数十天的治理之后，赤岩的温度确实下降了许多，可是一场灾难却随之而来。这场灾难要从赤岩的来历说起。

当初，大荒的天空之中有一个浮空之山，据说乃是由盘古的胃液凝结而成，能腐蚀万物，所以被称为化山。化山是大荒第一禁山，别说凡人，就是寻常神明进入其中，也会在很短的时间内化成一滩血水。因此，多少年来，没有人知道化山之中到底是什么情况。而化山则悬浮在天空，吸收日月精华，不断地升高，直到有一天帝俊出游。

作为上古天帝，帝俊有巡查四方的职责，所以每隔一万年，帝俊就要驾驶着自己的太阳神车在大荒上巡视一番。因为化山正好在帝俊的巡查路线上，所以帝俊不得不绕道而行。这一绕路，就导致了太阳轨迹的变化，天空中的太阳星向北偏离了一尺。就是这一尺的距离，导致了北方温度升高，冰雪融化，一场大洪水差点儿毁了小半个大荒。帝俊费劲辛苦，还搭了不少人情，才平息了祸乱。

之后，帝俊为了一劳永逸地修正自己巡查天下的路线，就将太阳的光线汇聚在了化山山体上，准备用高温将化山直接烧毁。但他没想到，煅烧了足足三年之后，化山只是融化成了一团液体，然后从天空之中坠落到当时的黑河之中。高温瞬间将黑河煮沸，化山也变成了一块赤红色岩石，把周围的山石土地连同河水统统染成了赤红色。从此，黑河改名为赤水，而化山也就被人称为赤岩。

赤岩前身就不简单，化作一块石头之后就更加不凡了。它好像有了生命一样，能够吸取太阳的光热，然后储存起来，再不停地散发出高温，这一吸一出就好像在呼吸一样。不仅如此，这块石头之所以被称为活石，更重要的原因在于这块石头不知道为什么竟然有了意识，懂得趋利避害。

这次祝融吸取赤岩的热量，一开始还很顺利，可是当赤岩的温度降低到一定程度之后，灾难就爆发了。赤岩开始大量吸收赤水一带的热量，几乎一日之间，赤水就变成了冰雪世界。赤水方圆千里，草木受冻而死，万年不凉的赤水竟然整个被冻住了。直到应龙、赤龙、女子献等神明赶到，利用应龙喷吐火焰的本事，让万物融化，这才没有造成什么重大伤亡。而赤岩通过不停地吸热，又恢复了原来的样子。

祝融四处打听，在赤龙的告知下，才知道了赤岩的来历不同寻常。他害怕胡乱治火再次引发不良后果，所以拿这块破石头真是没什么办法了。最后，祝融无奈之下，只好想出来一点儿歪门道，这事儿和每个神灵都具有的一个能力有关。

据《古异闻录》记载，"神而能明者，秉天地造化而生，是无上宝，其神能司天地之力，其身能点化万物，而此类称之为神灵"。意思就是，神明是天地之间孕育出的神器，可谓浑身是宝，他们天生就掌握着天地赐予的权柄，身体更是可以让万物有灵的重要材料，而被他们点化的灵物，就被称为神灵。

一般来说，神灵的能力和点化他们的神明相似，而且在被点化之后，相貌都会发生改变。这种改变的幅度越大，就意味着神灵获得的能力越强大。例如，女子献后来受到炎帝血液点化，化作了天女魃（bá）。

这次，祝融想尝试一下是否能将赤水居民全部点化。只要祝融能够成功，赤水方圆千里的居民从此就不会再畏惧火焰了。但是，在实施这个计划之前，祝融要先征求一下女子献的意见，毕竟点化神灵是有一定危险性的。在大荒之中，受到神明点化的生灵不计其数，能活下来的却寥寥无几。

女子献听了祝融的计划之后，觉得这个办法虽然很冒险，但是也不是没有成功的可能性。神农氏其实早就做过类似的试验了，他庇护的部落烈山氏就是一个被他全部点化成神灵的部落。在神农氏的帮助下，祝融将自己的血液滴入了赤水之中，供赤水部落的人在其中沐浴。

祝融虽然不是顶级大佬，而且血液还经过无数倍的稀释，但是赤水部落的居民们在被点化的过程中，还是感受到了巨大的痛苦，并且很多人不是沐浴一次就能成为神灵的。于是从此之后，每隔一段时间，祝融就会在赤水之中滴入几滴火红色的血液，供赤水的人族接受点化。

如何看出部落中的居民是否成功化身神灵了呢？其实很简单，凡是被转化为神灵的族人身上都出现了火红色的图腾印记。这些被转化的族人慢慢地自发组建了新的氏族——火族。可以说，祝融以一己之力创造出了一个新的种族。但是赤水人民欢欣鼓舞过后，却发现自己受到了外界的排挤。这是为什么呢？

役火国的建国历程

自从赤水开始了举族皆为神灵的大计划之后，赤水居民的幸福指数直线上升，他们不仅搞起了生产建设，还趁着空闲的时候，积极踊跃地外出找寻周围的部落，希望能达成同盟。不过效果只能说是聊胜于无，大多数部落并不是很乐意和赤水来往，甚至有两个老邻居明确表达了对赤水部落的厌恶。具体原因要从赤水以前的生活模式说起。

想当初，赤水在大荒东部可是大大有名的地方。只不过这个名声多是恶名，用《北国地志》上的话来说就是，"赤水千里皆红壤，其内含砂，受地热而染，农物于其上，不得生长，禽兽于其内，多发瘟疫，故古称赤水，亦有赤贫之意"。就是说，赤水这个破地方就因为落下块终年散热的赤岩来，结果土地被活活烧成了赤红色的碎石子，不仅农作物生长不了，就连小动物们都中了暑，可以说是要啥没啥。最后大家一看，这个地方太穷了，干脆就叫赤水吧。所以说，赤水这个名称还是个双关语，其中就有贬义的成分。

照理来说，这种地方绝对不适合人类居住，但是人贫志短，

马瘦毛长。大荒毕竟是个残酷的世界，每天都有数不清的部落因为各种原因而宣告解散，其族人就会流落四方，成为流民。

上古时期，流民是最没有人权的。很多部落为了壮大实力，会专门捕捉流民做奴隶，让他们做最累最苦最危险的工作。一旦落到这种下场，那几乎就等于宣告死刑了，所以当时很多流民为了不沦为奴隶，都会主动去那些没有部落占领的荒凉险境定居，甚至是和其他流民共同组建成新的部落。像当时的浑浑泽、阿兀那、酋越等部落都是这么建立起来的。

这些部落建立之后，首先面临的就是生存问题。毕竟他们所在的地方生存环境恶劣，缺衣少食也都很正常。但人得吃饭，老话说得好，穷生奸计，富长良心。为了生存，饿极了的流民是什么事都能干得出来。最早的赤水就是大荒东部最大的强盗聚集地，他们不是骚扰附近的部落，就是抢夺别人耕种狩猎的场地，搞得天怒人怨。其中受他们骚扰最厉害的两个部落分别是厌火国和三苗国。

这两个部落可不简单，毕竟没有一两手绝活，怎么可能在赤水周围生存下来呢？先说三苗国，这个国家擅长耕种，能在岩石之中，不施肥，不撒种，不浇水，就直接种出粮食来。这还不算什么，真正让这个国家出名的是他们的战斗力。这个看起来有农耕民族倾向的国家，其实是个全民皆兵的部落。

三苗国的首领叫康黍，是巨人苗裔氏的后人。他和自己的祖先一样，身材是正方形的，高五丈，身宽也是五丈，手持巨木，能单臂挑飞数十丈巨石。他就最烦赤水部落，因为每次只要三苗国收获的时间到了，都免不了要被赤水部落的人打秋风。

另一边的厌火国，其国中居民都以煤炭为食，能从鼻子里喷射火焰，还能口吐毒烟。他们厌恶赤水部落的原因更加简单，因为过去的赤水就是方圆万里最大的煤炭出产地，自从赤水部落这群人彻底霸占了赤水之后，他们就再也没吃上过饱饭了。当然，在赤水部落眼里，两大部落的衣食无忧也让他们非常嫉妒。因此，赤水、三苗国、厌火国就成了一条完整的仇视链。

这种互相仇视的情况，也是在女子献接手赤水之后付出了好大代价才平息的。至于再后来，虽然在女子献的主导下，双方也有过几次来往，不再是互相敌对的关系，可也没有半点儿好感。如今，听说赤水的这群刁民居然举族变成了神灵，那心里真是百般不是滋味。毕竟从某种意义上来说，再弱的神灵也是超凡的存在，强弱地位的转换带来的必然是赤水格局的改变。最起码在两大部落的老大眼里，赤水的天就要变了。

其中厌火国的老大刹炶（shǎn）最机灵，他一瞬间就联想到了往日的恩怨，心里琢磨着赤水部落会不会趁着实力大涨的机会直接把自己给灭了呢？刹炶越想越害怕，于是决定和康黍联手一起排挤赤水部落，来个先发制人。

本着能不动手就不动手的心思，双方决定从物资上限制对手，从人员上排挤对手。说得再细致点儿，就是把往常出口给赤水的粮食分给周围的小部落，以此来换取这些小部落的加盟，大家一起挤兑赤水部落。

要知道，赤水虽然在女子献的带领下实现了温饱，但是那是建立在物资全靠进口，人均都是低保的前提下的。他们从粮食到衣物，乃至淡水，都要靠外界供给。现在，三苗国和厌火国断绝了他们的物资来源，简直是要了命了。

据《古国志》记载，"赤水受制于人，无粮可食，无水可饮，其民大乱，人心惶惶者十之八九"。就是说自打贸易往来被断绝以后，赤水就彻底陷入瘫痪状态了，每个人都担心以后的日子怎么过。

眼看自己的行动卓有成效，刹炶和康黍还有点儿得意，觉得自己很有智谋。可是，他们忘了有一个词儿叫擦枪走火，还有一句话叫兔子急了要咬人。

眼看没了活路的赤水部落当然不会坐以待毙，他们早就想直

　爆笑吧！上古诸神来了：一方山海中的神话故事

接开打了。只不过，女子献不愿意自己的族人白白丢掉性命，一直都在努力尝试和平解决问题。但是，女子献想要和平，祝融可不这么想。

大家都知道，不同的人看待问题的角度也不一样。在受排挤这件事上，女子献是发愁，而野心家祝融则看到了机会。他觉得这也许是个让赤水部落走出赤水、谋求更好发展的机会。既然对方要排挤自己，那就不如以此为由头直接开战好了。

女子献有心拒绝，却没想到底下的族人们知道了祝融的这个计划，一时之间群情激奋。其实，赤水部落就是受了祝融的影响，祝融的神性之中有暴躁的一面，只是被他的老谋深算掩盖了。可是赤水族人都是些单纯的家伙，刚刚变成神灵，还没有调整好心态。在他们看来，区区几个凡人的部落能有多大的本事，直接吞并了他们，然后逐鹿大荒就在眼前了。

女子献眼看民心所向，也没办法了，只能让祝融全权负责。祝融得到了委托，便开始细心谋划。不过，在开战前，祝融建议，如今的赤水既然已经和过去不同了，那不如改个名字，和过去划清界限，也能提升士气。女子献听了，觉得很有道理，就亲自提议将赤水部落改名为役火国，寓意为奴役火焰的国度。从此，役火国就算正式成立了，而大战也一触爆发。

役火国简史

话说人无千日好，花无百日红。赤水部落刚刚改制完毕，就有人来找麻烦，也只能说是好事多磨了。有信心是一回事，打不打得赢又是另一回事。如今的赤水虽然已经做好了开战的准备，但是怎么打还是有讲究的。

从人口规模上来看，厌火国和三苗国任意一方，其软硬实力都是远超赤水的。而且，作为好战民族，两国都是全民皆兵，战斗素养很高。反观赤水，长期的落后导致了他们无论是武器装备，还是人员素质，都远低于大荒平均水平。

如今摆在赤水面前的选择就只有一个，那就是先发制人。强行突击攻坚，将其中一家消灭，这样才能改换局面，把战斗向着持久战的方向拖延。而且，在赤水部落看来，三苗国的莽夫们虽然不好对付，但厌火国那绝对是手到擒来。为什么赤水如此有把握呢？这要从厌火国的起源说起。

　　想当初，赤水向东南六万里，有一个叫犀身的极有特色的部落。据《逸民录》记载，"犀身者，无论男女，皆身高丈余，形貌伟岸，好望月奔走，以避尘为美"。就是说，犀身部落之中，无论男女，都是身高一丈开外、体型壮硕魁梧的家伙。不过话说回来，虽然这个部落的人长得五大三粗，却偏偏爱好风雅，无论打猎还是外出采摘，这群家伙都要趁着有月光的时候，才会行动。虽然是屠夫的外表，但有着文艺青年的内心。

　　这么一群有着反差萌的家伙组成的部落，一不争霸，二不发展，很长一段时间内都过着随遇而安的平淡日子。直到有一天，犀身部落的首领犀龙发现了一棵长相奇特的大树。

　　犀龙发现的这棵大树无花无叶，树高才不过五丈，树身直径却超过了一百丈。这棵大树的顶端长着无数发光的果子，到了夜里这些果子就会不停地闪烁，像天上的星辰一般，犀龙给这棵大树起名为星木。星木不仅外表炫酷，功能更是强大，只要到了夜里，无论是谁，只要站在星木旁边，就能消除疲惫，甚至强身健体。

　　这个发现可把犀身部落的人高兴坏了，毕竟大荒之中珍宝无数，奇遇极多，有时候随便一件都可能让一个部落崛起。犀龙觉得这棵星木就是自己部落兴旺的契机。为了更好地占有这棵大树，犀龙干脆就把整个犀身部落迁到了星木旁边，日夜守护。

　　接下来的日子里，犀身部落的族人们不仅身体越来越强壮，还慢慢地有了吸收月光补充体力的奇异能力，整个部落都在朝着更好的一面发展。只不过，人心不足蛇吞象，贪婪的本性让犀身部落有了更大的野心。

在犀身部落的族人看来，如果只是待在树旁就能获得如此神异的能力，那吃掉树上的果子，岂不是效果更好？但是犀身部落的首领犀龙是个有头脑的人，他明白过犹不及的道理，所以一直极力劝阻。部落的族人见首领不同意，也只能望洋兴叹了。

但是犀龙不过是一介凡人，寿命有限，过了百十年之后，终于寿终正寝。临死前，他再三向自己的儿子交代，一定要保护好神树，也保护好族人。他的儿子犀羕（lèi）表面上答应了，却在犀龙死后，立马组织族人将星木上所有的果实都摘了下来，分发给族人，举族享用。可是没想到，这一举动给犀身部落带来了滔天大祸。

星木乃是当年扶桑木撞上太阳星时落下的一株暯（mù）草所化，上面生长的果实之所以到了夜间就闪烁不停，也是因为果子的内核炽热无比。所以，犀身部落的族人将果子一口吞下，无异于直接将烧红的炭火吞入腹中，几乎一瞬间所有族人就从内而外开始自燃。

随着自燃不断持续，犀身部落族人本来壮硕的身躯被烤成了如同干尸一样的模样。最后，无法忍受痛苦的犀身部落族人将希望寄托在了星木树身上，他们用牙将星木的树皮和树枝撕咬下来，吞咽下去之后，发现自己的痛苦果然小了很多。

但是随即他们就发现，星木并不是解药，他们的痛苦之所以减轻，只是因为他们的身体获得了燃料而已。换句话说，现在犀身部落族人们的身体已经变成了一个类似于火炉一样的物体，只有源源不断地投入燃料，才能让生命维持下去，否则他们就会自燃而亡。

倍感无奈的犀身部落只好四处打听，终于得知赤水盛产煤炭，这才举族搬迁到了赤水，并且将自己部落的名字改成了厌火，以此来表示悔恨。之后，厌火部落靠着赤水的煤炭，经过一番休养生息，逐渐壮大了起来，但是模样和习性也因此发生了改变。

据先秦时的《异国杂谈》记载，"厌火国居赤水其南，国中之民形如猿猴，背生黑毛，肤色如铜，以炭为食，能口鼻喷吐烟火。然其虽能吐火，却无御火之能，故不得久用"。就是说，赤水南边的厌火国里，国人都长得很丑，外形看起来又干又瘦，就像猿猴一样，不仅背上长满了黑色的毛发，连皮肤也是青铜一样的颜色。他们能从口鼻之中喷出火焰，自己却无法承受火焰的温度，因此他们的袭击往往都是恐怖分子一样的自杀式袭击。

这次，厌火国想要攻打赤水，一方面是出自对赤水举族神灵的恐惧，另一方面则是因为贪婪和无奈。毕竟，赤水南边的煤炭已经被他们开采得差不多了，如果找不到新的煤炭获取地，那说不定哪天整个厌火国都要在自燃中彻底消亡了。

但是，厌火国没想到的是，他们喷吐火焰的这个核心技能反而让赤水部落的族人占尽了便宜，因为如今的赤水族人经过祝融的点化后，最不怕的就是高温。于是，在某个月黑风高的夜里，赤水部落大军压境之下，厌火国仓促应战。虽然那一夜火光冲天，厮杀场面看似惨烈，赤水部落却奇迹般地不费一兵一卒就将整个厌火国攻破了，整个厌火国的国民成了赤水部落俘虏的奴隶。

三苗国眼看着强势的厌火国一夜之间就被连根拔起，以为赤水部落的强大已经超出了他们的想象，于是果断投降。他们以最快的速度带着自己的族人迁移到了别的地方，从此不再踏足赤水一带。

之后，赤水部落彻底打开了局面，还开始通过通婚、并姓等各种手段积极吸纳厌火国人，并且成功产下了第二代役火国民。这群第二代新成员身兼两家之长，不仅能喷吐火焰，还不惧高温，是真正意义上的强力神灵。靠着这一本事，他们称霸大荒东部许多年，在祝融离去之后，才慢慢消亡，但是那又是另一个故事了。

到这里，西王母、共工和祝融的生活都进入了新的境地。射水三人组的故事至此就暂时告一段落了。

中篇

出厂画风奇特的神农氏

连山里的牛头人

天地悠悠无名客，沧海桑田神人观。西王母、共工和祝融的恩怨是非算是暂时告一段落了。我们将说一说大荒之中的其他神明，毕竟大荒之中英雄无数，都曾经对人族做出过突出贡献，比如说其中的佼佼者上古三皇。

上古三皇有人有神，是公认的对人族贡献最大的三位，他们分别是燧人氏、伏羲氏和神农氏。其中，燧人氏盗天火为世间带来光明，伏羲氏演练八卦助族人延续生机，而神农氏尝百草，除百瘟，驯百兽，种五谷，帮助人们改善生活。我们的故事就要从神农氏早年的经历讲起，他和人族算得上是不打不相识。

想当初，在大荒世界的西南方有一片连绵起伏的山脉，乃是盘古的胸骨所化。这个山脉天生就是一个整体，由南到北纵一千二百里，由西到东横两万四千里，最高处两万三千丈，最低处四百五十丈，历经数十亿年都不曾有过任何改变。后来后土梳理天下群山的时候，舍不得破坏这片奇观，就干脆将山脉保持原状，还给它起了个名字，叫作连山。

据《古山经》记载，"连山隔断东南，纵横无边，虽有百兽，皆温顺之辈，纵有百禽，亦不伤人畜。兼之山中物华天宝，故，连山为大善之地，古有人居"。就是说，连山这个地方连绵起伏的山势将整个大荒的东南都隔断开来，其中物种丰富，都是些性格温良、与人亲近的珍奇异兽。而且这里物产丰富，在此居住者根本不愁吃喝。因此，连山被上古的人类视为最佳定居点，很早就已经有人在这里安居乐业了。

　　不过上古时期，人族各大部落和氏族之间的关系并不怎么好，还处于发展靠掠夺，竞争靠打仗的阶段。物产再怎么丰富，也没人愿意拿出来分享，所以各大部族之间就决定来一场物竞天择、适者生存的大竞争。

　　具体规则就是，选出族中的勇士在这里厮杀，失败的人就要举族迁徙，而最后的五名胜者可以享有这片富饶的土地。为此，他们还专门开辟出了一处角斗场，并取名为割鹿台。上千个部落厮杀了不知道多少年，流的血将连山的割鹿台都染成了紫红色后，终于有了结果。最后留在连山的部落分别是熊罴部落、夔牛部落、

神农

腾蛇部落、彪虎部落和苍鹰部落。

别看名字土得掉渣，这五个部落的能耐却一点都不小。他们的名字之所以以禽兽命名，和当时供奉图腾的习俗有关。那个时候，但凡与众不同的大部落大都供奉图腾。这些图腾有的代表自身的血统，有的则代表他们的庇护者，还有一些则是和部落的来历有关。这五大部落部族供奉的图腾也是如此。

五大部落的建立最早能追溯到女娲造人的时期。当时在女娲造人后，第一批人类在十二个首领的带领下，纷纷建立了自己的部落，被称为十二始祖部落。而连山五大部落的祖先就是十二始祖部落的直系后裔，他们身负为人族开枝散叶的任务，在离开大荒中央的人族发源地之后四处流浪，找寻建立部族的机会。

在流浪的过程中，这些人常年与凶神邪神厮杀，以凶兽神兽为食，渐渐地沾染了部分神兽的血脉。或者用今天的话说，就是他们的基因突变了，虽然外貌没有改变，但是渐渐有了一些不同寻常的本事。

比如说，熊罴部落居住在山洞之中，族人个个力大无穷，擅长开山劈石，与凶兽肉搏厮杀，是五大部落之中战斗力最强的；夔牛部落居住在山腰的空地上，他们嗓门很大，能用吼声震死虎豹；腾蛇部落居住在山顶，他们擅长观测星象、巫蛊占卜，平日里深居简出，再加上族人大多吃素，所以靠采摘为生；彪虎部落居于山中的阴凉处，善于奔跑，穿山越岭如履平地，目光如电，可以震慑妖兽；而苍鹰部落都是在林中安家，他们视力极佳，臂力过人，是天生的神射手。

五大部落的祖先在建立了自己的部族后，就把自己的图腾分别做成了熊罴、夔牛、腾蛇、彪虎和苍鹰的模样，既展现了自己的身份，又显示了自己的与众不同。

本来这五大部落就是大荒东南一带的最强部落，轻易无人敢惹，在经历了连山争夺战之后，更是成为连山一带的绝对霸主。别说是寻常的凶兽，就是一些强力邪神都提醒自己尽量绕着他们走。

但是没想到，有一天，熊罴部落的首领熊蛮在带着自己的族

　　爆笑吧！上古诸神来了：一方山海中的神话故事

人开山劈石、挖掘洞穴的时候，竟然发现连山内部有一条深不见底的峡谷。为了一探究竟，熊蛮独自一人沿着一条小路一路向谷底走去。结果他在谷底看到了一个怪物，正躺在一块光滑如玉的石头上呼呼大睡。

其实这个所谓的怪物，就是上古时期的顶级大佬神农氏，而连山就是他的出生地。与五大部落相比，神农氏才更有资格被称为连山的主人。五大部落之所以没被赶出去，完全是因为神农氏心眼儿好。可是这件事情神农氏清楚，五大部落却不知情。他们发现怪物之后的第一反应就是除掉他。但是五大部落不知道的是，这个消息第一时间就被神农氏知道了。

据《神异志》记载，"神农氏司天下禽兽之吉凶祸福，能言兽语，凡天下禽兽所知之事，无不通晓"。说白了，神农氏就是天下所有禽兽的管理员，能说好几十种外语，只要是飞禽走兽能知道的事情，那就等同于神农氏知道了。这次五大部落的狩猎队还没进到连山的峡谷之中，就受到了神农氏"热情的招待"。

在神农氏的召唤下，无数飞鸟腾空而起，遮天蔽日，无数走兽在地上奔跑，连山峰都开始抖动。这些禽兽汇聚在大峡谷外，把狩猎队团团围住。五大部落在兽潮发动的时候，就已经预感不妙了。五位首领带着自己的族人准备去接应狩猎队，却没想到兽潮的规模实在太过庞大，五大部落几乎顷刻之间就被野兽们包围了。

就在五大部落觉得自己死期将至时，一只学舌鸟带来了神农氏的口信。神农氏告知了五大部落自己的身份，同时警告他们，不许再来打扰自己，否则就把他们赶出连山。五大部落这才知道，自己差点儿干了蠢事，于是匆匆忙忙地各回各家了。对他们而言，当务之急就是诚恳地向神农氏道歉。

应聘魁隗部落 CEO

古埃及有一句谚语："龙卷风不会记得自己曾经卷起的沙子与蚂蚁。"它的寓意在于，地位高的人的无意之举可能会伤害到弱者。这句谚语五大部落的人虽然没有听过，但是常年在恶劣环境中生存的经验还是告诉他们，得罪了神农氏，绝对是摊上大事了。

但是事情已经发生了，总要有个解决办法。好在五大部落的人虽然冲动鲁莽，但并非没有脑子。他们商量一番后，终于决定放低姿态，赔礼道歉，充分检讨自己的错误，以此来平息神农氏的怒火。不过，自知自己不过是一群粗人的五大部落果断地把挑选礼物的工作交给了一位大荒之中鼎鼎有名的送礼达人——祭宗。

祭宗是丰收之神昧谷的孙子，算不上什么大人物，却有一门独门绝技，那就是手工艺。据《匠作奇观》记载，"昧谷生春思，春思生祭宗。祭宗善奇巧之计，能治奇物，或为珍玩，或为宝器，得之者无不欢喜"。用今天的话说就是，祭宗擅长手工艺，能制作各种各样奇特的物品，而这些物品也是当年大荒之中人人追求的潮牌奢侈品。

当然了，祭宗做的可不是七巧板之类的玩具，他做的都是天地之间独一份的神器。比如，羲和手中可以遮蔽天地的旗子，后土腰间能够包裹山峰的布袋，甚至是禹虢所用的可以装下东海的巨碗等，都是祭宗为他们量身打造的。可以说，大荒中一大半的神器都是出自这位巨匠之手。

当然了，这位大佬做出来的东西，除了可以讨神明欢喜之外，也有惩治恶神的作用。甚至有时候，还能帮神明解决一些工作上的麻烦。比如，祭宗就曾用自己的手艺帮助过一个叫殃神的家伙。这个故事的起因是这样的。

很久以前，大荒西北有一个叫作殃山的地方，山体低矮，颜色纯白，四面都是由黑色土地组成的平原。因为这里四季如春，气候温暖，所以植物茂盛，食物充裕，吸引了无数人和神兽到这里定居。慢慢地，这里的人在围绕着殃山的四大平原上组建起了三个部落，分别是东方的褐土部落，西方的白山部落，和北方的苍目部落。而神兽们则自发地定居在殃山的南面，并且把自己生活的平原称作荒原。

因为物产丰富，所以人兽之间无须彼此厮杀，单靠作物就能满足食物需求。所以，很长一段时间里，三大部落和荒原的神兽

| 爆笑吧！上古诸神来了：一方山海中的神话故事

们都过着无拘无束、和平友好的快乐生活。直到殃山之中诞生了一位神明，这种安逸的生活就彻底一去不复返了。

殃山之中诞生的这位神明叫殃神。《言神说鬼》记载，"殃神久居殃山，鸡首人身，头生鹿角，足如鹰爪，能知生死。有生者，则避之，有亡者，则往之。凡见之者，大不吉也"。就是说，殃神家住殃山，鸡头人身鹰爪，还长着一对鹿的犄角。单从长相来说，相当滑稽，但是这个家伙有预知生死的能力。凡是有出生的婴儿，他就避开，而有人要死，他就会去看热闹。这期间，所有见过他的人都会遭遇横祸，轻者命丧当场，重则祸灭九族。

用今天的话来说，殃神就是上古时期的扫把星。更可怕的是，殃神出行，必然要经过殃山的四方。所以，殃神诞生没多久之后，殃山附近本来热闹无比的四大平原就变得一片荒凉了。

不过话说回来了，其实殃神也不是故意的。作为一个神明，殃神的神职就是见证死亡，通报家属。其实殃神自己对这个使命也很苦恼，别说是殃山附近的邻居们，其实就连大荒之外的其他生灵，他也并不愿意伤害。可是殃神天生的霉运光环辐射领域实在太大，所以他的苦恼之情日益严重。

好在，殃神有个朋友叫祟神，他也有过类似的苦恼。最后他就是求到了祭宗那里，才得以解脱。这次，祟神带着殃神前去求见祭宗。祭宗在听了殃神的苦恼之后，花了三天时间，以青山的藤萝编制出了一乘轿子，可以自己行走，无需人力。然后，他又找到了阳山的细蛇，取蛇蜕织成了一面帐幔。他还用磬山的石头做成一面石锣，可以随风响动，声传百里。

自此之后，殃神每次出行都乘坐这乘藤轿，而过路的行人听到锣声就会自觉回避。自此之后，数百年时间，殃山又成为一片繁华所在。而祭宗也因此获得了点子王的名号。这次，五大部落把给神农氏送礼的任务交给了祭宗，那是再合适不过了。

祭宗心思细腻，在接到任务之后，并没有第一时间开工，而是找自己的朋友收集了一下神农氏的资料。这一了解他才发现，别看神农氏牛头人身，一副粗蛮狂野的长相，内里竟然是个文艺青年。大荒众多大神对神农氏的描述是，神农氏通五音，明五行，善聆听，识良莠，是当时排名第一的音乐专家。

了解了这些信息之后，祭宗觉得神农氏最缺的应该就是一整套专属乐器。于是，祭宗仿照钟山的模样，以首山铜制作了编钟；仿照磬山的样子，用磬山山石做成了编磬；仿照不周山的样子，用玉石做了唢呐。然后，祭宗把打造好的三大乐器交给了五大部落，之后五大部落又把三件乐器送给了神农氏。

果然，神农氏非常喜欢这个礼物，还亲自为这个乐器组合创作了一支曲子，并且亲自演奏之后传给了五大部落的族人。据后来人回忆，那一天神农氏的个人专属演奏会盛况空前。不仅有五大部落的数十万人前来观看，就连连山之中的百兽千禽也都静下心来，欣赏了这支大荒首支个人专属乐曲。甚至，在此后的悠悠时光中，每次神农氏出场，都会演奏这首曲子以示纪念。

神农氏高兴之余，也没有忘了五大部落。他问五大部落是不是遇到了什么难题需要自己解决，如果有，他必然全力以赴。五大部落个个都是人精，当下就说了五个部落有心合并，却因为资源分配不均而迟迟无法达成一致的事情。他们还说一直想找一位德高望重的神明来主持工作，就是没能遇到神农氏这等大佬云云。一顿吹捧，把正沉浸于美妙音乐之中的神农氏给说得忘乎所以了。当下他就答应成为五大部落的庇护人，还赐给他们一个全新的姓氏——烈山氏，并且给新的部落取名魁隗部落。

就这样，神农氏伴随着自己的乐曲，成功出任了魁隗部落的CEO一职。可是神农氏没想到的是，魁隗部落的核心问题居然这么麻烦，甚至麻烦到连神农氏都有些后悔了。

神农氏与神二代

自从接管了魁隗部落，神农氏终于明白了什么叫作无事一身轻了。可惜，这个道理他明白得太晚了。如今的魁隗部落不仅大小事情一律交由神农氏处置，甚至还把以前的很多难题都翻了出来，让神农氏裁决。

　　爆笑吧！上古诸神来了：一方山海中的神话故事

从情感上来说，魁隗部落的这一举动其实也是为了尽快拉近和神农氏的关系；可是从客观情况来看，其实魁隗部落的行为多少有点儿过犹不及了。于是，不堪重负的神农氏借着外出游历的机会，将魁隗部落的管理权重新送回了五位首领的手中，以此图个清静。可是没想到，神农氏这一走，魁隗部落就遇到了一个大麻烦。这个大麻烦来自一位大荒大佬的儿子，他的名字叫役伿（nú）。

　　役伿是灾祸之神祸疫的三儿子，不过与本性温和、爱护生灵的祸疫不同，役伿可是大荒之中鼎鼎有名的邪神。据《古神经》记载，"役伿类人而生蛇鳞，秉性凶恶，善蛊惑人心，勾人恶念。见之者不可听其言，听之，必有祸"。就是说役伿长得像人，却又长了一身蛇鳞，他不仅长得丑，心眼儿也很坏，擅长蛊惑别人做坏事。如果看见他，最好不要给他说话的机会，不然必定大祸临头。

　　听起来是不是有点儿像申公豹，但是役伿可比申公豹凶残多了。因为除了善于蛊惑人心之外，役伿还擅长制造瘟疫。他身上的蛇鳞共计十一万九千片，代表了他所掌握的十一万九千种疫症。

　　所谓疫症，其实是瘟疫中的一种。我们平常说的瘟疫，严格意义上来说是两种疾病。瘟代表着季节引发的传染性疾病，而疫则代表由毒素而引起的疾病。换句话说，其实役伿就是个靠投毒吃饭的危险人物。这个危险人物最不可理喻的地方在于，他以此为乐，为此不知祸害了多少部落，比如当年的涂火部落。

　　涂火部落的前身是连山西北方向大荒边缘的数百支小部落，因所处生存环境恶劣，所以各部落抱团取暖，组成了联盟，然后慢慢融合，成为涂火部落。他们虽然缺乏神明庇护，却也算得上大荒之中数得着的大部落了。但是他们运气不好，在离他们部落三千里的地方就是役伿所在的汦（zhī）山。

　　那时役伿身上还只有两万多片蛇鳞，还是一个幼生期的神明宝宝。因为他无法独自闯荡大荒，日子又过得无聊，所以就决定出来祸害一下自己的邻居。在他的毒计下，涂火部落的族人喝下了受到他身上鳞片污染的毒水，很快疫症就席卷了整个部落。短短几天时间，涂火部落就只剩下极少数幸存者，但就算这样，役伮仍不打算放过他们。

役伮蛊惑涂火部落幸存的族人，是有奸细联合凶兽发动了对他们的灭族打击。于是，幸存者们变得疯狂了，他们看谁都像叛徒。精神的折磨和灭族的打击驱使着幸存者们互相之间展开了残酷的决斗，结果就是涂火部落从此在大荒世界彻底消失。

如今，已经成年的役伮的活动范围更大了，所以连山的五大部落成了他的目标。这次，他依旧打算用老套路来对付魁隗部落。他先是找到了连山的水源起点，然后将自己身上的鳞片拔下来扔进河里。

很快，魁隗部落的族人就开始感染了。受疫症侵袭的族人们先是浑身乏力，然后就是感到寒冷，身体会不由自主地不停打颤。接着，卧床不起的族人开始呕吐，从食物到鲜血，再到内脏，在短短几天之内，就有十分之一的族人死去了，而剩下的族人也有多半失去了行动能力。好在魁隗部落的首领们当机立断，进入连山寻求连山百兽的帮助。

连山的禽兽受到魁隗部落首领们的委托后，离开了连山，四处寻找神农氏。最终，他们在神农氏的好友季苦处找到了神农氏。神农氏了解了情况之后，也很着急，以最快的速度赶回了魁隗部落。

这时候，魁隗部落已经可以算得上元气大伤了，部落里的人不仅个个面色青黄，呼吸微弱，就连部落里的植物都开始枯萎了。神农氏虽然有神力，可是对医药并不擅长，只能求助自己的老友季苦。

据《异闻录》记载，"季苦为草药之身，司天下药石生长"。说白了，季苦就是个药剂学专家。不过，季苦见多识广，很快就辨认出了魁隗部落的族人是受到了役伮的毒素的侵害。只是季苦虽然诊断出了病症，却也没有治疗之法。

眼看着自己庇护的部落就要消亡，神农氏怒气冲冲，他派出

　爆笑吧！上古诸神来了：一方山海中的神话故事

百兽在连山附近展开了地毯式搜索，终于在水源处找到了役伮这个罪魁祸首。之后，神农氏用一百条毒蛇将役伮困住，带回了魁隗部落。

在回去的路上，神农氏发现役伮身上的毒蛇似乎并不畏惧役伮身上的疫毒。这个现象让神农氏觉得说不定毒蛇身上有什么东西可以解除役伮身上的毒素。经过一番实验之后，神农氏发现，能够克制役伮身上疫毒的就是毒蛇本身的毒素。自此，神农氏领悟了以毒攻毒的道理。

为了尽快治疗魁隗部落的族人，神农氏将整个连山的毒蛇聚集起来，让他们将自己的毒液吐出。不仅如此，害怕毒性不够的神农氏还在其中加入了大量其他毒素，最终成功解救了魁隗部落的族人。从此，世上除了毒蛇之外，又多出了一种无毒的蛇来。失去了毒素，这些蛇就没有了保护自己的武器，因此，魁隗部落的族人就将它们收养了起来，以示感激。这也就是后来养保家蛇这一风俗的由来。

魁隗部落的危机解除了，可是罪魁祸首役伮还没有受到惩罚。直接杀了他容易得罪祸疫，同为上古大神，彼此之间多少还是有些交情的。苦思冥想之后，神农氏决定，既然役伮喜欢用疫毒来折磨生灵取乐，那就不如直接把他身上的鳞片全部拔掉，这样以后他也就不能再为非作歹了。

这个活当然不是由神农氏亲自动手，魁隗部落的族人早就恨透了役伮，一人拔一片，顷刻间就把役伮的一身鳞甲拔了个干净。之后，他们将役伮绑在了连山山顶，暴晒三年，才将役伮放走。

放走了役伮的魁隗部落继续过上了太平日子，却没想到灾难这才开始了。役伮刚离开连山，就遇到了自己的五个好朋友。心有不甘的役伮将自己的遭遇添油加醋地诉说了一番，而他的五个好朋友出于义气，决定为役伮报仇。

神农氏和大荒"精英犯罪团体"

役伮被神农氏狠狠地修理了一顿后离开了连山，之后遇到了自己的五个铁哥们儿，也就是祸疫的五个手下——五方瘟神。

这五个家伙听说自己主人的儿子被人欺负了，个个都义愤填膺。在他们的煽动下，役佽竟然又燃起了复仇的斗志。五方瘟神凭什么敢带着役佽和大荒顶级大神叫板呢？这要从这五位的来历说起。

当年，役佽的父亲祸疫本来住在大荒西北的巫山，数亿年来都和自己的好邻居巫山神女和谐相处。但是没想到，女娲造人之后，人族繁衍的速度太快了，他们很快就组建起了无数的部落。这些部落为了更好地生存，四处寻找大神，抱大腿，寻求庇护。而巫山神女又是整个大荒之中出了名的善神，所以巫山附近很快就聚集起了大大小小数十个人族部落。

祸疫知道自己浑身是毒，唯恐稍有差池就给周围的人族部落带来灾难，于是决定另寻一个好地方作为自己的住处。可是选来选去，他也没有找到一个合适的地方。一方面，祸疫的审美比较独特；另一方面，祸疫希望能找到一个尽可能凶险的地方，以防又有人族部落迁徙到自己周围。就在祸疫为难之时，他的老朋友后土给他提了一个建议。后土告诉祸疫，在大荒西南的荒僻之地有一个地方很适合他，这个地方就叫五方山。

据《太荒群山录》记载，"五方者，其无方也，外观如圆，内藏混沌，入者不知来去，不辨东西，神而能明者入其中，亦自绝于其内"。就是说，五方山原来的名字应该是无方山，意思是说五方山从外面看起来无棱无角，而其内部的空间一片混沌，无前无后，无左无右，就算神明进去也要迷失方向，被活活困死其中。

第一，如果想避世而居，可以说在整个大荒中最符合祸疫要求的就是这个地方了。很快，祸疫就搬离了巫山，来到五方山下定居。在祸疫看来，五方山位置偏僻，环境险恶，足以让那些可能会打扰到他清静生活的生灵望而却步了。但是祸疫没想到的是，他突然搬家的举动被有心人误会了。

这事也不奇怪，毕竟祸疫是大荒之中的大人物，一举一动都倍受关注。他突然搬家，而且还是搬到了一片前不着村后不着店的荒僻之地，那就更加让人好奇了。要知道，八卦可是人类的天性之一，所以很多人都把这个消息传递出去，作为茶余饭后的谈资。

但是一来二去，祸疫搬家的事传着传着就变成了祸疫发现了宝物，所以要亲自去守护。这下好了，无数生灵聚集在五方山外准备寻宝。不过，祸疫都觉得凶险的地方，又哪是区区几个人族部落或者凶兽、神兽就能搞定的。虽然寻宝者前赴后继，可是他们不是直接在五方山中丧命，就是在好不容易逃出来之后，又莫名其妙地丢了小命。

要是放在别的神明身上，很可能就是任由来者自生自灭了。可偏偏祸疫是一个富有同情心的神明，他当然不愿意看到人族无休无止地前来送死，尤其是这件事情的起因还和自己有关，那就更不能坐视不理了。于是，祸疫毅然决然地进入了五方山中，想要破解五方山之谜，好让天下生灵不再盲目地来这里寻什么宝物了。

可是没想到，祸疫刚进去没多久，就迷失了方向，而且他隐隐约约觉得，自己好像被施了法术，竟然有些身体乏力，头晕目眩。好在祸疫不是一般的神明，在发现自己似乎遇到了危险之后，就拔下了自己头上的一只毒角，将其中的毒汁洒在了五方山上。

祸疫是灾祸与瘟疫之神，身上的毒素堪称大荒第一强毒，杀伤力之强可以说是诸神之最。这次祸疫角中的毒汁不过刚刚落地，就变成了浓浓的毒烟飘向四面八方，覆盖了整座五方山。然后，在众目睽睽之下，整座五方山像一根被放在火焰里的蜡烛一样融化了。

眼看着五方山都融化了，也没出现什么宝物，前来寻宝的众多生灵都大感失望。没多久，他们就全都各回各家了。可是在这些生灵离开之后，祸疫却在五方山的原址上找到了五个奇怪的家伙，询问后才知道，原来五方山之所以成为禁地，就是这五个家伙搞的鬼。这五个家伙后来成为祸疫的手下，它们就是上古五瘟神。

据《神魔奇谭》记载，"上古五方之山有神，中央业智，不生七窍，人见之则心神不定；北方神劳，无鼻巨口，吐青气，使人昏昏欲睡，体乏劳伤；南方罔思，目中无瞳，观人而使其心生恐惧；西方伐巨，有头无身，善于梦中吸人骨髓；东方巫休，身高

爆笑吧！上古诸神来了：一方山海中的神话故事

三丈，独目独腿，双手拍击能发雷音，闻之失魂。此五者，皆大害，故称五瘟神"。说白了，就是五方山的五个方向分别住着五瘟神。东方的业智没有五官，人们看见他就会烦躁抑郁；北方的神劳没有鼻子，却长着一张大嘴，可以吐出青色的气体，让人没有力气；南方的罔思没有瞳仁，他看见谁，谁就会心生恐惧，出现幻觉；西方的伐巨则能让人骨质疏松；而最牛的是东方的巫休，他鼓掌发出的声音可以把人吓得丢了魂。

祸疫

这五个邪神眼看祸疫起了杀心，当即放下自尊百般求饶。这么一来，祸疫反而不好下手了。最后，为了防止这五个家伙再出去作恶，祸疫干脆就把他们收为手下。等到祸疫要沉睡的时候，他怕儿子役伢照顾不好自己，就把役伢托付给了五瘟神。而这五个家伙就带着役伢一起在大荒中兴风作浪，再后来，役伢厌倦了群体生活，就开始一个人闯荡天下。

这次役伢被神农氏搞得遍体鳞伤，还丢了面子，正无精打采呢，没想到居然碰到了五瘟神，当下就把自己的委屈全说了出来。别看五瘟神是邪神，对祸疫却是既服气又感恩，当下就带着役伢杀回连山，展开了轰轰烈烈的报复行动。

五瘟神是作恶多年的老手了，手法高明。他们知道神农氏找到了克制役伢毒素的方法，就利用自己的本事制造出了一模一样的病症来。而连山的魁隗部落经过役伢投毒事件后，觉得这回不需要神农氏出手了，就干脆按照上回神农氏传授的办法来治疗这次的病症。但是他们不知道的是，这两次的病不是一回事儿了。

以毒攻毒的前提是，染病的人体内已经有了一种毒素。疫症是毒，用以毒攻毒的方法当然没有问题。可是瘟症却更像一种人体自身的疾病，所以这次魁隗部落的人等于是自己给自己下了毒。等部落里的人发现不对，请来神农氏的时候，部落已经减员超过两成了。

神农氏万万没想到，自己放过役伢之后，换来的却是更加猛烈的报复。怒火中烧之下，神农氏决定这次必须好好惩治一下役伢以及五瘟神。

神农氏的百草方和大荒五毒

神农氏一气之下，直接向整个大荒发出了通缉令，悬赏追杀役傻和五瘟神。这下，无数神明勇士闻风而动，役傻和五瘟神就此被人民的海洋包围了。当然，对神农氏而言，目前最重要的事情并非追杀役傻，而是增强魁隗部落的生存能力。

役傻接二连三地作恶，这让魁隗部落损失惨重。神农氏意识到，魁隗部落或者说整个人族在面对疾病和毒物时，都处于一种束手无策的状态。为了让人族更好地在大荒中生存下去，神农氏暗下决心，一定要找到一种可以包治百病的方法。

但是很遗憾，神农氏虽然不是一般的神明，但对治病救人这种事情却并不在行。好在他是个脾气温和又热情的神明，朋友遍布大荒。除了西王母、后土、祸疫、玄冥等神明之外，就连大荒中的抠门王夷木、活字典烛九阴以及大毒瘤不庭都和神农氏关系匪浅。因此，神农氏可以算得上大荒中少数可以做到"一方有难、八方支援"的神明了。这次他在感到问题有些棘手之后，就果断选择去拜访诸多老友，顺便求助。

大荒广大，神农氏这一走就是千年之久。据《上古异闻录》记载，"神农氏东行千年，过百二十六座山系，经四十六条水脉，会见诸神，得宝无数，乃归连山"。就是说，神农氏这一路走过了一百二十六座山系和四十六条大江大河，见了很多老朋友，从他们手里蹭了很多宝贝，也收获了很多想法，最终心满意足地回到了连山。

神农氏除了向东王公求来了可以解瘴气迷雾的青木树叶，向西王母求来了可以延年益寿的玉珠树叶，向夷木求来了可以破解幻觉的建木木屑之类的土特产外，还向河伯、后土这些大神求来了可以解救溺水之人的河伯眼泪，可以治疗食物中毒的后土耳屎等药材，算得上收获满满。

不过，以上这些奇珍异宝其实还不是神农氏最大的收获，这次神农氏最重要的收获应该是从西王母手上讨到了神药的炼制方法，以及西王母多年来炼制神药的心得体会。可以说，西王母对

爆笑吧！上古诸神来了：一方山海中的神话故事

奇珍异宝的利用方式，为神农氏打开了一扇新的大门。于是神农氏在离开沃野之后，立马就回到连山，发动魁隗部落的族人以首山之铜制鼎，开始了自己的炼药生涯。在神农氏看来，在有材料、有方法的情况下，炼制包治百病的神药还不是手到擒来的事吗？

但是大家应该都知道，这个世界是存在错觉这种东西的。大脑说："我学会了。"手却说："不，你没有。"神农氏就是如此。虽然西王母已经毫无保留地悉心教导了老朋友，可是神农氏的炼药过程依旧可以用崎岖坎坷这四个字来形容。

当然，这也很好理解，毕竟神农氏是新手。更何况，虽然神农氏没能炼制出自己心目中能治百病、解百毒的神药来，却炼制出了五种了不得的东西，也就是《青木奇书》之中提到的五毒。所谓五毒，不是今天所说的蝎子、壁虎等五种动物，而是指蚀毒、巫毒、蜮（téng）毒、蛊毒、鸩毒五种毒药。按照古书中的记载，这五种毒药各有神奇。

五毒之中的蚀毒是一种无色无味的液体，可以腐蚀天下一切物质，就连神明沾染上了，都可能会化成脓水；巫毒则是一股青色的烟气，闻到的人就会长眠不醒，直至死亡；蜮毒形如水晶，只要在它的笼罩范围内，人就会失去理智，暴躁癫狂；蛊毒是一粒鲜红如血的种子，落地生根后会引诱周围的生灵在自己的身边自杀，然后便生长为一株鲜花，之后迅速凋谢，再次变回种子；而鸩毒是一种黑褐色的粉末，不能溶于水，只能随风散布，但是它的毒性像疾病一样可以传染。

这五种毒药单说功能就已经很可怕了。更可怕的是，因为神农氏炼制神药时使用的原材料质量过高，各有不凡，所以这五种奇毒也拥有了不惧火烧、不畏稀释，以及毒性不会消退的特性。这下神农氏就有点头疼了，毕竟这些毒药要是被心术不正的人拿去，还不知道要闯出多大的祸来。

神农氏正头疼呢，他的老朋友烛九阴派来了重明鸟，传信邀请神农氏前往钟山一聚，说是想看一看他的制药成果。神农氏本来不想去丢人现眼，但是转念一想，烛九阴号称活体版大荒百科全书，说不定他能有办法解决自己炼药失败的问题。抱着这个念头，神农氏一路向东北方向出发，向着烛九阴的老巢赶去。

这时候烛九阴还在钟山居住，每天除了履行自己的职责之外无所事事，闲着发呆。眼看神农氏来了，那叫一个热情，对神农氏的问题几乎是有问必答。不过，在他听到神农氏想要炼制可以治百病、解百毒的神药之后，简直要把肚皮都笑破了。眼看神农氏要生气了，烛九阴才告诉他，这个世界上根本就不存在包治百病的神物。

烛九阴告诉神农氏，天地之间，生有百害，因而有百病，想让人族从此不畏疾病毒药，唯一的方法就是找到百害对应的克星。神农氏连忙问烛九阴，百害的克星是什么。这次烛九阴也不知道了，他只知道天地万物都有可能，答案只能神农氏自己去寻找了。

虽然神农氏有点失望，但是好歹也算有了方向，不算一无所获。为了帮人族早日强大起来，神农氏拜别了烛九阴，离开了钟山，准备独自一人去收集大荒百害的信息。不过神农氏没想到的是，此时有人正在他的连山老巢捣乱。

端了神农氏老巢的不是别人，就是正在被神农氏通缉的役傩和五瘟神。这几个家伙不愧闻名大荒世界的恶人，生存能力简直无人能比。在神农氏的通缉令发出后，他们第一时间就到了连山神农氏的领地附近躲了起来。

不过，这几个坏家伙毕竟和神农氏有仇，所以平时他们也会时不时地观察一下神农氏的动向，这次看到神农氏好像藏了什么东西，就猜想他应该是什么了不得的宝贝。于是在神农氏离开之后，这几个家伙就把装着五毒的药鼎给偷走了。

神农氏以钟山为起点，一圈一圈地向外徒步游历。他把一路上搜集到的百害的资料和克制百害的药物写在他向烛九阴讨要来的鳞片上，并把这些鳞片编成了一本书，名为《神农百草经》。他准备回归连山之后，将其中的知识传授给了人族。而役傩他们则带着五毒，向西北出发，准备重新找个地方占山为王。

爆笑吧！上古诸神来了：一方山海中的神话故事

不周山上的扫地僧

大荒顶级报时器

大荒之中，大神无数，这些大神大多数时候都处于谁也不服谁的状态。因此，大神与大神之间也是矛盾不断，甚至有时一点鸡毛蒜皮的小事就能引起一场神明混战。那么，在这种局面之下，有没有一位大神能够起到定海神针的作用呢？答案是有，这位大神就是家住钟山的烛九阴。

烛九阴，又称烛龙，号称穷尽大荒上下，贯穿天地古今，能知过去未来，通晓一切学识。用今天的话来说，烛龙就属于神明之中的文化神。可以说，他的话对上古大荒的神明而言，几乎等同于金科玉律，是被所有神明信服的。而烛九阴之所以如此有权威，也和他的出身有关。

当初，盘古开天辟地成功之后，在他倒下的躯体化成天地间的万物之前，有无数神魔从盘古的遗蜕之中诞生，而最先成功出世的就是烛九阴。据《太古神魔志》记载，天地间独生一虫，其身长不知几许，但见其连同天地，昂首嘶鸣。恰逢盘古双瞳落入其目，故得造化，能烛照古今。就是说，烛九阴本来只是一只身躯庞大的虫子，但是因机缘巧合，盘古的两个瞳仁落入了他的眼睛之中，这才让他有了能够看见过去未来，甚至有穿越时间和空间的本事。

有了这种本事的烛九阴可以说是难逢对手。上古时期，烛九阴的名号基本等同于无敌。不过，无敌的时间长了，他也难免有些空虚寂寞。为了给自己的生活找点刺激，烛九阴干脆飞离了大

荒，和自己的朋友虚邪一起，遨游无尽虚空，想要探索一下大荒的边界到底在哪里。可是没想到的是，这次烛九阴的离开不仅让他自己有了一个大麻烦，也让大荒诸神陷入了混乱之中。这还要从和烛九阴同时代的上古巨神们说起。

和烛九阴一起诞生的，一共有三千八百七十二位神明，这些神明都是从盘古的身躯之中诞生的，可以说是继承了盘古的意志。他们生来就有移山倒海的无上伟力，同时肩负着与生俱来的职责。比如，后土是大地群山之主，承担着改造大荒世界的职责；水神河伯负责梳理河道，管理水脉；孕生之神女娲，负责创造生灵，营造生机。诸如此般，诸神各有其责，而烛九阴作为大荒诸神当之无愧的领头人，一方面受到大家的尊敬和认可，另一方面也要为大家统一规划任务。

但是无敌的烛九阴的叛逆期来得太快了，对世界的好奇心驱使着他远走他方的同时，也给诸神留下了一个烂摊子。诸神们习惯了有计划地工作，突然要自力更生了，难免有些不习惯。

不说别人，单说帝俊，他本来和自己的两个妻子，就是常羲和羲和每十二万六千四百年就去整个大荒上空巡游一遍。可是烛九阴走了之后，没有神明能够记录时间，于是帝俊的神车不是走得太快，就是走得太慢，导致在地上工作的众神的工作时间也无法固定。很长时间以来，地上的众神已经习惯了烛九阴为他们规划工作，这下也都乱套了。

如果放在别人身上，大家大不了吵一架。可是这群神明一个个不仅本事大，脾气也大，一言不合，干脆直接开打。这一打就不知道过了多少亿年，在这个过程中，不仅无数神明结下了仇怨，就连整个大荒世界都受到了影响。

大荒本来是一块完整的大陆，外面则是无尽海水。可是这一次大战，大荒大陆被打成了十二块。其中五块相连，就是后来的大荒东南西北中五块大陆。另外六块环绕其外，被称为海内六州。剩下的一块随着四海的洋流来回飘荡，成了独立在外的流浪大陆。

诸多神明眼看险些将大荒直接摧毁，也有点过意不去了。于是，神明们共同决定找回烛九阴，请他回来主持公道。于是，三千多位神明在无尽的虚空之中四处奔走，最终成功地找到了正在一处虚空之中沉睡的烛九阴。

　　被唤醒的烛九阴听完诸神讲述了自己离开之后发生的事情，为自己的离去带来的破坏性后果感到难过。不过，他又觉得诸神之间缺乏一部可以调解矛盾的法典，否则这次的事情根本不会带来这么大损失。

　　痛定思痛之下，烛九阴决定借着这次机会给大荒诸神立个规矩。他让后土在不周山旁边立起了一座新的大山，这座大山的模样相当与众不同。按《名山录》的说法，"上古不周以南，有钟山，其山悬空，挂于两树之间"。说白了，就是烛九阴让后土在不周山的南边创造了一座被两棵大树挂在半空的悬空之山，而这座山的名字就叫钟山。

　　之所以叫这个名字，是因为这座大山除了外形和钟完全一样外，功能上也起到了闹钟的作用。自从有了这座山，烛九阴就定居在了山中。他每十二万六千四百年敲击一次左边的大树，发出"当"的声音，代表天时，也就是天上众神遵守的时间；每一百二十六万四千八百年敲击一次右边的大树，发出"嗡"的声音，代表地时，也就是地上众神遵守的时间。后来我们说天上一日，地上一年，也是从这个说法演变过来的。不过，这个时间可不是毫无意义的。

　　在钟山定居的日子里，烛九阴绞尽脑汁编写出了一部法典，也就是天条或者天书。法典上面详细列出了众多神明需要遵守的条例，以及对他们日常工作的安排。法典规定，每当钟山报时之声响起时，众神就要向法典的持有者汇报工作，否则就是失职，就要受到诸神共同商定的惩罚。

　　诸神早就饱受职权分配不明确的苦楚，眼看烛九阴想到了解决方法，当然要支持了。于是，这部法典就成为诸神行事的基本准则，被刻录在了钟山上。而烛九阴也成为第一任法典的持有人，

顺便肩负起了在钟山敲钟的任务，正式成为大荒的报时器。不过，烛九阴天性跳脱，他真的能忍受独处钟山的寂寞吗？

烛九阴的搬家史

评价一个人是否品德高尚，最简单的方法就是看他是不是贪恋已经获得的权力。而烛九阴显然就是一个脱离了低级趣味并且不甘寂寞的神明，尤其是在神农氏拜访过烛九阴之后，转头就开启了说走就走的生活，更加剧了烛九阴羡慕嫉妒恨的心情。因此，在经过一番不算谨慎的思考之后，烛九阴决定将执掌天书的职能托付给别人，而自己则要另外寻找一个住所，开始自己的退休生活。

当然了，这件事没这么简单，毕竟事关大荒日常运行这样的大事。因此，他的接任者不仅要处事公道，威望也要在合格线以上。这两个条件就已经把接任者的范围限定在了大荒的诸神明之中。烛九阴思来想去也没个决断，干脆就召开了一场公投大会。

据《神魔志》记载，烛九阴于钟山号令诸神，以天书托付，得之者，则受辖制诸神之职，乃称天帝。就是说，烛九阴在钟山把大荒的各位神明召集起来，开了个会，会议的主题就是找寻天书的持有人。按照烛九阴的意思，谁拿着这本书，谁就负责管理众神。当然，凡是接过这个任务的神明也不是白干，都可以荣获天帝称号。后来所说的天帝这个职务，就是从这里开始的。

不过很可惜，神明们都很懒，在他们看来，以天帝的身份管理众神听起来虽然好听，但实际上却是一件既得罪人又没什么好处的事情。虽然烛九阴极力推销这个职位的好处，但是根本没有自愿接任者。好在烛九阴还有其他计划，那就是投票表决。

这听起来好像很公平，但其实压根不是这么回事。那时，神明之间远近亲疏的关系网相当清楚。五大神明群体中，域外之神的数量最少，且居住地远离大荒中心。其余神明则大多居住在大荒之中，彼此低头不见抬头见，多多少少都有一点交情。投票表决的时候，几乎七成的神明都推举了域外神族之中的领头人，即号称星辰之主的帝俊。

帝俊本来不愿意，但是烛九阴已经有点儿迫不及待了，几乎是半强制性地让帝俊成了大荒第一任天帝。尽管帝俊心里百般不情愿，烛九阴依然简单地跟他交接了一下。然后，烛九阴很自私地将钟山上下，大到巨树神兽，小到花花草草，全部打包放在自己的背上搬走了，并且美其名曰这都是私有资产。但是烛九阴没想到的是，他才刚下了钟山，就发现了一个很尴尬的问题。

自从烛九阴游历虚空之后，不知何故，他的身躯开始了无休止的生长。到如今，烛九阴的体型已经成为大荒的一大奇观了。可能有人要问了，烛九阴不是号称能够知晓过去未来吗，怎么对自己的体型就心里没点数呢？

其实也不能怪他，烛九阴虽然能看破过去未来，但方式是借助盘古的瞳仁，使自己拥有了超越时间与空间的视线。他想了解的所有事情都是通过自己的观察了解的。烛九阴显然是看不到自己的身体的，所以就陷入尴尬之境，因为此时他发现自己的体型恐怕已经不足以用巨大两个字来形容了。

宋朝的一本山野闲书《奇事闲言》中说，"烛龙者，巨物也，头枕东海之滨，尾遗于钟山之下，左临沃野，右至竹山。其身下之生灵，不见日月，左近之人，难观其形，以为巨山，名烛照之山"。意思就是，烛九阴身体太庞大了，他伸展身躯之后，头已经在东海边上了，尾巴却还在钟山。烛九阴的身体不仅长，还很粗。他身体左面就是沃野，右面则是东方山系的第二座大山——竹山。在他身躯下活着的生物连日月都看不到，还以为天自古就是漆黑无光的。他身躯覆盖不到的人，就说他是一片无边无际的山脉，称他为烛照之山。

身处这种情况下的烛九阴一动都不敢动，生怕给身下那些生灵带来灭顶之灾。可是没想到，见不到天空这种事本身就已经开始在各大部落乃至神兽凶兽群体之中引发恐慌了。大家为了搞清楚发生了什么事，派出了一只叫钦原的神鸟，沿着烛照之山，探索起了它的尽头。

钦原一刻不敢停歇，足足飞了四万五千年，才看到了烛九阴的头颅。见到烛九阴的头的那一刻，钦原都被吓坏了，它怎么也没想到，所谓的烛照之山竟然是个活物。不过相比起钦原的恐惧，烛九阴就高兴多了。

多少年来，受困于此的烛九阴有心向老朋友们求援，但却没有一个能前往报信的帮手。如今，眼见钦原送上门来，烛九阴大喜过望，就把这个光荣的任务交给了钦原。而钦原搞清楚事情的始末之后，一口答应了下来，甚至为了能够尽快完成使命，钦原除了在路过烛九阴身下的那些部落时停下来把自己的见闻简单讲述了一下之外，就再也没有停留过。只不过，可能是它的表述有问题，或者是听到消息的人理解能力不足，最后烛九阴受困的消息传着传着，就变成了烛照之山上有一只凶兽，意图吞天。

当然这都是后话了。现在，钦原将烛九阴的口信一一传达之后，包括后土、风伯、伏羲、虚邪在内的好几位神明都以最快的速度赶往东海海边，前来救援这位老朋友。可是在看到了烛九阴的样子之后，大家都犯难了。要是继续放任烛九阴以这个速度野蛮生长下去，早晚有一天得把整个大荒世界给撑爆了。

大家正头疼呢，虚空之神虚邪想出了一个办法。他将在大荒的某个地方开辟出了一片虚空世界，虚空世界可大可小，外如芥子，内有须弥，只要烛九阴藏身其中，就不会对大荒造成什么威胁。但是，创建虚空世界这件事，虚邪也是第一次干，至于会不会引发什么后果，很难估计。所以，他认为最好是找个没有生灵存在的地方创建才好。

后土为了帮助老朋友，思来想去，直接将大荒第一神山不周山贡献了出来。接着，由风伯动手，掀起了一场风暴，将烛九阴送上了不周山顶，大家准备在那里为烛九阴开辟一个新家出来。这个事情真的靠谱吗？

烛九阴改造不周山

所谓芥子无穷大，须弥纳其中，这种神乎其技的空间压缩手段在今天还属于理论物理学的前沿研究项目。可是在上古年间，却已经有一位神明能够熟练运用了，他就是传说中的虚空之神虚邪。这位大神的来历可是很不简单的。

早在上古大荒时期，人们为了更好地区分出每个地域，创造了一种划分天地的方法。他们把从东到西划一线取名为天元，从南到北划一道名为地元，共计天元十二道，地元三十道，人元暗含时间变化，天元地元纵横交汇，就把大荒分为三百六十格。

在这三百六十格之中，每一格都诞生出一股虚无之气。后来，这些虚无之气上升到半空之中合为一团，在其中诞生了一位神明。《古神经》上记载，"天生一神，穷时三万六千载，费尽地之清气，天之浊气，所生之神，无形无质，目观虚空，能造须弥世界，故名虚邪神"。就是说，有一位天然生成的神明花了三万六千年，耗尽了天与地所残留的清气和浊气方才诞生。这位神明身体是一团缥缈虚无的气团，只有两只眼睛终年放光。因为这位神明是自虚无之中诞生的，所以天生就能够创造出可以无限的虚空世界，人们称这位神明为虚邪。

虚邪诞生之后，很长一段时间都过得极其无聊。一方面是他本身没见过什么世面，也不知道什么好玩，什么不好玩；另一方面，他没有什么朋友，日子过得太冷清了。毕竟，想要日子过得好，三五朋友少不了。

虚邪这个神明和西王母那种死宅最大的不同之处在于，他有着极其强烈的好奇心。诞生之后没多久，他就跑到大荒大陆上去游历冒险，并且在这个过程中结识了当时也还是小萌新的烛九阴。这两位神明都是那种闲不住的性子，于是一起作伴，将大荒几乎逛了个遍，甚至还一同前往无尽虚空去玩耍。所以，这二人交情匪浅。这次烛九阴出事了，最着急的也就是虚邪了。

但是虚邪见到烛九阴的处境之后，这种担忧就变成了一种从毛孔之中喷发而出的喜悦感。尤其是在看到烛九阴的体型后，虚邪简直笑得惊天动地、声震百里。此时的烛九阴基本上已经看不出原来精干威武的样子了。除了体型问题之外，烛九阴常年不能活动，身体骨骼也变得异常僵硬，看起来既扭曲又滑稽。再加上烛九阴的身体还在不停地生长，从高空俯视，看起来像蚯蚓在蠕动。

好在他们两人是多年的老友，看热闹归看热闹，问题也是要解决的。别人要是遇到这种事，估计会愁得头发一缕一缕地往下掉，可是放在虚邪那里，这根本就不是什么大事。他觉得烛九阴无非需要一个新家而已，而一直以来他都有一个异想天开的想法。这个想法说起来和烛九阴还真有那么一点关系。

在和烛九阴一同遨游虚空之后，虚邪就产生了一个念头。在他看来，虚空可大可小，奥妙无穷，如果能用来建造房屋，那岂不是等同于拥有了一个可以随身携带的超级豪宅了吗？这几乎就是他梦寐以求的最佳住所。本来虚邪打算先给自己享用一下，但是既然眼下烛九阴有需求，那先给朋友建一个，也不是不可以。再加上后土提供了不周山，当下虚邪就准备直接开工，在不周山的上方打通连接域外虚空的通道了。可是就在虚邪准备动手时，烛九阴却叫停了，因为此时的不周山有点不尽如人意。

可能有人要问，不周山不是上古第一神山吗，怎么就不尽如人意了呢？其实很简单，不周山地位之所以崇高，是因为这是盘古大神身化万物之后，唯一一处不曾改变过造型的地方。从某种意义上来说，不周山是大荒众多生灵寄托对盘古哀思的圣地。另外，不周山乃是天柱，连通天地，是大荒大陆和天空以及星空星辰的"承重墙"，所以它地位崇高。可是要说起美观来，那就实在差一点意思了。

据《古奇物摘录》记载，"不周者，天地之绝境，万物萧条之所在，凡至终者，皆来此间候死"。这是什么意思呢？就是说不周山乃是上古时候的绝境，凡是快到生命终点的生灵都在这里等死。这么一来，不周山就成了上古年间的乱葬岗了。再加上不周山的山基是大荒的最低点，很多大家觉得棘手的秽物也会被扔到这里来，积年累月，不周山的环境和空气质量使这里成了大荒中的生灵唯恐避之不及的地方。在这种情况下，烛九阴怎么可能同意随便就把自己的家安这里呢？

关于这个情况，虚邪、后土等神明也表示理解。但是除了不周山，其他的神山宝地基本上都是有主之物，总不能因为烛九阴的个人问题就让人家搬家。最后，几位神明商量一番后决定，干脆趁着这次烛九阴搬家，把不周山好好拾掇一下，争取给大荒再搞出个地标建筑来。

有了这个思路，剩下的就是几位大神合力一起搞建设了。正好，这次前来的神明各有擅长，他们经过简单的分工之后，确定了各自负责的事项。后土负责搞基建，即改造山体，夷木负责移栽各种奇花异草，神农氏负责迁徙动物，东王公负责监工，帝俊则负责接引日月光华，提供照明。而烛九阴就负责和其他神明一起帮着出主意，提意见，顺便做些力所能及的事情。

就这样，大荒一大半的神明都开始为烛九阴的新家干得热火朝天。此时，不周山外的大荒却动荡了起来，因为不周山的施工作业动静实在太大了。大家都很好奇，在这么多神明的改造下，不周山到底会变成什么样呢？于是他们纷纷从大荒各地赶往不周山，希望能成为第一批见证者。

成品不周山

什么样的房子足够奢华呢？有人说全手工打造的，有人说镶金嵌玉的，但是这些和烛九阴的新住所比起来，差距就好比一个天上一个地下。别的不说，单说烛九阴的施工队和动用的物资就不是一般神明能比得上的。

烛九阴的工程队动用了大荒一大半的神明作为筹委会，土木基架是后土完成的，园林设计师是夷木，动物布景是神农氏，质检员是东王公，灯光照明师是帝俊，园林奇石安置员是夸父，水系工程设计师是河伯，地下水利系统工程师是大蟹。这个阵容堪称建筑界古往今来第一天团。

在这等天团的日夜赶工、全力以赴之下，不周山也真的焕然一新了。别的不说，单说山体基建，那就非同寻常。在后土的无上伟力之下，不周山脚下的所有秽物垃圾几乎都被清扫一空，同

时后土还顺便给不周山提了提高度。

按照烛九阴想要突出不周山磅礴大气的想法，后土将不周山拔高到了十二万六千余丈，也就是近四十二万米，配合不周山山体七千六百余丈的直径，让不周山看起来更加孤高桀骜。并且，为了方便老友和烛九阴闲暇时分聚一聚，后土还安排自己的孙子夸父亲自在山体上凿出了环山的石径，能供百余人并行。

当然，这都是其中不值一提的小细节，最关键的还是此次改建的整体效果。据《古地志图》记载，"烛九阴居其不周时，不周为天地之高绝，连通天地，左右睥睨，昼有日华，夜沐星光，神木丛生，珍兽其中，往来仙人出没其间，隐于白云之中，待风雷卷起，依稀见龙凤舞于当空"。可见完工效果之惊艳！

这么伟大的工程，烛九阴当然很满意了，再加上无数从大荒各地赶来的生灵作见证，烛九阴就更是乐得找不到北了。为了表达自己的喜悦之情，烛九阴当众宣布了一件事情，那就是凡能登上不周山顶的生灵，都可以向自己提出一个问题。大到长生不老，小到日常饮食起居，他无所不知，都可以回答。

可能有人觉得爬不周山没什么，不过就是个体力活，带好干粮和水，慢慢爬，打持久战，早晚都能爬上去。没错，这一点烛九阴也想到了。其实烛九阴骨子里有个小缺点，那就是一旦太过高兴或者激动，就会忘乎所以。等他反应过来的时候，大话已经吹出去了。

这次也一样，等烛九阴反应过来时，已经看见无数生灵在跃跃欲试，随时准备爬不周山了。真要这样，虽然不周山是热闹了，可烛九阴怕是要忙死了。慌忙之中，烛九阴借口还要开辟虚空世界，真正的爬山庆典活动要等虚空世界构建完毕后才能开始。

好不容易安抚了众多生灵，烛九阴扭过头来就开始犯愁了。虽然是自己夸下了海口，但是听到的生灵太多了，自己又是个好面子的人，眼看虚邪的虚空世界一点一点地搭建完成了，烛九阴几乎都可以想象到自己今后的惨淡生活。他正为此发愁，突然看到了以智力闻名大荒的伏羲，赶忙前去请教。

伏羲这时候还是个正经的神明，是智慧之神兼任雷神。他古道热肠，听说了烛九阴的烦恼之后，稍加思索，就想出了一个办法。他让烛九阴对外宣布，在不周山上每隔一万丈，就设置一只守关的神兽，共计十二关。凡来寻他解惑的人都必须通过这十二个关卡，才能得偿所愿。

第一关的守关神兽是昆吾。昆吾兽形如猿猴，无尾六手，生性灵巧，最擅长的就是制作器物。如果有人想过去，很简单，就是做一件它从来没见过、没想到过的器物就行了。这一关其实不算难。

第二关的守关神兽是蜱麋。蜱麋长着麋鹿的模样，却有虫子的翅膀，能变化出万千种颜色。它最喜欢的游戏是等待凡人前来闯关，先和它玩个躲猫猫游戏，赢了，通关，输了，就乖乖回家。

第三关的守关神兽是厌喜。厌喜形如巨枭，生人面，最是无聊，性情悲观，而且好讲故事，每到悲情之处，情绪激动。凡人来此，能把它逗笑的，他立马放行。

第四关的守关神兽是俏鹬。俏鹬虽是鹬鸟，却生得比凤凰还要美丽，羽毛狭长，身材纤细，最讨厌的就是丑陋之物。凡是来人，美的通行，丑的离开。

第五关的守关神兽是赛风。赛风，顾名思义，跑得飞快，虽是马身，却生八蹄，最喜欢奔行竞技，比它快的过关，比它慢的永远也跑不出它身边的三尺之地。

第六关的守关神兽是霸鼋。霸鼋有乌龟的身子狮子的头，还配了一条牛尾巴，别看长得奇怪，但力大无穷，体重万斤，好与人角力。他守在路口，能推得开他的，自然可以过关。

第七关的守关神兽是百舌。百舌是一棵神树，树杈形状如舌，皆能发声，故名百舌。百舌声音清脆，所发之语，皆如歌声。上山之人必须歌声动人，方能获其认可而过关。

第八关的守关神兽是惊魇。惊魇无形无影，最善制造幻觉，所造景象皆是大恐怖之物，胆小者，观之则死，心智过人之辈，

方能免受其乱。

第九关的守关神兽是尘光。尘光看似体形如猫，身长不过一尺，所居之处，必有财宝金玉，然生性爱财。凡有人心生贪念，欲取财宝，那就必为其所杀。

第十关的守关神兽是灋（fǎ）狮。灋狮虎头狮身，眼有神光，能观人心思善恶。凡心术不正者一口吞下，凡心思善良者，能受其恩泽。

第十一关的守关神兽是白泽。白泽说人话，通万物之情，通晓天下鬼神万物状貌，因此变化多端，无人知其本来面目，智慧高决。凡能答其所问者或问其而不能答者，皆可通过。

第十二关的守关神兽是固兔。固兔身材高大，牛头熊身，叫声如兔，能言善辩，生性啰嗦。凡能使其无言者，自可通行。

当然，在这十二只神兽之中，有一大半都是烛九阴临时从朋友那里借来的。但是这个办法很管用，最起码自从烛九阴发起了这个闯关大挑战之后，一直到共工撞倒不周山，真正能爬上去见到烛九阴的一双手也能数得过来。可是这么一来，又出现了一个新问题，那就是烛九阴的日子越来越无聊了。

烛九阴的五个倒霉儿子

烛九阴轰轰烈烈的创生运动

在无数神话小说和传奇故事中，都有关于分身的描述，比如老子一气化三清，比如孙悟空拔根猴毛就能吹出上万个猴。可以说，各种配置的分身技术层出不穷，但烛九阴的分身术堪称史上最强大。关于这一点，要从上古年间轰轰烈烈的创生运动说起。这个活动的发起人就是我们熟知的大神女娲娘娘。事情的起因是这样的。

天地一片混沌的时候，盘古居于鸿蒙之中。鸿蒙像一颗巨大的蛋，束缚得盘古浑身不自在。于是盘古掏出一把斧子来，把鸿蒙劈开了，结果清气和浊气一分为二，二者分别构成了天和地。但是天地分久必合，为了不让天地重新合并，盘古用尽所有力气，顶天立地而死。他死之后，身体出现了变化。

盘古的躯体倒下之后，肌肉化作山川土石，血液变作泉溪江河，汗毛为树，毛孔为穴，构架出了大荒的基本格局。除此之外，盘古的身体在慢慢消散的过程中，又在身体之中诞生了无数神明，也就是上古大荒世界的第一批生灵。

这些神明生而知之，神而能明，但是神明也有智慧的高低，也有情绪的变化，甚至性格、行为处事和待人接物的方式也截然不同。所以，最初诞生的三千多位神明并没有生活在一起，而是各自选择了一个定居的地点，广泛分布在大荒的各个角落，开始了自己的冒险之旅。

随着神明对大荒的探索，未知的事物变得越来越少，无聊的情绪也随之增多。因此，神明们聚集在了一起，想要像盘古一样，创造出大荒的第二代生灵，为世界带来新的变化。可是这群家伙虽然拥有无上伟力，各自的职能却完全不同，他们中只有女娲拥有创造生灵的能力。

女娲在上古神明之中是一个很特殊的存在。她人身蛇尾，却让人感到很圣洁；美艳异常，又使人觉其端庄。女娲身躯能大能小，一日之间形象就会变化七十二次。更神奇的是，她的每一根头发都有自己的思想，她的每一片蛇鳞都有不同的颜色。这一切都是因为她的神职，在诸神之中，她是负责孕育生灵的神明。

据《说文解字》记载，"娲，古之神圣女，化万物者也"。女娲创造生命的方式，只能用"神乎其技、不可思议"八个字来形容。

根据当时的记录，大荒诸神为了表示对创造生灵这一工程的重视，特地召开了一次全体神明的表决会议，会议的主要内容就是关于如何创造生灵，以及创造什么样的生灵的。但是神明们都固执地坚持自己的意见，所以随着会议的推进，大家出现了一点小小的分歧。

比如，夷木这位神明觉得既然自己就是生灵，那就按照自己的外形和特征，仿制一个一模一样的不就好了吗？于是，夷木号召大家搜集树木，照着自己的样子培育，希望能栽培出和自己完全一样的树木来化作生灵。而矿物之神铭丌（qí）认为夷木纯属异想天开，毕竟神明的身体也不是由一种材料做成的。铭丌的做法就是收集无数珍奇矿物，依照自己的身体结构和质地，雕刻出一尊等比例的雕像来，希望能收获一尊新的生灵。

可惜，夷木的培育之物的偶然性难以控制，铭丌则是身躯太过庞大，需要的材料种类又几乎无穷无尽，时间花了不少，效果却一点儿没见。除此之外，还有炼药之神丹穴，也就是西王母的炼药启蒙老师，炼制了无数神奇的神药，企图让石头沙土吃下去后变成生灵。这当然也是异想天开。

最后，大家彼此之间矛盾不断，也都觉得不能继续这样下去了，于是又把创生运动的主导权还给了女娲。可以说，这个时期的神明们对女娲确实是寄予厚望的。毕竟，大家都知道她是孕育生命之神，所以都相信女娲就是能让大荒繁荣起来的关键。可是没想到的是，在大家满怀期待的关键时刻，女娲掉链子了。

没错，一代大神女娲娘娘年轻的时候也有不靠谱的一面。神明虽然生而知之，但那说的是自己的职务，而不是自己对能力的运用。想让自己成为名副其实的神明，那是需要开发自己能力的，而女娲偏偏对自己的能力一点头绪都没有。于是，神明们失望了，到最后只剩下了一小部分依旧支持她的神明。在他们的帮助下，女娲继续辛辛苦苦地研究如何创造真正的生命。

女娲的研究是有价值的，大家在一次试验中发现，原来只要将女娲的身体组织和别的神明的身体组织混合，就能制作成生命的胚胎。这些材料可以是头发、指甲、牙齿，也可以是血液、皮肤、骨骼。只要把两者混合在一起，再按照一定的流程来制作，就可以演化为生灵。至此，女娲稳定发挥了自己的职能。

为了确定试验是否成功，第一个生命就由虚邪来提供材料并赋予其特性。可是没想到，虚邪实在没什么设计天赋，最后竟然只搞出了一个球来，还取名叫作混沌。

不过，混沌也成为大荒创生运动中的首个成功案例。自它开始，无数的生命源源不断地被创造出来。烛九阴移居不周山的时候，创生运动已经步入尾声了。不甘寂寞的烛九阴也开始谋划创造自己的种族，他委托虚邪为自己取来了女娲的五根头发和一滴血液之后，慎重思考了起来。他觉得，自己作为老大，创造的生灵也必须是集霸气、威武、帅气、高能于一身的头牌角色，所以用料必须扎实。在这种思想指导下，烛九阴做出了一个大胆的决定，那就是把自己给化了。

具体来说，就是把自己的整个身体都作为材料，创造一批高等级的生灵。甚至烛九阴还幻想，说不定这样一来自己就能摆脱掉庞大的身躯。于是，迫不及待的烛九阴真的把自己给贡献出来了。按《图龙录》里所记载，"烛龙身裂而生百兽，头、身、尾、骨、五脏为五子，筋为八百真龙，血肉为三千龙种，鳞甲为一万四千杂龙，毫羽为十万六千龙兽"。可以说，到了这一步，烛九阴既算成功了，也算失败了。

因为烛九阴身化万物之后，发现自己竟然陷入了一种非生非死的状态。而他更没想到的是，自己的五个孩子竟然在他沉睡之后，第一时间就跑到了大荒之中搞事情。烛九阴的五个孩子到底做了什么呢？这可就说来话长了。

祖龙霸占河伯的地盘

烛九阴怎么也没想到，在他刚刚陷入沉睡之后，他耗尽心血创造出的五个后代就跑到了大荒之中搞事情，还闯出不小的名头。那烛九阴的五个儿子都干了什么呢？这事得从烛九阴陷入沉睡说起。

烛九阴身化万物陷入沉睡之前，为了防止自己创造出来的生灵们祸害不周山，干脆就把他们全部赶了出来。要么让他们投奔自己昔日的好友，诸如东王公、昆仑神女、玄冥等大神，做个跟班或者杂役；要么就是为他们安排了出路，去大荒一些荒山野岭之中讨生活。唯独他的五个亲儿子被落了下来。

而他的五个儿子可都不是无名之辈。据《土方录》记载，"烛龙生五子，长者祖龙，为龙之祖；次者蜒蛇，为蛇之祖；三者圯凤，为羽兽之祖；四者蠃虫，为虫之祖；幼者溟鱼，为海兽之祖。此五子，生而有异，大不凡"。换句话说，就是这五个家伙能耐都不小，老大叫祖龙，能号令天下龙兽；老二蜒蛇，也就是九头蛇，体型巨大，肚子中自成一方世界，可以吞噬万物；老三圯凤，能飞行，善鸣叫，力大无穷，能捉拿星辰；老四蠃虫，不分公母，可以自我繁殖；而最小的溟鱼，身体虽小，嘴巴却很大，张开之后，上唇挨着天，下唇接着地，而且它永远吃不饱，所以每日都要吃吃喝喝。

这五个儿子眼看烛九阴睡着了都没把自己安排好，心里别提多郁闷了。他们向往着外面的花花世界，渴望能和自己的那些旁系兄弟们一样去大荒世界扬名立万。所以，眼看烛九阴不管自己，他们干脆就开了个小会并且统一了意见，那就是离家出走，各奔前程。

关于各奔前程这件事，倒不是几个兄弟心不齐，实在是想法不同。比如，祖龙一门心思想前往钟山老家安稳度日，他就觉得还是挨着自己的爹踏实。万一他闯祸了，也能及时回家求援，这样的日子多安逸。其实他就是怂，不过怂也有怂的好处，最直观的一点就是，在不周山周围敢和祖龙叫板的一个都没有。平日里，祖龙仗着烛九阴的名声，在钟山一带过得相当潇洒。他不是和那些在此定居的部落索要贡品，就是去欺负一下那些没什么本事的神明。

时间一长，钟山一带的生灵都拿祖龙当祸害对待。可是祖龙毕竟缺乏管教，面对人人喊打却敢怒不敢言的局面，他不以为耻反以为荣，慢慢地竟然生出了一种"老子的老子天下第一，老子天下第二"的错觉来。在这种错觉中，祖龙开始有点看不上荒凉的钟山了，他觉得以自己的身份，应该有个更体面的住所。

但是在钟山附近，除了不周山之外，还真没什么像样的名山大川了。于是，祖龙就开始打起不周山附近的五河的主意了。所谓五河，其实就是不周山附近最大的五条水脉，分别是渭水、淮水、灞河、日后上升到天空的天河，以及被归入冥界的冥河。此时的冥河还叫作名水。

这五条河相互纠缠，如同五条玉带环绕着不周山，为不周山周围的生灵提供了丰富的水源和食物，却又从未暴发过任何灾害。该流域乃是当年大荒最繁华的人族聚居地，也难怪祖龙会眼馋了。

可是光眼馋是没用的，因为此时的五河属于有主的干粮。根据《地物志》记载，"上古有大鱼居于五河之内，其名五车，是水神，能以水造器，善搅动河水发声，以惑心智"。就是说，上古的时候，五河之内居住着一个叫五车鱼的水神，能够用水来打造器具，还能够在水中发出声响，迷惑生灵的心智。可以说，五车鱼是个战斗力很高的神明。除了能耐大之外，五车鱼还乐于助人，正义感强，这让他在不周山一带很有威望。

想当年，五车鱼也很受那些喜爱奢华享受的神明追捧，无数神明都渴望有一座五车鱼打造的水宫殿，来显示自己的强大与富有。只不过，一来五车鱼眼睛天生如同水晶一般剔透，拥有辨善恶、识人心的本事，从来不和心思不纯洁的生灵打交道；二来他又受河伯的委托镇守五河，轻易不外出。所以，真正能享受到这个待遇的就寥寥无几了，甚至于有些恶神上门，还会被五车鱼修理一番。

比如，曾经就有一位叫雒哪（zá né）的恶神的，他天生长有四条胳膊，每条胳膊上都有无数诡异的纹路。当他的四臂互相击打的时候，就会发出雷霆之声或是制造出闪电，可以说这位神明很有能耐。但是从外貌上来说，就完全不是这么回事了。

雒哪天生面貌狰狞粗陋，头顶只有几缕杂乱的毛发，长有三只眼睛却没有眼皮，皮肤如同老树皮一样粗糙。后来，雒哪不知道从哪里听到了一个传闻，就是只要用青春美丽的女子的头发为原料织布，用其为自己制作服饰，将衣服穿在身上就能让自己的容貌得到改善。

于是雒哪开始了不停地掳掠少女，却都没能得偿所愿。雒哪想来想去，觉得一定是自己掳掠来的女子还不够美丽。于是，他想出了一个馊主意，那就是请五车鱼为自己打造了一座完全由水做成的宫殿，以此来吸引大荒中最美丽的女子入住。

结果当然就不用说了，作为一个有理想、有抱负、有原则的水神，五车鱼怎么会答应他如此无理的要求呢？五车鱼不仅没有答应，还迷惑了雒哪的心智，将他囚禁在了五河交汇处的水底。五车鱼在那里用水搭建了一座迷宫，用来困住雒哪。

从此，五车鱼在不周山一带的口碑就算树立起来了。再往后，随着五车鱼帮助的生灵越来越多，五车鱼的名声也渐渐地越来越响亮。这次祖龙想打他的主意，还没等动手，就已经有人去给五车鱼通风报信了。在得到准确消息之后，五车鱼有点儿犯难了。

因为五车鱼知道祖龙的身份来历，所以不想轻易和他发生冲突。再加上此时大荒水脉之主河伯正处于一万年的休眠期内，也很难找到一个有身份的后台来给自己撑腰。所以，当五车鱼

爆笑吧！上古诸神来了：一方山海中的神话故事

看到祖龙纠集了一大群同样不服管的龙兽来找自己的麻烦时，转头就离开了五河，前往东昆仑，去向大荒第一老好人东王公寻求帮助了。

得到五河的祖龙也是有苦说不出。在打下五河之后，他的手下不满足于只占据这个弹丸之地，于是四处打着祖龙的名头在外面作恶。可是祖龙又不好意思翻脸不认人，所以只能眼睁睁地看着自己的名声变臭。他隐隐预感自己怕是摊上大事了。他的感觉是对的，很快就有一位大佬要来找他们兄弟几个的麻烦了。

大荒第一位收藏爱好者

众所周知，有收藏癖的人看见自己喜欢的东西就走不动路，不弄到手誓不罢休，否则就心神不宁，茶饭不思。上古时期，就有这样一位收藏癖晚期患者，他就是烛九阴的二儿子八岐大蛇，就是后来在日本兴风作浪的那个家伙。当然，这个时候他身份证上的名字还是蜓蛇。

据《上古风物志》记载，"蜓蛇者，其身长万丈而有九曲，故名蜓。有九头，应九宫之数，能觉地理，能察八方，凡天下事，无有不知，念其名则能呼其往来"。就是说，蜓蛇身材妖娆，弯弯曲曲，还长了九个脑袋，其中八个类似于传感器，可以帮助他检测四面八方的地壳运动，能收集各处传来的各种声音以及信息，然后发送到最大的脑袋上，进行集中处理。如果听到有人呼喊他的名字，他就会前去看一看到底是谁在远方呼唤自己。

由此来看，烛九阴最初应该是想让自己的儿子成为一个类似于大荒监视卫星一样的存在，说不定还有让蜓蛇成为应急救援队队长的想法。可是没想到，烛九阴的这个计划从一开始就落空了。这要从蜓蛇离家出走后遇到的一个骗子说起。

想当初，蜓蛇和四个兄妹告别之后就四处游荡。别看他身躯虽大，却有一项极其特殊的本事，那就是可以不眠不休、不吃不喝，非常节省物资。不必为五斗米折腰的蜓蛇就把大把的时间都用在了思考人生上。毕竟蜓蛇自认是一个有追求的有志青年，他希望自己能够名扬大荒，过上人人敬仰、四方供奉的日子，好好地给老烛家长长脸，挽回一下被大哥败坏的名声。因此，早期的蜒蛇四处做好事。

例如，上古时期，在人族发展的最初阶段，受交通限制，人们对自然万物的探索极其困难，扩张也非常受限。为了让人族能更好地生存，蜒蛇积极出力，利用自己庞大的身躯，在大荒压出了无数平坦的道路来帮助人族搞建设。后来，我们说道路曲折蜿蜒中的蜿蜒二字，就是出自蜒蛇为路的典故。

后来，人族逐渐兴旺，蜒蛇的名声也随之愈来愈响。虽然说不上名满天下，可是在大荒西南一带，提起蜒蛇来人人都竖大拇指。这也导致了无数神兽凶兽争相来投，有的是攀亲戚，有的就是纯粹找靠山。其中就有一个浑身雪白，看起来既可爱又温顺的家伙，它的名字叫讹兽，外号大荒第一诈骗犯。

讹兽能有这个外号，自然不像外表看起来那么人畜无害。事实上，这个家伙不仅腹黑心狠，还胆大包天。它的过往战绩简直让人咋舌，不仅在东王公那里骗过吃喝，还在夷木手里骗过神树，后来更是从西王母手里骗了不少凤凰蛋。这次讹兽之所以来投奔蜒蛇，除了蹭吃蹭喝外，更重要的就是为了躲避西王母的追杀。说白了，蜒蛇就是它找到的一个替罪羊。

蜒蛇初出茅庐，涉世未深，只以为讹兽是冲着自己的名头来投奔自己的。他一面暗地里高兴，另一面则是热情地表示欢迎。当然，要是故事就在这儿打住，那未尝不是个如童话般美丽的故事，可坏就坏在讹兽实在是太会拍马屁了。没几天的功夫，蜒蛇就把讹兽视作心腹，不仅对它提出的很多意见虚心接受，还允许它打着自己的名头在外面号令手下。但是，蜒蛇万万没想到，讹兽的心肠很坏。

刚开始，讹兽害怕西王母找上门来没人替自己出头，确实是在兢兢业业地替蜒蛇管理家务。可是时间长了以后，讹兽发现西王母完全没反应过来自己上当受骗了，于是胆子就开始大了起来。讹兽本性邪恶，眼看着蜒蛇对自己掏心掏肺，它不但不心生感激，反而开始琢磨怎样才能让蜒蛇吃点苦头。

　　爆笑吧！上古诸神来了：一方山海中的神话故事

讹兽很容易就想出了一系列的"坑蜒蛇计划"。据《诡兽谈》记载，"讹以山之瑰丽而诱蜒蛇，称能得群山者，必受天下人之爱。蜒蛇深以为然，故以身托举群山"。就是说，讹兽骗蜒蛇说只要他能够收集天下群山，就能受到世人的瞩目乃至爱戴。蜒蛇居然毫不犹豫地相信了，只能说这是个奇迹。当然了，这也可能和蜒蛇过于相信讹兽有关。从那时起，蜒蛇就渐渐走上了一条不归路，那就是收集群山。

　　可能有人怀疑了，区区蜒蛇能把天下群山都收入囊中吗？答案是完全可以。别看蜒蛇不吃不喝，还一副乐于助人的模样，那都是假象。烛九阴当初之所以没敢把它放出来，那也是有原因的。

　　蜒蛇别的本事没有，却独独在背上生有一块白鳞。这块白鳞不过寻常人手掌大小，却能包容天地，别说是几座山峰，就是大荒大陆，只要能抬得起来，蜒蛇就能打包带走。所以，蜒蛇的个人收藏之路走得还是相当顺利的。

　　当然，最开始，蜒蛇出于礼貌，顾忌后土的面子，还只是把一些无人占领的山峰扛在背上。可是慢慢地，蜒蛇发现这样效率有点低，因为他每找到一座大山，都要经过至少数百座被人占领的山峰。所以后来，在讹兽的撺掇下，蜒蛇逐渐变得生冷不忌起来。别说是被其他神明占领的名山大川，就是路上遇到的小土包他也完全不放过。

　　这么强取豪夺的行为当然会有人不满，可是不满也不代表就能采取行动。毕竟，大家都知道后土和烛九阴好到要穿一条裤子了，万一动了手，后土再不高兴了，那岂不是有理也变成没理了。正是这种无意识的纵容，让蜒蛇的胆子越来越大。最后，群情激奋之下，终于有胆子大的找后土告状去了。这样的人还越来越多，关于这一点，蜒蛇自己其实也是有点慌的。可讹兽却拍着胸脯告诉蜒蛇，不必将这些事放在心上。

　　但是讹兽心里想的却是，即便后土和烛九阴有交情，他也不能看着各地的无辜受难者平白遭受损失吧。说到这儿，大家也应该明白了，在讹兽的计划之中，大神后土就是那个能用社会铁拳毒打蜓蛇的绝佳工具人。可讹兽没想到的是，后土虽然如它预料的那般为难，真正找上门来的却另有其人。这位大神不仅把蜓蛇教训了一番，还差点连讹兽也一块儿收拾了。

屺凤的梦幻寻宝之旅

大千世界无奇不有，前有烛九阴的二儿子喜欢搞收藏，后有烛九阴的三女儿喜欢奢侈品。可以说，在不务正业这方面，老烛家的孩子绝对是有突出天分的。那么烛九阴的三女儿屺凤喜欢的奢侈品是什么呢？这个故事我们得从屺凤的人生经历说起。

站在屺凤的父亲烛九阴的角度来看，屺凤绝对让烛九阴感到非常苦恼。原因在于，屺凤长得实在太不像烛九阴了。据《荒山奇语》记载，"屺凤者，似凤而腹生鳞甲，似鸟生有八翼，三头四足，为百鸟之祖，能昼夜飞行而不倦，故长居于九天之上，不落尘埃之中"。就是说，屺凤长得也像凤凰，也像神鸟，独独就是不像烛九阴。

但是从另一个角度来说，屺凤其实是很厉害的，她不仅飞行能力突出，续航能力出色，就连其他各种能力也都异常强大。例如，屺凤是百鸟之祖，天下所有的鸟类生物几乎都或多或少从她身上继承了某些特质。比如，朱雀可以浴火重生，重明鸟可以用啼声接引太阳，鬼车鸟可以死而复生，甚至就连九婴能吞吐水火的本事也是继承于她。可以想象，连复刻版都如此强大，那正版又该有怎样的风采呢？

因此，烛九阴对屺凤真是又爱又恨。虽然烛九阴平日里多少有点儿冷落了她，可他在沉睡前，却把随身多年的一件神器送给了屺凤。这件神器的名字叫烛镜，是用烛九阴额头上的一块鳞片加上他的眼泪制成的，算得上烛九阴手中为数不多拿得出手的东西。

据《宝镜录》记载，烛镜可以上接九天，下通幽冥，照见世间一切存在之物。烛镜甚至还能为镜子的主人指点迷津，解疑答惑。当然，烛九阴也不是脑子一热就送给她这件宝贝的。在烛九阴看来，屼凤只要善用自己的飞行能力，再加上这面神镜，就能够成为大荒最强的寻宝者。甚至她还能通过这面镜子，寻找一些对人族和大荒生灵有所帮助的奇物，时间长了，说不定就会成为受人敬仰、威名远播的神上神了。

可烛九阴忘了，只要是生物就是有私欲的，尤其是他的三女儿屼凤，那更是个珠宝狂魔。她早在不周山的时候，就对一切亮闪闪的东西抱有极大的兴趣。离开不周山之后，屼凤更是立志要用各种珍奇珠宝为自己搭建一个凤巢。为了实现这个远大的目标，屼凤给自己定下了无数个五年计划，并且坚定不移地执行了起来。

在漫长的岁月中，屼凤在北冥找到过冰胆，在极北之地找到过冰魄，在祝融火山之中找到过火山琉璃。可以说，只要是大荒之中有些名头的宝石，屼凤都收藏了，要不是西王母的海山和壑山被共工破坏了，恐怕最先和西王母决斗的就是屼凤了。

在这样的大肆搜罗之下，屼凤收集的宝石数量惊人，早就无法随身携带了。于是，为了找到一个足够安全的藏宝地，也为了给以后建筑凤巢找个地基，屼凤花了三百年的时间，利用精湛的土木作业技巧，凭空造出了一座神山。

这座神山高一万七千四百丈，通体光滑，形如箭竹，因此被人称为竹山。又因为它是南方第一高山，因此又被称为通天之山，或者叫天柱，也是后来女娲娘娘补天的时候，放置巨鳌脚爪的地方之一。别说是寻常生灵了，就是一般神明，也难以攀登这个地方。

当然，天下间没有什么事情是万无一失的。在屼凤一个人默默地运石成山的过程中，就有一个神明盯上了屼凤的收藏。这个神明叫浑盅，擅长盅惑人心，是个一肚子坏水的家伙。他哄骗一只叫苍甲的神兽从竹山的正中间打了一条通向竹山山顶的地道，然后开始了日复一日的宝石搬运工作。

可是浑盅百密一疏，他忘了苍甲是个爱喝酒又藏不住事情的家伙。所以，没过多久，整个大荒都知道浑盅和苍甲合伙偷取了屼凤的藏品。一来二去，这件事就传到了屼凤的耳朵里。屼凤是个小心眼的神明，当下就开始满大荒追杀浑盅。最后，她在南方的漓渚河边成功地将浑盅抓获了。

在将自己的宝石全部寻回之后，妣凤就打算杀了浑盅出气。没想到的是，浑盅在和妣凤接触的过程中，发现妣凤虽然本事很大，脑子却不算灵活。于是，他想出了一个保命的办法。他告诉妣凤自己知道天下第一的宝石在什么地方，只要妣凤放他一马，他就告诉妣凤。妣凤一听非常心动，再加上浑盅的蛊惑，就想虽然浑盅很可恶，可也没造成什么实际损失，就答应了他。

眼见自己小命得以保全，浑盅松了一口气的同时，又升起了报复妣凤的念头。浑盅告诉妣凤，其实大荒最美的宝石人人都曾见过，那就是天上的太阴星。他还说，太阴星不仅是宝石，更是天下间独一份的宝石，每个月份都有不同的形态。或是通体透明，或是洁白如玉，或是夜有荧光，绝对是无上至宝。只有这样的至宝才能配得上妣凤的身份。

妣凤听完浑盅的话，竟然觉得很有道理，完全没想过其实浑盅根本就是包藏祸心。浑盅说的关于太阴星的话确实不假，但是他更清楚太阴星的主人常羲绝对不是好惹的。妣凤和他要是有了纠纷，说不定会当场丧命，到时候自己不费吹灰之力就能报仇。想到这里，浑盅更是口若悬河，忽悠得妣凤已经的已。

最后，妣凤展翅翱翔，直奔九天之外的太阴星去了。她下定了决心，不把太阴星搞到手决不罢休。但是让浑盅没想到的是，临走之前，妣凤从自己的尾巴上拔下一根羽毛，化成了希有，并且命令希有看着浑盅，让他把竹山恢复原状。从此，浑盅就在哀嚎之中开始了自己无休无止的挖土填土的搬砖生涯。

另一头的妣凤也真是运气好，她赶到太阴星时，常羲正好出门不在家，竟然给了她一个成功作案的机会。她用爪子抓着太阴星上的月桂树，硬生生拖着太阴星直奔大荒而去。这天晚上，所有人都发现，天上的月亮竟然变大了，而且越来越大。到最后终于有人发现，月亮好像要坠落了。这下，大荒一下子就炸锅了。

　爆笑吧！上古诸神来了：一方山海中的神话故事

虫族暴兵流选手嬴虫

我们都知道人多力量大的道理，而早在上古时期，也有一位神二代靠着这个理论称霸大荒西南。他就是烛九阴的第四个孩子，名字叫嬴虫。这个倒霉蛋的一生可以称得上崎岖坎坷。

嬴虫绝对是烛九阴所有的孩子里最特殊的一个，因为这个家伙的个头实在太小了。根据《古怪谈》中的说法，他身如藤球，直径不到一尺，是整个烛氏家族之中体型最小的。具体来说就是，他甚至还没有他大哥祖龙的鼻孔大。

也正是因为这样，出于补偿心理，烛九阴对这个孩子是万分疼爱。他不仅从来不让嬴虫受一点委屈，而且只要几个孩子间有了纠纷，那绝对第一时间收拾另外四个。可想而知，如此受偏爱的嬴虫平日里又是怎样无法无天。他经常仗着父亲的宠爱欺负其他几个兄弟姐妹，所以他的兄弟姐妹都不喜欢他。

因此，当烛九阴陷入沉睡之后，其他几个孩子没有一个愿意带着他一起玩。在远离不周山的路上，没啥本事的嬴虫受尽了欺负，不仅那些神兽凶兽，就连许多体型比较巨大的猛兽也敢对他挥舞自己的铁拳。如此惨淡的生活让嬴虫离家出走时的那股兴奋劲儿很快便消失殆尽了，继而后悔之情开始逐渐蔓延。

但是，嬴虫离开不周山已经太远了，后悔也晚了。此时摆在他面前的只有两条路，要么去投奔自己的兄弟姐妹，要么想办法自力更生。想了很久之后，嬴虫还是决定自力更生，毕竟他心里清楚自己有多不受待见，贸然上门求助，恐怕没什么好果子吃。而且，嬴虫也考虑过了，自己体型小也有体型小的好处，只要随便找个安全的地方待着，别被发现，那危险自然也就会远离自己。

嬴虫的想法很好，可天真的他压根不明白，理论和实际往往存在差距。于是，嬴虫自此开始了自己悲惨的前半生。比如，最开始，嬴虫藏身在苍山的一个小山洞里。这个山洞位于不周山的正南方，四季如春，景色宜人，食物充足，却鲜少有生灵出没。于是，嬴虫开开心心地在这里过了一年的好日子，可是第二年，嬴虫的好日子就到头了。

说起来，那应该是个没招谁惹谁的日子，可是偏偏隔壁的浮游和苍华不知道为什么打了起来，结果战场扩大，波及苍山。顷刻间，山崩地裂，苍山倾倒，赢虫也被埋在了塌方的山体之下。要不是后来地下水暴涨，赢虫得救，恐怕他就要命丧于此了。

离开苍山之后，赢虫又跑到了沃野，把家安在了墼山上，与西王母做了邻居。当然，不是光明正大的那种。这回赢虫学聪明了，他偷偷在墼山根基的地方打了个洞，然后悄悄住了进去。可没想到，过了没多久共工就来了。一夜之间，共工搬走了海山和墼山并且将其沉入河中，赢虫再一次惨遭水淹。

这也就罢了，可问题是，赢虫的倒霉之旅才刚刚开始。俗话说，福无双至，祸不单行。此后的数千年里，从南到北，从东到西，没有一个地方能让赢虫顺顺当当待过三年的。

好在赢虫个性要强，在崎岖坎坷之中，他终于明白了一个道理，那就是打铁还需自身硬，想要活得好，还是得有一技之长傍身。赢虫有一技之长吗？自然是有的。就像《水浒传》里的白日鼠白胜，文不成，武不就，模样也一般，却偏偏能在黄泥岗上以精湛的演技放倒了青面兽杨志。赢虫也是这种类型，貌不惊人，言不压众，但是能办大事。

据《玄异录》记载，"天地初开有一虫，能生善养，食一树而生蝼蚁蚊蝇，食一山而出蜈蚣蝎蝮（fù），食一河而养蜘蛛蝗虫。食之愈多，则所出愈多，至铺天盖地，众神皆惊惧矣"。就是说，赢虫只要能得到食物供应，就会有无限的能量，待无数虫子组成虫潮之后，就是一路平推，神挡杀神，佛挡杀佛。

当然了，赢虫还是有一些自知之明的。在哪里开始创业，他还是要谨慎选择的。选来选去，赢虫惊讶地发现，这些年自己东奔西走，也顺便验证了一件事情，那就是大荒那么大，竟没有自己的容身之所。

正当赢虫百感交集、满心惆怅之时，后土居然在大荒西面立起了十万大山。那里荒凉偏僻，生灵稀少，正是适合赢虫生活的好地方。于是，他昼夜兼程，花费了数百年时间，一路忍辱负重，

　爆笑吧！上古诸神来了：一方山海中的神话故事

终于成功抵达了十万大山，并且在那里的正中心安顿了下来。

数万年的时间里，蠃虫小心翼翼地过着日子，一边不停地繁育后代，一边不停地探索开发十万大山。他苦心经营着这个人烟罕至的荒凉地带，外界甚至完全没有发现蠃虫和他的后代们正在处心积虑地筹备着向外扩张。

终于，在许多年的小心发展后，蠃虫觉得是时候出关了。长久以来受过的欺辱，让蠃虫对世间万物都充满了憎恨，他立志要扫荡整个大荒，好好地出一口恶气。抱着这种想法，蠃虫率领着自己的后代们从十万大山出发，一路向东，所过之处山河皆毁，寸草不生，无数生灵被驱赶着四处逃亡。

短短数十年，整个十万大山附近，无数生灵彻底灭绝。而蠃虫也终于受到了大荒诸多神兽的关注。大家都害怕蠃虫会对自己发起攻击，因此无数种族聚集在不周山附近，商讨到底该如何应对。

最后，大家决定组建联盟，在十万大山向东三千里的大平原处和蠃虫决一死战。而这时候的蠃虫已经完全不把天下英雄放在眼里了，所以蠃虫也决定迎战对方。就在这一场大战即将爆发的紧要关头，有人发现原来烛九阴的五个孩子里，蠃虫竟然还不是最爱闹事的。

差点儿吃出大荒大结局的大胃王

上古时期的大荒东南一带，景色绝佳。内陆有红松古林绵延十万余里，微风拂过，层层叠叠，映照着一路奔腾的大河，红光粼粼。大河一路奔涌，途经黄沙滩涂，直入东海不复回。但是这样的美景不是谁都有闲情逸致去品味的，比如烛九阴家的第五子滇鱼。他对这个丝毫不感兴趣，倒不是他没有品位，而是他实在是太饿了，原因要从烛九阴创造滇鱼开始说起。

滇鱼是烛九阴最后的子嗣。那时，烛九阴手头所剩的材料已经不多了，但是出于勤俭节约的心态，烛九阴还是决定把这些下脚料统统利用起来。于是，他闭着眼睛一通操作之后，搞出了一个怪胎，也就是滇鱼。

所谓溟鱼者，如海之阔，世间至大之鱼也。据《志怪奇谈》记载，"溟鱼者，鱼身兽头，其身之大，世人未见其全貌也，生有巨口，能容天地，日夜进食而不得饱腹，故常有吞天之念"。就是说，他长相丑，胃口大，捕食的能力还特别差，所以离开不周山没多久，溟鱼的心情就有点不好了。

　　此时，距离他跟兄弟姐妹分别的时间已经过去好几百年了。他自从离家出走之后，一路向东，从地域划分上来看，还身处不周山的辐射范围内。但是从距离上看，他已经离开不周山八千多里了。一路走来，溟鱼经历了无数波折，甚至是一落千丈的过程。

　　刚出不周山的时候，溟鱼仗着烛九阴嫡子的身份，四处蹭吃蹭喝。比如，他路过楸（sù）蛛之山附近的时候，就打着烛九阴的名头，要求那里的神明招待自己。而本地的神明也确实愿意表达一下对他的友好，于是积极地发动周边的神明来进贡物资。可是这一通招待下来，楸蛛山整条山系的神明都差点被溟鱼吃破产。他不仅把周围的奇花异草、珍奇美味吃了个精光，连稍微上档次一点的花草树木都没留下。即便如此，溟鱼还是一个劲儿地喊饿。楸蛛山的山神只能连蒙带哄地将溟鱼客客气气地送出山门，然后就集体回家休整去了。

　　有了这样的先例，往后溟鱼路过其他山系，那里的山神往往不是出门访友，就是外出公干。总之，没有一个神明还愿意冒着倾家荡产的风险请溟鱼吃饭了。再加上溟鱼是个要面子、有底线的人，也干不出不告而取的事来，所以就只能忍饥挨饿。离开不周山后，溟鱼的境况变得更差了，很快就饿得前胸贴后背、两眼冒金星了。

　　好在溟鱼心宽体胖，也不把这些事放在心上，反而很积极地四处拜访各大神明，希望能给自己找个安身立命之处。当然，失败是预料之中的。不过溟鱼在屡战屡败后，收获了一条至关重要的消息。

　　为溟鱼提供这条消息的神明叫龙首人身神，一共兄弟十二人，家住竹山。和溟鱼一样，他们也属于大荒知名废材。他们的老爹委蛇和烛九阴是多年的老友，所以他们对溟鱼也心存好感。为了帮助这位世交填饱肚子，他们就给溟鱼出了个馊主意。他们告诉溟鱼，只要继续向东，路过无尽黄沙之后就是东海，那里物产丰富，绝对能解决溟鱼的粮荒问题。

溟鱼半信半疑之中，一直走到了东海附近。在这里，他终于看到了改善生活的希望。因为大海无穷无尽，汹涌的潮汛一波一波地将海水带向海边，看得溟鱼直流口水。现在溟鱼已经不奢求吃点儿什么正经食物了，在他的心里，能混个水饱也是极好的。在再三确认没有人阻止自己开饭之后，溟鱼迫不及待就张开了巨口，放开了肚皮，大着胆子开始给自己灌水。

溟鱼的进食效率很高，短短一年的时间，靠着他一己之力，硬生生让东海的水位线整体下降了十丈有余，无数鱼虾螃蟹惨死在它的口中。一时之间，整个东海生灵涂炭，也因此惊动了东海的主人——海神之首禺虢。

禺虢这个神明脾气豪爽，仗义疏财，性格开朗大方。他很早就知道溟鱼定居在了东海海滨，但并没有在第一时间驱赶溟鱼。在他心里，自己和内陆那些抠门的神明是有本质区别的，他自觉富有东海，并且不缺乏分享精神。可眼看着自家的产业在溟鱼的嘴里日渐缩水，心疼之余的禺虢终于醒悟了，他终于明白自己其实也是个穷鬼。

可要是直接赶溟鱼走，这位东海带头大哥又实在抹不开面子。他只好每天闲着没事儿就跑到溟鱼附近，看着对方进食，心疼的同时捎带着打个招呼，一来二去他就和溟鱼熟络了起来。时间一长，禺虢就发现了溟鱼的庞大身躯之下，竟然有一副孩子脾气。溟鱼性情单纯直接，心地质朴善良，和他在内陆兴风作浪的四个兄弟姐妹完全不是一路人。因此，禺虢心生好感，经常和溟鱼开些玩笑，慢慢地也就不觉得溟鱼饭量大是什么问题了。

可是有一天，禺虢可能是喝多了，竟然和溟鱼打起赌来。他说自己经常听说溟鱼的巨口能吞吐天地，可是从来没有见过，想来是世人牵强附会，不足为信。溟鱼一听就不高兴了，他对自己

的饭量有着强大的自信，是绝对不容别人质疑的。当下就和禺虢打赌，如果他真的有吞天之能，那禺虢会如何呢？禺虢也上头了，就说别说吞吐天地了，只要滇鱼能将大荒的九州五部随便吞下一块，自己就输了，到时候东海随滇鱼处置。

听了这话，滇鱼当下出发，顺着东海直奔九州五部之中的东部而去了。没几天，他就到达了东部的东南角。此时，东南角因为远离内陆九州，罕有生灵出没。按今人的眼光来看，那里应该是很大程度上保留了原始风貌。可是在滇鱼看来，那里就是不太可口的样子。

滇鱼完全没有想过，九州乃内陆之总，五部是承天之地，真要是把东部吞了，估计就得天崩地裂了，后果岂是他能承受的。不过这时候说什么也晚了，因为滇鱼已经张开了自己顶天立地的巨口，准备把整个东部直接吞下。禺虢这时也吓傻了，他一时戏言罢了，滇鱼怎么就来真的了？东部之外的两大神明，一个光顾着吃，一个光顾着发呆。东南地带的无数生灵也完全被滇鱼张开的巨口吓瘫了。它们没注意到滇鱼张开巨口的时候，似乎有什么东西被他吞了下去。滇鱼到底把什么吞下去了呢？

| **爆笑吧！上古诸神来了：一方山海中的神话故事**

神农氏和抠门王夷木

大荒白条王神农氏

溟鱼准备把五大天柱之一东极天柱所在的东部给整个吞下时，吓得整个大荒的生灵几乎魂都没了。可是没人注意，有一个不起眼的家伙被顺道卷入了溟鱼口中。他是谁呢？其实他就是前文提到过的神农氏。神农氏之所以会出现在这里，还要从他拜别了烛九阴，下山寻药说起。

当初神农氏从烛九阴那里受到了启发，立志要游历大荒，寻找克制百害的各种奇珍。可是大荒广大无边，各种产物也异常丰富，想要从无数奇花异草，乃至山石矿物之中寻找良药，不是那么容易的。所以，迫切希望提高效率的神农氏思来想去后，决定先去夷木那里寻求帮助。

夷木是大荒神植之主，坐拥无数园林，培育出了不知道多少奇花异草。根据《仙珍奇谈》的说法，"夷木知四时变化，能口吐青木之气，善养诸多奇珍，以一己之力，修百花之园，其中多有治病去疾之良药。又以建木为苗，入土而生万种神树，是古之木神也。"用今天的话说就是，夷木稳坐上古时期药材培育界的头把交椅。如果单从表面来看，神农氏去寻求夷木的帮助是绝对没有任何问题的。但是，如果考虑到夷木的性格特点，那神农氏这么做就完全是昏了头了。

为什么这么说呢？因为夷木虽然是上古神明，有着亲善人族、悲天悯人、怜爱生灵等诸多优点，但还是掩盖不了其骨子里抠门吝啬的特性。自他从东海建木之上下来，一直到进入大荒定居，数亿年时光，都没有一个朋友能从他手上占过一点便宜。为了进

一步说明这一点，我们可以讲一讲夷木和后土之间的一个小故事。

当初，夷木刚刚抵达大荒的时候，身无长物，居无定所，所以只能四处游荡，过着得过且过的生活。就是在这个时期，夷木在大荒各处留下了自己的足迹和数量有限的奇花异草。慢慢地，待这些奇花异草繁衍茂盛之后，夷木在大荒中也有了一些名声。

俗话说，人怕出名猪怕壮。夷木自从出名之后，就有数不清的各路神明神兽前来求见。他们的目的也很简单，就是希望夷木能出手给自己的居所搞搞绿化。其中最出名的就是大荒大地之主后土。

夷木

那时，后土虽然拥有大荒广大无边的土地和群山，但都是些不毛之地，眼看着夷木带来的绿植装饰效果出众，后土就动了给自己的产业搞装修的心思。可是后土性格忠厚，不愿意直接开口求助，就只能先从和夷木搞好关系做起。数千年时光，后土、夷木和神农氏等几个神明一同在大荒之中四处游历，也建立起了交情。于是，在某一天，后土向夷木提出了一个建议，那就是后土愿意送给夷木一处休养生息的家园，条件是希望夷木能在闲暇时间多培养一些植物，并且把他们种植在大荒的大地和群山上。

夷木可能流浪生涯过腻了，也有了安定下来的心思，于是爽快地答应了。之后，后土如约将渭水河畔的三座大山和一块平原送给了夷木，可夷木却迟迟没有履行自己的义务。当然，夷木并不是把这件事给忘了，事实上，夷木在很短的时间内就培育出了数千种各具特色的植物，其中包括后来名气很大的不惑草、丹木和旋丹花等。他之所以没有履行义务，其实就是抠门本性发作了。

在培育出这些植物之后，夷木每每想到要把这些心爱之物送到后土手中，就心疼得要死。于是夷木以时间不充裕、自己临时有事、家里失火等不靠谱的理由，硬生生拖延了十万年。眼看着自己的三座大山都被植物覆盖得毫无死角了，这才心不甘情不愿地以分期付款的方式将自己手中培育的植物一点一点送给了后土。这个过程大概就持续了两万年。好在后土是个厚道的神，若是换成玄冥或者西王母，恐怕早就打上门去以武力解决了。

从这个故事来看，大家可能觉得神农氏的求助只怕要无疾而终了。可事实就是如此奇妙，神农氏居然成功了。在连山的那些年，神农氏在和魁隗部落打交道的经历中硬是练出了一副好口才，并且成功地建立了自己的商业思维体系。他告诉夷木，只有奇花异草根本显不出夷木的本事。夷木要想打出自己的品牌，就一定要有拳头产品，而且一定要是受众很广的那种畅销产品才行。

夷木一听这个就很感兴趣，毕竟他自己心里清楚，自己因为抠门的性格一直饱受外界诟病，要是能让大家认识到自己的重要性，说不定还能挽救一下自己的名声。于是他就问神农氏，该如何做才好。神农氏就继续忽悠夷木，说如今人族正在发展壮大，但是缺医少药，如果有办法把夷木这里的珍奇植物变成治病救人的良药，那世人肯定得对他刮目相看了。夷木思考之后，觉得神农氏说的似乎有点道理，于是就让神农氏说说自己的详细计划。

神农氏看夷木似乎有意向，当下就把自己从连山带出来的家当摆了出来，包括自己平时炼药的笔记以及各种制药工具，目的就是让夷木感到自己是专业的。果然，夷木一看神农氏有备而来，就觉得神农氏提出来的想法很有前途。再加上神农氏的各种吹捧，迷迷糊糊之中，夷木就和神农氏定下了一个协议。

协议的内容大概是，神农氏以自己未来的制药成果作为回报，换取夷木对他的无条件支持。当然，神农氏也要求如果有了成果，必然要优先保证人族能够享受，夷木爽快地答应了。如此，这两人算是暂时结成了同盟。可是夷木这么抠门的人，真的会像自己说的那样无条件支持神农氏吗？

舍命不舍财的抠门王夷木

俗话说，万贯家财不容败家儿孙。但是对夷木来说，这句话要改一改，因为此时此刻正在挥霍他家业的不是儿孙，而是他的朋友神农氏，而且神农氏挥霍的速度实在太快了。神农氏到底干了点什么呢？这事要从他打完白条之后的实验说起。

据《异闻随笔》记载，"昔神农居于渭水，结庐而居，以百草入药，欲医百病，然其所用甚多，日久，穷一山之所出"。就是说，神农氏为了搞药物试验，把整整一座山都给用空了。没错，这座山就是夷木的三座大山之一，名曰太液山。

此时，神农氏的试验已经进行了数百年了，然而一点成果都没有。不是说他什么药都没炼出来，而是说正儿八经能治大病的药一个都没做出来。以他的成果来看，此时的神农氏也就只有三脚猫的功夫，只能治一治上吐下泻、食欲不振之类的小毛病。夷木嘴上不说，心里着急，一天天的去火药也得吃不少。眼看着自己的家业都要被神农氏折腾光了，夷木抠门的本性又发作了，他开始琢磨着怎样才能让神农氏乖乖滚蛋。为此，夷木制订了一揽子计划。

首先，为了不让神农氏继续胡搞瞎搞，夷木有事没事就来监督一下神农氏的炼药进度，并且给出了一些针对性意见。可没想到，神农氏在经过夷木的指导之后，竟然真的开始有了一些明显的进步。别的不说，止泻药的产量那是直线上升。这下神农氏更有动力了，他现在不仅想用夷木的花草，还想用一用夷木这个神。于是他三天两头往夷木家里跑，说是汇报工作进度，可实际上就是想看看夷木有没有什么新点子。

夷木毕竟有点虚荣心，刚开始的时候被神农氏一吹捧，就不好意思再说神农氏浪费药材的事情了。可时间一长，夷木回过神来了，神农氏这是吃着自己的，用着自己的，还要使唤自己。他心里的火腾腾直冒，把神农氏赶走的心思也就愈发坚定了起来。

又过了一段时间，夷木告诉神农氏，这段时间的试验导致诸多药材已经损耗一空了。所以，神农氏要想继续试验，就得等他再培育出一批新的作物。而在他培育作物的这个阶段，严禁神农氏继续损耗药材。

夷木本以为神农氏会对此有所不满，没想到神农氏完全没放在心上。这下夷木反而有些不好意思了。为了表示自己不是忽悠神农氏，夷木就让神农氏继续住在自己家中。然后他开始了自己的第二个计划，那就是装病。他告诉神农氏自己的身体突然莫名虚弱，并且浑身燥热，上吐下泻，间或还眼冒金星，出现幻觉，恐怕短时间内不能培育药材了。

夷木为了能把神农氏打发走，也算是无所不用其极了。可是没想到的是，这次装病装出大事了，为什么呢？这要从神农氏前来探望夷木说起。

长久以来，神农氏一直在研究夷木后花园里的各种奇花异草的功能，只是苦于没有试验的对象，所以进展不佳。夷木生病对他来说那可真是喜从天降，毕竟如果自己能在夷木身上将各种药物的药性试验出来，顺便再把夷木的病给治好了，那也算对夷木有所回报了。

此时，神农氏完全沉醉在自己世界之中，完全没考虑自己的二把刀技术到底会给夷木造成怎样的伤害。

据《百怪奇闻》记载，"昔神农氏访友，见其身患重疾，神农氏欲以药医治，不想，其友之疾愈重"。就是说，在神农氏的帮助下，本来装病的夷木真的病危了。毕竟，为了此次试验药性，神农氏把自己都不清楚药效的药物在夷木身上试验了个遍。不说其中多有药性相冲的草药，单是纯粹的毒草毒虫，神农氏就使用了数百种之多。可以说，夷木能活下来，全靠他的体质强了。

但是，眼看着夷木身体越来越虚弱，神农氏却还是不肯放过他。没错，早年的神农氏就是如此心狠。在他的成名之路上，夷木不是第一个倒下的，也不是最后一个。而夷木也真的是抠门抠出一定境界了，舍命不舍财。为了让神农氏乖乖走人，硬是配合着神农氏做药物试验。结果，最后夷木一天里差不多有一半时间都在沉睡中，清醒的时候，也是时而明白，时而糊涂。

想想这是多么地可怕，一个神明硬是让神农氏伺候成老年痴呆了。好在夷木有一个忠心耿耿的手下——句芒，是树木生发之神，也是春季之神，掌管植物生发。他在前来汇报工作的时候，看出了夷木状态不妙，在反复劝阻神农氏无果之后，独自跑到了东昆仑向东王公求助。

东王公一贯热心肠，当下就和句芒一起返回了渭水河畔，阻止了神农氏对夷木的残害，保住了夷木的小命。在东王公的帮助下，夷木成功恢复了生活自理的状态之后，也不敢继续装病了，只能把自己的为难之处告诉了神农氏。神农氏这才知道夷木居然为了几棵草药就险些把自己的命搭上，倒吸一口冷气的同时，也为难了起来。虽然他对把朋友逼上绝路这事有点不好意思，可一时之间，他也确实找不到别的能帮得上忙的朋友了。这要是答应了夷木，自己拯救大荒生灵疾苦的伟大理想岂不是要夭折了吗？

爆笑吧！上古诸神来了：一方山海中的神话故事

夷木当然明白神农氏的顾虑，当下就拍着胸脯告诉神农氏，自己有一个两全其美的方法，既能保证神农氏有足够的药材挥霍，也能保住自己的财产。他还说他愿意请东王公作保，要是自己的办法不靠谱，自己名下三山的药材随便神农氏挥霍。在神农氏将信将疑之时，夷木将自己的办法告诉了神农氏。夷木到底想出了个什么办法呢？

夷木的独家秘籍

所谓授人以鱼不如授人以渔，夷木小气归小气，本质上也不是不通情理的神明。他固然不愿意自己的心血被神农氏糟蹋，却也佩服神农氏愿意帮助人族的决心，于是思来想去之后，夷木决定将自己珍藏多年的一件宝物送给神农氏。只是这件宝贝需要神农氏自己去取。那么夷木送给神农氏的到底是什么东西呢？这要从夷木的出生地说起。

夷木和我们前文介绍过的神明有所不同，因为他并不是出生于大荒内陆的神明。他出生的地方是远在东海的一棵神树，名为建木，也是传说中的大荒五大神树之一。五大神树分别是太阳星上的扶桑树，不死国的不死树，昆仑东南的青木，生长在沧海的神桃树，与矗立于东海的建木。

这五棵神树又被称为万树之祖，各有神异。比如，其中的不死树十万年一开花，十万年一授粉，十万年一挂蕾，十万年一结果，又十万年一成熟，之后，在果实还挂在树枝上的时候吃下，就能如神明般长生不死。据说西王母的不死神药的原料之一就是不死树的果实。再比如说东王公的青木，又名大椿树，可以改变时间流速，在树身上，八千年为春，八千年为秋。这里的一年相当于外界的三万两千年。而建木也自有其神奇之处。

据说，建木是五大神树中最高的一个，乃是当年盘古开天辟地时所用斧子的斧柄所化，连通天地，是域外神明进入大荒的通道。每逢域外神明降临大荒，都有七彩神光显现，数万里内都清晰可见。当时的人以此为祥瑞，因此以建木为五大神木之首。

夷木就是从建木之上降生的，不过夷木本身对建木五大神木之首的名头深表怀疑。因为建木本身实在是太丑了，既没有树叶，也没有枝干，要不是自有神异之处，恐怕就和烧火棒没什么区别了。

在夷木这个审美品味很高的神明看来，这种模样实在配不上五大神木之首的名头。因此，在闲暇时分，夷木心里生出了改造建木的念头。之后的无数时光之中，夷木想尽了各种办法，比如给建木雕花，或者是寻找奇珍异宝点缀建木。可是因为建木的表面积过大，这些方法都夭折了。最后在夷木心灰意冷准备放弃时，他却意外发现了建木的一个特性。

按照《木经》所言，"建木其性多变，种金则生树，点水则生藤，遇火则成花，覆土而发菌，风吹而生草，其高不同则所化不同"。就是说，建木以不同的物质作为种子，在不同的高度可以种出截然不同的植物来。这个发现让夷木看到了一丝希望，同时也感到了有些绝望。

要知道，夷木家住东海正中央，那个地方除了水还是水，根本不足以支撑夷木的改造计划。无奈之下，夷木只好打着建木之主的旗号，开始向进出大荒和域外之间的神明收起了过路费。在他的各种举措下，无数神明从免费使用建木走上了充值缴费的不归路。

当然，夷木不是白收费的，他在建木上修建了各种各样的宫殿，供来往神明居住。听起来是不是很熟悉，没错，这就是大荒版的高速服务区。靠着这些产业，夷木收集了大量来自大荒乃至域外的珍稀材料，并且利用这些材料，在建木之上培育出了无数珍稀植物，包括我们前面提到的白树，后世西王母手中的蟠桃都是在这个时期出现的。当然，夷木除了培育出许多功能比较强大的植物外，也培育出了很多纯观赏性植物，比如质地如玉、树身五彩的文玉树，色红如火、叶大如斗的帝女桑等。

随着时间的推移，夷木培育出来的植物实在太多了，很多时候，他自己都不记得哪种植物有什么功能了。为了方便管理，夷木以建木的树皮为载体，将所培育植物的外貌特征记录下来，并将其整理成册，取名为《东极木书》，算是大荒第一本植物培育专著。

此时，建木本身将近三分之一的面积已经被覆盖了起来，而夷木自己手上的所有原材料也彻底用光了，因此夷木产生了外出游历大荒，独自收集各种材料的念头。为了保证自己离开后建木上的植物能够正常繁育，夷木临行前就把这本神书放在了建木最高处，交给了自己的儿子太昊来保管。

这次，夷木准备把这本珍藏多年的神书拿出来送给神农氏，算是自己为神农氏的事业做一点贡献。而神农氏觉得夷木的想法不错，就答应了下来。可是神农氏答应了，夷木才突然想起了一件不太好的事情。

据夷木说，当初他还未准备离开建木之前就已经听帝俊讲过，建木位于东海正中，距离最近的海岸有数千万里之遥。东海之上虽然有不少岛屿，但都悬浮于海面四处飘荡，不足以成为参照的坐标和停留的中转站。所以，想前往大荒大陆，就必须找准方向，一口气横穿东海。否则想要到达大荒就是痴人说梦。

夷木那些年把所有精力都放在了美化建木上，对外界的消息了解不多，因此在他知道这个消息的时候，已经是出发前夕了。那时，夷木还是个性情鲁莽的神明，为了不影响自己的出行计划，他以建木之上的奇花异草为诱饵，吸引来了夔牛、大海鳅和麒麟三只神兽。然后，他用建木做舟，麒麟的独角做杆，夔牛的皮做帆，大海鳅的鱼鳍为桨，成功制造出了一艘可以无风自动的渡船，并以此横跨东海，抵达大荒。可是也就是从那时起，被夷木坑惨了的夔牛、麒麟和大海鳅就一直徘徊在建木附近，骚扰往来于建木的大荒神明，希望找到夷木报仇雪恨。

本来夷木短期之内也没打算再回去，却没想到如今会给神农氏的东海之旅造成麻烦。那么，神农氏能想到办法横穿东海吗？

神农氏的漫长旅途

世上无难事，只怕有心人。虽然神农氏是个旱鸭子，但眼下知道了夷木的宝物竟然藏在东海中心的建木之上，神农氏就觉得也不是不可以挑战一下自己。那么，从来没有离开过大荒内陆的神农氏要如何横渡无边无际的东海呢？这个要从神农氏拜别夷木说起。

自从夷木提出要将自己私家珍藏的《东极木书》送给神农氏之后，神农氏的心情就格外好。但是不管心情多好，也不能让神氏农无视自己是个旱鸭子的事实。要知道，自神农氏出生之后，离开连山的次数都很有限，更别提水性了，如今突然要横渡无尽东海，实在是难上加难。所以，神农氏感到自己恐怕得找个明白人给自己出出主意。

当时的大荒有过漂洋过海经历的神明一共有四位，分别是夷木、昆仑神女、第二任天帝帝俊以及进化之神姑射。夷木就不用介绍了，他的经历不足以为神农氏提供帮助。而昆仑神女和天帝帝俊都是凭借自己独特的能力才能横穿水域的，也不是神农氏能够模仿的，所以神农氏取经的重点在于进化之神姑射。

姑射是掌管生灵进化、种族延续的女神，庄子称赞她"肌肤若冰雪，绰约如处子"。可见其风采出众。而这位女神生平最大的爱好就是旅行，她曾经游历四海，是四位神明之中履历最丰富、性格最彪悍的。

为什么说她彪悍呢？虽然姑射外表风采飘逸，气质潇洒，但是并不足以掩盖她刚烈的本性。这位女神曾经在北海捕过鲸，在西海杀过蛇，在东海喝过酒，还在南海和南海海神不延胡余打过架。她之所以敢这么做，靠的就是一手造船的本事。

据《四海平波录》记载，"姑射善以物制舟，往来于四海，浪不能摧，风不能动，雨不能伤，故姑射终年漂浮海上，而未遇险也。且其所制之舟，大者如山，小者独木，或随风而动，或以海兽御之，人亦能凭之纵横海上，时人甚喜"。就是说，姑射擅长造船，她制作出来的船，不仅无惧风浪，还款式多变，甚至连凡人都能操作，纵横海上，一度成为人们追求的高质量潮牌。

当然，最主要的原因还在于，这位姑射女神是神农氏的老邻居，两个人的关系非常好。而且此时的姑射刚刚结束旅行，正在

　爆笑吧！上古诸神来了：一方山海中的神话故事

家中休养。她的家就在连山旁海河州的姑射山上。为了能够尽快出发，神农氏拜别夷木之后就匆匆忙忙赶往姑射山，找姑射询问渡海良方去了。

见到老朋友前来，姑射明显很高兴，在热情地招待了神农氏之后，姑射得知了神农氏的来意。她很爽快地将为神农氏造船的事情包揽了下来，并且还告诉神农氏，区区几只神兽，不用放在心上，她自有办法让神农氏安全地往来东海。神农氏自然高兴万分，在约定了交付日期之后，神农氏就回到连山，准备起了出海所用的物资。

约定的日期转眼就到了，神农氏如约来到姑射山，准备接收自己的私家游艇。但是没想到，见到姑射造出来的船之后，神农氏的心当时就凉了一半。因为姑射这次造出来的船造型实在太过奇特，甚至从外表都看不出船的样子来。

据《幻景书》记载，"姑射以石为舟，无帆无桨"。也就是说，这次姑射做出来的所谓的船根本就是一整块石头，完全看不出它在水里该怎么活动。神农氏甚至怀疑，这只船要是放在水里，说不定直接就沉了。

面对神农氏的怀疑，资深造船专家姑射很生气。为了证明自己的能力，姑射决定亲自为神农氏演示石头船的操作方法。之后两位神明带着石头船一同来到了姑射山脚下的海河，将石头船放入了水中，然后神奇的事情就发生了。

只见落入海河的石头船竟然从中间分开了，姑射坐入其中，石头船又合为一体。之后，石头船开始不停地旋转，就是靠着这股动力，这艘船竟然快速地在海河之上来回荡漾。这下神农氏才明白这艘船是怎么用的。

演示结束后，姑射告诉神农氏，东海之上有无数神山漂浮，所以经常会有石头落下来漂浮在东海海面，自己将船做成这个样子，根本不会引起当年夷木招惹的那三只神兽的注意。只要神农氏老老实实待在船身之内，就绝对能够平安突破封锁。

在充分展示了石头船的优点之后，姑射又告诉了神农氏这艘船的三个缺点：第一是速度很慢；第二是无法时时刻刻控制方向；第三是人进入船舱之后，就无法得知外界的情况，只能简单判断船只是否在正常运行。因此，在航行的过程中，神农氏自己要能够灵活操作。

这几个缺点神农氏完全不放在心上，在谢过了姑射之后，就架着自己的小船从海河出发了。经过数千条水系后，他向着东海建木出发了。这一路上，神农氏靠着石头船极具迷惑性的外表，历时三千年，成功穿过了麒麟、夔牛和大海鳅所设的封锁线，抵达建木。又花费了五千年时间，成功徒手攀爬建木，抵达树冠，将那里的《东极木书》取了出来。这一刻神农氏的心情可能是很复杂的，因为紧接着他就又得花五千年时间从建木上下来，再花三千年时间横穿东海返回大荒了。

如果事情到了这里就结束了，那么神农氏这一次行动还可以说得上圆满成功了。可是很不幸，就在神农氏待在石头船里苦熬苦盼即将抵达大荒的时候，他突然感觉到船好像停了。难道是搁浅了？为了搞清楚状况，神农氏小心地将船舱打开，却没想到正好看到一张巨口，准备把石头船连同自己给吞下去。没错，神农氏回来的时候，正好赶上了溟鱼开饭，要把大荒东部整个吞下去。就在溟鱼要把神农氏一口吞下去的紧要关头，神农氏竟然隐约看见东王公正在朝着自己狂奔而来。东王公这会儿不是应该正在昆仑给自己的老窝搞装修吗？怎么会出现在这里呢？难道神农氏被吓得出现幻觉了吗？

东王公的发家史

迷茫的少青壮中老年人

神农氏看到的东王公当然不是幻觉，那么东王公到底为什么会出现在东海海边呢？这个故事说起来就有点长了。东王公我们已经念叨了很久，现在也该详细介绍一下这位老朋友的生平了。

在大荒众多神明中，东王公一直都是很特殊的一个。一方面，他地位很高，是上古时期就已经诞生的神明；另一方面，在神明这个群体中，大多数神明都有兽性、人形、异形等多种形象，而东王公却只有人形这一种形象。当然，东王公的人形形象又分三种，分别是青年正太、中年帅哥和慈祥老大爷。之所以如此，和东王公的出生有关。

《庄子·逍遥游》里说，"上古有大椿者，以八千岁为春，以八千岁为秋"。就是说，上古有一棵奇特的大树，以八千年的光阴当作一个春季，再以八千年的光阴当作一个秋季。这棵大树被当时的人称为天地寿之极，也就是天地间最长寿的物种。东王公就是在这里出生的。

大椿树的时间流速过慢，导致东王公出生之后也有点不太正常。他每天早晨日出的时候，由一个少年的形象开始变化，一直到晚上变成一个老者形象。一天之内，他就能经历别人一辈子的变化，所以当时的人大多都不知道东王公到底长什么样子，甚至很多东王公的老朋友都经常认不出东王公来。

那么如此多变的人，别人该怎样才能准确地从人群中找到他呢？其实很简单，东王公虽然样貌多变，装扮却有着非常鲜明的个性，其中最主要的就是三大件，也就是青木杖、青玉葫芦和大椿树皮制成的青色麻衣。可以说，在上古大荒时期，你只要看到这三件东西同时出现在一个男子身上，那不用问，这个人保准就是东王公了。

可能有人要问了，如此简单的三件东西，是不是可以山寨一下呢？那绝对不行，因为这三件东西除了被大荒众神默认为专属东王公之外，还有一段陈年往事。这段往事导致了只要有人敢仿冒这几件东西，那必然要大祸临头。具体原因还要从东王公走下大椿树说起。

那大概是个阳光灿烂的日子，东王公正在大椿树上静静地思考着人生，却没想到一阵钟声扰乱了东王公祥和的午后时光。这阵钟声正是烛九阴召开第一次大荒诸神会议的信号。为了赶上这次会议，东王公匆匆忙忙开始顺着大椿树的树干向着树根的方向走去。

这一走就是两万年，而且还是以大椿树上的时间流速来算的。对外界而言，此时的东王公已经是六亿岁高龄了。之所以花了这么长时间，是因为东王公走得实在太慢了。当然，这是可以理解的，毕竟一天之中，东王公正值壮年的时间只有不到半天。

如此缓慢的速度直接导致东王公到达大荒时，大荒第一届诸神大会已经结束了。众多神灵都已经各回各家了，就连烛九阴都已经开始了自己的域外虚空旅行计划。可以说，此时的钟山，就只是座山了。

这就把匆忙赶来的东王公给坑惨了。要知道东王公对外界是完全陌生的，所以一时间东王公满脑子疑问：我是谁？我在哪儿？我要干什么？换句话说，第一次接触外界的东王公迷茫了。

但是日子还得过，为了适应时代，东王公开始积极地四处拜访各地的神明，也就是在这个过程中，东王公明白自己要干什么了。他得先给自己找个营生。用现在的话说，就是东王公惨逢毕业季，他需要求职了。

这在当年的大荒是非常正常的。别以为神明高高在上，就可以

不食人间烟火。事实上，在神明这个群体里，攀比现象相当严重。

神明通常都是根据自己的特性或者技能来帮助当时的大荒生灵更好地生存下去的。比如，后土就是大荒最大的包工头，夷木就是粮食供应商。东王公在和其他神明对比过后，发现自己好像没什么长处。论身体状况，他肩不能挑手不能提；论技能特长，他虽然能够催发万物生长，可是谁会愿意平白缩短寿命呢？想来想去，东王公决定还是做点小买卖，而他主要经营的商品就是大椿树的树叶。

按照《十方宝鉴》的说法，"上古西南有大椿之木，一岁而生三叶，食之不老"。就是说，大椿树的树叶可以延缓衰老，甚至可以让人重返青春。换句话说，这种树叶就是纯天然、无污染、效力强的保健品，而且男女老少通用。更要命的是，这种东西对大荒诸多女神简直太有吸引力了。

于是，正式就职保健专家的东王公成了当时最受大荒女性欢迎的神明。甚至在男性圈子里，东王公的地位都是很超然的，毕竟不管是上古神明还是英雄好汉，谁还没有心上人呢。

东王公也确实很会做人，他的大椿树叶从来都是只送不卖，而且来者不拒。只要有人上门求取，东王公都毫不吝啬，甚至有时候东王公还会亲自送货上门。所以，一时间，东王公后来居上，成了大荒人脉最广的神明。很多时候，烛九阴和帝俊遇到了为难的事情也要上门求教。

如此看来，东王公青年时代可以说是彻底崛起了。但是东王公的中年危机也很快到来了，因为大椿树的树叶已经快被东王公薅秃了。失去大椿树的东王公还能继续自己的美好生活吗？当大椿树叶彻底被消耗殆尽的时候，东王公又该何去何从呢？

大荒之中的好好先生

山重水复疑无路，柳暗花明又一村。东王公靠卖保健品起家，却在生产力跟不上的情况下，面临货源紧缺的问题。那么东王公是如何克服的呢？这就不得不说到东王公的转型之路了。具体故事，要从一次意外说起。

很多人可能会有一点好奇，在上古时期，没有法律，道德指标也很随机的情况下，难道大荒生灵都是些看淡生死、不服就打架的愣头青吗？当然不是，虽然上古时期的生灵确实相对野蛮，可是也是有执法机构管束的。

想当初，大荒西北幽谷之内，曾经有两位神明，分别叫作厚（yùn）厄和敹埏（bó yán）。这两位神明一体双生，是从幽谷之中诞生的两兄弟。据《幽神奇谈》记载，"厚厄，司恶念之报，凡心有恶意者，厚厄皆知其名，若其多行恶事，则悠忽而至，押解入幽牢之中，历种种恐怖。待其恶念尽消，心生善念之时，则有敹埏前来解救。如此，天下生灵皆不敢为恶也"。就是说，厚厄和敹埏擅长感知人心中的恶意和善念，为了扬善罚恶，两兄弟就开了一家私人管教所。只要发现有人做坏事，恶念之神厚厄就会把人抓起来，关进小黑屋，然后搞恐吓式改造。等人被成功唬住，不敢做坏事了，厚厄的兄弟善念之神敹埏就会将人放出来。

自厚厄和敹埏两兄弟出头之后，大荒诸多生灵一言不合就决斗的现象立马得到了有效控制。但是并非有了这两兄弟大荒就一片祥和了，因为他们只管大奸大恶之事，寻常的邻里纠纷和利益矛盾，他们几乎是无视的。

所以，两兄弟虽然解决了很多问题，可还是有很多生灵饱受荼毒。因为除了有心作恶的诸多神明之外，还有许多神明无意的举动也会给群众带来巨大的灾难。比如，火焰之神须臾和降水之神雨师，以及暴虐之神桀和干戈之神刑天，还有和平之神勾龙和战争之神西王母，这些神明天生不和，矛盾频发。他们争斗时，经常让周边的群众蒙受损失。这些普通生灵苦不堪言，只能四处向大荒之中有名的神灵寻求帮助。这一次，就有人求到了东王公的头上。

前来求助的人叫石杰，是石商部落的首领。早些年石商部落人口超过百万的时候，石杰也是石原之中数得上号的大人物。可

　　爆笑吧！上古诸神来了：一方山海中的神话故事

是自从一种叫玉牙象的动物从石原外围迁移到了石商部落附近，才区区一百多年，石商部落就已经没落了下来。

之所以没落，是因为玉牙象是两种神兽的食物，这两种神兽分别叫腾蛇和飞龙。这两个家伙一向随着玉牙象的迁徙而更改住址，所以在这次玉牙象的迁徙中，他们也跟着一起来到了石商部落附近。

按照大荒惯例，作为地主，石杰友好地献上了礼物，对两只本性不算凶残的神兽的到来表示欢迎。可石杰万万没想到，由于玉牙象的数量有限，腾蛇和飞龙这两个饭量过人的家伙竟然为了争抢食物而斗殴，而且一开打就是大场面。

两只神兽之中，腾蛇善飞，擅长御风，而飞龙毒性猛烈，经常吞吐毒汁，所以两者只要一开打，杀伤力和杀伤范围都相当惊人。短短一百年的时间，玉牙象还活得好好的，可石商部落却已经快要灭绝了。无奈之下，石杰只能外出寻找神明的帮助。

这个时候的大荒有名有姓的神明虽然不少，但肯管闲事的就不多了，而正好在石原附近的就更少了。迷茫之时，石杰无意中听到了东王公的名头。病急乱投医，石杰立马就找到了当时正在神桃山一带活动的东王公。

这时，东王公正在考虑产业转型，本来不想管闲事，但是看石杰实在可怜，无奈之下，只好答应了下来。只不过，这时东王公心里可是一点底都没有，毕竟他也不是个有战斗力的神明，想劝服两个一看就没什么脑子的家伙，专业也不对口。

不过，东王公不愧是个善于抓住机会的神，等真的到了石原之后，他发现貌似这事不难解决，因为东王公终于发现自己的特长该发挥在什么地方了。

据《东国注疏》记载，"东王公，乙木神，善生发，能催万物滋长，使枯木逢春"。就是说，东王公的专业就是提高产量，拯救濒危物种，除了大椿树，几乎没什么东西的产量是他提不上去的。他很快就想到了解决腾蛇和飞龙之间矛盾的方法。

在东王公看来，他们的矛盾无非和玉牙象的数量有关，只要能把玉牙象种群扩大一下，问题不就解决了吗？东王公说干就干。他深吸了一口气之后，缓缓地从嘴里吐出一股青气，然后奇迹就出现了。只见石原上的玉牙象体型飞速增加，从原本正常黄牛一样的体型，迅速长成了小山大小。现在我们说的巴蛇吞象之中的象，也正是这种变异版本的玉牙象了。

玉牙象不仅体型变异了，就连繁殖速度也提上去了。此后的数千年时间里，玉牙象飞速繁殖，占据了石原之中的霸主地位。到最后，连腾蛇和飞龙这两个猎食者都不敢轻易捕食它们了。当然，这是后话了。此时的腾蛇和飞龙暗自高兴，正式签订了和平共处的相关条约。从此，石商部落继续兴盛繁衍，而东王公这个调解达人的名头也随之响彻大荒。

再之后，因为东王公处事公道，而且提供上门服务，无数神明、神兽，甚至人族部落，都纷纷请东王公调解一些矛盾。比如，后土和河伯的地盘之争，就是在东王公的来回奔走之下才得以和平解决的。

为了表示感激，后土更是将昆仑赠予东王公作为固定办公地点，帮助东王公结束了流浪生涯。但是东王公到达昆仑之后，却后悔接手了这么大一个地盘。究竟是什么原因让东王公不想接手昆仑呢？

一座大房子带来的烦恼

房子面积是不是越大越好，也是见仁见智。关于这个问题，东王公绝对有发言权，因为东王公在接手昆仑后，发现原来拥有一座大房子并不是件多么快乐的事情；相反，房子太大，很可能给自己带来一些无法避免的痛苦。东王公到底感受到了什么痛苦呢？这个得从后土和河伯的纠纷开始说起。

话说，自从东王公纠纷调解事务所挂牌营业之后，虽然响应者不少，可客户都是些小部落或者普通生灵，东王公心里一直惦记着什么时候来一对真正上档次的顾客。就在东王公琢磨着要不要主动出击拉一拉客户时，一个意想不到的机会来了，这次前来求助的神明就很有分量。

前来求助的正是大地群山之主后土。那时候，后土还是个比较年轻的神明，虽然为人比较厚道，但性情之中又带有一点年轻人特有的刚强和急躁。具体表现在，他平时看起来很佛系，可是一旦触犯到自己的底线，立马就会翻脸不认人。很不巧的是，河伯就触犯了他的底线。

据《述古异书》记载，"上古蛮荒有汉水，居一神，名曰河伯，其欲占广大之地，故兴八方之水为洪，北没平原，南沉群山"。就是说，河伯觉得自己的地盘太小了，为了扩大地盘，他掀起了一场巨大的洪水，几乎把整个大荒都给淹没了。

可是，河伯忘记了当时的大荒大地是后土的地盘，自己一门心思搞开发，却侵犯了后土的利益。后土当然不能答应了，于是后土也开始搞起了不合法扩张，利用群山疯狂堵截河流。结果可想而知，整个大荒都乱套了。

这两个神明没完没了地搞事情，其他神明也不乐意了。烛九阴卷着不周山准备跑路，刑天磨着斧子准备给他俩点颜色瞧瞧，远居北冥的玄冥准备空投大杀器，眼看着世界就要毁灭了。后土和河伯也慌了，这时候就有明白人给他们出了个主意，那就是去找东王公来调解。

说实话，东王公在接过这个光荣而伟大的使命时，是一百个不乐意。毕竟，万一没调解好，自己岂不是成了大荒崩毁的罪人了。可是眼看着后土和河伯两个神明以死相逼，东王公这个大荒居委会主任也只能是赶鸭子上架了。

然而，等东王公了解了具体情况后，也挺为难的。虽然后土和河伯现在有心和好，但是有个前提条件，那就是东王公得想个办法让两个人都不吃亏。一听这话，东王公就犯难了，可再转念一想，东王公居然真的想到了一个馊主意。

在东王公看来，这俩人纯粹就是闲的，要是给他们找点正事干，自然就能让他们消停下来。这次后土和河伯提议要让东王公给他们划分地盘，正好给了东王公一个好机会。于是，东王公告诉后土和河伯，既然他们都觉得对方往常占据的地盘过大，那正好两个人干脆平均分配吧。

具体的分配方法在《奇闻录》之中就有记载。按书上的说法，"后土共河伯而分山水，凡有一山，则有一河，凡有一丘，则有一泉，凡有一沟，则有一溪，如此，山水相依，谓之河川地理"。不得不说，东王公干别的不行，和稀泥真是一把好手。

后土和河伯这两个大老粗一时间也想不到哪里不对，反而觉得这个主意真的是精妙绝伦。当下他们就拜别了东王公，回去讨论具体执行方案了。之后的数千年时光，两个人都兢兢业业地搞建设，再也没了搞事情的念头。就这样，一场风波悄然而逝。后土和河伯两个对头也在亲密无间的配合之中，慢慢成了朋友。

之后，后土和河伯为了感激东王公对他们的帮助，就决定为东王公赞助一个办公地点，并且告诉东王公，大荒名山名水任他选择。前面我们说过，东王公在大荒飘荡了好多年，算是个资深的流浪汉，但是这不意味着东王公就不希望能有个自己的家。事实上，在多年的流浪生涯中，东王公见识到了各种各样的豪华住宅，早就有心置办产业了。这次后土的礼物算是送到东王公的心坎上了。而且，经过多年的辛苦工作，东王公的名声越来越大，业务也随之兴盛起来，找他办事的客户越来越高端，因此，东王公急需一个上档次的办公地点。所以，本着添房置业一步到位的原则，东王公向后土提出，自己没有别的要求，唯一一个要求就是房子一定要大。

这个要求对后土来说根本不是事儿，可选的地方实在太多了。但是为了能表达自己的感激之情，后土还是在精挑细选之后，将绵延万里有余，有着百样奇珍汇聚、千种瑞兽生长的昆仑山送给了东王公，而东王公也表示非常满意。可以说，这次朋友之间的礼尚往来，气氛相当愉快。

可等东王公正式入住昆仑之后发现了一个尴尬的问题，那就

| **爆笑吧！上古诸神来了：一方山海中的神话故事**

是昆仑实在太大了。许多客户在前来访问东王公的时候，走着走着就迷路了。更让东王公觉得难过的是，因为访问东王公的难度过高，所以越来越多的大荒群众开始选择向别的神明求助。换句话说，东王公的人气下跌了。

万分惆怅的东王公痛定思痛之后，觉得还是事业更加重要一点。为了能贴近民众，东王公从昆仑正中，搬到了靠近昆仑外围的昆仑东侧，并将大椿树移到了那里作为地标建筑，还在昆仑之外的山壁上刻画了进入东昆仑的路线图。

可即便如此，东王公也只是改善了自己的居住环境，并没能挽回损失的人气。为了拯救自己的事业，东王公决定在东昆仑举办一场盛大的活动，以此来吸引整个大荒的注意力。那么东王公到底要举办什么活动呢？

东王公倒霉的高光时刻

人生最郁闷的事情，莫过于在自己的高光时刻，惨遭意外。而更痛苦的事情，则是在自己最尴尬的时刻，不仅围观群众太多，而且还让肇事者成功逃逸。很不幸的是，这两件事情都让东王公遇到了。这事要从东王公迁居东昆仑说起。

话说，自从东王公搬到东昆仑之后，为了提高自己的服务质量，很多年以来，东王公都在一心一意搞基建。他不仅修起了东皇宫，还给东昆仑添置了无数奇花异草，甚至就连东昆仑的山路，都是他一个人独自开辟的。可以说，东王公靠着一己之力，硬是把东昆仑打理得井井有条。

但是只有办公地点是不够的。作为一个事业心很强的神明，东王公为什么修整西昆仑？那当然是为了有客户啊。可是在沉寂许久之后，东王公的人气已经大不如前了。再加上东王公的事迹让当时很多神明受到了启发，大家纷纷效仿东王公，自发地帮助大荒生灵解决问题，搞得市场竞争异常激烈。慢慢地，东王公调解达人的美名还真没什么人记得了。

为了摆脱困境，东王公痛定思痛之后认为，还是要把招牌打出去才行。当时的大荒既没有广告商，也没有什么自媒体平台，想引流就只能靠自己想办法了。东王公不愧是大荒第一机灵神，经过一番缜密的思考之后，他还真想出了一个办法。至于这个办法是什么，就得从这些年东王公攒下的家当说起了。

大家应该都记得，东王公曾拿着大椿树的树叶四处发放，就是在这个过程中，许多神明都会回礼以示感激。其中的许多宝物都是大荒独一份的。比如地下河之主大蟹赠予的抗水珠，可以让不会游泳的人漂浮在水上而不沉；又比如贪欲之神幽嗣赠予的聚宝盆，只要持有者能付出相应的代价，放什么进去都能无限复制；再比如说四季之神泰逢赠予的观天盆，可以预报天气。

除了这些神明之外，还有许多神兽或者人族部落，也都为感谢东王公帮助他们调解矛盾而献上了供奉。可以说，如今的东王公相当阔气，而也就是这份豪横的家产给了东王公灵感。

据《东公奇说》记载，"东王公富有天下奇珍，于昆仑之东，开辟一城，凡有所求者，入其内，必不空手而归"。换句话说就是，东王公这儿只有你想不到的，没有你找不到的，东王公自己也是这么觉得的。所以，东王公决定在东昆仑举办一场盛大的拍卖会，以此来吸引整个大荒的目光。

不得不说，东王公这些年当居委会主任的经历给他带来了庞大的人脉关系，还有很好的人缘。在他的邀请下，大荒的诸多神明，除了特殊情况来不了的，几乎全部到场了。这些神明有钱的捧个钱场，没钱的也会捧个人场，整个拍卖会的现场气氛是相当热烈的。

除了气氛热烈之外，许多神明也从拍卖会上得到了不菲的收获。有句话说得好，只有放错地方的资源，没有无用的垃圾。很多在别的神明那里毫无用处的东西，说不定对另一个神明来说就是无上珍宝。比如，后土就在这里用凝土和破坏之神不庭换取了他后来用来梳理群山的手杖。

到此，这场拍卖会的面子、里子都有了，可以说是完美落幕了。为了庆祝此次活动圆满结束，也捎带着给东王公庆祝乔迁之喜，大家决定举办一场盛大的宴会。可以想一下，一群平时很少有机会参加群体活动的神明突然要开个派对，那肯定是怎么高兴怎么来。于是，在匆忙准备一番之后，大荒首届名人会正式召开了。

此次聚会，表演嘉宾是天女、巫山神女以及羲和、常羲组成的歌舞团，提供食物和酒水的是炼药之神丹穴，负责音乐的是风伯雨师，负责光效的则是太阳星主帝俊。总之，用《古神经》之中的一句话来说，就是群神聚宴，永乐极欢。

联谊会嘉宾都永乐极欢了，宴会的主人东王公就更别提了。此时的他乐得别说找不到北了，连左右都快分不清了。可想而知，连续举办两场如此高规格聚会的东昆仑在往后的数千年时光里都会是大家议论的焦点，东王公有点飘飘然也是可以理解的。

但是，就在这东王公的高光时刻，却有个不识趣的不速之客闯了进来。这位来者鸟足龙首，鹿角蛇鳞，牛鬃鱼鳍，身体修长，表情嚣张。是不是听起来有点耳熟？没错，来的正是大荒一代街头小霸王，不周山古惑仔天团带头大哥，烛九阴的大儿子祖龙。

祖龙听说在自己家附近有人开宴会，却没邀请自己，感觉有点被冒犯了。于是他带着小弟，怒气冲冲地闯入东昆仑，一路上打砸抢烧，何止是气焰嚣张，简直就是无法无天。而且，这小子完全不看看自己撒野的是个什么地方，就直接自报家门，扬言自己的老子是烛九阴，自己这次过来，就是来收保护费的。

当然，祖龙的这种行为大概就相当于抢银行的碰到警察发工资——基本等同于找死。还没等别的神明反应过来，干戈之神刑天随手把身边的斧子一丢，祖龙手下的炮灰们就集体牺牲了。

这下，祖龙吓得脸色都变了，扭头就跑。当时宴会在座的神明都和烛九阴交情不浅，也不愿意为难这个小字辈，这才让祖龙得以脱身。可是这场好好的宴会实在是办不下去了，等所有神明离开后，东王公越想越气，于是决定前往不周山见见烛九阴，顺便向他打一下祖龙的小报告。可是东王公不知道的是，如今的烛九阴已经陷入了沉睡中。他的小报告还能起作用吗？

| **爆笑吧！上古诸神来了：一方山海中的神话故事**

东王公暴打烛龙五子

被狠狠教训的悲惨祖龙

祖龙这次显然是有点坑爹了，他大闹东王公宴会之后，自知闯了祸，于是逃回了不周山，躲在自己的五河里不敢出来。而东王公已经到了不周山，准备去告状了。可是等东王公真的到了不周山的时候才知道，烛九阴已经沉睡不醒了。为了给自己讨个公道，顺便出口恶气，东王公决定亲自修理祖龙。东王公这个非战斗系神明到底要怎样才能修理祖龙呢？这要从东王公离开不周山说起。

离开了不周山的东王公怎么想怎么郁闷，自己好好的庆功宴开到一半，竟然被个不长眼的家伙给搅和了。这个家伙竟然还是自己老朋友的儿子，有心找家长，偏偏赶上人家不方便。可要是自己一点儿表示都没有，那以后谁还拿自己当回事？于是，为了给自己挣回面子，东王公决定派出自己手下的天字号第一杀手防风氏，去敲打祖龙。

说起防风氏，就不得不提一下上古时期的巨人族。《古怪闲谈》上说，"古时有巨人，或神人之后，或机缘巧变，或受仙神所引，所成虽不同，皆体貌过人，有非凡之能"。就是说，巨人这个种族，成分很复杂，有各种各样的出身。比如，夸父就是天生的巨人，他爷爷是后土，属于根红苗正的神三代。又比如说，龙伯人原本只是普通的人族，但是因为某些特殊原因，受神明钟爱，帮他们做了改造，被强行变成了巨人。

防风氏属于后天形成的那种，可能是吃了什么不该吃的东西，也可能是晒太阳进化出了光合作用，还有可能是青春期发育不正常。具体原因可能连防风氏自己也搞不清楚，总之他变异了。

防风氏本来是个没落小部落的首领，自从变异之后，这家伙不仅力气大增，还额生肉角，双目能视千里，就连体型也变得越来越大。根据《左氏博义》上的说法，防风氏身横九亩。这是什么概念呢？就是说，他睡觉的时候，需要一张六千平方米的大床，才能勉强舒展身体。

长成这样，别的不说，就是吓也能把人吓死。所以，防风氏很快就被驱逐出了自己的部落。防风氏变异之后，饭量奇大无比，日食一山，夜饮一河。就这个饭量，小部落哪能养得起呀。

当然了，防风氏没把这事放在心里，他自觉有手有脚，正值壮年，总不能连口饭也混不上吧。实际上，他真的没混上一口饱饭。没办法，虽然不少神明都对养打手这种事情很感兴趣，可是防风氏这种类型的他们确实养不起。于是，此后的数千年里，防风氏这条老鱿鱼被无数东家炒来炒去，却始终没能安定下来，直到他遇到了东王公。

东王公专业调解，身家豪横，但是战斗力却很弱，极其缺乏安全感，和战斗力强悍、饭量同样强悍的防风氏那简直是天作之合。这二人一见面，就相见恨晚。再之后，防风氏就随着东王公在东昆仑落了户。

按理说，吃喝不愁的防风氏应该是幸福感爆棚的。可事实上，防风氏心里一直有一个过不去的坎，那就是东王公人缘实在太好了，居然连个仇家都没有。多年以来，他行走大荒，却一次人身危机都没遇到过，搞得自己的价值根本体现不出来。在外人看来，自己简直就是个吃闲饭的。为了改变这种局面，防风氏几乎每天都要在昆仑山巡视一遍，希望找到一个凸显自己价值的机会。但是万万没想到，就在他巡山离开东昆仑的档口，祖龙就闯了进来。

对防风氏来说，这就是机会啊。所以，当东王公把讨伐祖龙的任务交给他的时候，防风氏的心里竟然还有点小兴奋。不过，

　爆笑吧！上古诸神来了：一方山海中的神话故事

冷静下来之后，防风氏又觉得自己可能有点高兴得太早了。因为他和东王公都忘了一件事情，那就是防风氏天生拒水。什么意思呢？就是说所有的水都很排斥防风氏，具体就表现在，防风氏可以踏水而行，下大雨不撑伞也不会湿身。这样的话，防风氏显然拿居住在水底的祖龙就没什么办法了，毕竟他下不去水呀。好在随后东王公想起了当初河伯送给自己的一件礼物。

据《百宝奇珍集》记载，"上古有蟾，其色赤金，额生三目，顶上带角，大如车轮，腹胀如鼓，声若雷鸣，可壮山河之色"。这就是说，金蟾气足声音大，叫声持久不环保，还扰邻。

自从防风氏把这只金蟾放在五河边上后，祖龙就感觉世界末日降临了。一阵阵魔音灌脑，没日没夜，没明没黑，才区区三年，祖龙就扛不住了，红着眼睛，带着小弟，从灞水之中走出来，要和防风氏一决生死。

当时的场面可真是太热闹了。在防风氏这个体型的巨人手里，祖龙和一条花绳基本没有什么区别，被结结实实地教训了一顿。

可祖龙不愧是职业混混，充分发扬了这个行当打不死、锤不烂、不要脸的特性，都快被揍得不成样了，还一个劲地叫唤，说自己的几个兄弟会给自己报仇的。

东王公听祖龙说他的几个兄弟比他还混账，当下就寻思，一只羊也是赶，两只羊也是放，干脆就把烛九阴这几个不成器的孩子一次性给收拾了。

智商不太够用的呆呆蜓蛇

"人在家中坐，祸从天上来"，蜓蛇哪能想得到，自己竟然被亲大哥给坑了。不得不说，祖龙真的是个祸害。在他的叫嚣下，东王公下定了决心，必须把烛九阴这几个不成器的孩子全都管教起来。而他选择的第二个目标正是收藏家蜓蛇。可是东王公要怎么管教蜓蛇呢？这得从东王公拜访后土说起。

说起来，蜓蛇已经在大荒之中兴风作浪有一段时间了，作为大荒地产大亨，后土自然不会一点动静都没察觉到。可是后土也挺为难的，毕竟他和烛九阴的关系是相当亲密的，自己动手替老朋友教育儿子，绝对属于以大欺小。所以，后土对蜓蛇偷山的行为，只好睁一只眼闭一只眼了。

可后土的做法在某种程度上助长了蜓蛇的嚣张气焰。蜓蛇完全不管后土怎么想，他只知道自己搬山这么久都没人管，就说明自己的行为绝对是合情合理又合法的。于是，他挖后土墙脚的速度就越来越快了，而随着一座座大山被蜓蛇打包带走，大荒的诸多居民可就遭殃了。这事要从大荒凶兽的种类和习性说起。

按照祸害程度，我们可以把凶兽这个群体大致分成三个档次。最低档的为温顺型，这个群体主要由蠪（lóng）侄、九尾狐之类的食人族组成。他们的主要爱好就是吃人，往往没什么特别大的本事，最多也就是会个催眠术而已。

中档这波的成员就稍微上点档次了，其中有穷奇、饕餮、梼杌之流。他们或是能吞山河，或是力大无穷，或是擅长恐怖袭击，杀伤力和战斗力明显比上一类强了不止一个段位，所以称他们为战斗型。

最恐怖的就是最后一档天灾级，这个级别的下限是行云布雨，上限就没有了。比如蜚，用《山海经》上的话来说，就是"行水则竭，行草则死，见则天下大疫"。就是说，这是一只走到哪儿哪儿就遭殃的神兽。这么一说，大家就知道上古时候的居民的生活是怎样水深火热了。

当然，原本受限于自然条件，这些凶兽是无法轻易离开自己的老家的，也算不上大荒之中的主流灾害。可自从蜓蛇负山而行之后，他们的活动范围开始扩散到了整个大荒，各种天灾人祸随着蜓蛇的行进路线降临，把一路上的大荒居民折腾得求生不得，求死不能。

东王公一路走来，关于蜓蛇的各种凶残传闻灌满了他的耳朵，他要为大荒除害的念头自然也就更加坚定起来。他明白，自己这次绝对是站在正义这边的。不过，东王公更明白的是，如今的蜓

蛇绝对不是自己能对付的了的。所以，本着敌人的敌人就是朋友的原则，东王公拜会了最受蜒蛇祸害的后土。

为什么说后土最受蜒蛇的祸害呢？很简单，因为蜒蛇侵害了坐地户们的利益，导致越来越多的山神跑来和后土诉苦。后土每天不胜其烦，早就想出山亲自收拾这个祸害了。所以，在和东王公碰面之后，两位神明一拍即合，当下就开始讨论如何才能以最小的代价把蜒蛇捉拿归案。

两位神明非常清楚，如今的蜒蛇就是一座行走的武器库，万一逼得他自爆，搞同归于尽那一套，恐怕大荒就得出大乱子了。因此，要想解决蜒蛇，必须先把依附于他的那些小弟清理干净，为此，后土提出了一个可行建议，那就是把蜒蛇引到神桃山去。

神桃山绝对是大荒中很特别的存在。说是山，其实是树，就是我们前面说过的五大神木之一，因为体积惊人，才被人叫作神桃山。这大概是大荒之中唯一不归后土所有的山了，他的主人是两位神明，分别叫神荼和郁垒。

据《论衡·订鬼》记载，"沧海之中，有度朔之山，上有大桃木，其屈蟠三千里，其枝间东北曰鬼门，万鬼所出入也"。说白了，这就是在玄冥创造冥界之前，大荒所有鬼的住宅。后土之所以选择将这里作为讨伐蜒蛇的战场，也是经过深思熟虑的。

一方面，后土和神荼、郁垒的关系很好；另一方面，就是因为大荒之中鬼这种生灵的特殊性了。大荒之中的鬼与我们平时说的鬼不同，准确来说他们应该是天地之间生成的精灵。比如依附草木而生的木鬼，在山石之中诞生的石灵，这些才是大荒民众认可的鬼。他们天生地长，没有固定的形态，往往根据自己的想法为自己塑造外形。不过，不管什么鬼，都有一个共同的特性，那就是不畏惧灾害，也不会死亡。可以说，鬼正是蜒蛇的克星。

有了主意后，后土就和东王公一起拜见了神荼、郁垒两位神明。这两位神明都嫉恶如仇，对付蜒蛇这种山匪恶霸，本来就是他们的日常娱乐活动，所以答应得相当爽快。约定好了日期之后，东王公就去引诱蜒蛇了。

说实话，那根本不能算引诱，因为东王公变成了一个糟老头子，然后跑到了蜒蛇的面前，说自己知道有一处独一无二的宝山。于是，蜒蛇就兴冲冲地跟着东王公全程冲刺来到了神桃山。

之后，完全就是一场碾压式混战，三五个回合，蜒蛇就认怂了。但蜒蛇认怂也不代表他可以不接受惩罚。就在蜒蛇被关押在了后土的成都载天山之后，东王公看到月亮好像要从天上落下来了，把东王公吓得够呛。紧接着，没多大一会儿，月亮又重新升到了天上。这是这么回事呢？

屼凤的悲惨生活

做人不能太出格，这话放在神明身上也是一样的。比如说屼凤，也不知道她的脑子里到底在想什么，居然要把太阴星从天上拉下来，这下可把大荒的生灵给吓坏了，顺便把东王公的注意力给吸引了过来。东王公正愁找不到屼凤呢，却没想到她自己竟然先暴露了。就在东王公准备想办法收拾屼凤的时候，却发现有人已经抢先一步了。到底发生了什么事情呢？这还要从东王公的一位老朋友说起。

东王公的这位老朋友不是别人，正是太阴星的主人常羲。据《月华录》记载，"常羲居太阴星上，司月相更变，掌历法更新，是太阴女神"。就是说，这位神明专门掌管历法，是天下最美丽的女神。

有人可能表示反对，认为最美丽的女神应该是嫦娥，怎么说呢？对也不对，因为常羲就是嫦娥的母亲。关于这一点，我们得从帝俊的家庭关系说起。天帝帝俊有两个妻子，一个是羲和，一个是常羲。帝俊和羲和生下了十只金乌，也就是后来祸害大荒的十个太阳，而和常羲生下了嫦娥和十二月。其中嫦娥又长得最像常羲，所以说嫦娥是天下第一美人也没错。常羲是住在天上的，之所以常羲的名头没有嫦娥响亮，那也是有原因的。

当初，常羲诞生于太阴星的月桂树上，数十万年都过着清冷寂寞、与世无争的生活，一心一意维持着月桂树的生长，顺便也管理太阴星的运转。但是正如《神雕侠侣》中的小龙女一样，她也遇到了一个命中注定的男人，也就是她后来的丈夫帝俊。

帝俊和常羲一样，也是星辰之主，只不过他管理的是太阳星。这是个闲差，因为太阳星是万光之源，永升不落，所以帝俊基本没什么需要搞维护的地方。作为一个托管型星辰管理者，帝俊自然有大把时间陪伴在常羲左右。

有大把的闲工夫，再加上脸皮颇厚，帝俊什么手段都用得出来。没多久，常羲就芳心沦陷，走上了恋爱这条路。

情侣外出游玩是必须有的项目，神明也是一样的。在帝俊的邀请下，常羲离开了域外星空，和帝俊一起游历大荒。一路上常羲不知道迷倒了多少男神，可常羲心志坚定，专情独一，始终和帝俊甜蜜恩爱，这让帝俊很是感动。为了回报常羲的心意，帝俊决定回太阳星去和常羲结婚，组建一个家庭。

可帝俊没想到的是，当他回到了太阳星之后，一个大大的惊喜在等着他。这个惊喜就是另外一位女神，她的名字叫羲和，来历相当神秘。之所以用神秘这个词，就要看《历阳书》上的记载了。书中说，"昔有扶桑之木，落于汤谷之中，其上居神女，名曰羲和"。就是说，一根不知道从哪儿来的扶桑木，不知道怎么就落在了太阳上，然后诞生了一位叫羲和的女神。她应该算是神话史上出身记载最模糊的神明了。

羲和出生的时候，帝俊还在外面游山玩水，所以她就把太阳星当成了自己的家。她用太阳星上的石头建起了宫殿，用扶桑木的树叶在太阳星上种出了无数火焰一般的奇花异草，还利用闲暇时间，在星空中收集神兽，豢养在太阳星上。几百年的时间，太阳星就焕然一新，变得生机勃勃了。

等帝俊回来一看，自己家里居然来了个田螺姑娘，好神奇。可常羲就有点崩溃了，因为早前的时候，帝俊也没说自己家里已经有人了。现在发现后，一方面她对帝俊深表痛恨，可另一方面几千年的感情也不是说放下就能放下的。

帝俊心思细腻，一看常羲生气了，就知道她心里是怎么想的。

为了表示自己的清白，帝俊就质问羲和是从哪里来的。等羲和解释清楚之后，帝俊有点傻眼了，自己外出游玩，老家就丢了，那自己拿什么娶常羲呢？

帝俊、常羲不高兴，羲和心里也不爽，自己辛辛苦苦打理的家业竟然是别人的房子，那自己这些年的付出算什么呢？三个神明都陷入了愁苦之中，就在这个时候，天真的羲和提出了一个疑问：难道不可以三个人一起成家吗？

帝俊一听这个办法不错，之后，这三个人还真的一起结了婚。此后，作为一个封建家庭的女神，常羲把大部分时间都用来照顾自己的孩子，处理太阴星日常运转事务，以及与羲和争宠，这就导致常羲基本没什么时间外出玩耍。时间一长，她对大荒生灵而言，就成了一个存在于前辈口中的传说，见过她的都没几个，美不美就更没人知道了。

说完了常羲的来历，就得说一说屼凤了。说实话，其实屼凤这次栽得真不冤。因为屼凤虽然碰巧遇到了常羲外出的时机，却忽略了一件至关重要的事情，那就是太阴星对常羲到底意味着什么，或者说太阴星上到底有什么东西。

常羲有两大工作，维护太阴星运转以及与羲和争宠。这就不可避免地会出现一个问题，那就是常羲日常工作的时候，大多数时间需要待在太阴星上，放在后宫剧里，就相当进了冷宫的小主，还怎么和别人斗。所以，自从常羲的大女儿嫦娥出生之后，大多数时间，常羲都是将这些工作交给嫦娥去完成，而她自己一般都待在太阳星上，陪着帝俊。

屼凤偷走太阴星的时候，连同嫦娥也被带走了。女本柔弱，为母则刚。自己的孩子都被人拐走了，当妈的那还不得拼了命。屼凤还没到达大荒外围时，就已经被常羲追上了，屼凤的下场可想而知。总之，最后要不是东王公靠着当年卖保健品时候和常羲建立的交情，把屼凤赎了出来，恐怕屼凤连改正错误的机会都没了。

不过这次事件也算给了屼凤一个教训，让她长了长记性。在

被东王公赎回来之后，她就乖乖地待在东昆仑等待发落。而东王公也可以腾出手来，继续去寻找烛九阴的另外两个孩子了。这次，东王公几乎没费吹灰之力就成功锁定了目标。

差点被撑死的溟鱼

如果非要问东王公的管教之旅中，烛家最好抓的是哪个，那根本不用想，绝对是溟鱼。相比另外几个兄弟姐妹，溟鱼这个家伙简直是自带坐标。前面我们提到过，溟鱼正在东海，准备将大荒九州五部之中的东极之地一口吞下。那张撑开天地的巨口差点把大荒众生直接吓死了。为什么大家这么害怕呢？这个我们得先从大荒的九州五部说起。

上古时期，人们为了生活方便，也为了确定地盘，对大荒地理格局做了明确的划分。据《古原图录》记载，"上古分合地理，天圆地方，依天地五州八荒而定，外分四洲，内合八荒，上有苍穹，下有渊域，四海围之，群屿拱绕，记以九州五部"。接下来，我们重点介绍一下五部。

所谓五部，就是比邻西海的极西荒地，靠近南海的归墟群屿，位于最北边的北极冰原，位于东海海边的东庭巨岛，以及在大荒中心的不周山。严格意义上，不周山是不能算作大荒的一部分的，因为它的高度早就超出了大荒大陆的涵盖范围。

当然了，也不是单纯的高度问题，真正让不周山被划为五部之一的重要因素，是五部具有承载天地的功能。换句话说，五部其实就是五根天柱的所在地，所以又被称为承天五部。

因此，大家怕的不是溟鱼嘴大，而是它下口的地方实在太要命了。他这一顿饭眼看着连天都要吃塌了，但凡有常识的，都不会无动于衷。更何况，此时的东庭巨岛还有一位女神在这里定居。

这位女神就是九天玄女，也就是后来在西王母手下打工，做过黄帝老师的那位女神。此时，她还是一位性格单纯、无忧无虑、专心研究黑科技的小女神。她的日常就是搞搞兵器锻造技术革新之类的工作，像青铜技术、木器技术等，都是九天玄

女的重点项目。

数千年的时间里，九天玄女背靠矿产丰富、物资充盈的东极之地，研究出了无数帮助人们改善生活，保卫自身财产安全的实用型产品。她的朋友们将这些产品传遍大荒，使她赢得了无数人的好评，所以九天玄女成了大荒之中最大的军火商人。

但是东极之地地广人稀，加上九天玄女的中立姿态，使得九天玄女生活得过于安逸。严重缺乏危机意识的她竟然在坐拥无数军火的情况下，眼睁睁看着溟鱼花了五百年时间，一口吞下了五分之一的东庭巨岛。之后，地动山摇、海水倒灌的灾难场面终于让九天玄女意识到，眼前这个又一次张开大嘴准备继续开饭的货是来砸场子的。

严格意义上来说，九天玄女应该算是战斗系神明，真的放开手脚和溟鱼大干一场，赢面是很大的。可向来没见过大场面的她，胆子着实不大，连尝试反抗的念头都没冒出来，就匆匆忙忙向着大荒内陆逃命去了。这就给了溟鱼继续用餐的机会。

逃往内陆的九天玄女在路上碰到了东王公。说是路上，其实不太准确，因为九天玄女碰到东王公的具体位置大概是东昆仑向东一万两千里的地方，距离最近的地标建筑是不周山。

为什么东王公连不周山都没过呢？答案很简单，东王公天性懒惰闲散，对他而言，最艰苦的运动就是走路，最为难的事情就是吃饭，连呼吸都是一种体力上的考验。这是可以理解的，毕竟他一天中要经历幼少青壮中老年各个阶段，这些日子为了管教烛九阴的几个孩子，每天都匆匆忙忙的，自觉生活节奏都被打乱了。所以，在抓住鳦凤之后，他偷懒养个生，也是情理之中的事情。

其实，东王公发现溟鱼之后，第一时间就出发了。但是大荒广大，东王公徒步前行，行动速度根本快不起来，任他心急如火，速度却缓慢似龟。要不是九天玄女知道他要前往东海收拾溟鱼之后，用自己的战车将他送到了东海海滨，东王公还不定哪年才能见到溟鱼呢。

不管怎么说，东王公好歹在溟鱼第二口咬下来之前赶到了东

海。然后，东王公也想逃了，没办法，来得太匆忙，连个帮手都没找到。要知道，降服烛九阴的前几个孩子时，东王公的主要手段就是找打手，这次自己上，他心里一点底也没有。就在这个时候，东海海神禺虢主动迎了上来。

说实话，自从溟鱼开始吞州行动之后，禺虢就深感酗酒真的不是一个好习惯，但凡有别的法子，他也不能忽悠溟鱼干这件事。酒醒之后，禺虢对溟鱼劝了又劝，就是劝不动饿昏了头的溟鱼。所以，看见东王公这位调解达人莅临东海时，禺虢举双手双脚表示欢迎。在简单给东王公介绍过基本情况之后，禺虢就眼巴巴地等着东王公解决问题了。

东王公听说溟鱼是因为太饿才想要吞下东庭巨岛之后，明显松了一口气，别的问题不好办，能吃对东王公来说就不算什么大事了。当下，东王公随手掏出了几粒种子，用自己的鲜血淋在上面，之后向九天玄女要来了一副弹弓，对准溟鱼的大口就射了过去。而这个时候，溟鱼的巨口也正在慢慢合上。

要知道东王公吹一口气就能让万物滋长，他的气都有如此功效，那血液就更有神效了。被东王公鲜血滋润的几粒种子在半空之中就开始发芽，落入溟鱼嘴里的时候，已经有小山大小，进入溟鱼的胃里后也完全没有被消化的迹象，反而继续茁壮生长。

溟鱼是什么感觉呢？老实说，在种子落入口中的时候，溟鱼并没有及时发现它们。可是没多久，溟鱼突然觉得，自己有生以来，竟然第一次有了饱腹的感觉。不仅是饱，似乎还有点儿撑，溟鱼竟然吐了，正好把吞入口中的神农氏给吐了出来。

至此，神农氏的口腔一日游算是宣告结束了，之后神农氏趁着谁都没注意到自己，架着小船，悄悄地继续向着连山行进，避免自己的糗事被人发现而感到尴尬。

不过神农氏获救，溟鱼吃饱，都改变不了东极之地损失惨重的事实。虽然现在东庭巨岛还保留了大半的陆地，但是因为地壳运动的关系，撑天的天柱已经严重倾斜，大荒大陆开始慢慢变成西高东低的地理局势。

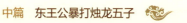

溟鱼饿劲一过，也恢复了理智，知道自己闯了大祸的同时，也舍不得离开东王公这位投喂员了。他干脆摆出一副一人做事一人当的姿态，竟然赖上了东王公。此时，烛九阴就只剩下一子在外了，东王公觉得，为了回避风险，还是尽快将他捉拿归案的好。

大荒杀虫小能手

眼看着四个孩子已经团聚了，东王公又怎么会放着嬴虫独自逍遥在外呢？但是，如今的嬴虫可不是好对付的，他的手下太多了。东王公一时半会也不知道该怎么办，只好先赶往十万大山，看看情况到底如何。东王公能顺利把嬴虫拿下吗？这要从嬴虫得知东王公的消息开始说起了。

嬴虫很愁，他是真的很愁。自从他占据了十万大山之后，已经成为一个家中有屋又有田的地主了，小日子过得别提多美了。可随着东王公一路上把它的几个兄弟姐妹给教训了之后，嬴虫就知道自己恐怕是没多久好日子过了。果不其然，东王公在收拾完溟鱼之后，一路向西直奔十万大山而来。眼看着东王公就是来收拾自己的，嬴虫的心态有点崩了。

但是嬴虫毕竟见惯了大风大浪，也是能经得起挫折的。经过一番考虑后，嬴虫决定以弱示敌。根据《幽草奇缘》记载，"东王公西至荒岭，岭中之虫皆善"。意思就是说，东王公到达十万大山之后，完全没看出嬴虫是个雄霸一方的大佬，反而感觉这里的虫子都很热情，与人为善。

看着嬴虫这么乖，东王公也就不好意思上来就喊打喊杀了，反而很亲切地和嬴虫交流了这么多年来嬴虫艰难的生活经历。不得不说，第一印象太重要了。在嬴虫的曲意逢迎之下，东王公竟然觉得嬴虫这小子还不错，比他那几个兄弟姐妹强了不止一万倍。可惜的是，嬴虫比他的兄长们奸诈了一万倍不止。

眼看着东王公越来越相信自己，嬴虫的狰狞面目终于露了出来。他利用东王公的信任，将东王公引诱到了十万大山的深处，然后利用自己不计其数的手下，把东王公软禁了起来。东王公这下可就傻眼了，他压根没想过会有这一出啊。

东王公被软禁了不要紧，起码没有生命危险，可外面的那些和嬴虫正准备大决战的联军就傻眼了。没想到，大荒大神居然都被嬴虫收拾了，那自己这些人还有活路吗？大家惴惴不安之中，一位勇士站了出来，他的名字叫陆吾，就是后来和西王母耍无赖的那个家伙。这时陆吾住在昆仑支脉，严格意义上来说，他还算东王公的手下。眼见老大扑了街，当下他就急急忙忙跑回东昆仑找防风氏求援去了。

好在防风氏真的很给力，仗着自己皮糙肉厚，硬是从十万大山深处把东王公给救了出来。这次东王公的沦陷让嬴虫斗志满满，于是一场大决战就这么稀里糊涂地爆发了。

一场大战过后，嬴虫部下死伤无数，联盟军的伤亡则更惨烈。虽然有防风氏的加入，但好像完全没用。面对无穷无尽、铺天盖地的虫害，防风氏充其量就是个"苍蝇拍"，还是破了好几个大洞的"苍蝇拍"。没办法，东王公最后只能催生出无数参天巨木作为屏障，这才勉强维持住了局面。

但是只有千日做贼，哪有千日防贼的道理。嬴虫手底下有的是能打能拼还能吃的小弟，他们把东王公竖起的千里林原当成厨房，就地开饭。东王公这个大厨做得还没他们吃得快。一时之间，东王公都没了办法，只好让陆吾去自己的老朋友幽嗣那里求援。

大家可能不太熟悉幽嗣，但是说起饕餮，大家肯定就很熟悉了。幽嗣正是创造饕餮的神明，他的神职是贪欲之神，来历要从盘古开天辟地说起。

据说，盘古撑开天地的时候，胃中饥饿不止，就将鸿蒙巨蛋的碎片当作干粮，吞入腹中。可是没想到他越吃越饿，盘古死去后，这股疯狂的饥饿感竟然化成了一颗小蛋。这颗小蛋在盘古的幽门之中孵化出了一尊神明，也就是幽嗣。

因为幽嗣是盘古的饥饿感所化，所以他秉性正直，同时又贪婪无比。为了防止幽嗣堕落，大荒众神一致决定就让他来处理大荒所有的污秽之物，一方面这些东西总是要有神明来处理的，另一方面则是其他神明不像幽嗣那么生冷不忌，什么都想要。

这个建议不仅得到了全体神明的认可，就连幽嗣本人也没什么意见。于是，在一片祥和的氛围之中，幽嗣正式就任大荒垃圾处理站站长。而东王公之所以要让陆吾向他求助，也是因为幽嗣是他认识的唯一一个擅长处理垃圾的神明。东王公觉得，虫子和垃圾好像区别也不是很大。

不曾想，陆吾去的完全不是时候，因为此时的幽嗣正在开展十万年一次的大荒垃圾清理计划，根本抽不出时间来支援东王公。可是，幽嗣和东王公毕竟有多年的交情，也知道不是万不得已，东王公不会轻易向自己求援。危难之际，幽嗣突然想到了一个办法。说起来，这个办法还是来自东王公当年的一个建议。

那时候，幽嗣多年辛劳工作，慢慢厌倦了这种枯燥的生活，于是就想搞个垃圾站改革计划来解放自己。所以，他煞费苦心，创造出了一只号称大荒第一工具兽的生灵，也就是我们后世熟知的饕餮。据《凶诡录》记载，"饕餮者，大凶之兽，能吃万物，可十万年无饮食，亦可片刻无休，其腹内中空，口有旋涡，善吸气纳物"。说白了，饕餮就是上古时期的特大号吸尘器，而且还自带垃圾处理系统。

幽嗣琢磨着，虽然没试过，但是从道理上来讲，用吸尘器来吸虫子，好像也没有什么不可以。于是，幽嗣就将饕餮派去十万大山的战场参战去了。说实话，幽嗣这就有点儿不顾饕餮的感受了，他也不考虑一下饕餮的就餐习惯，给饕餮后来的离家出走埋下了伏笔。饕餮真的是发挥出了自己大荒抓虫小能手的作用。在他的帮助下，很快赢虫就成了光杆司令。最后，在联盟军地毯式的搜索下，赢虫终于伏法认罪。至此，烛九阴的五子算是都被东王公摆平了。可是接下来该怎么处置他们，又成了一个新的问题。

烛九阴五子的最终归宿

有人喜欢你，肯定也有人讨厌你，这个道理大家都懂，东王公自然也明白。可是他万万没想到的是，自己在管教烛九阴五子的时候，居然需要和这两种人同时打交道。那么到底是什么原因让东王公不得不直面自己惨淡的人生呢？这个要从东王公向大荒生灵的承诺开始说起。

自从抓住了烛九阴的五子之后，东王公就感觉像做了一场噩梦。原因很简单，大荒广大是没错，可是烛九阴的五个孩子也实在太闹腾了，他们在大荒无数角落留下了自己足迹的同时，还顺带着祸害了当地的居民。当时大家敢怒不敢言，如今东王公出头，那就不一样了。无数生灵找上门来要求得到补偿，同时还想顺便看看这几个家伙究竟是什么下场。

理赔还好说，虽然没完没了，但是架不住东王公是个土豪，在他的一力承担下，几乎每个受害者都得到了满意的补偿。可是这些受害者随后就问东王公，准备如何处罚烛家五子，东王公对此犯难了。老朋友的孩子罚重了不合适，罚轻了又不符合民意，万一引起游行抗议，可就不好了。

最后，为了保证处罚公道，东王公决定把处置权交给自己的好朋友伏羲。不得不说，东王公主动避嫌，移交处置权给第三方绝对是上佳的公关策略，大家很容易就接受了这个方案。当然，这也和伏羲声望很高有关。

据《伏嵬录》记载，"上古有神，善水而居，其名伏羲，定山川格局，立四时变化，世人皆以其言传而处世"。就是说，伏羲喜欢水景别墅，号称大荒第一聪明人，最擅长给人出主意，设计问题的解决方案，和东王公这个大荒第一调解达人正是好搭档。

在东王公看来，把五子交给伏羲，以两位神明多年的默契配合，伏羲肯定不会对烛九阴的儿子下死手。这一点东王公猜得没错，可后来发生的事却让他心情沮丧，情绪萎靡，心灵受创。因为东王公万万没想到，伏羲竟然给他推荐了两个他最不希望见到的人，这两位就是我们前面提过的敧埏和厚厄了。

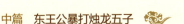

东王公之所以不想见到他们，完全不是因为同行是冤家，主要是因为东王公与他们性格不合，以及一些不太愉快的往事。这段往事要从好几十万年以前说起了，那时候的东王公还是个待业青年，老老实实地在大椿树上虚度春秋。

就是在这段时间，东王公因为看人的眼光不准，犯了个天大的错误，他竟然收留了讹兽。讹兽以诈骗为生，从无败绩，一是他骗术高超，二是他的逃命功夫了得。这次讹兽来东王公这里求收留，就是讹兽又一次成功诈骗之后在跑路。

讹兽这次的诈骗对象到底是谁呢？不是屠厄和黢蜒，而是他们的宠物穷奇和梼杌（táo wù）。这两位本来是看守幽牢的守卫，历来兢兢业业。在他们的看押下，幽牢这个关押了大荒几乎所有重刑犯的监狱多少年来都没有失守过。这两位也因此被评为大荒最强安保人员，本来和讹兽也没什么关系。可没想到，在一个风和日丽、鸟语花香的日子里，屠厄和黢蜒在一次拘捕行动中，将猾裹（huái）给抓了起来。

猾裹是讹兽的老友，更是多年的搭档。他身形像人，浑身长满猪毛，发出的声音就像菜刀剁案板一样难听，额头上还长了个巨大的肉瘤，能发出微微的荧光。看到猾裹的人，会不由自主地听从猾裹的命令。往常讹兽骗人之后，都是由猾裹来迷惑受骗者的心智的。如今猾裹出事了，讹兽心急，一半是因为二人的交情，另一半则是害怕被人报复。因此，无论如何，讹兽是一定要把猾裹救出来的。

然后，穷奇和梼杌就倒霉了。这两位自打出生起就没出过远门，心智之不成熟也就可想而知了。在讹兽一番畅谈人生理想，展望未来大荒，描绘外界美好生活的激情演讲后，这两个家伙不但把讹兽视为知己，还决定离家出走。更过分的是，穷奇和梼杌离开之前，还顺手把幽牢里的犯人都放了出来。用他们的话说，这叫给每个曾经犯过错误的人一次改过自新的机会，一切都是为了自由。

这群重刑犯是自由了，可大荒却翻了天。面对这种局面，黢蜒和屠厄的心情自然好不了。之后很长一段时间，黢蜒和屠厄其他犯人都不管了，每天就是玩命地在整个大荒追捕讹兽，追得讹兽上天无路、入地无门。眼看着他们就快把讹兽抓住了，没想到东王公却横插一脚。

早前馺涏和厚厄就因为东王公和他们抢业务而心怀不满了，这次是新仇旧恨一起算，双方在大椿树上展开了异常激烈的骂战。之后，东王公惨被厚厄和馺涏以正义的名号压倒了气势，还在随后讹兽被捕公开审判的时候被检举，双方就算是结下了梁子。现在，伏羲居然要让东王公去见厚厄和馺涏，按理东王公是不会去见的。可没想到的是，东王公想都没想就答应了下来。

想想也很正常，毕竟冤家宜解不宜结。东王公这种老好人绝对是经营人际关系的高手。虽然很多年前大家确实闹得不太愉快，可是时间过去这么久了，东王公的气早就消了。他一直有心缓和一下关系，只是缺乏合适的机会。这次委托厚厄、馺涏改造烛家五子，正是他和这哥俩和解的最好时机。

就这样，烛家五子被关入了幽牢之中，间或外出劳动，帮助那些被他们祸害的生灵重建家园。而东王公也成功挽回了一段人际关系，一切都很完美。可是东王公的旅程结束了，东昆仑之外的一处地方此时还处在水深火热之中。

神农氏大哥治五瘟

又一次踏上作死之旅的役佚

祸疫的儿子役佚被神农氏在连山当众吊打,好不容易逃了出来,捡回一条小命,却还是不思悔改,又跑到了系昆山一带为非作歹。不得不说,祸疫的这个儿子真是不省心。役佚是怎么跑到系昆山的呢?这得从他离开连山说起。

当初,役佚被神农氏吊打之后,备感屈辱,于是趁着神农氏外出的机会,伙同五瘟神将他炼药的残次品偷了出来。役佚自以为得了宝贝,害怕神农氏回来后会找自己的麻烦,就带着五瘟神一路向北,抵达了蓐(rù)原。

人倒霉了,喝凉水都塞牙缝。役佚好不容易安定下来,却没想到紧接着嬴虫就冒出来了,还在蓐原和西南的百族联军展开了大决战。一场仗打下来,蓐原被搞得寸草不生,眼看着就没法待了。

没办法,役佚只好带着自己的五个小弟继续向北。就是这一趟旅程,让役佚看见希望了,因为他在无意之中发现了一座玉山,也就是鼎鼎大名的系昆山。据《勘古集》记载,“昆仑以西,一山与之相连,其山色白,皆为宝玉,如带横飞,系昆仑之腰,故称系昆山”。系昆山就是一座和昆仑相连的大山,山体就是一块巨大无比的狭长玉石。当然了,光好看没用,关键是这个地方太繁华了。

从地理位置来讲,系昆山虽然位于略显荒凉的大荒西部,但是本身背靠灂水,比邻昆仑,上有乔林,下傍蓐原,算是大荒西

部最宜居的地带。因此，这里吸引了许多生灵前来定居。

抛开别的物种不提，仅仅是人口过百万的大型人族部落就有六个，其他小型部落更是不计其数。而且，此地居民都是些素食主义者，脾气温和，秉性淳朴。他们在拓野、邯值、丹鸟、兔坶（tù mù）、海沣和俞岳这六个部落的带领下，组成了庞大的联盟，和诸多生灵共同占着这片丰饶之地，和谐相处。

为什么役倪在这里就看到希望了呢？因为系昆山是大荒之中仅有的无神之地，也就是说这里没有神明监管。倒不是说本地以前就没有神明，事实上，系昆山的第一任主人还是大荒之中唯一一个几乎可以和烛九阴平起平坐的神明，她的名字叫妪婆。

关于妪婆的记载，大多都是一些故事，很少有什么具体的信息。《玄谈奇书》中写道，"上古妪婆神，形如老妪，遇之则庆"。就是说，上古有位叫妪婆的老太太，只要碰到她，就会变得幸福起来。

具体做法和原理已经说不清楚了，只能讲个故事，大家自己体会。当年黄帝攻打蚩尤，本来就不是势均力敌，偏偏还碰到蚩尤手下有一位邪神。这位邪神的名字叫念忧，很会唱歌，尤其擅长唱悲歌。据说只要这位邪神唱起歌来，闻者伤心，听者落泪。在他的歌声里，人们心里的烦心事和记忆里的各种痛苦都能被翻腾出来。

然后，黄帝就遭殃了。要知道，黄帝带着大军是来打仗的，不是来听演唱会的。可是在念忧的歌声干扰下，黄帝手下的士兵士气之低迷就别提了。总之，黄帝连同自己的手下是越打越没有心劲了，他只能求助自己的老师九天玄女，希望她能给出个主意。九天玄女见多识广，就让黄帝拜访了妪婆，重金礼聘，最后成功求回了一件惊天动地的神器，就是一盏小油灯。

别看这个东西不起眼，功能却很强大。此后，每次黄帝开战，都会点亮油灯。黄帝手下的士兵看到油灯之后，就能回忆起自己经历过的所有美好事物，继而士气大涨，慢慢就恢复了和蚩尤僵持的局面。从那以后，妪婆就被人称为明灯娘娘。

妪婆的本事有很多，而且都和人的幸福感有关系，比如能让人找回自己珍贵的记忆、重要的物品，甚至可以让生者与亡者沟通。总之，妪婆神通广大，前去求见的人也很多。因此，妪婆也有了更多的外号，比如鬼灯婆婆、庆婆、福女等，时间长了，妪婆的本名反而消失在了漫长的岁月中。

　　后来，随着东王公、神农氏、姑射神人等人入驻周边之后，妪婆觉得邻居多了，麻烦也多了。为了让自己的生活清静一点，妪婆远走他方，四处游荡，成了神龙见首不见尾的人物。也是从那时候起，想见妪婆体验幸福，就只能看运气了。

　　不过，虽然妪婆离开了，她的老家却一直都没有神明入驻，一是尊敬妪婆，二是也没有神明愿意夹在一群大佬中间做神，压力太大，所以系昆山一带就成了无神之地。直到役佹这个从没出过大荒西南的土包子出现，才算彻底打破了这里原本的生态平衡。

　　前面说了，役佹天生就是要害人的。系昆山一带的居民脾气温和，在他看来，这等同于战斗力弱，性情淳朴表明他们没有危机意识。此地连个守护神都没有，这摆明了他们就是没有后台。眼看这么好的地方被闲置着，役佹变得心花怒放，靠着一手散播瘟疫的技术，在系昆山各地投毒，搞得系昆山草木枯死、生灵涂炭。

　　役佹这么一闹，六大部落当然不会坐视不理了。可是随着之后数次恐怖袭击的洗礼，六大部落皆是损失惨重、人口凋零。最后，迫于压力，他们不得不向役佹屈服。就这样，役佹靠恐怖统治的手段，硬是奴役了整个系昆山上下的所有生灵，成了当地的土霸王。

　　这回役佹学聪明了，他强行在系昆山周围降下了浓浓的瘴气，防止有人逃离，招惹来那些大荒大佬。但是，在这个过程中，役佹的行为惹怒了一只神鸟，还给自己招来了麻烦。

开启无双模式的重明鸟

这个世界之所以美好，就是因为总有那么一群无畏的人敢用肉身堵枪眼。你可以不喜欢，却不能不佩服。而在上古时期，也有这么一位神明，愿意豁出命去维护正义，虽然这样做并没有什么用。这位神明就是重明鸟，是鸡的直系祖先。

据《拾遗记》记载，"重明鸟，一名双睛，言又眼在目，状如鸡，鸣似凤，时解落毛羽，肉翮而飞，能搏逐猛兽虎狼，使妖灾群恶不能为害"。就是说，它如古之圣人，目生重瞳，战斗力很猛，能搏斗虎豹熊狼，专杀妖魔鬼怪，是猎魔者的中坚力量。为什么重明鸟这么厉害呢？这就得从前面说过的一个故事接着说下去了。

屼凤在被太阴星之主常羲暴打的时候，她最中间的那颗头的一只眼睛被常羲打爆了，掉落在了大荒的海河州中。这只眼睛历经一百六十年，化作了一只神鸟，也就是重明鸟。

重明鸟刚出生的时候，其实非常弱小。那个时候的重明鸟，体型和普通的公鸡几乎没有任何区别，除了叫声大一点，几乎没有其他本事，毕竟它只不过是由屼凤残缺的肉体演化而成的。但是，先天残疾的重明鸟并没有怨天尤人、自暴自弃；相反，从出生起，他就吸取了自己母亲屼凤的教训，不仅从来不惹是生非，反而是四处助人为乐，每日三省其身，为烛家的名声光复大业做出了自己的贡献。他的表现也很快引起了海河州主人姑射神人的注意。

姑射神人是一位女性神明，天生心肠很软，母爱泛滥，非常同情重明鸟这个可怜的小家伙。为了照顾重明鸟，姑射神人有事没事都会召见重明鸟，关心一下他的生活。一来二去，重明鸟感受到了家庭温暖的同时，也把姑射神人的姑射山当成了自己的家。每当他遇到什么麻烦解决不了，都会第一时间回到姑射山向姑射神人求助。

后来，重明鸟成年之后，深感自己力量薄弱，无法贯彻自己心中的爱与和平，就恳求姑射神人让自己变得强大起来。姑射神人是进化之神，能改造万物，促使生灵进化，对她来说这根本不是个事。但是姑射神人很尊重重明鸟的意愿，就问重明鸟，他希望变成什么样子。重明鸟苦思多日之后，告诉姑射神人，他希望自己能德行兼备，维持正义，所以最好颜值高，气质好，还能打。

姑射神人很痛快地答应了重明鸟的要求，用自己的黄金箸轻轻地在重明鸟的身上敲打了几下，然后重明鸟就昏过去了。等重明鸟醒来之后，发现自己的样子变了。

据《奇禽说》记载，"重明者，上古神鸟，戴冠而威，距趾善斗，金睛能察，性刚烈，而有仁义，善知四时变化，身具五德"。就是说重明鸟成功地从小鹌鹑进化成了大公鸡，当然，不是普通的鸡，而是神鸡。用后人的说法就是，头上有冠，威武不凡，是文德；足后有距，善于争斗，是武德；面强敌而死战不退，是勇德；善于鸣叫，为人通报危险，是仁德；知时节变化而广告天下，从不失信，是信德。可以说，无论从模样还是能力来看，重明鸟对这次的进化结果都相当满意。唯一美中不足的就是，它的体型没什么变化，还是又瘦又小。

不过对此，姑射神人表示自己也没什么好办法，好在重明鸟早就习惯了自己的身躯。经过一段时间的适应后，重明鸟也渐渐发现了自己这具全新身体的优势了。在姑射神人的改造下，重明鸟的双眼可以看破虚妄，爪子无坚不摧，身上的羽毛更兼具了毒素免疫的被动技能，即便不眠不休也能保持充沛的体力。可以说，如今的重明鸟身上的各项属性都很突出。

有了新的身体，重明鸟自然更加迫切地希望能够离开海河州，去往更广大的大荒继续自己正义使者的事业，顺带挽救一下大家心目中烛家的恶劣形象。姑射神人虽然不舍，但还是以一种老母亲的心态同意了重明鸟的请求。

之后的数百年时间里，重明鸟一路向北，继续自己的超级英雄生涯。最后，机缘巧合，他在系昆山这片无神之地落了户，成为当地的守护者。之前，系昆山一片祥和，其中重明鸟也是出了不少力的，起码六大部落能够和谐相处全靠重明鸟在主持公道。

这次，役侻在系昆山兴风作浪，第一时间就惊扰到了正在系昆山深处休养生息的重明鸟。这位正义使者眼看着自己辛辛苦苦打拼出来的事业遭役伮践踏，心里的火腾腾直冒，当下就离开了自己的老巢，前往系昆山外围，准备打击罪犯去了。

说实话，役伮确实见识不多。在看到重明鸟的第一时间，役伮不但没认出这位名声不小的大荒义警，反而好奇这是从哪里冒出来的小矮子，看长相倒是还行，就是身板太小了。抱着这种想法，役伮经历了自他出生以来最残酷的一天。

重明鸟从出生开始就四处打击罪犯，那岂是浪得虚名？在他的暴击下，没多久役伮就已经承受不住，身上的蛇鳞不断往下掉，就连身上的毒囊喷射出的毒汁也对重明鸟这个毒素免疫者完全不起作用。

此时五瘟神正坚守在系昆山外围搞封锁，得到了役伮马上要扑街的消息之后，急忙赶到役伮所在的位置加入了战斗，然后，挨打的人就变多了。没办法，重明鸟这种超级英雄的街头斗殴经验明显比役伮他们丰富太多了，区区几个帮手，他完全不放在眼里。看到了役伮还有帮手之后，他更是认定了这是性质恶劣的团伙作案，直接就准备出大招了。就在这时候，五瘟神的一个举动却让重明鸟不得不放弃了干掉役伮的念头。

役伮的高光时刻

重明鸟眼看着就能干掉役伮一伙，还系昆山一片清净了，却被五瘟神抓住了软肋，以至于不得不和五瘟神僵持了起来。具体的故事还要从五瘟神在系昆山搞毒气研究说起。

役伮和五瘟神在神农氏离家的时候，偷走了神农氏以药鼎盛放的五毒，然后一路北上。这一路上，他们几个一边沉浸在宝物到手的幸福感中，一边却又相当烦恼，原因就在于神农氏的这个药鼎实在是太结实了。

据《百宝奇珍集》记载，"神农氏炼药所用宝鼎，取当阳之铜，西山之铁，北冥之水，以天火烧炼，色如陶土，貌不惊人。然其外不可摧，能御刀斧，内有乾坤，能容巨物"。就是说，神农氏的药鼎用料很扎实，质量相当过硬。在役傻他们不知道如何正确开启的情况下，它充其量就是个保险柜，而里面的五毒也就成了看得见、摸不着的东西。这种情况下，役傻他们别提多心焦了。

照常理来说，自己没办法，那就请外援。可是偏偏这个药鼎来路不正，役傻他们生怕走漏了风声，引来神农氏的报复，只能是自己小心研究。结果几百年流浪生涯都结束了，那个药鼎依旧还是个打不开的保险柜。不过等到役傻他们到了系昆山之后，事情却有了转机，这就要从当地人饲养的宠物说起。

当地居民因为吃素，所以吸引了很多弱小的生灵在此定居。其中就有一种叫穷虫的小东西，体型极小，长不过寸许，粗细如同发丝，是群居生物。穷虫除了身躯坚韧、无孔不入之外，几乎没有什么优点。当地居民怕它们无法生存，出于善心，就将它们养了起来。平时，他们偶尔也会把穷虫缠绕在一起，化作一条绳索，来拉一些重物。日久天长，穷虫就成了一种带有工具性质的宠物，和当地居民建立了良好的合作关系。

照理来说，这种东西应该是神兽中的鸡肋物种，但是在役傻他们眼里可就不一样了。役傻他们苦心研究神农氏药鼎多年，早就确定了这玩意根本不可能用外部暴力打开。而见到穷虫之后，他们却有了新思路。

神农氏药鼎虽然结实，但是本质上就是个拥有精密机关的保险柜，既然不能从外面开启，那说不定可以从里面打开。为了做试验，役傻他们这才大肆侵略，奴役了整个系昆山的生灵，为的就是得到足够多的穷虫，来帮助自己打开药鼎。

不得不说，役傻他们在溜门撬锁这种事情上还是很有天分的。这个方法果然奏效，在穷虫的探索下，役傻他们很快就找到了药鼎开启的关键机关，成功打开了药鼎。但是他们没想到，药鼎里放着的竟然是五种根本看不出用途的东西。

如果放在今天，在科学精神的指导下，说不定役傻他们还会仔细研究一下。可是在上古时期，在吃货精神的作用下，役傻手下的五瘟神想都没想，直接就开饭了。这下可了不得了。

据《荒山随考》记载，"五瘟神居幽谷之中，以五毒为食，故能口吐毒涎，鼻喷毒烟，滴血而污江河"。就是说，五瘟神自从吃了五毒之后，不仅原本散布瘟症的能力得到了提升，还变得全身带毒，成了名副其实的毒神。

这五个新晋毒神因为吞下的毒物不同，变异的方向也就不同。老大天瘟神，喝下蚀毒之后，口含黑汁，头生毒角，可伤神明；老二地瘟神，吸入了巫毒之后，双耳生烟，可以使人噩梦连连，惊厥而死；老三山瘟神，吞了疫毒之后，双目失明，头生独眼，看谁谁疯，瞪谁谁死；老四水瘟神胆子小一点，没敢把蛊毒咽下去，而是含在了口中。但是没想到，蛊毒在他的嘴里生根发芽，把他的舌头变成了一朵奇花，可以散发孢子，寄生在生灵身上，吞噬他们的生命力，来反哺水瘟神。

这听起来是不是很厉害？但是这哥四个加起来，都没有老五木瘟神来得凶残。老五分到的是鸩毒。鸩毒遇水不化，遇火不燃，可是一碰到木瘟神的双手，竟然融入了他的皮肤之中。然后，凡是他双手碰到的东西，都会被感染死去，重生成另一个木瘟神，如此不停地传染。

役儿有了这么五个手下，简直是如虎添翼。当下他就觉得天下英雄如等闲，继而生出了霸占系昆山，开辟新战场，征服周边各大山头的想法。于是，他展开了一系列大动作，惹来了重明鸟。

但是没想到的是，重明鸟天生不惧毒素，正是役儿和五瘟神的克星。不过，五瘟神发现重明鸟很在乎系昆山一带生灵的性命。当下他们就生出了一条毒计，那就是挟持整个系昆山的生灵为人质，逼迫重明鸟放过他们。

重明鸟还真就舍不得让整个系昆山的生灵给这六个恐怖分子陪葬。在五瘟神的威胁下，重明鸟只能暂时放过了这六个邪神。之后很长一段时间内，役儿和五瘟神害怕重明鸟再次打上山门，也不敢做得太过分，双方算是暂时达成了平衡，互不侵犯。

但是卧榻之侧，岂容他人鼾睡。役儿为了防止重明鸟再来，就准备先下手为强。于是在他的谋划下，五瘟神开始了对重明鸟的疯狂试探。他们要么今天收编一个小型部落给自己做苦力，要么明天奴役一个部落为自己修建宫殿。他们想靠着种种过火行径，激起了重明鸟的怒火，让重明鸟不得不一次又一次打上门来。

五瘟神要的就是这个效果。每次等重明鸟打上门来，他们就立刻重新开始玩挟持人质那一套，让重明鸟次次无功而返，却又做不到视而不见。就这样，几百年间，重明鸟没有一天能好好休息的，每天都在和五瘟神斗智斗勇，搞得身心俱疲。

五瘟神就是想把重明鸟活生生给恶心走。果然，重明鸟到最后不得不顶着毒瘴，离开了系昆山，而他的羽冠就在飞离系昆山边界的时候，被瘴气腐蚀脱落了下来。这也正是后世的鸡头顶不生羽毛的原因。

重明鸟是走了，但是却不是逃跑。他准备一路向南，去找自己的靠山姑射神人来整治役傀。但是重明鸟没想到，在受伤的情况下，没多久他就因为失血过多掉了下来。但是重明鸟运气不错，这次他正好落在了一位神明的身旁。

朴实无华且枯燥的神农氏

"人到中年不得已，保温杯里泡枸杞"，这句现代人挂在嘴边的养生秘诀，究竟是什么时候出现的不好说。但是枸杞第一次登场，却和一位神明有关，这位神明就是神农氏。故事的开始，要从神农氏东海之行的收获说起。

神农氏是个求药若渴的神明，所以他到了建木之后，就和黄鼠狼进鸡窝没啥区别了。尤其是在顺利拿到了心心念念的《东极木书》后，神农氏本着大老远来一趟，怎么也得带点土特产回去的想法，硬是靠着自己不算太好的口才，成功地从太昊这个抗忽悠属性为零的少年手里，拐走了不少夷木珍藏在建木之上的珍贵药材。

但是受到石头船载重的限制，才打包了建木上区区一半的存货量，神农氏就发现自己扛不动了。万分遗憾的神农氏只能安慰自己，日子还长，以后又不是不来了。于是，再一次顺走了一些

奇花异草的种子之后，神农氏就被太昊送出了家门。

之后，神农氏的归家之旅虽然略有波折，可是这都无法掩盖一个事实，那就是神农氏的这次旅行绝对是收获颇丰。乘兴而归的神农氏的心情相当愉快，一路哼着小曲唱着歌，准备回连山修整一番后，继续自己寻找百害克星的旅程。可是就在即将抵达连山的时候，一只浑身是伤、境况凄凉、头上受伤的怪鸟从天而降。这只怪鸟就是可怜的重明鸟。

说实话，在看到重明鸟的时候，神农氏是有点小期待的。说起来，这还是他回到大荒之后，第一次面对面和生灵打交道。可是和神农氏的期待相比，重明鸟就有点绝望了。刚刚结束长途旅行的神农氏一身疲惫，破衣烂衫，再加上背后还背着个巨大的兽皮口袋，手里拄着一根破拐棍，活脱脱就是个大荒职业讨饭人的形象。一神一鸟放在一起，还真的不好说谁比谁惨。本来就是靠着顽强毅力才撑到现在的重明鸟，看到神农氏之后，觉得求援无望，情绪起伏过大，当下就晕了过去。

要是放在以前，估计神农氏除了惋惜一下生命的脆弱，也就没别的办法了。但是现在不一样了，神农氏手拿《东极木书》，随身带着急救百宝囊，不敢说是个杏林圣手，最起码也是个受过急救训练的赤脚郎中。虽然神农氏无法确认重明鸟是因为什么而生命垂危，但是他依旧从容不迫地在背后的兽皮口袋中拿出了一片树叶。

当然，这不是普通的树叶，而是返魂树的树叶。据《博物志》记载，"此物香闻百里，数日不歇，疫死未三日者，熏之皆活，乃返生神药也"。就是说，这种树叶是上古时期瘟疫、中毒、突发性疾病的特效药，无论你是正在生病中，还是已经要病死了，甚至连死亡时间不超过三天的人，只要被树叶一熏，就能活过来。唯独有一点不太理想，那就是它的味道太过浓重，浓到重明鸟刚清醒过来，就又被熏晕了过去。

神农氏也是第一次实操急救技术，经验不够，见重明鸟又一次陷入了昏迷，还以为是剂量太小了，干脆就把整片返魂树的树叶塞进了重明鸟的嘴里。然后，重明鸟醒了晕，晕了醒，反反复复不知道多少回之后，终于彻底恢复了健康。但是从此以后，重明鸟的味觉就不太灵敏了，后世的鸡之所以味觉不发达，可能就是在这个时候落下的病根。

不过，经过这么一折腾，重明鸟也明白了，眼前这个邋里邋遢的流浪汉一样的家伙肯定是个厉害的神。毕竟，役伿和五瘟神六个绑一块都没能把自己怎么样，而眼前这位只用一片树叶就差点儿折腾死自己。不过不管怎么说，神农氏也算重明鸟的救命恩人，在他的询问下，重明鸟把自己的遭遇一股脑全都说了。

神农氏一听又是役伿这几个家伙搞事情，很是生气。一来，役伿是在他手上逃掉的，这事自己也得担点责任；二来，神农氏也感觉到，随着各路大神的后代开始逐渐活跃，那些嚣张跋扈的神二代们已经严重影响了大荒秩序的稳定。这一次，神农氏打定主意要拿役伿来杀鸡儆猴。于是，神农氏连家都不回了，直接让重明鸟带着自己去找役伿算账。

当重明鸟带着神农氏返回系昆山后，万万没想到，神农氏对付役伿的方法，竟然是如此朴实无华且枯燥。神农氏到底要重明鸟做什么呢？答案是种树，而且还不是一棵两棵地种。

据《蹀躞言录》记载，"神农遣重明，自东向西，广种神草，此草高二三米，能吸毒瘴，生红果，可益寿延年，食者岁过百，而不显其年高"。就是说，神农氏要重明鸟在系昆山上下种满枸杞，用来化解瘴气，变废为宝。

此后几百年，重明鸟就在不停地刨坑、埋土、种树的重复劳动中匆匆度过。期间重明鸟也不是没想过罢工，可是又怕神农氏来找自己的麻烦，只能眼含泪水，继续植树造林。

最后，虽然重明鸟成功地将系昆山的瘴气清理一空了，可是他的嘴和爪子也在不停地刨土、撒种的过程中，磨得粗糙短小，越来越接近我们后世所看到的鸡的样子。不过这都是后话了，眼下最要紧的，还是赶紧抓住役伿。

本质上来说，神明和人差不太多，都是生于忧患、死于安乐的生物。自从重明鸟离开系昆山之后，役佊和五瘟神在没有天敌的情况下，日子过得实在是太滋润了，滋润到了他们完全丧失了警惕性。一直到神农氏都把枸杞种到家门口了，他们才察觉到似乎系昆山的污染指数不知不觉降下来了。甚至，在无数枸杞的净化下，就连五瘟神都开始受到影响，软手软脚的役佊和五瘟神稀里糊涂地就再一次被神农氏擒获。神农氏准备如何杀鸡儆猴呢?

大荒第一批永动空气净化机

垃圾处理真的是一门学问，一旦操作不当，带来的后果恐怕比垃圾本身还要巨大。就比如说神农氏，他抓住了系昆山污染的罪魁祸首，满以为能给系昆山带来和平，却没想到，因为对垃圾处理不当，险些让整个大荒生态遭到灭绝性打击。事情还要从神农氏第二次抓获役佊之后说起。

神农氏在抓住役佊这几个祸害之后，为了让他们深刻认识到自己的错误，决定让他们通过劳改的方式来弥补系昆山居民的损失。据《桑海奇书》记载，"神农氏令邪神整备系昆山，日修良田千顷，夜种草木十山，往复数百年，终有变幻，系昆上下荒山变色，废土重青，又数百年，诸邪神修筑屋宅，蓄养畜牧，安民一方，系昆山生机方复"。就是说，役佊他们改行了，从恐怖分子变成了勤劳的建设工人。

几百年时间里，在重明鸟的监督下，役佊他们不仅体验了搬砖工、建筑工、垦荒者等数十个职业的生活，还练就了一套精湛的生活技能。没办法，重明鸟是一个很较真的家伙，一旦工程稍有差错，就会要求返工重来。最后，役佊他们彻底完成了系昆山的修复工作之后，当地居民居然硬是没看出和原来有什么不同。

可是，就在役佊以为自己的苦难生活终于熬到头的时候，神农氏却告诉役佊，只改善系昆山的生态环境是不够的。为了从根本上解决问题，役佊他们还要把自己偷出来的五毒彻底销毁，才能够交差。神农氏还告诉役佊，因为这也是改造工作的一部分，所以神农氏不会给役伖他们提供任何帮助。

这下，役伖他们彻底抓瞎了，毕竟搞破坏的时候，也没人通知他们还得自己处理呀。可是神农氏的命令又不能不从，役伖没了办法，只能跑去向自己的大哥荼蘼求救。

荼蘼是祸疫的长子，也就是役伖的亲大哥。《大荒志怪录》上说，"他身高四丈，体型健硕，人首兽身，四臂蛇尾，背生八块大鳞，腹有四块青甲"。从外表来看，荼蘼长得似乎比役伖还要狰狞，但是从功能和人品上来说，与他完全不像一条生产线上的产品。

先说功能，役伖是疫症散播者，而同样是祸疫儿子的荼蘼却是避祸之神。传说中，他背上的大鳞能够消除瘟疫，而腹部的青甲能助人躲避天灾，就连他的口水也可以治疗痴傻癫狂。可以说，荼蘼就是个对人有百利而无一害的神明。

荼蘼腹部的青甲每一万年脱落一次，背部的大鳞每三万年脱落一次，这些都被他送给了大荒之中的各大部落或者各地的生灵，用来保障生活质量，还从来不收取任何报酬。几百万年下来，虽然不能说万家生佛，但也相去不远了。和役伖这个纨绔子弟相比，荼蘼简直就是大荒神二代中的模范标兵，完全可以用"年轻有为、慷慨仁德"八个字来形容。

正因如此，祸疫才能放心离家游历，并且在离家之前，把役伖托付给荼蘼管教。但是荼蘼的事业心实在太强了，忙于工作，疏忽了对役伖的看管，这才让役伖找到了机会，逃离家门，危害大荒。本来荼蘼早就有心出去把役伖找回来，却一直没能抽出功夫来，这回役伖自投罗网，荼蘼别提多开心了。

可是等役伖把自己的经历全部汇报了一遍后，荼蘼就觉得自己的血压有点高了。他知道役伖出去很可能会闯祸，可没想到的是，役伖居然能闯下这么大的祸来，而且还要自己给他擦屁股。当下，他心里就不乐意了。可老话说得好，血浓于水，到底是亲兄弟，难道真的能眼睁睁看着役伖横尸荒野吗？

但问题是，荼蘼也不是专业搞生态净化的，他对解毒乃至销

毁毒物这种事情，那真是一点经验都没有。不过，好在荼蘼的老大给力，关键时刻他给荼蘼出了个主意。荼蘼的老大是谁呢？他的名字叫须臾。

须臾是火焰之神，不过这个称号可不是他自愿认领的，而是被逼无奈接受的。当年盘古开天辟地的时候，斧刃上溅出了一粒火花。这粒火花划过盘古的眼角，带走了盘古的一滴泪水，然后落到了地上。火焰燃烧了盘古的眼泪，孵化出了须臾。但是自从须臾出生之后，那粒火花就没有了盘古眼泪的束缚，竟然演化成了一抹无色的火焰，也就是后世所说的天火。

天火无物不焚，任何东西接触到天火，都会变成它的燃料，直到将整个大荒化为灰烬，天地就会重归鸿蒙。须臾不忍心盘古的心血作废，就只好用自己的身躯包裹住了天火，从此开始了永恒的沉睡。

荼蘼能在须臾手下做事，也是机缘巧合。现在，须臾给荼蘼想出来的办法就是，让役佽找来一截榉木，用天火点燃，制造出一枚火种，然后由役佽将火种带回系昆山，彻底净化五毒。荼蘼觉得这个办法相当靠谱，果断接受了。

之后，荼蘼担心役佽再次搞事情，陪同役佽当了一回快递小哥，把火种送到了系昆山。神农氏眼见是荼蘼陪同前来，也觉得很放心，就让荼蘼看着役佽和五瘟神来了一次系昆山消毒运动。

可是智者千虑，必有一失。因为缺乏科学的指导，荼蘼和役佽兄弟两个竟然直接将神农氏的药鼎放入了火焰之中。大家都知道，密闭容器加液体经过高温燃烧之后，就像我们的高压锅，是会产生巨大压力的。而这次的情况显然就是一次高压锅操作失误的典型案例。虽然役佽和荼蘼全程都在旁边看守，可是药鼎最终还是随着一声巨响爆炸了。

神农氏听到爆炸声赶来的时候，一切都已经太迟了。爆炸中，药鼎的碎片飞射向大荒各处，毒气也随着爆炸弥漫了整个大荒。无奈之下，神农氏只能让五瘟神从此之后定期巡查整个大荒，利用自己的身体吸收毒气，以此来确保大荒各地的安宁。至于时限，就要看毒气什么时候失效了。

　　系昆山的事情到这儿，就算有了交代。至此，大荒也多了五台永动空气净化器，看起来好像诸事太平。可是神农氏却在处理系昆山诸多事务的时候，发现夷木的《东极木书》有一个很大的缺点。

神农氏大哥尝百草

一位耿直的牛头人

神农氏的创业历程太艰辛了，他四处求药，却处处碰壁。好不容易得到了夷木的《东极木书》，却在一番使用过后发现，《东极木书》上虽然记录了无数植物的名称和形状，却大多没有记载具体的功效、用途和用法。没办法，神农氏只好再次踏上了拜访烛九阴的旅途，希望这位老朋友能帮助自己把制药厂给办起来。可是，神农氏不知道烛九阴现在有点不方便，具体原因要从烛九阴的沉睡说起。

当初烛九阴身化万物之后，以自身消耗太大为由，陷入了沉睡之中。这其实是个谎言，要知道烛九阴是跳出时间与空间的神明。据《太虚诸神论》记载，"烛九阴神观天下，遨游虚空，见四方之广大，照尘光之虚无，虽天地寿尽而不死，同宇宙长存不朽"。通俗地讲，烛九阴是不死不灭的，所以死亡对他而言根本就不存在。

烛九阴为什么要撒谎呢？很简单，因为退休生活不快乐。别看烛九阴成功坑了帝俊一把，完成了天帝职务的交接，成功退休。可帝俊到底是新官上任，很多事情都必须向烛九阴请教。甚至到了后来，帝俊觉得烛九阴太得力，竟然有了让烛九阴给自己充当助手的念头。

这下烛九阴可不干了，自己本来是个领导，现在却要给自己的继任者做秘书，那自己退休图什么？可是帝俊要是真的提出来，烛九阴出于名声的考虑还真的不好拒绝。正好，那时候大荒之中正在搞创生运动，烛九阴就借着这个机会，把自己给融化了。本质上，他就是不想出山干活。

当然了，烛九阴本来的计划是小睡三五万年，等帝俊也在天帝这个位置上干了一段时间之后，他再以元气满满的姿态复活，那个时候帝俊总不好意思说自己还没熟悉工作。这个想法听起来还是挺靠谱的，但是烛九阴没想到帝俊的事情解决了，自己的五个儿子却把烛家的名声给彻底搞臭了。烛九阴是个要脸面的神明，这种局面下怎么好意思出来面对大荒父老呢？因此，当神农氏前来拜访的时候，烛九阴决定一不做二不休，干脆继续装睡。

你永远叫不醒一个装睡的人，包括装睡的神。这下，神农氏也没辙了，不过神农氏可能是太耿直了，完全没领会烛九阴的意图，反而以为烛九阴陷入了麻烦之中。他担心老朋友出事，匆匆忙忙离开了不周山，准备找昔日的老伙计们一起想想办法，把烛九阴给强行复活了。

说到治病救人，此时的大荒还没有专业人士。但是说到治病救神，就必须要说起一位特殊的神明了，这位神明就是女娲。没错，女娲除了是生命创造者之外，还是神明的医生。她特别擅长处理神明们的各种隐疾，比如有一位叫具须的神明就曾得到过女娲的救治，这也是女娲的第一次行医经历。

据《壶中书》记载，"大荒西北有神具须，无目，其之所想，皆能为真，人言此为幻真圆光之法，却无有能指其不实者"。就是说，大荒西北有个叫具须的盲神，特别喜欢做白日梦，而他梦里的东西都能变成真实存在的事物。

大家知道，梦里什么都可能有。具须毕竟是一位双目失明的神明，所以他的梦境就更是千奇百怪了。在自己的梦里，具须创造了许多稀奇古怪的事物和生灵，比如，能为人创造快乐的腓腓，可以主持正义、保证公平的獬豸（xiè zhì），以及擅长聆听万物声音的六耳猕猴这样的神兽。他也创造过类似于喜欢吃生灵的大脑的犼（hǒu），会寄生在人身上吸食骨髓的瘤之类的凶兽。所以，具须到底是个什么神明，还真不好说。

不过，如果从品性来看，具须其实是一位很善良的神。他每次不小心创造出什么对大荒有害的东西之后，都会非常自责，但是梦这种东西是很难控制的。渐渐地，具须开始恐惧入睡，甚至恐惧自己的每一个想法。换句话说，具须成了一名心理失衡加重度精神衰弱患者，一直到有神向具须推荐了女娲，这种情况才得到了改善。

具须听说女娲也许有办法解决自己的问题之后，真的是太激动了。失眠不可怕，但是数千万年的失眠他真的顶不住了，所以具须硬生生从大荒西北的高原，靠着摸索来到了黄河附近女娲的家中。那个过程提起来都让人心酸得想要掉眼泪。

女娲听了具须的问题之后，用黄河的清水、帝丘的水晶、雪山的黑冰为材料，捏出了一只黄黑色的大熊猫，也就是后世所说的以梦为食的梦貘（mò）了。女娲告诉具须，以后睡觉的时候，让梦貘陪伴左右，这样那些具须不想保留的梦境就会被梦貘吞食。果然，从此以后，具须的梦境得到了有效的控制，具须再也没有创造出什么为祸大荒的东西来。

这次，神农氏求助女娲，希望她尝试一下是不是可以复活烛九阴。女娲听了神农氏的请求之后，觉得这也不算难，就开始满大荒收集材料，准备用来修复烛九阴的身躯，其中包括委蛇的血液，寿命之神不死的不死树果实，病痛之神辱狃的光明虫等神物。然后，她成功地在不周山顶将烛九阴的身躯给彻底复原了。

老实说，烛九阴知道女娲和神农氏想干什么，也想好了顽抗到底，绝不醒过来。但是他没想到的是，重获新生的感觉实在太好，一个没忍住，烛九阴就醒了。

这就很尴尬了，毕竟烛九阴还没想好怎么面对大荒父老呢。可是醒都醒了，也不能再睡过去，没办法，烛九阴只好和颜悦色地问神农氏找自己到底有什么事。神农氏这时候还觉得自己是救驾有功，当下就把自己的困难一五一十全部告诉了烛九阴。烛九阴一听，想到了一个绝妙的主意，可以把自己的孩子们闯祸的这个事情给完美地解决掉。烛九阴到底要干什么呢？

智慧高绝的烛九阴

神农氏是个耿直人，完全想不到烛九阴这种老油条的肚子里有多少弯弯绕绕，而且这些歪门道还正好把他给坑了。烛九阴到底对神农氏做了什么呢？这事要从烛九阴复活之后的一个要求说起。

烛九阴用沉睡的方法逃避自己孩子们的教育问题，却没想到在不想醒的时候，被神农氏硬生生地叫醒了。但是烛九阴毕竟不是一个真正的勇士，所以他脑子一动，就想出了一个推卸责任的方法，那就是让神农氏承担自己子女的教育责任。这么一来，他也算给了大荒众生一个交代。

当然，烛九阴的话说得很漂亮。他告诉神农氏，自己家门不幸，可是也不能眼睁睁看着大荒无数人族受难，所以只好把管教子女这件重要的事情托付给神农氏。这样一来，自己也就有时间去解决神农氏的问题了。

神农氏是多么老实的一个人，突然被烛九阴的话术这么一绕，竟然觉得是这么回事。当下他就一口应承了下来，然后屁颠屁颠地去给烛九阴带孩子去了。

我们说过，烛九阴的孩子们被东王公送到了伏羲那里去管教，还被送入了幽牢之中关进小黑屋，那么祖龙他们真的就能乖乖听话吗？当然不会，祖龙他们兄弟五个之中，除了蜒蛇和滇鱼这两个头脑简单的家伙对禁闭生涯不算太过抗拒之外，其他三个都过惯了逍遥日子，怎么可能不反抗。

据《渊龙奇说》记载，"天圆地方，而西北有一地穴，其深若天与地相去之距，中囚孽龙，预跃其外，引动地河之水，然后此穴能随物长，终不得逃脱"。就是说，在祖龙的带领下，五兄弟趁着敃埏和厚厄两位监狱长外出的机会，在幽牢的峡谷之中开挖地洞，引来了地下河水。但他们没想到幽牢的大小还能变化，结果逃狱没有成功，蜒蛇、屼凤和嬴虫还险些被淹死了。

不过这次越狱事件也给敃埏和厚厄提了个醒，毕竟此时的幽牢已经没有看守了。为了防止再次发生暴动越狱事件，两位大神请伏羲出面，委托固、后土、虚邪等神明，打造了一批高端牢房用品，分别是：一条长满倒钩的铁链，用来捆住祖龙；一个奇重无比的秤砣，用来压住蜒蛇；一根坚不可摧的双管石筒，用来绑

住屺凤的双爪；一根大小能够变化的铁环，用来束缚蠃虫；还有一个内藏小世界的宝瓶，用来装溟鱼。

从此，祖龙五兄弟才算彻底放弃了挣扎。捆龙索、山砣、囚凤箸、如意环和乾坤壶这五件器具就被合称为五形锁，凡是蠃鳞毛羽昆五属之内的生灵，都要受它们的节制。这也算祖龙他们为大荒秩序化做出的贡献，只不过突出贡献的奖励是他们从此行动受到限制，再也没有自由活动的空间了。

又是几百年时间过去了，讹兽都凭借自己优秀的口才成功刑满释放了，可是五子却依旧看不到解放的曙光。时间长了，他们都做好了服无期徒刑的心理准备，却没想到神农氏突然来接他们回去。乍一听到这个消息，五兄弟个个都是热泪盈眶。还没等神农氏说话，就纷纷表示自己已痛改前非。神农氏一听，觉得他们态度不错，还挺开心，就把五子接到了连山，和役伇一同开始劳改。这可就把五子给气坏了。

五子本来以为苦日子已经到头了，可没想到自己前脚出了狼窝，后脚就进了虎穴。在幽牢里，他们虽然偶尔也会劳改，但是劳动强度和难度都比较低，一般也就是开山修路这样不费脑子的简单工作。可是来了神农氏的连山之后，他们不仅要修房造屋，还得替神农氏培育药材，在食物短缺的时候，甚至还要去替魁隗部落打猎，简直成了全能工具人。于是五兄弟在经过一番商量之后，开始了集体罢工。

但是神农氏的情商可能有点太低了，他在没搞明白为什么五子罢工的情况下，不仅没有反思是不是自己的教育方式有毛病，反而把问题归于教育强度不够。为了加强管教，神农氏跑到伏羲那里，去求取了一件即便放在今天都惊天动地的教育法宝。

《古神录》上的原话就是，"神农至雷泽请伏羲巨柱，以慑群害"。伏羲巨柱到底是什么？所谓伏羲巨柱，其实就是伏羲在雷泽的神宫之中用来导电的避雷针。这根避雷针因为长期处于雷电的笼罩之中，日久年深，变得通体带电。据说，后来雷公的雷公凿就是它的碎片。

神农氏把这个高压放电装置请回来，就是准备靠电击疗法帮助五子戒除懒癌。这种方法很有奇效，最起码祖龙他们在尝试过几次新型教育课之后，立马就变得老老实实的，干活也更卖力了。

但是，作为朴实无华的教育家，神农氏认为劳改只能苦其心志，真要帮助这群晚辈清心寡欲，还需要饿其体肤。最简单的办法就是不让他们吃饭，这样他们自然也就没有了多余的精力搞事情了。所以，烛九阴的孩子和祸疫的孩子这两帮祸害从此就过上了充实且饥饿的幸福生活，大家看到后来的龙的身体都是细长细长的，体态优雅，估计都是饿出来的。

在神农氏的虐待下，役傂和祖龙当然满怀怨气。可是人在屋檐下，不得不低头，但这并不意味着役傂和祖龙他们就要认命；相反，这六个家伙正在秘密计划着一个阴谋，准备好好报复一下神农氏。说这个阴谋前，我们要先说一下神农氏的不太愉快的讨薪历程。

被忽悠瘸了的神农氏

不仅是在现在，就是在上古时期，讨薪问题也绝对是一个很大的难题。一代大神神农氏给烛九阴的孩子们当了几百年保姆，却差点连自己的薪水都拿不到手。具体的故事要从神农氏幼儿园毕业考试说起。

要说起神农氏的教育方式，简直是粗暴得可怕。可有时候，这种方法似乎很能出人才。比如，在神农氏的教育下，五子一个个表现得乖巧无比。这就给了神农氏自信，让他觉得是时候给这几个家伙搞个毕业考试，来验收一下成效了。

当然，他们的毕业考试并不是文化课，而是如何更好地为大荒生灵服务，毕竟这是每一个神明应尽的义务。所以，神农氏分别给这五子和役傂出了一个题目。其中，祖龙要去大荒正东给河道清淤；蜒蛇要去为人族修路；屺凤要去采石帮人族修建部落；赢虫则要约束天下的昆虫不侵害人类；溟鱼要去给幽嗣打下手，清理大荒垃圾；而役傂则是要帮助受到瘟疫侵害的人族消灾解难。

236 爆笑吧！上古诸神来了：一方山海中的神话故事

最后，根据他们的成效，由大荒各处的生灵代表共同决定他们是否能结束改造。

神农氏这一招太高了，他把决定权交到那些被五子和役㑊压迫过的人手上，就是对这些家伙最好的鞭策。他们害怕因为自己当初的罪行而被选出来的生灵代表们打击报复、恶意差评，所以干起活来特别卖力。他们不仅对自己职责内的事情义不容辞，就是那些不归他们管的，只要能帮得上忙，也绝无二话。而且，这几个曾经的浑球态度也变得极好，可以说是打不还手，骂不还口，热脸贴冷屁股也在所不惜。

几千年过去了，一代代人族生老病死，他们当年所做的事情也被人族淡忘了。再加上他们多年来做了不少好事，竟然慢慢受到了人们的喜爱。据《五圣说》记载，"因五兽有功于民，故称五圣，为五方之图腾"。就是说，因为这五子是有功于天下的生灵，所以被称为五种圣兽，受人供奉，尊为部落的图腾信仰。又因为他们活动的区域不同，各自影响的地域也就不同。

其中老大祖龙活跃于东南一带，东方的大多数部落就以龙兽、龙种为图腾。比如，后来黄帝时期人们供奉黄龙为图腾，就是从这个时候开始的。而老二蜒蛇活跃于西北一带，蛇种和蛇属就成为西方的很多部落供奉的守护神。后来的夏朝供奉的长蛇，猃狁（xiǎn yǔn）部落供奉的修蛇都是因此而来。再后来，甚至楼兰和姑墨也都有供奉蛇神的传统。

老三屺凤多数时间出没于南方，所以南方的人民供奉神鸟为兽中至尊。商周两朝的玄鸟和凤凰就和屺凤有直接关系。至于老四和老五，他们因为形象问题而没有得到广泛传播。其中老四被九黎部落所敬仰，该部落形成了独特的蛊崇拜，老五则被北方的先民所信仰。

到这儿，五子是各有成就，只有役㑊因为一直充当救援突击队的角色而没有被世人熟知。但是役㑊也在自己辛勤奔波的旅途中受到了极少数部落的感激，算是被人认可了。可以说，这六个家伙的考核成绩都相当突出，已经可以准许毕业了。

听到自己的苦难生活终于要结束了，五子真是热泪盈眶。但是神农氏比他们还高兴，毕竟自己的教育成果有了，接下来就是喜闻乐见的发工资环节了。可神农氏没想到，烛九阴自从把神农氏打发去替自己带孩子后，早就把神农氏交代的事情忘得一干二净了。所以当烛九阴见到神农氏的时候，说实话，场面有点尴尬。不过没关系，烛九阴自有糊弄手段。

　　为了防止神农氏看出破绽，烛九阴第一时间拿尾巴拍着胸脯告诉神农氏，自己已经想出了好几个办法，正需要神农氏配合着试验一下。神农氏是个耿直人，完全没有怀疑，还说自己会全力配合。于是，在烛九阴的忽悠下，神农氏开始了自己的小白鼠生涯。

　　据《太虚故事》记载，"烛九阴在不周山传神农氏识药之法，然，多有不验，神农氏深受其害"。就是说，因为烛九阴太不靠谱，所以神农氏遭了大罪了。那么烛九阴到底给神农氏传授的是什么方法呢？说起来可就复杂了。

　　最开始，烛九阴让神农氏去和植物搞意念交流，还说体积越大的植物越好沟通。结果，神农氏等得铁树开了花，都没等到植物张口，反而因为中间遭遇了好几株食肉性凶植，把自己搞得很狼狈。

　　神农氏觉得这个方法可能不是很适合自己，要求烛九阴换个法子试试，于是烛九阴再次施展忽悠大法，骗神农氏要把自己当一棵植物来培养，以此来体验植物内心的奥妙。换言之，就是天人合一，交感万物。这种办法听起来都不靠谱，用起来那就更别提了。

　　神农氏是有点憨直，但是这时他也开始怀疑烛九阴是不是在忽悠自己。可是烛九阴老奸巨猾，有的是办法打发神农氏。这次烛九阴告诉神农氏，自己还剩下最后一个办法，那就是让神农氏遍尝百草，以此来试验天下植物的功用。

　　神农氏这次长了个心眼，仔细琢磨了很长时间，提出了很多问题。奈何智商不太够，烛九阴硬是靠着自己强大的大脑、缜密的逻辑和无懈可击的应变能力，再一次成功地把神农氏给忽悠了。不过这次，烛九阴的这个办法其实误打误撞，说到点子上了。

但是这个办法是有缺陷的，因为这个方法必须靠着经验主义的方式，一次一次不停地试错。抛开效率低不说，过程中试尝草者也实在太遭罪了。比如，神农氏曾在不周山西南五千里处发现了一种奇怪的植物，这种高约八米、粗细如人的小树上面结满了金黄色的果实，看起来一副很好吃的样子。出于好奇，神农氏就尝了一百多斤。今天的人管这种植物叫巴豆，神农氏因此又遭了一回罪。

类似的乌龙事件还有很多。比如，同样可以导致腹泻不止的番泻叶，会让人舌头肿大的半夏，能麻痹人神经的天南星等，这些药材都让神农氏吃尽了苦头。最后，神农氏都觉得，要是没个特殊技巧，只怕自己就得创业未半而中道崩殂了。

于是神农氏又回到了不周山，这次他先是肯定了烛九阴这个办法的成效，之后就要求烛九阴给自己搞了一个智能识别器。烛九阴一听自己竟然说对了，也很高兴，眼看着就要彻底打发走神农氏了，烛九阴自然是万事皆允，当下就开始制作神器。

《大荒诸事录》上说，"烛龙断其须以为藤杖，能识恶草"。说白了，就是烛九阴用自己的胡子做了一根藤条，而这根藤条可以识别一切有害的草药。但是烛九阴也告诉神农氏，自己的这根胡须对于有益的药材和没用的杂草是区分不出来的，所以神农氏需要分别找到一位心存善念和一位心无善恶的神明来给他这根藤鞭增加新的功能。

神农氏要去哪儿才能找到这样两位神明呢？

挥鞭辨草的伟大时刻

朋友多了路好走。这句话有两个意思：一个是说朋友的数量要多；二是朋友的种类要全。这一点神农氏深有体会，因为他的神器赭鞭就是在朋友们的帮助下才最终完成的。其中，对他帮助最大的是一位女神和一个智障。具体故事要从神农氏离开不周山说起。

神农氏自打离开了不周山之后，就开始仔细地回忆起了自己的老朋友们。神农氏虽然不像烛九阴那样交友广阔，可是毕竟活得年头长了，朋友还是有不少的。在这些朋友里，智计高绝，心思细腻，或者说是心态平和的都有，但是一心向善的就只有女娲一位。神农氏的第一站就是去拜访女娲。

此时女娲的造人工作已经结束，非常无聊。根据《娲神传》的说法，女娲头枕昆仑，放尾赤水，双臂置于太行王屋之上，终日沉眠。就是说，女娲现在每天的主要活动就是在黄河里泡澡，所以听说神农氏有事情找自己的时候，女娲还是很感兴趣的。

尤其是在知道了神农氏的来意之后，女娲就更高兴了。因为神农氏在找心怀善念之人时，能第一时间想到自己，可见他对自己的肯定，所以女娲相当痛快地答应了为神农氏的藤鞭做改造。为此，女娲揪下了自己尾巴尖上最细小的一块鳞片，作为藤鞭的挂坠，成功让神农氏的藤鞭从银黑色变成了青白色。从此，这条藤鞭就可以识别有益的草药了。

这下，神农氏觉得自己挥鞭辨草的日子完全是指日可待了，于是他兴冲冲地开始去寻找心无恶念的神明，完成了自己藤鞭的终极进化。可是就在这个过程之中，问题来了。

离开黄河的神农氏辗转数百万里，找了无数老朋友，却没有一个符合标准的。这也很正常，凡是活物，必有善恶两面。在当时的大荒，即便是恶神，也有自己庇护的部落，也会偶尔升起怜悯之心；反过来说，就算是大荒之中口碑最好的老好人东王公，都免不了被人撩拨起火气，怒发冲冠。所以，心无恶念基本不太可能。

就在神农氏都快要放弃的时候，他的老朋友东皇太一告诉了神农氏一个极其隐秘的消息，这个消息关系到一位真正的神圈巨佬，也就是大荒的造物主盘古。据说，当年盘古开天辟地而死，心存不甘，他很想看一看自己创造的世界是什么样子的。这股不甘之念最后化为了一个巨人。

按照《神异经》的说法，"西北海外，有人长两千里，两足中间相去千里，腹围一千六百里，好游山海间，不犯百姓，不干万物，

　　爆笑吧！上古诸神来了：一方山海中的神话故事

与天地同生，名叫无路之人"。就是说从开天辟地那一天起，世上有了一个身高两千多里的巨人，喜欢遨游山海世界，却与世无争，大家不知道他的名讳，就称它为无路之人。论年纪，他恐怕比烛九阴还要大上许多。

当然，有人可能好奇，身高两千里、腰围一千六百里的巨人，得多能吃呀，大荒养活得起他吗？这个就多虑了，因为这位巨人腰缠一个巨斗，高举入云，就能在天河之中取水一斗。而天河水进入此斗之后，就会变成美酒。这位巨人每到饿的时候，就饮酒五斗，所以他虽然是个巨人，但是自带干粮。

正因为这位无路之人乃是盘古的执念所化，他存在的唯一意义就是定期四处游荡，替盘古看一看大荒的花花世界。所以，他并没有什么复杂的思维，也没有多余的念想，是大荒之中唯一一个无善无恶的神明。换句话说，就是无路之人心思单纯。

这位神明偶尔也会随便找个地方坐下，一边休息，一边坐看大荒变迁。因为他的体型太过巨大，大象无形，所以多少年过去了，都没有人看到过这位神明的全貌；或者说，有人见过，却以为那是一座大山而已。因此，无路之人到底身在何处，除了有限的几位神明之外，再也无人知晓。巧了，东皇太一就是其中一位知道的神明。

在东皇太一的指点下，神农氏来到了北冥西南，果然看到了一处高耸入云的所在，当地人称其为无名之山。神农氏顺着山体一路向上攀爬，足足花了十几年时间才成功登顶，然后就看到了一个无比硕大的脑袋。

神农氏用尽全身力气呼喊无路之人，却完全没有得到回应。没办法，神农氏只好拔下了无路之人的一根睫毛，缠在了自己的藤杖上。无路之人的毛发都是赤红色的，所以神农氏的藤杖从此也就变成了赤红色，被世人称为赭鞭。

至此，神农氏的任务已经完成，他兴高采烈地拿着赭鞭一路赶回连山，准备开始自己的尝百草之旅。可是神农氏没想到的是，他拔下无路之人睫毛的时候，一不小心戳中了无路之人的眼睛，惊醒了正在沉睡的无路之人，结果坑惨了另一位神明。不过这是后话了，此时有一桩针对神农氏的阴谋正在展开。

据《九州博古》记载，"烛龙吐涎，化作芝兰香草，生于石隙之内，无水而活，乃天下之奇"。就是说，祖龙在不周山偷偷收集了烛九阴的口水，然后幻化成了一株白色的小花，异香扑鼻，长在石头缝里，不需要水就能正常生长，是大荒之中独一份的神物。而这朵花在后世大大有名，它叫龙涎草，又被称为断肠草。它就是后来毒死神农氏的那朵奇花。

祖龙之所以培育它，正是因为在嬴虫的软磨硬泡下，烛九阴不小心走漏了口风。他告诉了嬴虫，虽然赭鞭可以分辨天下的植物有益还是有害，却独独不能分辨出自己的口水，这才让五子想到了一个对付神农氏的方法，继而培育出了断肠草。如今，作案工具已经准备好了，接下来五子要做的就是静待时机，给神农氏投毒了。

不过这些事情都是神农氏不知道的，此时他收到了一位老友的邀请。这位老友在位于神桃树东一万四千里的地方，正准备搞一个超大型的人族聚居地，为了凑够人数，正在广邀大荒各大部落前往，共襄盛举。神农氏会如何选择呢？

神农氏的部落迁徙计划

老话说得好，金窝银窝都不如自己的狗窝。对神农氏来说，连山就是那个让他无法舍弃的狗窝。神农氏在这里从幼年长到了成年，可以说留下了满满的回忆，但是随着神农氏尝百草的旅程不断前进，连山这种偏安一隅的小地方显然已经不适合他发展了。就在这个时候，神农氏的一位老朋友向神农氏发来了邀请。

邀请神农氏的这位神明叫呼卫阇（dū）。据《古中原记》记载，"荒古之中有神居于平原之上，其名呼卫阇，能目视千里，善聆听，双足生羽，日行万里，双臂垂地，能拔山河，好与人同处，多有善举"。就是说，这个名叫呼卫阇的神是个乐于助人的好神。

他最出名的事迹就是帮助最初的十二人族部落建立家园。想当初，女娲造人之后，苦于无法安排这些弱小的生灵，就把安顿人族的任务交给了呼卫阊。呼卫阊心地善良，又心思细腻，花费了数百年时间，走遍了大荒中心。最终，他帮助人族建立了十二个部落，并且在此后的时光里，也对这些部落多有照拂。

所以，这位算不上什么强力神明的呼卫阊，因为常年在人族部落之中出没，又乐于助人，在许多人族眼里，反倒比那些上古神明更有威望一些。他这次邀请神农氏，就是为了在大荒中心组建一个超大型的人族部落联盟，以此帮助人族更好地在强者如林的大荒之中生存下去。

当然，既然是组建超大型的部落联盟，那呼卫阊邀请的肯定也不止神农氏一个。除了神农氏的连山部落之外，呼卫阊还邀请了庇护钟山部落的烛九阴，创建君子国和淑女国的东皇太一，建立了不死国的不死等神明。

让神农氏犹豫是否要答应请求的关键原因在于，被邀请的神明之中有一位和神农氏很不对付的女神。他们两人之间的关系不能说势同水火，却也颇有几分恩怨。这两位的故事要从很久很久以前开始说起。

巫山神女是欲望之神，她善于勾动人内心的欲念，让人被欲望蒙蔽，继而落入她设定的陷阱之中。最早的时候，巫山神女靠着各种各样的恶作剧来给自己找乐子，而她的主要活动范围是大荒东北一个叫帝丘的地方。

帝丘距离人族的发源地黄河非常近，是最早的人族大规模聚居地之一。那时，巫山神女就经常变化成一位美丽的女子，引诱当时的勇士互相决斗。巫山神女可能只是觉得这种事情很好玩，但是对人族来说，那可就是一场无妄之灾了。

要知道，人族刚刚诞生的时候，不仅自身的力量弱小，就连族群的规模也一直得不到有效的发展。巫山神女的游戏更是严重损耗了当时人族的高端战斗力，在她的游戏里，参与的勇士个个都拼尽全力，伤亡状况就可想而知了。

当时的大多数神明虽然对巫山神女心有不满，可是碍于神明之间的情面，也实在不好出面指责，最多也就是旁敲侧击地提醒一下。而呼卫阁倒是有心反抗，奈何本领低微，又忙于四处奔走，所以巫山神女的游戏持续了很久。直到一个一根筋的家伙出现，人族才算看到了救星，这个救星就是神农氏。

神农氏心地善良，不忍心看着巫山神女祸害这些弱小的生灵，于是就精心培育了一只神兽，也就是后来大名鼎鼎的灌灌了。用《山海经》上的原话来说就是，"青丘之山有鸟焉，其状如鸠，其音若呵，名曰灌灌，佩之不惑"。意思是说，这种鸟可以发出轻微的呼喊，来防止人族陷入迷惑之中。

有了这种鸟，巫山神女找乐子的行为得到了有效的制止，可是巫山神女自此也就彻底恨上了神农氏。此后的时光里，巫山神女有事没事就要给神农氏找点麻烦。比如，神农氏的老家连山最早的时候不仅遍布悬崖峭壁，路径坎坷，而且凶兽横行，遍地毒物，真说得上是一个寻死的好地方。而巫山神女就诱惑各种生灵前往连山，一时之间，连山尸横遍野，生灵涂炭。神农氏自然不忍心，他想尽各种办法阻止外界的生灵靠近，却架不住巫山神女没完没了的骚扰。最后，神农氏只能求助后土，彻底地改造了连山的生态环境，这才保住了各路生灵的脆弱生命。可是随着源源不断的生灵不停地入住连山，连山很快就面临粮食危机了。

不仅如此，巫山神女还迷惑了无数生灵，在大荒各地败坏神农氏的名声。可以说，巫山神女把骚扰战术已经发挥到了极致。要知道，早年神农氏还是个年轻神明的时候，因为性格憨直，说话又不好听，在神明之中并不是很受欢迎，再被巫山神女这么一搞，朋友就更少了。一直到后来巫山神女找到了新的玩乐项目，这种情况才慢慢得到改善，但是两人的恩怨却一直没有一个结局。

所以，当神农氏听说巫山神女也在被邀请之列时，心里别提有多别扭了，但是呼卫阁的态度又异常诚恳，神农氏一时之间也陷入了两难境地。但是，这件事情毕竟关系到魁隗部落的前途。于是，神农氏将这件事情告诉了魁隗部落的族人，准备听一听他们的意见。

爆笑吧！上古诸神来了：一方山海中的神话故事

魁隗部落当然愿意生活在人族扎堆的地方了，毕竟大荒中心地带不仅物产丰富，就连生存环境也要比连山好上不止一倍。经过表决，神农氏终于下定决心迁徙部落。只不过，难得机灵一次的神农氏还为此次远行加上了一道保险，他准备邀请东王公这个大荒第一说客替自己游说巫山神女，以缓和二人的关系。就这样，神农氏让魁隗部落全体动员，开始为长途跋涉做起了准备。他们这次要行经数百万里，面对全新的生活和挑战，不过这是很久以后的故事了。

下篇

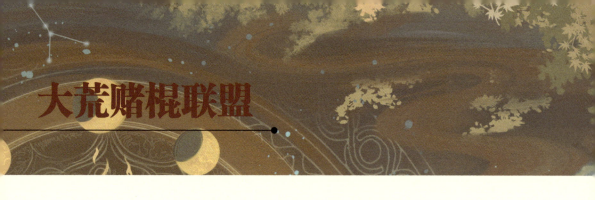

大荒赌棍联盟

好赌的东皇太一

这个故事发生在很久很久以前，至于到底有多久远，那就不好说了，毕竟那个时候还没有日历。故事发生的时候，太阴和太阳两颗星辰还没有诞生，天空中只有一颗被称为永恒不动的星辰，也就是启明星。

据说，启明星乃是盘古睁眼之后，由世间诞生的第一缕光明所化，象征着光明，地位崇高。最早的时候，大荒地域广大，众神都是以这颗星辰为坐标来定位自己的方向的。所以，启明星又有个别称，叫定星。当然，也有人因为它是黑暗之中最亮的星辰，而叫它太白星或者太白金星。传说，李白就是这颗星辰照耀在人间的投影，不过这都是后来的事情了。现在的启明星正面临着开天辟地后的第一位访客的到来，也就是烛九阴。

烛九阴到这里来是有原因的。话说自从烛九阴诞生之后，不知道过了多长时间，天地之间都只有他一个生灵。深感寂寞的烛九阴无比渴望能有个同类，但是他在大荒大地上寻找了很长时间都一无所获。于是，他把目光放在了大荒之外的地方，也就是域外天空。此时，域外就只有启明星一颗星辰孤悬于宇宙之中。

要说来得早，不如来得巧。烛九阴抵达启明星的时候，启明星正孕育着一个生命，就是接下来的主角东皇太一。据《百神录》记载，"天自太白而有星辰，自太一而有神明"。也就是说，天上第一颗星辰太白星孕育了星域之中的第一位神明——东皇太一。

烛九阴看到启明星上要有神明诞生，自然是很高兴的。为了让这位同类能够尽早诞生，烛九阴就用自己的身躯将启明星缠绕了起来，像是孵蛋一样，开始孵化东皇太一。但是烛九阴没想到，自己好心却办了坏事。因为他的孵化，东皇太一沾染了他的气息，结果长得就和东皇太一自己期待的不太一样了。

东皇太一不是还没诞生吗，怎么就对自己的相貌有所期待了呢？这个就是神明和人不一样的地方了。人是出生之后才有意识，而神明是先有了意识，才会慢慢凝聚身躯。也就是说，神明的相貌大多都是自己设计的。

东皇太一本来想要做一个翩翩君子、俊俏少年，可是就因为

东皇太一

烛九阴的孵化，诞生之后的东皇太一变成了一个身躯修长，略带一点水蛇腰，容貌阴枭，额生银色独角的中年男子。当然，颜值下降也不影响东皇太一华丽的出场特效。

东皇太一诞生之时，浑身笼罩在光明之中，巨大的光亮带着极高的温度，给大荒大地带来温暖的同时，还顺手点亮了太阴、太阳两颗星辰，而启明星同时也大放光明。在启明星的照耀下，无数神明纷纷开始孕育，可以说东皇太一的诞生也就是大荒众神陆续诞生的起点。

作为大荒的第二位神明和域外神明之首，东皇太一还是很大气的。虽然他对烛九阴的擅自做主有所不满，可是却也领了烛九阴护卫自己出生的这份情义，于是两人在启明星上共同生活了很长时间。直到大荒中的诸多神灵纷纷出世，烛九阴回到大荒大陆主持诸多事务之后，两位神明才分开。

不过烛九阴这一走，东皇太一可是体会到了烛九阴的寂寞了。在只有两颗星辰被点亮的情况下，毫无生气的域外星空连个亮堂点的地方都没有，就更别说什么娱乐项目了。于是，为了让自己的生活多姿多彩起来，东皇太一开始了漫长的点星之旅。

所谓点星，就是将星辰点亮，赋予其生气，这是星辰诞生神明的必要条件。当然，东皇太一点星是有章法的。他点亮的星辰，一方面是按照与启明星、太阴星和太阳星三者的距离远近选择的；另一方面，他还要看星辰的体积大小，以保证域外无数星辰错落有致，明暗有序。

但是距离远近容易观测，体积大小就很难凭外表辨别了，毕竟重量除了和体积有关系之外，还和密度有着紧密的联系。为了更好地点星，东皇太一发明了一个全新的工具。

东皇太一从承天的天梁上取下来一截神铁作为平衡杆，又拿烛九阴蜕下的皮和鳞片作为秤盘，还用自己的两颗槽牙作砝码，最后点缀了一百零八颗星辰标注刻度。东皇太一给它取名叫量星尺，今天我们习惯叫它天平。

工具有了，东皇太一自然也要投入工作之中。可是随着时间

的流逝，东皇太一渐渐感觉到了工作的乏味，为了给自己找点乐子，东皇太一发明了一种排遣孤独的个人消遣活动，就是自己和自己打赌。他每次称量星辰之前，都要猜测一下，两颗星辰哪一颗更重一些。如果猜错了，他的工作量就翻倍，反之则可以休息。

这个项目简直无聊到令人发指，但是东皇太一却乐此不疲。漫长的时光过去了，域外星空之中也开始逐渐有神明诞生，东皇太一的点星之旅算暂时告一段落了。可赌博这个毛病却也就此在东皇太一的心里扎了根，后来东皇太一甚至提出，域外星神的排名也要靠赌博来获取。这下整个星域都有了赌博氛围。

东皇太一天天聚众赌博，终于有一天，来了一个新人，也就是太阳星主帝俊。帝俊是个天性正直威严的人，对于域外神明沉浸于赌博这件事早就心生不满。他向东皇太一提出，要来一把生死局，输的人要离开域外，一千万年之内不得返回。东皇太一嗜赌成性，自然一口答应了下来。

可没想到的是，帝俊竟然耍了个小花招，他要和东皇太一赌的是谁更年轻，那东皇太一哪有不输的道理。结果，东皇太一就这么被迫离开了域外，帝俊本意是想帮助东皇太一戒赌，但是进入大荒的东皇太一真的能成功戒赌吗？当然不可能，因为他刚进入大荒就碰到了一位志同道合的赌友。

不招人待见的委蛇

东皇太一刚在大荒碰到的志同道合的赌友，就是大荒之中鼎鼎有名的委蛇了。委蛇出名不是因为赌术高超，而是因为他几乎每次和人打赌，都要出老千。这位神明到底因为什么如此寡廉鲜耻呢？这就得从委蛇的出身说起了。

想当初，盘古开天辟地之后，全身都化作了大荒的养分。其中，他的大脑变成了一座大山，名叫首阳山。《史记》上说，黄帝采首阳山之铜，铸鼎于荆山之下。也就是说首阳山之铜是这个地方的特产，包括黄帝后来斩杀蚩尤所用的轩辕剑，也是用首阳山之铜铸成的。可以说，这个地方就是上古时候神兵利器的材料来源地。

在首阳山之中诞生了一位神明，也就是接下来故事的主角委蛇。委蛇人首蛇身，长了两个脑袋，一个发色发紫，一个发色发红。两个脑袋轮流睡觉，左边的脑袋清醒的时候，脾气暴躁；而右边的脑袋清醒的时候，脾气温和。但是不管是哪个脑袋，都有一个特点，那就是聪慧异常、善于谋划。只不过委蛇生性自负，他的谋划从不屑与别人分享。

在委蛇看来，自己是从盘古大脑中诞生的神明，自然比其他那些从盘古躯体之中诞生的神明高贵。委蛇甚至觉得，自己才是

委蛇

爆笑吧！上古诸神来了：一方山海中的神话故事

当之无愧的大荒之主。可是大荒神明大多都是桀骜不驯之辈，没有谁会听他指挥，所以委蛇经常感到愤愤不平，心怀怨怼。

不过委蛇是个很善于安慰自己的神明，他觉得之所以自己不能主宰大荒，就是因为大家还没有见识到自己真正的能耐。于是，委蛇静待时机，希望能有一个机会好好地让众神认识一下自己。

没过多久，在烛九阴的主持下，大荒第一届众神大会召开了，委蛇觉得自己的机会来了。他在大会期间，穷尽心力为大荒神明制定了一套严密周全的管理方案，并最终成功地以全票反对的"好"成绩被众神赶出了钟山。

没办法，谁让他的那套规章制度是集权式的管理方法呢。本质上，这种方法就是要让神明在他的监督下，按照预先安排好的方案来生活，不能有丝毫逾越。对习惯了逍遥自在的神明而言，这种方法实在是没什么吸引力。再加上委蛇想当老大的心思太明显了，大家当然就更不乐意了。

离开了钟山的委蛇心里别提有多憋屈了，逢神就说大家不识货。但是他却不知道，他的这个做法可是太得罪神了。几千年的时间里，除了烛九阴外，大荒神明这个群体都开始排斥和孤立委蛇。最明显的就是，在之后的几万年时光里，委蛇一个朋友都没交到。

神也好，人也好，总得有个打发时间的方式。巧的是，和东皇太一一样，委蛇喜欢上了和人打赌，但是委蛇的出发点和东皇太一不同。委蛇和别人打赌纯粹就是为了赢，就是想要享受一把支配别人的快感；而且，为了保证自己的游戏能够玩得愉快，委蛇从来不和神明赌博，他打赌的对象都是些弱小的、走投无路的、希望不劳而获的神兽，比如说讹兽。

我们前面提到，讹兽就是个满口谎言的骗子，可是谁能想得到，曾经的讹兽也是一个很可爱的家伙。它善良勇敢，诚实可靠，唯一的缺点可能就是身体娇小，力量柔弱。但是讹兽千不该万不该，就是不该碰到委蛇。

那一年，大荒之中诸多神兽群集在了不周山脚下，准备像神明一样，选出座次排名。但是神兽大多四肢发达、头脑简单，它们琢磨来琢磨去，最后决定按照武力值来区分强弱。讹兽体型比兔子大不了多少，在神兽之中自然是垫底的。

对于这个结果，讹兽当然不服气，但是秀才遇到兵，有理说不清。在经过一番社会的毒打之后，讹兽只能忍气吞声，私下里经常暗自落泪。就在讹兽又一次被欺负之后，正感到伤心呢，就遇到委蛇了。

此时正值委蛇左边脑袋清醒的时候，性格自然就偏阴暗一些。他听了讹兽的经历，就告诉讹兽，如果讹兽愿意，可以和自己赌一把，只要讹兽赢了，他就赐予讹兽天下无敌的力量。讹兽一听有这种好事，想也没想就答应了。

然后，讹兽就栽跟头了，不用想都知道，一个心地善良的好孩子怎么可能靠赌博在委蛇这种把把出千的老赌棍手里占到便宜呢？几个回合下来，讹兽输掉了自己的尾巴，输掉了自己明媚如水晶一样的眼睛，就连自己的胡子都输掉了。

赌徒输红了眼时，越输越想翻本，越想翻本越容易输。讹兽就是这样，眼看着自己损失惨重，最后连赌命的念头都有了。不过委蛇却说要他的命没用，干脆他俩再赌最后一把，讹兽要是输了，他就拿走讹兽最珍贵的一样东西。讹兽这回可学聪明了，它仔细地思考了一下自己还有什么没输出去的。想了很久，讹兽觉得自己好像也没什么珍贵的东西了，于是就答应了下来。

这回委蛇拿出了一件奇特的赌具，也就是由他蜕下来的皮做成的一根空心绳子。委蛇把这根绳子放在了地上，告诉讹兽，只要讹兽能从绳子的另一头出来，那讹兽就能把自己输出去的东西全部拿回去，还能获得天下无敌的力量。讹兽觉得这事儿简单，于是一头就钻了进去。

但是讹兽不知道的是，委蛇的这件赌具就像今天的莫比乌斯环，里面的空间无限扭曲，根本就走不出去。就这样，讹兽输掉了自己的善良，从那之后就变成了一个满嘴谎言的骗子。

委蛇靠着出千的手法，赢了不知道多少神，直到他遇到了东皇太一。这两人也算得上是棋逢对手，将遇良才。

输不起的后土

大荒赌坛两大奇葩，一位是老赖东皇太一，而另一位就是前面说到的后土。别看后土脾气温和，但是到了赌桌上，他的缺点就暴露无遗了，典型的赢了没个够，输了不让走。因此，后土还得了个外号，江湖人称"输不起"，这还要从后土年轻的时候说起。

年轻的时候，后土住在壶山，据说这个地方是盘古喝水的水壶所化，外形像水瓶，也有人称其为瓶山。壶山山体正中有一个巨大的溶洞，终年都能听到泉水流淌的声音，却始终没人见过水源在哪里，所以壶山还被称为不见泉，在大荒属于名气不小、人气不高的景点。

但是后土在这儿住得一点都不舒心，因为壶山终年叮咚作响，相当影响睡眠质量。睡眠质量一差，后土也就不愿意久居家中，只能四处游荡，以游历大荒为乐。后土一走，大荒诸神的住房问题就不好解决了。

拿幽嗣举例来说。上古时期，神明可以分为有房一族和没房一族。有房族就是自带房产的神明。他们的住房来源通常有两种：一种是自己的出生地，比如西王母的沃野，或者是玄冥的北冥巨湖；另一种则是自己开辟建造的，比如祝融的妻子天女，她所居住的悬空之湖就是她的义父云中君修造的。幽嗣属于第一种，他是自带家产的神明。

幽嗣出生的地方是大荒的一处幽谷地穴，这个地方只有幽嗣一位神明诞生。幽嗣诞生之后就离开了幽谷，四处游历，这一走就是两亿五千万年。结果，幽嗣在外面玩得太开心，一时半会就忘了回家。等他终于回家时才发现，自己的老窝被敱埏和厚厄两位神明给霸占了。

幽嗣当然不乐意了，就和两位神明协商，能不能物归原主。那个时候还没有地契之类的东西可以证明产权归谁，如果两位神明就是不答应，幽嗣也没什么办法。可是厚厄和敱埏都是爱面子的神明，当下表示愿意把幽谷交还给幽嗣。

但是这两位神明也有条件，毕竟他们辛苦经营幽谷多年，投入了很多精力搞建设。如今要让他们搬家，一时之间他们也没有别的地方可去，所以需要幽嗣为他们找个新的住处，他们才好给幽嗣腾地方。这个要求并不过分，幽嗣一口就答应了下来，然后转头就去找后土了。

其实敹埏和厚厄之所以占了幽嗣的老巢，就是因为后土不作为，所以幽嗣想让后土把这件事给解决了。但是后土无心工作由来已久，已经生了懒病，用《荒古记》的说法就是，后土年少，疏于其业。

虽然幽嗣一次一次地恳求，后土就是不答应，两位神明就这么僵住了。但是幽嗣是个有脑子的神明，他眼见着正面强攻无用，就想剑走偏锋。他提出要和后土赌上一局，如果自己侥幸赢了，那后土就得答应他的要求；要是他输了，那他会马上走人。后土急于打发了幽嗣，就同意了他的建议。

两位神明商量之后，决定采用一种相对简单的规则来完成赌局，这个办法和伏羲发明的一种棋类游戏有关，它的名字叫陆博。

据《博经》记载，"用十二棋，六棋白，六棋黑，所掷头，谓之琼"。就是说，这种游戏需要两种棋子，共计十二枚，然后用投壶掷子的方式来挪动棋子，吃鱼制胜，类似于今天的双陆棋、投壶和斗兽棋的综合体。

这个游戏的好处是用时很短，上手简单，缺点是比较费脑子，因为要计算步数。偏偏后土是个智商很一般的神明，为了谋求胜利，后土就只能绞尽脑汁，想出了一个不是办法的办法。这个办法是从两位神明的体型和身体素质的对比上得到的灵感。

后土是个身高百丈的巨人，号称可以提山过江。幽嗣身高不过丈许，肩不能扛，手不能提，属于拉低大荒神明身体素质平均值的神明。两位神明如果正常游戏，成绩当然不会有什么太大差异。可是后土抖了个机灵，他把用来投壶掷子的道具换成了他手下的无数名山，这对幽嗣来说可就不妙了。

后土为了保证胜利，在壶山附近的凉水周围开出了三十六处

天坑当作棋盘，然后搬来了七十二座大山当成掷子，每投一山入江，才能行一子。这根本就不是公平竞技。但是幽嗣面对这种情况，却一点反对意见都没有提出来，因为幽嗣早有对策。

后土自以为得计，可幽嗣比后土还有办法。幽嗣是贪婪之神，可以吞噬万物，他把凉水的河岸吞噬出了一个又一个滑道，将大山通过滑道送入了凉水之中。结果，后土辛苦忙乱一场，到头来还是输了个底朝天。

后土不仅在赌桌上输了，在大荒的诸多神明那里的风评也迅速下降。因为这两位神明赌博导致群山堵塞了凉水水脉，结果凉水暴涨，倒淹壶山，冲开了壶山的溶洞。不见泉中积蓄数亿年的泉水全部喷涌而出，把整个大荒的西北变成了一片汪洋，从此大荒再也没有不见泉，也没有了壶山。

但是，此时后土已经管不了这么多了。他觉得是幽嗣处心积虑地算计了自己，所以他不仅没有履行承诺，反而气急败坏，一路追着幽嗣跑到了幽谷之中，要和幽嗣再比高低。那么幽嗣要如何应对呢？

委蛇和东皇太一的初聚首

俗话说得好，"久赌无胜家"。委蛇万万没想到，自己最后竟然栽在了东皇太一的手上。倒不是说委蛇的赌博技术不如东皇太一。事实上，委蛇在和东皇太一的赌局之中绝对是个胜利者，他之所以心酸另有缘由。这事要从委蛇和东皇太一的初聚首说起。

自从委蛇出老千赢了讹兽之后，名声就不太好了。大荒之中的生灵都知道，有个无聊的神明赌品不行，还喜欢四处和人打赌取乐。因此，一时之间，大荒生灵对赌博这种事情都开始避之不及。从这一点上来说，委蛇对净化大荒风气还是有贡献的。但是，委蛇这个行为却给另一个神明带来了巨大的麻烦，这个神明就是东皇太一。

之前，东皇太一打赌输给了帝俊，于是按照赌约，背井离乡，进入大荒之中游历。最开始的时候，东皇太一还是很高兴的，毕竟大荒生灵众多，神明也不少，找个赌博的伙伴也比域外星空容易。可是没等东皇太一好好享受一下自己的舒适生活，就发现大荒的风气变了，只要一提赌，大家就立马翻脸。

东皇太一不知道发生了什么事情，就四处打听，最后他才知道原来是委蛇干的好事。他不死心，于是赶到了首阳山，最终在一个犄角旮旯里找到了正在休眠的委蛇。

东皇太一是来寻委蛇晦气的，态度上就不那么客气了。他拿起自己的那杆量星尺狠狠地在委蛇右边的脑袋上敲了一下，委蛇当时就给疼醒了，脑袋上起了好大一个包，远远望去，就像长了一个独角。后来，《天官录》里说，"委蛇双首，一生长发，一生独角"，那个独角就是被东皇太一给敲出来的。

醒过来的委蛇火冒三丈，可是没等他发火，就遭到了东皇太一的满嘴抱怨。听东皇太一骂了半天之后，委蛇总算明白了，原来东皇太一也是个资深赌徒。委蛇立即就想到了一个坏主意。

委蛇问东皇太一，既然是因为自己东皇太一才失去了找乐子的机会，那东皇太一准备怎么解决这个问题呢？这下可把东皇太一给问住了，东皇太一光想着要找出罪魁祸首，却没想找到之后怎么办。委蛇不等东皇太一仔细琢磨，当下就给他提了个建议。

委蛇告诉东皇太一，现在大荒正在搞禁赌运动，再想找人打赌，也不是那么容易了。正巧两位神明都是好赌的人，干脆就让他们两个打赌，岂不是两全其美？东皇太一嗜赌如命，一听还能继续赌，一口就答应了下来。

但是东皇太一也知道，委蛇这个家伙和人打赌一定会出千，所以和委蛇来了个约法三章：第一，打赌时必须两个人一起出题；第二，打赌的道具不能是两个人自己的；第三，赌注必须公开透明，不能像骗讹兽那样。委蛇明面上表示了抗议，可是心里却乐开了花。作为一个善于权谋之术、生性善于算计的神明，他有的是办法让东皇太一乖乖入套。

不管委蛇是怎么打算的，东皇太一在定下规矩之后，就迫不及待地开始了昼夜不停的打赌生活。这个过程之中，委蛇真的是

老老实实、规规矩矩，完全没有一点要耍花花肠子的意思。而且他们的赌注也很普通，大多都是大荒之上一些新奇好玩的东西，比如说委蛇自家的特产——首阳之铜，或者是东皇太一从域外星空带出来的陨石之类的物件。时间一长，东皇太一的戒心就下降了，赌性就上来了。

东皇太一觉得这样每天小打小闹的打赌实在是不痛快，不如大家玩把大的。委蛇对此也很感兴趣，就追问东皇太一他想赌点什么。东皇太一说，既然大家赌了这么长时间都难分胜负，不如来个一把定输赢。至于赌注，东皇太一告诉委蛇自己愿意拿出一颗域外星辰来作赌注。委蛇自然不能显得太小气，就拿出了首阳山来和东皇太一对赌。然后，两位神明提出了一个理论上绝对公平的项目。这个项目要从委蛇山中的一棵神树说起。

委蛇的山中有一棵独特的小树，高六尺，树身五分，叶劈四瓣，花开三色，三千年一开花，花有九朵，九千年一落叶，叶落三千六百片，一万八千年一结果，果实少不过三，多不过九。委蛇和东皇太一打赌的时候，也正是这棵小树要结果的时候。于是，两位神明就玩起了猜数的游戏，就是猜测这棵小树最终会有多少颗果实成熟。

照理来说，两位神明的猜测范围应该在三和九之间，但是东皇太一猜的数目是两颗，而委蛇就更离谱了，他猜测会有十八颗果实成熟。为什么这两位神明猜测的数目会这么离谱呢？那是因为他们两个都没打算规规矩矩地履行赌约。

东皇太一和委蛇相处了这么久，却从来没有见过委蛇出老千，心中就难免有了一些轻视，甚至还萌生了要是自己也作弊，早就成了大荒赌神的念头。于是，东皇太一隔三差五就想办法从小树上悄悄摘一朵花下来，当然，为了防止被委蛇看出来，东皇太一每次在搞完这些小动作之后，还会专门给小树做做护理。

委蛇真的就没看到东皇太一的小动作吗？当然不是。作为一个老千，委蛇可是个胆大心细的神明，东皇太一的举动他都一清二楚，之所以放任不管，是因为委蛇早就下好套了。一般来说，天下的果树都是先有花后结果，可是独独首阳山上这棵树是先有果，后生花，花骨朵落了，果子才算成熟。而且这种果子遇土而裂，东皇太一自以为在作弊，其实不过是在给委蛇做嫁衣而已。

结果不用说，东皇太一输了，可委蛇没想到的是，东皇太一明明是和自己约定好赌注的，事到临头竟然反悔了。当天东皇太一就找了个借口，溜之大吉了。这下可把委蛇气坏了，多少年了，还没人能赖他的账，他决定即使遍寻大荒也要讨回赌债。

神明也会耍赖皮吗？当然了，还有输不起的呢，比如后土。

大荒第一届赌神争霸赛

老人常说，别和倒霉鬼做朋友，不然准得带着你一起倒霉，这话是有道理的。不过话说回来了，要是和倒霉鬼做对手，那不是挺好的吗？东皇太一就是这么想的，他有一批债还不上了，于是就打起了后土的主意。这事还得从后土缠磨幽嗣的事情说起。

后土这位神明真的很倔强，输给了幽嗣不服气，竟然追到人家家里逼赌，结果屡战屡败，屡败屡战，最后，生生把自己手底下的名山大川一多半都输给了幽嗣。幽嗣是既快乐又痛苦，因为这时大荒没房的神明听说后土把家当输给了幽嗣之后，都来找幽嗣走门路。

幽嗣对山川地理一窍不通，不知道怎么安排。他有心把赌注还给后土，让后土自己处理，后土还不乐意了，觉得幽嗣质疑自己的赌品。幽嗣觉得横财烫手，但东皇太一却很眼馋。

东皇太一之前欠了委蛇的赌账，因为不想平白舍出一颗星辰，所以满大荒躲债。但是东皇太一好歹也是个要面子的人，欠钱不还的名声在外，脸上也实在是挂不住。他正在想办法呢，就听说了后土逢赌必输、现款现结的名声了。

本着占便宜的心态，东皇太一匆匆跑到幽谷，找到后土，说自己也想加入后土的赌局。后土是输不起，不是有赌瘾，当然不

乐意了。但是幽嗣一听说有替班的，心情一下子就顺畅了。为了劝说后土，幽嗣提议，干脆搞得热闹一点，请来四方神明，大家一起乐呵乐呵。后土听了也还算感兴趣。

幽嗣是一个急性子，见后土不反对，就拿着当初从后土手里赢回来的群山当作彩头，广招神明齐聚幽谷，准备召开大荒第一届赌神争霸赛。《通幽玄感录》里这样记载，"幽嗣集诸神明之后，会于幽谷"。

因为幽嗣这次下了血本，所以吸引了无数生灵前来参赛。神明之中，除了有幽嗣的新朋友敫埏和厚厄两位神明前来捧场之外，还来了气象之神泰逢、风神风伯、死亡之神玄冥等诸多大荒中有头有脸的人物。当然，这些神明倒不是都喜欢赌博，他们多数都是看上了幽嗣手里的名山大川，准备前来碰碰运气。

除此之外，还有如九色鹿、白泽、天狗之类的神兽，也都参加了这次盛会。但是因为这次大赛规格过高，诸多神明拿出来的赌注也都是些无价之宝，所以这些神兽不得已，只能拿自己当赌注，这也就是为什么后来很多神兽都成了神明们的宠物。不过这都是后话了，眼下选手到位，大家最着急的还是要商量一下，具体该怎么赌。

在协商的过程中，因为神明们各有所长，所以谁提出来的赌法都不能服众。最后，伏羲出面，找来当时在大荒属于食物链顶端的巨龟一族当道具，以大荒作为跑道，东西两边的极点为坐标，让诸神各自挑选选手，然后彼此监督，准备来个横跨大荒的群龟赛跑。

巨龟们一点都不乐意。一来他们自己本来好好在家睡觉，却突然就被告知要参加赛跑；二来大荒广大，这群老龟一直偏安一隅，住在大荒东南，对路线也不是很熟悉。他们有心拒绝，奈何没有话语权，只能屈从了。

到这一步，其实这个比赛还是比较公平的。就和今天的赛马一样，在马匹没有明显差异的情况下，大家下注基本靠运气。可是神明们的想象力实在太丰富了，我们今天流行改车，神明们则直接改造乌龟。

比如说，泰逢给自己的乌龟起名叫龙仄，并在它的背上安装了一对隐翅。有了这对隐翅，龙仄能日行千里。而伏羲就不一样了，伏羲给自己的乌龟起名为龙龟，并在它身上写了一卷《洛书》，使它能够穿山越岭。桀比较蛮横，把自己的手镯套在了乌龟龙鳌的身上，结果龙鳌变得身躯庞大，力量惊人，而且性格也变得好斗了起来。桀希望这只乌龟靠拳头劝退其他选手。

但是不管怎么说，这些神明考虑的还是提升乌龟本身的能力。只有后土不一样，后土给自己的乌龟起名叫龙伯，在它的背上刻下了一幅山川地理格局图。有了这幅图，龙伯就能辨别方向，规划最简单的行进路线了。

有了这个图，龙伯一路上虽然是爬行速度最慢的那个，但却第一个抵达了终点。后土因此成为了这次赌博大赛的冠军。这下后土得意了，他不仅拿回了自己的群山，还顺带着拐走了一大群大荒神兽。心情大好之下，后土顺便给大荒诸神解决了各自的住所问题，并且友情赠予了他们一些看家护院的神兽，比如帝俊的白泽、风伯的九色鹿都是这个时候送出去的。这也说明了在前面的故事里，后土为什么会有那么大的面子。

一时间，所有这次大赛的参与者都兴致颇高。只有巨龟一族哭天喊地，这次他们损失太过惨重，无数巨龟在这次长途赛跑的过程中迷失了方向，不知所踪。就是从这时开始，巨龟一族没落了下去，不过也因为没有了霸主的压制，大荒之中的生灵纷纷开始崛起。

当然，也不是每个神明都会那么痛痛快快、老老实实地结账，比如东皇太一，他早就囊空如洗了，哪里还有东西可以输给后土。没办法，东皇太一只好再一次跑路了。可是东皇太一没想到，后土几千万年才赢这么一次，怎么能眼看着到手的彩头飞了呢？自此，后土开始了自己艰辛的讨债生涯。

后土的心酸讨债史

都说一物降一物，东皇太一怎么也想不到，自己在赌桌上的克星竟然是逢赌必输的后土。这下旧债未清，又添新债，东皇太一只好继续赖账了。可人家后土难得大获全胜，当然要给这次胜利画上一个圆满的句号。此后，后土对东皇太一展开了一段异常艰难的大追捕。

彼时的东皇太一可以说遍地都是债主，但是他们都很难找到东皇太一。一来大荒地广，东皇太一一心躲藏，行踪诡秘；二来东皇太一有一门独家绝学，也给他躲避仇家提供了绝佳的帮助，这门绝学叫作观星术。

据《星卜录》记载，古时太一之神，居于太白之上，以星辰为目，观照星辰，可知世间万事。意思就是，东皇太一点亮星空的诸多星辰之后，获得了一种奇特的能力，就是能够把满天星辰都当作自己的耳目，替自己监察大荒。这门技术比起今天的人造卫星可强了不止一筹，毕竟人造卫星数量有限。

正是因为拥有这门技术，多少年来，凡是想要找到东皇太一的神，都能被他提前发现，然后从容躲避。后土孤身一路从大荒西北走到了大荒西南，一路上关于东皇太一的各种老赖事迹不绝于耳。尤其是委蛇数万年苦心讨债至今仍未得逞的故事，更是让后土感到前路渺茫。正当后土进退两难的时候，从一位神明那里传来了东王公的消息。

这位神明就是穷神垮山，号称天下最穷的神明，身无长物，平日里衣不遮体，食不果腹，只能靠乞讨为生。他仅有的三样财产分别是当初帝俊赞助的扶桑木棍，风伯赞助的破口袋以及泰逢赞助的一只石碗。据说，后来乞丐们的服装就是以垮山为参考设计出来的。但是垮山虽穷，神品却是上佳的，他在居无定所四处流浪的一生之中，曾经帮助过无数的大荒流民。

所谓大荒流民，就是所有生灵族群之中走失的成员，囊括了神兽、凶兽、人族等种族。它们有的是在族群迁徙的过程中掉了队的糊涂虫，有的是在打猎过程中被凶兽冲击驱散的猎人，还有的则是某个部落灭亡之后的幸存者。

这些流民是大荒之中最底层的生灵，没人看得起他们，也没人会对他们伸出援手，因为没人知道流民的加入会不会给自己的族群招惹来什么麻烦。所以，这些流民不但没有稳定的食物来源和住所，甚至有时候还会被其他部落强制驱逐。

垮山游荡大荒，知道流浪生活的艰辛与无奈，就经常为这些可怜人提供援助。比如，曾经有一个流民叫瞳，是目远氏的后裔。目远氏部落盛产视力惊人的神箭手，也因此为大荒凶兽所畏惧。凶兽们害怕目远氏繁衍扩张之后会彻底消灭自己，就联合起来先下手为强，屠灭了目远部族，仅剩下了两名幸存者。瞳是其中之一，另一位是犬戎部落的先祖、大荒五大神箭手之一猃狁（xiǎn yǔn）。

但是部落灭亡之后，瞳和猃狁选择了不同的方向流亡。瞳在一次外出狩猎的时候，误入梅园，被其中的毒兽伤到了眼睛。瞎了眼的瞳从此便没有了生存的能力，只能苟延残喘，好在后来垮山路过梅园救助了他。

据《山闻》记载，"垮山挖己双眼，以代瞳目"。就是说垮山把自己的眼睛挖下来换给了瞳，使瞳得以重见光明。像这样的舍己为人之举，垮山在他漫长的生命里还做过许多。后来，大荒所有流民都自发地认垮山为守护神明，称自己为流民一族。

刚开始，流民一族确实很弱小。后来，大浪淘沙，物竞天择，流民一族经历了时间的洗礼，渐渐演变成了大荒之中一个结构松散但是精英辈出的氏族。当然，流民一族依旧很穷，所以他们也称自己为有穷氏、乃穷氏，总之是以穷字为氏族名。

照理来说，东皇太一即便是好赌，也不应该看上这么穷的对手。可是没办法，这位叫垮山的神明是具须的好朋友。具须是大荒的发明创造小能手，很有钱。东皇太一本来手痒，想着从具须这里发点小财，但是具须非要带上自己的朋友垮山。没办法，东皇太一这才不得不带着垮山一起玩。

俗话说得好，"命有终会有，命无须忘怀，万般难计较，都在命中来"。在赌桌上，东皇太一杀得具须丢盔卸甲，眼看就要发财了。可是转眼，垮山突然时来运转，怎么赌怎么赢，东皇太一从具须那里赢来的家当不仅一样没保住，自己还倒欠了垮山的账。

东皇太一赖惯了，当然是先跑为上策。可是垮山不认，就发动流民一族，满大荒地找东皇太一的踪影，最后成功地将范围锁定在了南海一带。但是再具体的藏身地点就不好找了，垮山只能举着杆子，挂起一面大旗，上书东皇太一赖账的经过。我们后来俗语里说的挂账，就是从这儿来的。

等后土到达南海的时候，垮山已经在这儿待了一百多年了。在这一百多年中，垮山最后确定了东皇太一藏身在南海海岸上的一口海眼之中，但是垮山不习水性，无法下海，所以才在这儿守株待兔。

后土一看这哪能行，反正都知道地方了，不如直接开挖。两位神明一商量，都觉得这个办法靠谱，立刻就开始了钻孔作业。最后，后土打了一个四万六千多丈的地洞。可这个地洞挖开了之后，后土才知道坏了，因为后土硬生生把在地底居住的一位叫大蟹的神明的老窝给挖出来了。

在看到后土时，大蟹很懵，满脑子都是问号：他是谁？他从哪里来？他要干嘛？没办法，自从开天辟地，大荒诞生之后，大蟹就一直住在地底，还从来没有想过有人会以这种方式来自己家串门。不过，大蟹懵归懵，脑子可没犯傻，他一伸手就拿住了后土，嚷嚷着要让后土赔钱。

史上最牛的老赖

假如有一天，你在家里好端端地坐着，突然一声巨响，你一抬头，一个人正一脸憨笑地拿着锄头和你打招呼，你会是什么心情？大蟹面对的就是这样的情形。后土找东皇太一的麻烦，却把大蟹的家挖坏了，这下后土可有点儿烦心了。要是后土知道这件事本来就是个阴谋，恐怕就不只是头疼了。为什么说这是个阴谋呢？这事要从东皇太一和大蟹的交情说起。

大蟹这个神明本来是盘古胯骨上的一个结石。在盘古开天辟地之后，这块结石化成了一只巨大的螃蟹。从外形上看，他比较接近一个立方体，纵横均三万六千丈，算是神明之中体型最大的那一拨，力气也是最大的。照理说，这样的神明该是很有作为的，但是大蟹的运气不太好，因为体型的问题，他出生的时候，盘古的血肉骨骼所演变而成的岩石泥土正好就把他给卡住了，严丝合缝，一点儿活动的空间都没给他留下。

不过为了自由，为了能够活动起来，每隔一万年，大蟹就要用尽全身的力气挣扎扭动，企图挣脱大地的束缚，直到筋疲力尽之后，就再次陷入沉睡，等待下一个一万年的到来。也因此，大荒每隔一万年就地震一次，大家伙想破脑袋也没想到源头竟然在这里。

多少年过去了，就在大蟹快要放弃的时候，突然一颗陨石从天而降，砸在了南海，然后开出了一个小洞，也让大蟹有了一个透气的孔。当然，那颗陨石并非巧合，而是东皇太一被放逐时，运送他的交通工具。

东皇太一的到来给大蟹带来了一线光明，所以大蟹很喜欢东皇太一，也觉得自己欠了东皇太一的人情。后来，东皇太一每每被人追债无路可逃时，都会来这里避难，顺便也会帮大蟹拓宽一下活动空间。虽然对比大蟹的体型，这点空间有些微不足道，可是日积月累，好歹算是把大蟹的两条胳膊给解放出一点来。

就这样，相处的时间长了，两位神明成了无话不谈的好朋友。然后某一天，东皇太一对大蟹说，他有个办法，能把大蟹一次性解放出来。大蟹就纳闷了，这么长时间还没发现东皇太一有这个能耐。他怕东皇太一说了大话，圆不回来脸上挂不住，以后不好意思再见自己，就对东皇太一说自己横竖习惯了，无所谓。东皇太一却让大蟹别管，然后就找后土赌博去了。

东皇太一输给后土，乃至后来输给垮山，敢情都是故意的，

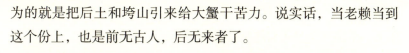

为的就是把后土和垮山引来给大蟹干苦力。说实话，当老赖当到这个份上，也是前无古人，后无来者了。

可是这时候，后土还没反应过来。他眼看着自己把别人家的房子挖塌了，心里"咯噔"一下，第一反应就是自己闯祸了，心里直发虚。接下来的流程就很明朗了，大蟹在东皇太一的指点下，立马要求后土赔偿自己的房子，后土又太憨厚了，也知道不能推辞，当下只好答应了下来。不过后土也说了，东皇太一必须马上还债。

这个时候，东皇太一和大蟹就都得哄着后土了。他们想既然后土都找上门来了，账肯定得还，但不是现在，不然后土跑路了怎么办。所以，他们跟后土说，想讨债就先把房子修了。后土做得是有点过头了，觉得他们说得不错，可是他没想到大蟹和东皇太一这两个家伙太坏了。

据《北地神图》记载，"大蟹世居南海，时遇后土，借其之力，修筑地河"。就是说，大蟹眼看有后土这么好的劳力，当下就想出了坏点子。他告诉后土，因为后土的缘故，自己家不仅房塌了，就连昔日的那些地下水系的隧道也塌了。那个时代也没监控什么的，当然是屋主说什么就是什么了。所以，后土也只能自认倒霉。

可是开工之后，后土就发现这活自己可能干不了了。因为后土能把大蟹家挖塌了，一来是因为他力气够大，体型出众；二来则是因为东皇太一已经把那一片的地下彻底挖空了，要让后土修上万条能供大蟹出入的隧道是根本不可能的。后土愁得每日长吁短叹，大蟹见此都有点不忍心了。

可是东皇太一非常精明，他早就料到了后土可能会遇到的困难，提前就替后土把劳动工具都准备好了。这件工具也是东皇太一从域外星空带下来的宝贝。据《百宝录》记载，"太阴太阳太一三星拱照，中有一树，名星木，受星光而生，能以星辰之力搬山移石，太一以其为杖，借予后土移山"。说白了，这东西就是一个起重机加挖掘机的合体宝物。后来，后土用来梳理群山的手杖

就是这根杖。不过这根神杖真正归属后土，又是另外一件事了。眼下，东皇太一只是暂时把这根神杖借给后土用一下而已。

眼看着人家什么都准备好了，后土只能认栽，连带着垮山一起开始了他们的长工生涯。两位神明撸起袖子没日没夜地挖掘下水道，足足干了八千年，好不容易才按照地上河流的走势，挖掘出了相应的地下河。

眼看着工程马上就要竣工了，后土找来了东皇太一，要求他尽快准备好自己的赌注。后土准备拿到赌注之后就回家，毕竟自己还有一堆东西寄存在幽谷。可是东皇太一却告诉后土自己现在恐怕还不了债了。后土一听就急了，这不是糊弄人吗？可是东皇太一却说自己真是遇到了难处，因为在后土干工程的时候，自己最大的债主找上门来了。东皇太一说的债主又是何方神圣呢？

三赌棍的清账盘点

以前老有人说，虱子多了不咬，债多了不愁，说得多了，还真有人信了。但是仔细琢磨一下，这种话就是歪理。比如东皇太一，本来还发愁怎么还上后土的赌账，可没想到因为后土和垮山干工程动静太大，竟然把他的老仇家委蛇给引来了，这下东皇太一可有点儿坐不住了。这事还要从委蛇寻找东皇太一的艰辛历程说起。

想当初，东皇太一和委蛇打赌，作弊的手段不如人家，输了一颗星辰，结果东皇太一不想给，就跑了。委蛇是个暴脾气，当然不能答应，于是立下誓言，一定要找到东皇太一，把自己应得的赌注给要回来。这么一看，这件事情其实就是个类似消费者维权的事情。

在委蛇想来，这件事其实也很简单，毕竟东皇太一只不过是一个落魄的外来户，大荒里也没有他的容身之处。可他没想到东皇太一竟然还有个叫大蟹的老熟人。这下可好了，委蛇满大荒地寻找东皇太一，却始终没能找到他的踪迹。最后，委蛇的两个脑袋一商量，也别自己来回乱跑了，干脆招揽一些手下替自己去寻找。

那时候，神明收手下是很正常的事，不过多数走的都是精英

路线，比如东王公收服防风氏，西王母收容昆仑四兽，以及颛顼收容飞廉等，被收服的都是独当一面的好手。但是委蛇独辟蹊径，他要的是一大群小弟替自己去四处打探消息，所以人数就很重要。就在委蛇想收小弟的时候，碰巧一个部落找上门来，希望能够受到委蛇的庇护。

这个部落也是很有来历的。据《古异述》记载，"上古有不凡而不容于世者，皆居凤阳山，日久成族，名曰先民"。就是说，上古时候，凡是和一般人不大一样的人或者神兽，就都跑到了凤阳山定居，日子长了，这里的人口多起来后，就组建了一个部落，称为先民部落。

比如，上古时候，有一个叫无心人的家伙，是后来的贯胸国的先祖。他天生胸口有一个大洞，没有心脏，不吃不喝，不眠不休。当时的人族部落之中，有很多人觉得无心人是妖魔化身，就将他驱逐出了自己的部落。

在那时，像这样因为身体异常而遭人排斥、无家可归的，一般就会去大荒西南的凤阳山隐居。因此，凤阳山其实就是大荒的福利收容所，而先民部落则是后来组建起来的一个大荒残障人士福利权益保障协会。

但是大荒之中，神明众多，邪神出没，要是没有一个顶梁柱撑腰，很难正常繁衍生息下去，所以找个靠山是很有必要的。可话说回来，一方面，当时的神明大多都是只管庇护一类生灵，而这个部落的成分太复杂，有异人，有神兽，还有普通的小动物，很难找到一个全都管的大家长；另一方面，这时候的西王母、东王公这类出生较晚的神明都还各自在家中宅居，早前出来的烛九阴、虚邪之类的神明又常年不在家，而玄冥祸疫之流不收下属，所以找来找去，始终没有哪个神明愿意替他们做主。

这次先民部落来找委蛇，本来也是抱着试试看的心态，可没想到，这时候的委蛇正好需要人手帮自己做事，结果双方一拍即合，当下就达成了合作意向。从这儿开始，委蛇正式从首阳山搬到了凤阳山，成为先民部落的守护神。

也就是从这时开始，先民部落受委蛇之命开始了在大荒之中到处打探东皇太一的下落。在这个过程中，在各种机缘巧合之下，先民部落的成员帮助了无数大荒之中的部落部族，甚至是族群，闯出了很大的威名，乃至于后世的人们将先民二字和圣贤画了等号。

有了这么一群给力的手下，委蛇很快就得到了消息。有人说曾在南海边上看到过东皇太一的足迹。这下好了，线索有了，紧跟着就是委蛇准备到南海寻找东皇太一。

因为东皇太一不在地表，而是跑到了地下去和大蟹作伴了，所以委蛇到了南海之后，虽然很多神兽都说自己见过东皇太一，但是无论怎么找都找不着。委蛇知道，东皇太一肯定就在附近，只不过躲藏的地方比较隐秘，所以委蛇就准备搞个悬赏缉捕，广招神兽以及人族部落，想来个地毯式搜索。

还没等委蛇有所安排，又有人告诉委蛇，南海边上有个身高百丈的巨人不知道抽什么风，正在海边打地洞呢。委蛇的脑子多灵呀，一听这话就知道这事八成和东皇太一少不了干系。当下，他就让人带着自己来到了后土施工作业的地方，并且成功抓住了东皇太一。

说来也怪，东皇太一一门心思全放在了后土身上，忽略了对大荒的监察，这才让委蛇找到了行踪。此时说什么都晚了，东皇太一只能乖乖认栽。但是委蛇得理不饶人，非说自己多年辛苦，蒙受了时间损失和心理上的折磨，要求东皇太一给自己额外的补偿。

后土一听委蛇居然还有补偿，再想想自己，四处寻觅，多年受罪，临了还莫名其妙地给人当了回泥瓦匠，相比委蛇的经历，那可是委屈太多了，要是委蛇有补偿，那自己是不是更得有一份儿了？

当下三个神明你一言我一语地争起来了，说来说去，谁也不肯吃亏。最后，大蟹给出了个主意，建议他们不如找个外人来评评理。后土、委蛇、东皇太一三个人一听有道理，就决定上不周山去找烛九阴给个说法。

爆笑吧！上古诸神来了：一方山海中的神话故事

到了不周山，三个神明把前因后果一五一十地交代了一遍，烛九阴听完就乐了。他说这事好办，只不过，三个神明得按他说的来。三个神明当然愿意听大哥的话了，当下就答应了下来。那么烛九阴给他们出了个什么主意呢？

三位赌棍的终极战斗

自古以来，人们就喜欢找德高望重的人给自己主持公道，神明也不例外。后土、委蛇、东皇太一三位神明因赌结缘，几千年下来，各种烂账早就说不清楚了。可是这三位都不是肯吃亏的主，最后，他们想着让当时大荒之中公认的老大哥烛九阴给他们仨出个主意，解决一下彼此之间的恩怨。烛九阴倒也不推辞，可是这位老大哥给他们三位出的主意太不靠谱了。这事要从烛九阴见到三位神明的时间说起。

烛九阴曾经和虚邪结伴邀游域外虚空，而三位神明上不周山的时间，就是烛九阴准备工作就绪，马上要出发的时候。烛九阴为了这次探险，和虚邪准备了数万年了，可就在这个当口，女娲给烛九阴带来了一件很麻烦的事情。这件事和女娲造人大有关系。

之前我们说过，为了丰富大荒之中的物种品类，在女娲的牵头下，神明们开始了一场轰轰烈烈的创生运动。各位神明都充分利用各种条件，创造了各种神兽异兽。在这次运动中，女娲模仿自己的样子创造出了十三个小人，也就是天地第一人和后来的人族十二始祖。

据《异闻集》记载，"女娲以黄河口造人，初有十二，后有万千，十二者女娲心血为，各有神异，万千者随手而为，乃女娲引藤沾泥所出，凡生之子"。就是说前面的十二位人族始祖是女娲精心制作的成品，非同寻常，而后面出生的都是女娲用藤条沾着泥浆甩出来的，很平常。那这十二位精品到底精在了哪里呢？这就很难说清了，因为十二始祖各有绝技。

十二位始祖分别以十二地支为名。

老大困顿，性别男，身形矮小，大约一米三，擅长穿山越石，搭建房屋。

老二赤奋若，性别女，两米二到两米四之间，力大无穷，身形魁梧，擅长采摘耕种，收集粮食。

老三摄提格，性别女，一米八左右，战斗力强，擅长捕猎，制作陷阱机关。

老四单阏，性别男，一米六左右，擅长追踪猎物，并会制作精巧的器具来捕捉小型猎物。

老五执徐，性别男，两米六左右，能够辨别天气，趋吉避凶，擅长制造和使用武器。

老六大荒落，性别女，一米八左右，擅长使用毒药，治疗由瘴气引起的各种病症。

老七敦牂，性别女，一米九左右，擅长奔跑，负责迁徙，搭建营地。

老八协洽，性别男，一米八，擅长驯兽，通过驯服的野兽，开辟山岭，修建营地。

老九涒（tūn）滩，性别男，一米六，擅长攀爬，采摘果实，捕捉飞禽。

小十作噩，性别男，一米四，擅长巫术，采集毒虫、毒蛇、毒药之类的毒物，炼制秘药。

小十一阉茂，性别男，身高一米七，擅长驯化并畜养牲畜。

小十二大渊献，性别女，身高一米八，擅长辨别鉴定食物，对于寻矿有独特天赋。

这十二位人族的始祖，不仅各有天赋所长，还寿命悠长，人均能活十万年之久。在女娲的安排下，这十二个人带领着第一批人族以黄河为中心，在大荒的中心地带组建了部落，繁衍生息，扩大族群。

爆笑吧！上古诸神来了：一方山海中的神话故事

日久天长，人族越来越多，到最后大荒中心都住不下了。在资源短缺的情况下，人族由小规模内斗慢慢发展到了大型火并，彼此之间的仇恨也日益加重。蚩尤的九黎部落和黄帝的有熊部落就是在这个时候结下梁子的。

十二始祖眼看这么下去，人族就要完蛋了，只能恳求女娲给自己想个办法。女娲又能有办法呢？她就只能又来求烛九阴想办法。

烛九阴这时候正兴高采烈地准备开启自己的大冒险之旅，这活儿接得就心不甘情不愿的，恨不得突然间女娲改了主意才好。可是没想到，在他最为难的时候，现成的工具人就给送上门了。于是，烛九阴决定把这个事情交给上门来的三位神明来完成。

当然，人家后土哥仨和女娲一样是来上门求助的，怎么也不能直接张口说。但是架不住他们又给了烛九阴一个好思路，烛九阴略微一琢磨，就决定把这两件事情并成一件事情办。于是，烛九阴才提出了可以给后土三个主持公道，但是让他们必须听自己的安排。

烛九阴告诉后土、委蛇和东皇太一三位神明，既然他们的矛盾是由赌博引起的，那不如就干脆赌桌上说话。东皇太一、后土、委蛇三位神明干脆再来一把三局两胜的赌博，要是后土和委蛇赢了，那东皇太一只需要偿还本金就好。可是如果东皇太一赢了，那就干脆连前面的账一并抵销。

三位神明觉得这么长时间以来一直在为这些烂事纠缠不休，不如就趁此机会解决了算了，不然老是拖拖拉拉的，什么时候才是个头呢？所以他们也都同意了，之后的事情就简单了。

由后土和委蛇出题，东皇太一接招。连续两把赌局，烛九阴都以一种隐蔽的手段，维持着双方的平衡，最后的结果成了东皇太一和讨债组合一比一打平，这下三位神明可都有点上头了。

关于赌博，有个说法是能输不能赢。这句话的意思就是，在赌桌上，你要是把把都输，不用几把，你也就不想玩了，可是一旦看见赢的希望了，你就会忍不住下重注，然后就该倒霉了。后土他们就是，到了第三把，双方谁都不肯退让，都憋着要赢。为了保证公平，这次轮到裁判，也就是烛九阴出题了。烛九阴故作为难，许久之后才说，女娲前段时间托他帮助创造的人族往外扩张，不如以此为题，三位神明各领一部分人族去大荒外围安家落户，以一万年为期，看谁发展得更好，谁就赢。

三位神明听了都觉得这个主意不错，当下点齐了人马，各选方向，自奔前程。烛九阴也算卸下了自己身上的担子了。可没想到，三位神明的这个赌局着实在大荒搞出了一阵大动静。

| 爆笑吧！上古诸神来了：一方山海中的神话故事

委蛇的众筹制国家

委蛇的保姆生涯

一个国家的建立其实和创建公司很像，在建立的过程之中，少不了各路人马出钱出力。委蛇的建国之路就是这样的。委蛇、后土和东皇太一三位神明立下赌约，要通过带领人族搞发展这种游戏来一较高下，之后便各奔前程。而委蛇就回到了自己的凤阳山，不过委蛇可没带着新收下的人族，他回来是为了给先民部落换个地方谋生。之所以有这种想法，得从委蛇从不周山下来之后说起。

话说委蛇立下赌约之后，还真没把带领人族生存这个事情放在眼里。在他看来，有自己这样强大的神明保驾护航，那些人族怎么着也不能让人给欺负了。这个想法其实没毛病，委蛇好歹也是称霸一方的大神，是有字号的人物，哪有那么多不识趣的上赶着来送死。所以，离开了不周山后，一路上委蛇带着人族大部队太太平平地走过了前一百多里。

可是委蛇的好日子也就这么到头了，此后各种烦心事就没再断过。最简单的问题就是带着一群人过日子，总得管他们饭。可是委蛇是神明，食气不死，也没有随身带干粮的习惯。于是，走了几天之后，这个旅行团就不得不叫停了。一群人族族民哭天喊地，说委蛇存心要饿死他们，还说既然委蛇如此不负责任，那还不如把他们送回原地，就算让人灭了族，也比饿死强。这话一说出来，委蛇可就急了，就这么把人送回去，不用想也知道，自己就算淘汰出局了。

眼看着没饭的话，这群人连路都赶不了，委蛇只能乖乖地去找粮食。好在这个时候委蛇他们正在大荒中心地带，人族部落还挺多的，委蛇又使了点手段，这才借到了粮食，算是暂时缓解了吃饭危机。

可是随后带着人族继续出发的路上，委蛇才发现问题远比办法多。一大群人乌泱泱好几百万，不是这个生病，就是那个受伤，更别说还有老弱病残，行军速度就跟乌龟爬树一样，进退两难。

几十年光景里，纵然委蛇四处打秋风，各处求仙药，这群人还没走到成都载天山，就已经减员三分之一了。《古民说》上记载，"委蛇携先民一族，始发不周山，终至凤阳，未半而损其三四，人心漂浮"。

可是人族委屈，委蛇也觉得自己委屈，再怎么说自己也是个有头有脸的神明，这一路走来，自己除了弄饭，就是四处寻找走散的人族，像个幼儿园阿姨一样，简直太难了。思来想去，委蛇觉得靠自己一个神怕是不成了，于是就命令人族部落原地休整，自己则回到了凤阳，准备带着先民部落一起来照顾这群生活无法自理的"小朋友"。

委蛇自从靠着先民部落的帮助，展开了一对一服务之后，人族部落的境况确实有所好转。但人族羸弱，经不起长途跋涉，最好的方法还是能够就近迁徙。眼看着西南是崇山峻岭，难以穿行，委蛇干脆和先民部落的手下们打听起了去哪儿落脚比较容易些。

先民部落的成员们前面为了找寻东皇太一，都快把大荒走遍了，对各处风水宝地了如指掌。当下就有一位叫凿齿的成员告诉委蛇，他游历大荒的时候，曾经在不周山东南有过一段往事。

这事要从凿齿的身世说起。凿齿本来是一个普通人，可是幼年时期，他无意间吃了一只形如老鼠的小兽，吃完以后觉得还挺香，之后困劲就上来了，不觉酣然入睡。一觉醒来，他才发现，自己怕是摊上事儿了。睡醒了的凿齿发现，自己嘴里竟然长出了一根三尺多长的尖牙，牙根就在两颗门牙中间。

凿齿吓坏了，就拿起一块石头，准备把这根牙砸断了，可没

爆笑吧！上古诸神来了：一方山海中的神话故事

想到，这颗牙齿看着又细又长，看起来脆弱，但要砸它，却是刀砍不留痕，斧劈难受力。凿齿想尽了各种办法，也奈何不了它。没有办法，凿齿只能顶着这根大牙，回到了自己的部落之中。

那个时候，长成这个样子是要受人排挤的。没多久，凿齿的族人就将凿齿赶出了部落，自此之后，凿齿就成了流浪汉。他四处游荡，没着没落的，不仅受尽欺凌，还得防备别人拿自己当凶兽宰了，又要到没有人烟出没的地方找寻食物，日子过得要多难就有多难。

某一天，时来运转，凿齿到了一个自己都不知道是哪儿的地方。这个地方万里石原，荒无人烟，正中心有一个巨大的洞窟，周围全是嶙峋怪石，唯独在洞口向下的地方，长着无数奇花异草。靠着这些物资，凿齿的生活状况得到了改善，这才算获得了生存机会。

再后来，凿齿认识了一个叫奇肱的家伙。在奇肱的带领下，他辗转到了凤阳山，加入了先民部落。此时，他听委蛇的意思是需要一个好地方，就又想起自己年轻时候的经历来了。委蛇听了凿齿的话，对他提到的地方倒是挺感兴趣的。可是凿齿自己也不知道，那个地方到底在哪儿，只是依稀记得在他和奇肱离开的时候，曾经路过一座大山，那座大山高耸入云，满布青苔。

先民部落人才众多，知道了此地的特征之后，很快就找到了对应的地点。巧了，这个地方就在不周山东南，离委蛇搬家大队也不算太远。大家都表示，可以试着看能不能走到那里。于是，一群人奔着东南而去，并且成功地抵达了目的地。

然后委蛇开始反思一个问题，自己是不是太没用了？为什么会这么想呢？因为等先民部落和人族正式落户之后，委蛇才发现，游牧生活可比定居省心太多了，两者的难度根本就不是一个级别的。他正发愁，手下突然来报，说这个地方待不了了。

与寿命之神的美妙邂逅

屋漏偏逢连夜雨，船迟又遇打头风。委蛇定居在了大地穴附近没多久，正感觉自己不是搞发展的料呢，手下的人突然来报，说是部落驻地旁边的大地穴之中传来了不小的动静。旧忧未去，又添新愁，委蛇准备带着一群人去探探地穴，看看到底发生了什么事情。没想到，这一看就看出了一个辉煌王朝。这事儿要从大地穴的来历说起。

委蛇现在所在的这个大地穴本来不是在大荒东南，而是在不周山南方九万八千里的地方，算是大荒中心边缘的位置。这个地方有个来历，是当年盘古的肚脐所化。

最早的时候，这个地方连接着大荒地下水脉，是天下地水母源。因为天地初分时，大地每日下沉，地下水脉就从这个地方喷涌而出，形成了一个巨大的喷泉，喷出来的水能和不周山等高，因此被称为天下第一奇观。

据《水渊录》记载，"上古有地穴，为天下水源，喷涌十二万四千年一休，所出之水，聚而成河，沉于汉水，继流之于天下"。就是说，这个地方的水最后汇总在了汉水，然后才经河道遍流大荒。这么来看，大地穴就是个有实际功能性的喷泉景观，可是后来就不是这么回事了。

大家都知道，地下水的存量要远比地表河流大得多，而大地穴不停地喷涌，很快大荒就开始面对第一次大洪水了。因为这时候大荒还没有演化出后来的诸多生灵，所以只有神明们面对着这次自然灾害。

神明也是需要生存环境的，为了避免洪水进一步侵袭，后土和河伯以无上的伟力生生把大地穴挪到了大荒东南一个完全隔绝了地下水的地方，也就是委蛇现在待的地方。之后，喷泉就变成了地穴，天下第一奇观也就变成了不周山。

但是，后土他们不知道的是，大地穴的喷泉之所以每十二万四千年就会停摆一次是有原因的。盘古作为世界创造者，他身体的很多部位都变成了神明，他的肚脐当然也不例外。只不过，他肚脐之中诞生的这位神明有点特殊。

在以往介绍过的神明里，有烛九阴这样天地初开就诞生的神明，也有西王母、东王公这样后来被慢慢孕育出的神明。但不管怎么说，这些神明也是在盘古身死之后才出世的，可大地穴中的

这位神明却在盘古未死时就已经成形了。看过《西游记》的读者可能有印象，在乌鸡国的篇章里，孙悟空曾经化作一个小人，自称立帝货，哄骗了乌鸡国太子，而这个桥段借鉴的大概就是盘古肚脐里的这位神明的故事。

《石中书》有云，"昔年鸿蒙未破，盘古肚脐之中居一小人，身长三寸六分九厘，合无穷之数，寿远无疆，自号不死"。这也就是这位神明的来历，他才是盘古之后的第一位神明。只不过，后来盘古破开鸿蒙的时候动静太大，把不死就给震晕了，等他醒过来时，已经是十二亿四千万年之后了。

这时候，盘古的肚脐早就化作了喷泉，把不死出来的路给堵死了。要想出来，就必须堵住喷泉，可是不死身小力虚，穷十二万四千年之力，也只能压制喷泉一刻钟，这才导致了喷泉十二万四千年一停。到后来，后土他们虽然解决了地下水涌出的问题，但是因为挪移大地穴导致地穴深处的地形发生变化，反而给不死的出世增加了难度。

但是不死是个无聊且很有耐心的神明，在四处胡乱挖掘的过程之中，无意中挖到了一处通向地下世界的通道。在那里，不死收服了一群生活在地下的异兽，这次大地穴之所以传来异动，其实就是不死在借助小弟们的力量准备挖开大地穴的底部。

等委蛇他们到了地穴深处的时候，不死正好挖通了地穴，成功出世，所以两位神明正好撞上了。但是一个场景里，两位神明的心思却各不相同。委蛇想的是，坏了，没想到这个地方居然有主；而不死想的是，坏了，挖到别人家了。这下两位神明都心虚了起来，应了那句老话，麻杆打狼两头怕。

可是，俗话说"见面是交情"，认不认识的也得先客气一下。两位神明都拿自己当客人，简单做了个自我介绍。这么一聊，两位神明才知道原来是误会一场。这下再打交道，他们起码心不虚了，也能心平气和地简单交流一下。

两位神明都是初来乍到，也没什么搞事情的心思，就简单协商了一下，把大地穴归给了不死，地面上的平原地带匀给了委蛇，算是皆大欢喜。然后，不死忙着收拾新住所，委蛇则回去继续发愁，继续怀疑人生。

日子一天天过去了，委蛇对如何带领手下的人族发展，依然是毫无头绪。好在人族自己有一套简单的生存方式，再加上周围没什么天敌，倒还算过得下去。虽然依旧在减员，但是起码速度已经慢下来了，也给了委蛇一个喘气的机会。

但是委蛇要的不是这个结果。委蛇心里明白，再怎么着，赌局是一万年的期限，可能性太多了。后土和东皇太一比他发展得好，是自己输；比自己损失小，还是自己输；即便人家和自己损失一样，两边加起来还是比自己的人口多。一想到东皇太一到时候要赖账，委蛇心里都快懊恼死了。

相比起委蛇的糟心，不死的日子那可就顺当多了。他光棍一个，一人吃饱全家不饿。他把住处收拾好后，有大把的时间可以挥霍，所以不死经常到委蛇这里来串门。一来二去，他看出委蛇有心事，就问了一下，委蛇一肚子苦水就想给人倒一倒，当下就把自己的事情一五一十说了一遍。不料，不死一听，当下给他出了个主意。

不死树的诸般妙用

"家有一老，如有一宝"。委蛇千琢磨万思量都没能把自己手下的人族带上正道，可不死拿出了自己家的老宝贝之后，一切问题就迎刃而解了。他不仅帮着委蛇把手下的人族安顿妥帖，还以此为根基，建立了大荒第一个真正意义上的部落。那么，不死家的老宝贝究竟是什么呢？这事说来话长。

前面说过，大荒之中有五大神木，分别是东王公的大椿树，夷木的建木，神荼、郁垒的神桃树，羲和的扶桑木，还有就是不死的不死树了。但是不死的不死树并不是不死种下的，而是盘古的脐带所化。

按照《随方集》上的说法，"盘古自鸿蒙孕育，肚脐有带，盘古以斧断之，余者化为一树，其高三尺，五十万年而生一轮，挂果百余枚，食之不死"。就是说不死树其实是盘古的脐带变成的，它的果实就是最早的长生不死药，像后来西王母的不死药，丹穴的万寿丹，其中的重要成分就是不死树的果实。从某种角度来说，不死树的果实比西王母的不死药更好，毕竟西王母的不死药不仅炼制方法特殊，就连材料也太过珍贵，哪能比得上人家的不死树，天生地长，施肥浇水就能产出果实来。

当然了，虽然不死树放在别人手上是个宝贝，可是对不死来说，实在没什么用处，因为他本身就是寿命之神，不死之身。所以，不死打算和委蛇共享这件宝贝，在他看来，委蛇手下的族人只要有不死树为他们延长寿命，到时候整个部落正常繁衍，人口只增不减，哪有赢不了赌局的可能。

但是，没想到委蛇听了不死的介绍之后，却连连摇头。一方面，委蛇对不死树的产量不太满意，他手下的人族何止万千，靠着不死树那每五十万年才能收获的百十来个果子够干什么？另一方面，委蛇是个明白人，他深知无功不受禄的道理，不死树这种宝贝他也不愿意轻易领受。

不死看委蛇有所顾虑，就把自己的考量说了出来。他告诉委蛇，自己在大地穴之中蹉跎岁月，如今虽然出来了，可是大荒之中却没人知道他，很是遗憾。他之所以愿意帮助委蛇，除了看在双方交情的份上，也希望先民部落能替自己扬名。因此，不死告诉委蛇大可放心，自己愿意提供帮助是有所图的，至于产量问题，他也早有对策。

不死告诉委蛇，常规状态下，不死树确实生长缓慢。但是，不死当年在大地穴之中时，穷极无聊，为了打发时间，细致研究过不死树，无意中找到了一种可以提高不死树产量的方法。

不死经过研究发现，不死树虽然是树，但其实和一般的树木还不太一样，因为这棵树有两种形态。第一种形态是正常生长，这时候不死树和普通的树木没什么区别。第二种形态是等到了开花结果的时候，不死树会钻入地下，在地底完成生产。一旦果实成熟了，不死树就会再次钻出地面。之所以这样，是因为不死树的生长条件只有一个，那就是有光。在有光的情况下，不死树会把全身的叶片打开，树枝也会极力伸展，由一棵三尺高的小树变成高一千四百丈的参天巨木。但是，以前不死树长在地穴深处，不见天日，这才导致了它生长缓慢，很难结果。理论上，只要有充足的光源，不死树完全可以变得高产。

从这一点来看，不死就比东王公强。东王公朋友无数，却几十万年都没琢磨出一套给大椿树助长的法子，而不死以一己之力，硬是找到了提高不死树产量的秘诀。不得不说，神和神还是有区别的。

委蛇一听产量问题已经解决了，为了拉拢不死这个技术人才，决定让不死技术入股了。于是他和不死商量，也别分彼此了，干脆搭伙一起把这个部落给建起来，等手下的部落开枝散叶了，大家都能扬名立万了。而且，他要是赢了赌局，从东皇太一手上把赌债讨回来，大家也可以平分。委蛇和不死都是明白人，觉得能合作，于是两家立马就变成一家了。

在不死的建议下，委蛇和不死一起用了各种方法，试验哪一种光线更有利于不死树的生长。从火光到日光，再到宝石的光芒，各种光线试下来，两位神明发现，不死树只有接受日月星三光照射才能加速生长。

什么叫日月星三光呢？据《广文录》记载，"天下精怪分三等，一等者受日月星三光，二等者食云霞雾气，三等者享血肉滋补"。就是说，天下间一等一的东西，都是以太阳、月亮和星辰的光芒为食的，不死树就是这样的。或者说，就是自不死树开始，才有人试图拿日月星三光作为养分，企图长生不死。不过这个做法不靠谱，毕竟人和树本质就不一样。

话又说回来了，其实不死和东皇太一才是天作之合，一个是星辰之父，一个是光源消耗大户，太合适了。可是现在是委蛇和不死在一块儿，两位神明就得想想自己能用的法子了，人和不通，还有地利。

在大地穴所在的大平原边上有一座大山，冲破云霄，山顶是方圆万里之内光线最好、最不受影响的地方。不死和委蛇就把不死树种在了这座山的山顶，不死树有了日月星三光的照射，果然飞速生长，一天一个样。很快，不死树就产出了第一批果实，委蛇和不死也就放心了。

然后，两位神明共同决定正式组建部落，部落沿用先民部族的称号，称为先民部落。这才是开天辟地之后第一个真正意义上的部落。前面的十二始祖组建的，准确来说应该是氏族。可以说，就是从先民部落诞生之后，人族才真正进入了部落时代，所以先民部落又被称为部落之祖或者是三大祖部之首。

至此，委蛇觉得总算大功告成了，不死也觉得自己扬名立万就在今朝了。可没想到，没过多久，一场意外差点儿让他们破了产。

家产被强制清零的委蛇

人生不如意事十之八九，这是很正常的，因为人生本来就是由各种意外和突发事件组成的。可是委蛇和不死两位神明显然没有意识到这一点，所以他们就不得不面对突发的悲剧了。关于这个悲剧，神农氏也是要负很大责任的，因为正是他的失误让委蛇和不死险些破产。故事的开始，要从先民部落的内部矛盾说起。

自从先民部落正式宣告组建成功后，各种问题就层出不穷。什么凶兽袭击、粮食短缺、自然灾害等问题，都不过是癣疥之疾，真正让委蛇和不死头疼的还是先民部落的内部矛盾。

先民部落是由三拨势力合并成的，其中最强大的是各种异人，其次是各种异兽，最后才是纯粹的人族。这三拨人因为彼此之间差异太大，所以矛盾不断，其中最主要的矛盾来自异人和普通人族。

异人都是早年各大氏族之中，因为种种原因而流落在外的变异人种，他们或多或少都受过普通人的排挤和歧视，因此先天就和人族不太亲近。再加上因为变异，这些家伙之中有很多强大的个体都不大看得起普通人，比如说叫奇肱的那个家伙。

奇肱是后来的奇肱国的开国君主，他只有一只手，却长着三只眼睛，能够看到很远的地方，还善用飞石，可以百丈之外射杀

禽鸟。玩暗器的，文化人居多，奇肱也不例外。奇肱除了战斗力惊人之外，还有一门独门绝技。

据《博物志》记载，"奇肱国，其民善机巧，以杀百禽，能为飞车从风远行"。就是说，奇肱是个发明小能手，创造了能以风为动力的飞车，环保节能，速度飞快。当然了，奇肱还有其他诸多发明，比如说最早的弹弓就是他发明的。

但是奇肱能耐大，也爱瞧不起人。在他看来，先民部落的普通人族除了浪费食物之外，基本没有任何存在的意义。抱着同样想法的，还有异人、互人、白民、羽民这些先民部落的中坚力量。

早先两帮人生活轨迹毫无重叠，彼此还算比较克制。可等到先民部落聚居地建设完毕，随着接触的频率越来越高，双方之间的冲突就开始加剧了。委蛇和不死看在眼里，急在心里。但是这时候大荒街道办主任东王公还正在大椿树上静静地体验着自己的幼少青中老年生活，委蛇和不死又都不是什么情感专家，一来二去，两个神明就想了个歪门道。

不死觉得，现在这么乱，无非是两帮人不能顺利融合。一方面固然是异人和人族早有宿怨，另一方面则是异人虽然一定程度上保留了人族的某些外貌特性，可本身其实已经和寻常人大不相同了，彼此无法一起生活，更无法结婚生子。双方缺乏情感纽带，当然就会矛盾不断。如果能让双方通婚，乃至生子，那不就有缓冲的余地了吗？

抱着这个想法，此后的数百年间，不死都在积极地研究跨物种繁衍的相关课题。委蛇和不死大概是大荒中最没有格调的神明了，两位上古巨神硬是被逼成了医治不孕不育方面的专家。

好在不死有一棵神树。在丹穴、不庭等神明的帮助下，不死的研究取得了惊人的进展，他们依靠不死果的功效，最后成功研制出了一种神药，可以让任何物种正常繁衍。这种神药的出现，给先民部落带来了和平的同时，也让异人的数量开始急剧增加，甚至为以后的大荒种族之争埋下了隐患。不过这都是后来的事情了，眼下不死和委蛇倒是挺开心的。

为了大规模生产神药，不死和委蛇只能日夜不停地催生神树，采摘神果，炼制神药。并且不死在炼制出神药之后，信心大增，觉得有必要进一步开发不死树的其他神奇功效。因此，在炼药之余，他也会想办法做些其他实验，这下闹出来的动静可就有些大了。

要是放在别的地方，不死的这些举动最多也就是有点儿扰民，可是放在这里就不行了，因为在他的脚下，正有一位神明在此沉睡。这位神明就是无路之人，不死栽种不死树的地方就在无路之人的头顶。

无路之人专业闲逛，累了就会找个地方歇息，而他休息的地方，就在北冥西南的大地穴旁边。委蛇他们找到大地穴的时候，用的参照地标建筑就是一座通体满布青苔、高耸入云的巨山。这座巨山其实就是无路之人，他沉睡于此，日久年深身体外表被灰尘遮蔽，时间长了就变成了一层长满青苔的石质外壳，所以才会被人误以为是大山。

如今的无路之人离苏醒已经不远了，再加上每天都有人在自己脑门上不停地闹腾，那睡眠质量就别提了。可以说，到了这个时候，无路之人离撒起床气也就不远了。无巧不成书，为了制作赭鞭，神农氏又来拔了一根无路之人的睫毛，结果临走还戳到了无路之人的眼睛。疼痛之下，无路之人终于从睡梦中苏醒，然后开始了新一轮的奔跑。前面我们说神农氏坑惨了一位神明，说的就是这个事，因为不死树随着无路之人的离去，成功地离家出走了。

先民部落的建立完全仰仗着不死树，没了它，先民部落根本维持不了多久。眼看着就要面临破产清算的下场，为了避免这种凄凉结局，经过一番商量，委蛇决定与不死一起去向神农氏讨个公道。他们知道神农氏如今就在连山一带，带领着一个叫魁隗的部落讨生活。委蛇和不死决定，无论如何也要找神农氏索赔。

神农氏最有智慧的一个点子

老话说，穷的怕横的，横的怕愣的，愣的怕不要命的。不过，这话也许得加一个前提，那就是大家都没脑子。不信你看委蛇和不死这两位神明，一个够横，一个不要命，却硬是拿穷鬼神农氏一点办法都没有。这个故事还要从委蛇和不死前去连山找神农氏索赔说起。

前面我们提到，神农氏已经离开连山，正在和魁隗部落向内陆迁徙，准备到神桃山西南的大平原上，参加由呼卫阖召开的第一届人族发展峰会。因为拖家带口，所以他肯定得提前出发。神农氏在惊扰了无路之人之后，回到连山就发动魁隗部落上下集体打包行李，提前三百年出发，向着神桃山一路挺进。前半段的行程都挺顺利的，唯独到了神桃山东南的时候，遇到了一点小状况。

这时候，魁隗部落人困马乏，食物储备也不多了，眼看就要到神桃山了。没有了迟到的担忧，这群人就想就近补充物资，休整一下，然后再启程出发。魁隗部落都是一群战斗力比较强的人，对他们而言，储备食物其实就是打猎。但是他们没想到，因为打猎，就有位神明看不惯他们了。

这位神明叫作苍禾。据《诸异杂说》记载，"上古有神，其名苍禾，狐首蛇颈，人身鹰爪，背生凤羽，好与兽居，怜悯生灵，见者止戈"。就是说，这位神明很喜欢小动物，是个正经的动物保护志愿者。

当然了，苍禾虽然喜欢动物，但是他也知道，大荒之中，弱肉强食才是主旋律，毕竟那么多食肉动物，总不能让他们饿死。所以，苍禾保护动物也有个条件，就是只有生活在他的领地之内的动物他才会提供庇护。

从这一点来看，苍禾其实还是很有分寸的。他提出这个条件，首先就把食肉动物排除在外了，保证了自己手下动物的安全，而且还限制了范围，也不会影响大多数人的正常生活。因此，大家都愿意遵守这个规矩，时间长了，神桃山东南的这片草场林原就变成了一片禁猎区。就算偶尔有人在附近打猎，只要看到猎物进了草场，就不再追捕了。

但是魁隗部落的人不知道这点，他们在追捕猎物时无意发现了被森林围绕的草场，而且发现这里的小动物严重缺乏生存意识。

　爆笑吧！上古诸神来了：一方山海中的神话故事

换句话说，就是这里的动物实在太好抓了，所以他们的花式捕猎给草场带来的损失惨重，很快就惊动了苍禾。

苍禾为人比较温柔，或者说他的性子比较温吞，他知道了魁隗部落也不是故意违反自己的条例后，虽然生气，但是并没有为难魁隗部落的族人，只是将他们赶了出去。然后，他转身找神农氏算账去了，误会归误会，毕竟神农氏的手下给他造成了这么大的麻烦，总不能没有交代。

神农氏看到苍禾找上门来，脸都绿了，眼看着就抵达目的地了，怎么就突然惹上了这个麻烦呢？赔偿吧，自己一穷二白；赖账吧，好像也不大妥当。他正发愁呢，两个送上门的"背锅小王子"就到了。

这两位小王子就是在连山扑了个空的委蛇和不死两位神明。他们到达连山后，发现神农氏已经走了，就四处打听，好不容易才打听到了他的下落，这会儿上门就是来索赔的。但是他们没想到，神农氏在知道他们来意的那一刻，就冒出一个个自他出生以来最有智慧的点子。

接下来，神农氏先是让魁隗部落招待了委蛇和不死两位神明，然后就忙活自己的事情去了。没办法，他这一路走来第一次真正承担起了一个大家长的职责，这时候还不熟练，正在熟悉业务。当然了，不是说神农氏准备以后就安心搞发展了，他这会儿临时抱佛脚，也是为了自己想出的那个点子。

不死和委蛇在魁隗部落受到了热情招待的同时，也被魁隗部落的上下一心、团结一致的氛围吸引了。他们都是刚开始创业，哪见过这种发展了好几万年的大氏族的鼎盛局面，所以一开始不死和委蛇也想在魁隗部落里参观学习一下。

可是时间一长就不行了，他俩出来好几百年了，家里还放着一群不省心的手下，要是拖拖拉拉的，说不准什么时候人心就散了。于是，两位神明打算找神农氏商量一下赔偿事宜之后，就赶紧回家，而且他们也没想过要让神农氏赔钱，就是想让神农氏替他们把不死树找回来。

但是等不死和委蛇再次见到神农氏时，神农氏却大大方方地告诉不死和委蛇，自己不打算替他们去找寻不死树。不仅如此，他还准备让不死和委蛇支付自己一大笔报酬。不死一听就不乐意了，这是凭什么呀？

神农氏把自己提前准备好的说辞现场背了一遍，他隐去了自己是个甩手掌柜的事实，把魁隗部落能发展得如此兴盛的功劳全部揽在了自己身上。魁隗部落也很无奈，谁让神农氏是老大呢。就这样，神农氏用魁隗部落的各种优点把委蛇和不死说得心里直发痒，最后两边达成一致，委蛇和不死从先民部落抽调一批小动物送给神农氏作为酬劳，条件就是神农氏替他们管理先民部落。

之后，神农氏转手就把那群小动物送给了苍禾，然后到先民部落去指导建设工作了。神农氏为了装样子装得像一点，临时抱佛脚，在魁隗部落做了简单的培训。他刚上手的时候，也是有模有样的。可是没多久，学渣的本质就暴露了。

在神农氏各种不靠谱的提议下，先民部落被折腾得鸡飞狗跳，问题是一点儿都没解决。甚至在神农氏胡搞瞎搞的过程之中，奇肱、白民等异人还远走他乡，自立门户，创建了无数异人国。可以说，神农氏的加入差点儿直接给先民部落画了句号。最后，委蛇和不死也明白自己怕是上当了。

两位神明商量了一下，决定由委蛇想办法给先民部落找一条出路，不死则带着神农氏去找寻无路之人。自此，先民部落的三位股东中，一位任职时间仅仅不到十年，另一位临时因故无法履行义务，只有委蛇继续自己的赌局。为了更好地生存，委蛇决定干脆带着先民部落去一个完全不受外界干扰的地方重新开始。他要选择哪里呢？

龙伯国的建立

办法都是逼出来的。自从不死带着神农氏外出寻找不死树后，委蛇就回到了先民部落，带着剩下的那群族人一路向着东边进发，因为委蛇听说大荒的东面凶兽稀少、食物众多。可没想到半道上，

爆笑吧！上古诸神来了：一方山海中的神话故事

委蛇碰到了巨龟龙伯，它的出现给先民部落带来了新生的希望。具体故事要从大荒赌神争霸赛结束说起。

我们知道，幽嗣为了打发后土，举办了一场赌博大赛，一场折腾之后，作为赌具的巨龟一族就剩下了三位成员，被分别命名为龙伯、龙龟和龙鳌。其中龙鳌不愿意追随神明，准备走遍大荒找寻幸存的同伴，把它们带回龟眠之地，重振巨龟一族。而龙龟被伏羲带走，定居雷泽成了伏羲的吉祥物。只有龙伯无人问津，因为后土急于向东皇太一追债，把它给忘了。

不过对于龙伯来说，这倒不是什么坏事。龙伯生性胆小，平日里离群索居，是一只习惯独居的龟。对它来说，有人搭理也好，没人在意也罢，都无所谓。通过这场赌神争霸赛，它也充分意识到了神明究竟是一个多么危险的群体，眼看着没人搭理自己，龙伯反倒乐个清净。甚至龙鳌问龙伯要不要和自己同行时，龙伯也以不想再来一场马拉松为由拒绝了。他准备找一个荒无人烟的好地方好好休养生息一番。

对别的神兽来说，大荒广大，只能随遇而安，可是龙伯身上有后土刻画的山川地理格局图，它成了龙伯找寻新家的指南手册了。龙伯在经过一番精挑细选之后，选定了北冥作为自己的目的地，并且艰难上路。没办法，乌龟爬不快。但是龙伯没想到，他的旅程才刚刚开始就不得不被迫结束了。这事得从龙伯离开汉水之后的第八千个年头说起。

说来可怜，这时候龙伯还没爬出汉水地界。一方面是它爬行的速度确实很慢，另一方面则是龙伯自打出发开始，就觉得自己的身体越来越沉重了，到了后来，它每走一步都能导致山崩地裂，河床塌陷。这时，龙伯才反应过来，自己好像不是变胖了，而是变异了。

据《述古志》记载，"昔大荒有龟，龙首鳌身，鳌足兽尾，腹下有图，其背上驮山，山似活物，日长"。就是说，龙伯的背上长出了一座大山，而且这座山每天都在成长。为什么龙伯身上会长出一座大山呢？这事说来得怪后土。

我们说过，后土在龙伯身上刻绘山川地理格局图的时候，曾一不小心将自己的拇指割破了，把血洒在了龙伯的背上。那些血液渗入了龙伯的龟甲之中，和龙伯背上的尖刺混合在了一起，之后竟然如同种子一样，在龙伯的背上生根发芽，长成了一座小山。龙伯觉得身体越来越沉重，其实就是背上的山峰在不停地长大。

　　眼看着那座山越长越高，分量也一天比一天沉，最后龙伯连动都动不了了。就在龙伯叫天不应、叫地不灵的关键时刻，委蛇出现了，而且委蛇是带着先民部落的残民来的。为什么会是残民呢？

　　自从不死离开之后，先民部落的士气跌落得很厉害，心不齐，队伍就不好带了。先是奇肱他们带着一群拥护者远走他方，自立山头。等委蛇提出想二次迁徙的时候，又有一部分人觉得委蛇太不靠谱了，就不想跟着他混了。

　　上古大荒时期，神明和部落氏族之间不是严格的上下级关系，而是一种接近平等的合作关系，大家都来去自由。这部分人准备重新返回大荒中心，就算不能重归十二氏族，最起码有同类守望相助，也比跟着委蛇四处流浪来得安全。

　　连续两波族人的离去几乎带走了先民部落的大部分有生力量，剩下的这群人就真称得上老弱病残了。委蛇带着这群人迁徙，行进速度就别提了。他们是从西往东走，龙伯则是从东往西走，这才正好碰上了。要是没有龙伯前面爬的那八千年，委蛇他们想看到龙伯还不定到什么时候。委蛇看见龙伯的时候，其实没反应过来这是个活物，毕竟这时候龙伯都快被压进地里去了。委蛇还好奇什么时候汉水多出一座山来了。

　　委蛇拖家带口的，动静很大，龙伯听见有人来了，就挣扎着把头从地下探出来，正好看见委蛇准备登山。他赶紧叫住了委蛇，请求帮助。委蛇活得久了，见多识广，也不吃惊，耐心地听着龙伯讲自己的故事。听完之后，委蛇觉得自己惨，龙伯比自己还惨，出于同情心，就有了帮助龙伯的打算。

　　委蛇不以力量见长，所以也没法把龙伯直接拔出来。但是人多力量大，毕竟委蛇还有一群手下呢。他召集齐了自己手下所有的族人，用所有人的毛发编制成了一根绳子，然后用这根绳子把龙伯拉到了汉水旁后，转身就去找姑射了。

委蛇想的是，姑射是制船专家，说不定有办法让龙伯在水里驮山而行。不得不说，委蛇在经历了种种生活的打击之后，终于学会用智慧解决问题了。在姑射神人的帮助下，对龙伯的改造很快就完成了。姑射用四根浮木给龙伯打造了一个救生圈一样的东西，从此龙伯就能在水里自由活动了。

龙伯很感激委蛇，见委蛇和他的手下无处可去，就提了个建议。它告诉委蛇，不如干脆就让委蛇的手下到自己的背上生活，然后一起去东海避世而居。委蛇觉得这是个办法，就从善如流，而且为了彻底告别过去，也为了纪念和龙伯的缘分，就把先民部落的名字改成了龙伯国。就这样，委蛇带着龙伯国一同去了东海，并且在机缘巧合之下，龙伯国竟然兴盛起来了。那么龙伯国到底是怎么兴盛起来的呢？

过度发育的龙伯国人

车到山前必有路，船到桥头自然直。人生总是充满了各种意外。比如说委蛇，他怎么也想不到，自己和不死费尽辛苦也没能搞定的部落发展问题，最后竟然被一只乌龟解决了。更让他想不到的是，在龙伯带着他们过江过河到达东海之后，竟然还有一个惊喜在等着他们。这事得从龙伯向东海游去途中的一场"车祸说起"。

自从龙伯驮上了委蛇和他的龙伯国居民之后，心里还是挺美的，毕竟在这之前，庇护一方生灵一直都是大神才能涉足的领域，如今自己竟然也有幸参与其中，只能说是命运的安排了。不过，龙伯也有自己的烦恼，在陆地上有后土的山川地理格局图，没有什么地方是他找不到的，可下了水后这幅地图就没用了。那时也没有导航，想去东海就只能是找准东方，随缘赶路了。

龙伯是从汉水出发的。汉水作为天下诸水源头，支流众多，可是龙伯因为体型的问题，最靠谱的行进方向还是一路向北，然后抵达北海，之后再向东出发。这一趟路程可就相当远了，为了提速，委蛇就想了个好主意。

据《天观奇说》记载，"龙伯国人，制船轮而行东海"。就是说，在委蛇的号召下，龙伯国的居民做了两个用来划水的水轮，然后安装在了龙伯的身上，以此来加速向东海航行。也就是说，他们给龙伯安装了人力助游装置。

有了这个装置，龙伯的速度确实快了许多。但是这个装置也有一个缺点，船轮毕竟是人力驱动的，做不到动力平均输出，所以方向很难控制，龙伯经常游着游着就跑偏了。在汉水的时候，龙伯经常来回乱撞，速度也不敢太快。可是等进入北海，水域宽阔了不少，龙伯国人就放开了速度。这一放开就出事了。

在距离汉水海口大约十万里左右的地方，有一位神明叫南极夫人。这位南极夫人本来居住在南海，可是自从游历大荒，到过昆仑之后，南极夫人就变得对昆仑非常痴迷。痴迷到她回到南海之后，竟然想要仿造一座昆仑山放在海上供自己观赏。

但是南海有归墟海眼，昼夜不停地吸纳海上的各种东西，南极夫人连续三次仿造昆仑，最后都被归墟给吞了。一气之下，南极夫人干脆跑到了北海，这次因为没有外力干扰，南极夫人成功地在北海仿造出了昆仑山。除了规模有所不同，各处细节几乎和昆仑山一模一样。

就在南极夫人欣赏自己作品的这个关头，龙伯他们来了。这时候，龙伯明显超速了，它早就看到了海上的这座山，可是想停已经停不下来了，只能眼睁睁地撞了上去。这一撞，直接把海上昆仑撞成了三截，其中一截向着南海飘去，另一截则沉入海底，还剩下最后一截，连同南极夫人倒在了龙伯的背上。南极夫人当时都懵了。

过了许久，南极夫人才反应过来，新家她还没来得及享受，就这么没了。这下，南极夫人可不答应了，她随手抄起了倒在龙伯背上的那段山峰狠狠地朝龙伯的背上砸去，直接就把龙伯背上的大山给砸平了。然后，南极夫人也没提赔偿的事情，直接转身回南海了。

为什么南极夫人不索赔呢？很简单，她习惯了，在南海反反复复白干三回，心里的那点儿热爱早就被磨没了。所以，这次失败让南极夫人彻底认命了，她再也不想发展山寨事业了。回去之后，南极夫人又有了新的爱好，不过这都是后面的事了。

这边龙伯被南极夫人当头盖了一板砖，也很不爽。但是人家转身就走了，他有气也撒不出来，只能自认倒霉，继续往东海行进。又走了没多久，龙伯和委蛇都发现自己这次出行可能有点草率了，因为他们发现离开内陆没多久，淡水就不够用了。

这时候原路返回其实也还不晚，但是他们本来打算前往东海建立家园，总不能以后都靠着返回内陆补充损耗，那多费劲。正犯愁时，委蛇发现盖在龙伯身上的那节山寨版昆仑中峰内好像有一口泉眼。

这其实是委蛇想多了，天下的泉眼都是靠连通地下水脉才能有源源不断的淡水，龙伯驮着的虽然是一座真正的山峰，可是毕竟不连通大地，怎么可能有泉眼呢？龙伯身上的这个玩意儿其实是龙伯的龟珠。

龟珠是巨龟一族独有的宝贝，也是区分普通乌龟和神龟最简单的方法。《海外游记》中曾经记载，"龟寿万年而生珠，应以五行，陆生者其珠能夜放光辉，海生者可净水源，河生者能避水火，山中者可驱虫蛇，林下者可室内生香"。就是说，乌龟活够一万年，就能生出具有各种神奇功效的龟珠。

龙伯的龟珠的作用就是能凝聚水汽。要是别的神龟，龟珠凝聚的水汽不会太多，但是龙伯体型惊人，他的龟珠也巨大无比，再加上海上水汽升腾，这才让人误以为是一口泉眼。以前，龙伯的龟珠被背上的大山给盖住了，南极夫人的那一板砖破开了山壁后，它才露了出来。

自此，龙伯国上下都靠着这口泉眼过日子了。可是包括龙伯自己都忽略了，这口泉眼的水其实是受过后土的血液污染的。所以，没过多久，龙伯国上下所有人的身高都开始飞速增长，一个个都变成了身高数十丈的巨人。

巨人在上古食物链之中也是比较强大的物种，一个巨人国度那更是无可匹敌了。但是他们的体型巨大化之后，随之而来的就是一个对大家来说很熟悉的问题——房子不够住了，龙伯是体型大，可是那是相对普通人的体型而言的。对变异后的龙伯国人来说，他的个头已经跟不上发展了。那龙伯国该怎么解决住房的问题呢？

大荒海上贸易集团的成立

老话说得好，光棍一个身轻快，当家主事诸般难。委蛇虽然是个神明，可是创业之路走得也很艰难，前脚好不容易才走出险遭解散的阴影，后脚龙伯国上下就又发生了集体变异，一个个族人都变成了身高数十丈的巨人。然后，衣食住行等方方面面都不好解决了。委蛇为此头疼不已，到底该如何解决呢？

委蛇他们到了东海以后，第一个要打交道的神明就是东海的海神禺虢，因为东海就是禺虢的产业。委蛇作为首阳山的神明，突然拖家带口到别的神明的地盘上搞发展，不去拜访一下，一来显得不礼貌，容易被视为挑衅，引起不必要的纠纷；二来他也想看看禺虢能不能帮着自己解决一下家里这些大朋友们的生存问题。

但是想拜访禺虢，也不是那么容易的事情，因为四海海神和内陆的神明不太一样，像西王母、东王公，包括委蛇自己，在自己的老家一般来说都要修建宫殿，或者是有固定的居所。而四海海神四处行走，走到哪儿睡到哪儿。当然了，这不是因为他们生性自由，主要是因为四海的可用劳动力实在太少了。

就拿禺虢的东海来举例吧。据《探海异闻》记载，"禺虢居于东海，六万万年而得见三人，是以皆许之重宝"。就是说，禺虢在东海居住，整整六亿年，一共就见过三个活人，每次都让禺虢非常兴奋。为了表达自己的快乐之情，禺虢就拿出很多珍宝赐给到访者。后来很多故事之中说是人到东海寻找神仙，求取宝物，根源就在这儿。

禺虢生性好热闹，也曾多次前往大荒，希望能够找到一些愿意到东海生活的生灵。可是那时候，东海还没有海岛之类的陆地，内陆生灵精通水性的也很少。再说就是精通水性，陆地生灵也没几个愿意一辈子泡在水里的，所以禺虢总是无功而返。时间长了，禺虢干脆就常在东海的海岸边上玩耍，安慰一下自己受伤的心灵，顺便满足一下社交需求。

这次委蛇想要拜访禺虢，就只能顺着东海的海岸来回搜寻。但是委蛇心里很着急，家里的大朋友们体型越来越大了，估计用不了多久，龙伯的背上就真的住不下他们了。正着急时，委蛇碰到了老朋友伏羲。伏羲和禺虢是多年老友，他最清楚禺虢的动向。在伏羲的帮助下，委蛇终于见到了禺虢。

禺虢以前没和委蛇打过交道，所以对委蛇的到访很是诧异。但是在听了委蛇的来意之后，禺虢很高兴，因为这么多年东海总算有希望添丁进口了。热情好客的禺虢生怕委蛇他们再跑了，就把解决龙伯国居民生存的问题给包揽了下来。

禺虢在东海生活多年，对东海非常熟悉，他知道有一个地方非常适合龙伯国居民的生存。这个地方叫东海龙山，也被称为无人得见之山。东海龙山之所以有这么一个外号，是因为它位于海面之下，自上古以来就没人见过，它的来历和后土有着密切的关系。

据《海上山经》记载，"太古之初，后土酣睡于野，头枕一山，其峰有棱，屡扰后土之梦，后土羞怒，提之倒投东海"。说白了，龙山最早就是后土的枕头，因为设计得不好，体验感很差，所以被后土给倒着扔到了东海之中。

但是龙山到了东海之中，也遭到了神明的嫌弃，嫌弃它的就是前面提到过的大荒海贼王姑射神人。这位航海爱好者平生制船无数，荡平四海，堪称海面之上无敌手。四海海神提起她来都是一个脑袋两个大，可是姑射神人却曾经在龙山上吃过大亏。

简单来说，就是龙山虽然在东海之下，但其本身高度实在是有点太突出了，再加上这座山是倒着的，山体离海面仅仅十几丈而已。姑射神人习惯飙船，正好撞在了龙山之上，结果就搁浅了，然后就上演了一段漫长且悲惨的海上落难史。

龙山其实颇有点像神明克星，要是上古时候有凶地排名榜，说不定龙山也是有希望当选十强的。虽然对别的神明来说龙山有点不吉利，但对委蛇而言，龙山可就是个好地方了。

　　一来龙山面积够大，离海面距离又很合适，正好适合龙伯国的那群巨人居住；二来龙山没有业主，而且名声不好，也不怕别的神明看上这个地方。所以，禹骁一说这个地方，委蛇就觉得龙伯国的居住问题就算解决了。

　　东海确实是委蛇的福地，在解决了龙伯国的居住问题后，禹骁顺便提了一个建议，这个建议直接连龙伯国的生存问题也给解决了。禹骁告诉委蛇自己多年来致力于东海移民事业，经过考察，已经选定将东海海外的三座神山作为新住户的住所。但是一直以来，那三座神山随着洋流飘荡，没有准确的坐标。受交通条件所限，除了姑射神人曾经到访过那三座神山，再也没有人愿意在那里生活了。如今有了可以跨海而行的龙伯国人，他就完全可以用人力把那些大荒内陆的生灵带到岛上了。

　　委蛇受人恩惠，当然不能拒绝，但是总不能白干活，就问禹骁是不是能管饭。禹骁一口应允，拿出了无数东海奇珍作为酬劳交给委蛇，用来和大荒内陆换取食物。如此，双方的交易就算达成了。

　　此后，龙伯国就彻底在东海定居了，靠着帮禹骁往三座神山运送住户的机会，顺便拿着禹骁给的奇珍异宝干起了海上贸易，日子还算过得兴旺、舒坦。到这里，龙伯国算真正安定了下来，委蛇的赌局也有了几分获胜的希望。此时其他两位选手的情况又如何呢？

　　爆笑吧！上古诸神来了：一方山海中的神话故事

东皇太一的建国大业

体验了真人快打服务的东皇太一

东皇太一离开不周山之后，一路向东南出发。在他看来，组建部落无非就是找一个地方搭建驻地，然后就可以按部就班地发展了。可他没想到，刚离开钟山，现实就给他上了一课。这件事要从东皇太一离开钟山向东南行了五千里的时候开始说起。

东皇太一自从带队开始，就一心琢磨着要把部落安排到什么地方去。可是多年以来东皇太一虽然也游历大荒，但都是为了躲债，一直都是来也匆匆去也匆匆，根本没好好了解过大荒的地貌风情。现在突然要他选一个部落驻地，还真是难倒他了。

为了尽快落实基建工作，东皇太一在离开钟山之后，就让跟随自己的人族原地休整，然后独自前往大荒东南去寻找部落驻地去了。但是东皇太一没想到，自己手下的这拨人实在太不听话了。

东皇太一走后，这群人面对着陌生的环境，竟然丝毫没有感到不安，反而开始积极探索起了周围的环境。然后，他们就遇到了一只有些奇怪的神兽，形如狸猫，但是后脑上比寻常狸猫多长了一只巨大的眼睛。这只神兽的名字叫婴，是烛九阴的粪便变成的。

婴的本性不坏，但是它的能力对普通人来说就太不友好了。据《异兽志》记载，"婴生三目，体有异香，见之者迷，故行路者不宜遇"。就是说，婴因为身体散发出一种奇特的香味，会让人无法辨别方向，继而迷路。再加上婴好亲人，也就是喜欢和人一块儿玩耍，所以钟山一带的生灵，一般情况下很少靠近这片地方。

但是东皇太一的建国小分队是外来户，眼看着婴长得丑萌丑

萌的，体型又不大，就没把它放在眼里。可是没多久，那些外出探索环境的人就感觉不对劲了，明明知道自己是从哪里出来的，可就是回不去，反而在试图找到回家道路的过程中，越来越偏离正确的道路了。

在原地等待东皇太一的人发现自己周围的同伴越来越少，这才慌了起来。为了搞清楚发生了什么，也为了找回同伴，这群人又派出了更多的人去探索周边环境。等东皇太一从大荒东北返回的时候，他手下的人族已经非战斗减员超过三分之一了。

东皇太一心里苦，明明是个生存游戏，怎么还被改成了悬疑剧？害怕再次出现意外的东皇太一只能放弃了独自寻找领地的想法，亲自带队向大荒东南出发。在经过一番艰难险阻之后，他们终于找到了一片好地方。

这个地方有一座大山，山顶上有十座山峰，周围一片荒凉，方圆两万里之内，除了石头还是石头。如果按照今天的选址标准，这个地方估计不太行，但是东皇太一却很满意，因为这个地方周围虽然没什么物资，但是也没什么凶兽出没。东皇太一被婴玩怕了，他现在最需要的就是这种环境。

东皇太一可能是脑子有点不清醒了，他完全没想过为什么这个地方没有凶兽。原因其实很简单，凶兽也是有趋利避害本能的，这个地方住着的十兄弟可比凶兽残暴多了。

按照《东洲录》的记载，"上古有山，名曰大荒，位于天地之东南，山有十峰，居十神"。也就是说，这个地方有主，而且是十个神明，外界称他们为大荒十神。其中排名第五的就是赫赫有名的战神刑天。换句话说，刑天这么厉害的神都只能排老五，可以想象这群神明的威力有多大了。

早些年，这个地方穷山恶水出凶兽，诸如天狗、旭龙、鬼虎之流都是在这里诞生的。这里可以说是大荒最凶险、最乌烟瘴气的地方。可是大荒十神自从诞生之后，就开始整顿，把整个大荒山周围全部肃清了一遍。凡是他们看着不顺眼的就一律除掉了，他们还因此得了个外号，名唤大荒十凶神。

爆笑吧！上古诸神来了：一方山海中的神话故事

因为大荒十凶神诞生得比较早，他们的凶名反而随着时间的流逝渐渐淡去了，到后来，大荒十凶神的名头反而不那么响亮了。因此，东皇太一还美滋滋地准备在这里定居搞发展。

东皇太一不知道这里的情况，可大荒十神却早早就发现了东皇太一，毕竟他们目标太大了。大荒十神本来没打算把东皇太一怎么样，毕竟这些年路过大荒的生灵虽然少，但也不是没有。他们觉得东皇太一可能也就是个过路的，没想到过了很久东皇太一这拨人竟然开始修建房屋，开辟田地，眼看着就是要赖着不走了。这下大荒十神可不能忍了。

大荒十神的老大叫蚩黎，力大无比，后来女娲补天缺少天柱支撑的时候，曾经托天三万年。作为大哥，他的性格比较稳重，或者说至少比刑天稳重。他建议最好先跟东皇太一打个招呼，把他们劝退。大家都觉得这样也可以，而且东皇太一又没干什么坏事，总一上来就喊打喊杀不太好。

大荒十神想得挺好，先礼后兵。可是东皇太一并没有离开。他一路辛苦，好不容易安下家来，怎么可能轻易放弃。所以，东皇太一很有骨气，他义正词严地拒绝了大荒十神的提议，然后就被狠狠地教训了。

东皇太一很想坚持自我，但是坚持自我的代价太大了，而且大荒十神还说如果不能尽早原路返回，他们就不客气了。这下，东皇太一不仅丢了家，连路都没法继续赶了。没办法，东皇太一只能调转方向，向着大荒西南挺进。好在东皇太一在那里遇到了他的贵人。

从赊账开始建国大业

经历无数波折，东皇太一终于赶到了大荒西南。这一路上实在是太艰难了，丢了人，挨了打，连个说理的地方都没有。但是人各有命，东皇太一到了大荒西南算是到了福地了，因为在这里他遇到了不庭这位神明之中的贵神。具体的故事要从不庭的来历说起。

上古时期，如果说最受欢迎的神明还有争议，那么评选最不受欢迎的神明，恐怕没有哪个神明是不庭的对手。倒不是说不庭的性情凶残暴虐，或者说有什么危害生灵的举动。从严格意义上说，作为破坏之神，不庭不仅从来没有搞过破坏，反而积极地维护着大荒的生态环境。他不受欢迎的主要原因在于他的爱好实在太特殊了。

据《雕骨奇书》记载，"不庭犀首牛足，背生八臂，尾长千尺，好击掌为节，随节而舞，其臂相击，能发雷音，响彻万里"。就是说，不庭是一个长着犀牛脑袋和牛脚的神明，尾巴很长，还有八条胳膊，而且是个狂热的鼓掌爱好者和业余的舞蹈家，喜欢一边用手打拍子，一边跳舞，唯一的缺点就是动静有点大。

当然，如果不庭愿意找个偏僻的地方自娱自乐，那也是无可厚非的事情，谁还没有爱好呢。可是偏偏不庭生性好动，还喜欢为外人展示才艺，而且经常追着各地的生灵，强迫别人欣赏他的舞蹈。到后来，大荒生灵看见他都绕着走，这就让不庭很受伤。

但是话说回来了，都到了这个份上了，不庭其实完全可以反思一下自己的行为，然后就该干吗干吗。可是不庭很倔强，他固执地认为自己的舞蹈和音乐还有改进的空间。于是，不庭去首阳山采铜，去昆仑山伐木，去磐山上凿石，历经磨难，克服困难，最后成功地发明出了一整套全新乐器，也就是后来的太古八音。

所谓太古八音，其实就是八种乐器的统称，这八种乐器分别是锣、老鼓、唢呐、手板、笙、二胡、梆子和钹。这一套乐器放在别人那里，就得来个乐队才能操办起来，但是谁让不庭手多呢，他自己就包揽了所有乐器。

太古八音这套乐器的优点是声音嘹亮激昂，缺点就是非常扰民。自从不庭开始自己的大荒巡回演出之后，他一路经过的地方就没有一个生灵能睡好觉，甚至许多正在沉睡的神明都纷纷被他惊醒。最后，经过大家的一致表决，神明们自发帮助不庭找到了一处位于大荒西南、远离大荒中心的地方，作为他的演奏场地。他们甚至明令限制不庭带着乐器离开那里。此后的岁月里，不庭就在这个地方宅居了起来，直到一场意外发生。

据《蒲节书》记载，"不庭响乐日久，山石开裂，八音乃遗"。就是说，不庭演奏乐器发出的声音太大了，日久年深，竟然将此地的山石给震裂了，而不庭的乐器也就这么掉入了裂缝中。从此，第一代太古八音就算退出历史舞台了。不庭正伤心呢，东皇太一就到了。

见到不庭，东皇太一心里咯噔了一下。为什么呢？因为上次就没搞清楚大荒的业主是谁，结果吃了大亏。东皇太一这次长了记性，看见不庭在这里，就先上去问询此地的地主是谁。

不庭看东皇太一很有礼貌的样子，就和东皇太一闲聊了起来。听说东皇太一正在找寻驻地安置手下，就眉头一皱，计上心来。不庭告诉东皇太一，这个地方叫音山，是自己的私人场所。但是，平时这个地方也就是自己的一个娱乐场所，既然东皇太一有需求，自己倒是可以把它送给东皇太一。

别看东皇太一平时一副很不靠谱的样子，关键时刻还是很能沉得住气的。他听到不庭愿意把音山送给自己，第一反应就是礼下于人必有所求。果然，当他问到有什么条件的时候，不庭有要求了。

这么多年来，不庭一直是自娱自乐，他太需要一批观众来欣赏自己的演奏了。所以，不庭的条件就是，希望东皇太一和他的手下入驻音山之后，自己还能时不时地来演奏乐器。老实说，抛开不庭的乐器品种，其实这个条件挺合理的。东皇太一也是一口答应了下来，至此双方都很满意。

可是没多久，东皇太一就发现，自己可能有点儿草率了，因为此后的岁月里，每隔一段时间，不庭都要带着改良后的乐器来音山演奏。不庭发明的乐器都是那种让人热血沸腾的扰民型乐器，一听起来就让人精神振奋，战斗欲望腾升。结果东皇太一的手下很快就进化成了斗士，各种冲突频发，每次都伤亡惨重。从这一点上看，不庭破坏之神的名头，绝非浪得虚名。

不庭是玩得高兴了，东皇太一可就有点儿进退两难了。不让不庭来吧，都答应他了；可是让不庭继续开演奏会吧，自己的族民恐怕经不起几回折腾。思来想去，东皇太一的老毛病又犯了。他找到不庭，说自己部落族民的欣赏水平比较低下，他知道一个对音乐有着足够鉴赏能力的部落，可以让不庭更好地施展自己的爱好。

其实东皇太一哪知道什么爱好音乐的部落，他这就是在开空头支票，反正赌局就是一万年。只要东皇太一想方设法把这一万年拖过去，以后不庭想翻脸也无所谓。不庭是个比较单纯的神明，对东皇太一的话深信不疑，同意了换地方演出的事情。为了更完美地演出，不庭主动提出要回去精心改良乐器，然后再去东皇太一推荐的部落演出。至此，东皇太一成功地用打白条的手段换来了一处供他安稳发展的领地。不庭是走了，但是他手下的部落已经彻底跑偏了，东皇太一要如何让部落回到正轨呢？

君子国和淑女国的建立

人上一百，形形色色。一百个人都各有其性，一个几十万人的部落那就更不用说了。东皇太一手下的部落本来也不是什么听话的人，再被不庭的摇滚乐一煽动，就更是频发冲突，内耗严重。为了解决这个问题，东皇太一决定外出拜访一位神明，以求得解决方法。这位神明就是伏羲。为什么东皇太一要找伏羲给自己解决麻烦呢？这就得从伏羲的身份说起了。

伏羲是女娲的兄长，家住雷泽之中，虽然宅居多年，本身却是大荒之中少见的研究型神明。他每天都在雷泽之中收集大荒的信息，加以推演，试图勘破命运的玄机。可能是天赋异禀，也可能是运气使然，伏羲的研究大有成效。

据《古易考》记载，"伏羲上察雷音云霞，下观山川江河，得云篆八枚，可推天下之事，乃留易书连山"。就是说，伏羲通过观察大自然以及各种生灵，最终创造了云篆这种符号。云篆一共有八个，代表了天地之间的八种元素，也就是后来所说的八卦的前身。伏羲通过组合这八个符号，再加上特定的方法，就可以推算天下所有事情。

有了这个办法之后，伏羲为了让更多的人学会它，还专门写了一本书，书名为《连山易》，但是很可惜，这种方法的学习难度实在太高了。很长一段时间内，都没有人学会，伏羲就只能自己亲自帮人推算各种事情，帮助人们掌握天象变化、地理更新，并以此来趋吉避凶。

比如，在不周山东北方帝丘一带有一个部落，因地得名，被称作帝丘部落。这个部落的人个个身高两丈，力大无穷，以树为武器，擅长投掷巨石，是一个战斗力很强的氏族。帝丘一带物产丰富，又少有凶兽，按理说，这个部落应该活得相当滋润才是，可实际上这个部落的日子过得实在太惨淡了，不仅人丁单薄，还经常有族人背井离乡，成为流民。

作为一个小巨人氏族，帝丘部落之所以过成这样，完全是因为帝丘一带的天气实在是太变幻莫测了。从地理环境上来说，帝丘北临射水，南靠灞水，东西两边分别是渭水和沃野，而它本身的地貌又是典型的山林结构。这么一来，帝丘的天气是一会儿一个样，可能前一秒还晴空万里，下一秒就大雨倾盆。这种环境下，动植物自成体系，并不会受到太大的影响，可是人就受不了。

无论什么人种，基本都有自己适宜的生存环境，所以大部分人在选择居住地的时候，都是尽量选择环境相对稳定的地方。可是帝丘部落因为种种原因被困在了帝丘，这可就倒了大霉了。

穷困潦倒的时候，人想不了太多事情。帝丘部落眼看都要走向消亡了，却也不知道该向谁求助，只能病急乱投医，听说了哪位神明的名讳和家庭住址，就上门拜访，可是大多都失望而归。伏羲就是从自己的一位老友那里听到了这个部落的事情，专程赶到了帝丘。

在详细了解了帝丘的方方面面之后，伏羲靠着自己的推算之数，总结出帝丘的天气变化规律，并且详细记录在了黄麂的皮上，这也就是黄历的起源了。在黄历的帮助下，帝丘部落的生活得到了巨大的改善，最起码大家知道什么时候可以捕猎，什么时候要休息了。

帝丘部落的首领对伏羲的这门技术很感兴趣，就虚心求教，最后伏羲传授给了他《连山易》。在此后的日子里，帝丘部落代代传习《连山易》，竟然从中窥得几分奥妙。最后，帝丘部落又一次简化了伏羲的推算之术，写了一本新教材，名叫《归藏易》，不过这都是后话了。现如今，东皇太一听说了伏羲有一本部落发展指南，成功帮助过很多部落，所以才要上门拜访。

东皇太一上门之后，伏羲听说了东皇太一的来意，觉得东皇太一是个心有善念的神明，很是高兴，就想给东皇太一详细讲解一遍自己的专著。可是东皇太一是一个懒人，根本不愿意费心费力学习这门技术，所以他就问伏羲有没有什么简单易行的方法。

伏羲见东皇太一对自己的独门手艺不感兴趣，就改成了传授东皇太一管理部落的经验。但是东皇太一本来也不是个爱学习的神明，结果两个神明一个说一个听，心里想的完全不是一回事。最后，东皇太一就听进去两句话，一是部落发展要有规矩，二是要教化族人，让族人保持无私无欲的良好心态。

一听到这个，东皇太一就有主意了。在他的老家，域外星空有一条横跨星域的河流，也就是后世所说的天河。这条天河的河水，正好能解决他的问题，因为天河河水有一种神奇的功效。

按照《奇访渊书》的说法，"天河之水无根无源，乃至净之水，分阴阳不同，河面为阳，善滋养生灵，河底为阴，能洗涤人"。这就是说，天河的水质很好，非常纯净，因此有了特殊功能，河面的水可以孕育生灵，河底的水可以洗去人的欲念。东皇太一就是想借助天河的功能，把自己的族民变成道德高尚的人。

有了主意的东皇太一也不管自己还处于流放期了，他偷偷跑回了域外星空，凿穿了天河河底，引下天河河水，河水汇成了一条大江。之后东皇太一让自己族中的男女分别住在江的两边，并饮用河水。果然，本来好斗的族民脾性逐渐变得温和，不再整日内讧，东皇太一这也算是错有错着了。

如此划分之后，东皇太一手下就有了两个部落，为此东皇太一还专门给两个部落起了名字，分别叫做君子国和淑女国。此时，

爆笑吧！上古诸神来了：一方山海中的神话故事

东皇太一就觉得自己的任务算是完成了。可是他没想到的是，因为一场事故，他凿穿的天河没过多久就变成了灾难的根源。

奇葩风俗的由来

能力越大，责任越大，这话其实也可以换一种方式来理解，那就是能力越大，闯祸的能力也就越大。比如东皇太一就是太有能耐了，所以凿穿了天河河底，引下了天河河水。当然，东皇太一也是考虑过这件事的危险性的，他只是在天河的河底开了两个小小的口子。但是东皇太一没想到的是，天河的水还有一种他不知道的神奇特性，这要从天河的来历说起。

其实，域外星空之中早先连水系都没有，更别说什么天河了。但是人各有好，域外神明之中就有一位头发苍白、身形消瘦、面如老者、生三缕长须的神明，他爱上了一项水上活动，也就是我们今天所说的钓鱼，这位神明的名字叫瞫瞞（xìng wěng）。

据《星辰考异》记载，"天外星辰光华汇聚之处，有一神明安居，其双目如珠，可放光华，忽明忽灭，星辰受其目力之扰，亦有明灭，故无人可于夜得见星辰皆亮"。就是说，瞫瞞主要负责天空的星辰光线变化，以此来控制星辰熄灭与亮起，得以让星辰的主人有休息的时机。换句话说，瞫瞞其实就相当于域外星空的工作调度员。

但是星辰们的主人可以休息了，瞫瞞却没这个机会。满天星辰何其之多，要将这些星辰一一安排，占用了瞫瞞全部时间，瞫瞞心里自然不爽。终于有一天，瞫瞞忍无可忍，偷偷离开了域外星空，跟在结伴外出游历的帝俊和常羲屁股后面，一同抵达了大荒。

到了大荒的瞫瞞可真是开了眼了，自从他诞生以后，还从来没有见过这样的花花世界。他在大荒之中交到的朋友，比在域外星空见过的神明还多，而其中和他最交好的就是大荒水脉之主河伯。

这两个神明都是慢性子，最爱做的事情就是泛舟江河之中，一览大荒风景。但是有过坐船旅游经验的朋友都应该知道，单纯看风景还是很无聊的，所以两位神明为了丰富自己的旅游体验，专门发明了垂钓这个项目。接下来的很长时间里，这两位外表都是老年人的神明就这么一边四处打卡，一边悠闲钓鱼，日子过得别提多美了。

瞌睢是舒坦了，但是域外星空的无数星神可就不那么愉快了。自从瞌睢离开了域外星空，满天星辰都不知道自己什么时候才该出现，什么时候才会隐退，只能凭着感觉胡来。然后，大荒众生就看到了无数奇异景象，包括白天的时候星辰罗列，黑夜里漆黑无光。甚至有时候大白天，星辰齐亮，光芒连太阳都能遮蔽。总之，状况非常混乱。

星辰在上古年间主要有三大功效：一是定位方向，几乎所有大荒生灵都是参照星辰的方位来四处行走的；二是为特殊的植物提供光，让它们能够正常生长；三是通过特殊的排列，为神明互相传达信息。可以说，每一个功能都和大荒生灵息息相关，它们一乱套，大荒也就乱了。

帝俊是第一个发现这个问题的神明，毕竟他是域外星空之主，对星辰的运转规律还是很熟悉的。但是帝俊也不知道究竟发生了什么，只能返回域外星空查探。这一调查他才发现，原来大管家瞌睢离家出走了。帝俊和常羲配合着二十八位星神四处寻找，这才在长江找到了正在度假的瞌睢。

听说帝俊想让自己回去接着干活，瞌睢心里一百个不乐意，于是就各种推诿。帝俊眼看着大荒境况，心里很是着急。心烦意乱之中，他就胡乱许诺，说自己有办法让瞌睢在域外星空之中也能垂钓享乐。听了这话，瞌睢也有些心动，就返回了自己的工作岗位，静等帝俊的安排。

回过神来的帝俊这才发现，自己许下了一个根本兑现不了的诺言。可是堂堂一方神明，域外星空之主，怎么能食言？苦思冥想之后，帝俊找自己的老朋友南海海神不延胡余借了半海之水，以二十八位星神的星辰为渠，引了一条河的河水倒上星空，这才有了天河横空的绮丽景观。之后，天河水面受星光照射的时间久了，生出了一群可爱的精灵。

按照《述异志》的说法，"天河之上有鱼，腹下六鳍，背生四翼，划空而过，时人观其光华以为流星"。就是说，天河之中有一种飞鱼，每天在南海飞起，又落入北海之中，因为没人见到飞鱼，只见到天空之中光华闪耀，就以为是天空之上有飞速划过的星辰，将之命名为流星。

东皇太一久不在域外厮混，根本就不知道，天河之中竟然还有生灵出没。他凿穿了天河之后，天河河水冲向大地，重力加速度之下，冲出了一条大江。这条大江与众不同，天下河流都是自北向南，从西向东，唯独这条河口是从东向西，也就是倒流河。

天河最终归入的地方是北海，而天河之中的飞鱼都是进入北海之后再游回南海，重归星空。结果因为东皇太一的原因，很多飞鱼随着天河河水落入倒流河，然后就被带到了西海，这下飞鱼们就有点不清楚回家的路线了。随着越来越多的飞鱼进入西海，天河之中的飞鱼反而越来越少。鱼一少，暄瞵可就不乐意了，他又不知道原因，只以为是星空之中不适合鱼类生存，就又动了游历大荒的念头。

帝俊经历过一次暄瞵离岗事件之后，怕暄瞵再次出走，于是亲自出马，找到了东皇太一，要求东皇太一赶紧一刻不停地把飞鱼赶到南海去。东皇太一理亏，只能答应了下来，可是他生性懒惰，就把这个任务交给了君子国和淑女国的人来完成。从此之后，两国就多了一个奇葩的风俗，那就是在倒流河中捞出飞鱼，养在家中，每隔五百年就要送到南海一次。那时候，无数飞鱼随着南海潮水升空，星光也能照耀整片南极，后人称之为极光。但是当年，人们称其为潮鱼观。可以说，东皇太一成功地为大荒增添了一个网红景点打卡地。

但是，在大荒人民喜闻乐见的时候，东皇太一却是满心的愁事，因为他发现自己的部落突然开始减员了。

赔本赚吆喝的东皇太一

一个国家最重要的是什么，历史已经告诉我们答案了，是人口。人口不兴旺，缺乏劳动力，国家的发展就会陷入停滞之中。东皇太一也是明白这个道理的。当东皇太一心血来潮盘点自己手下两大部落的时候，却发现两大部落的人口莫名其妙就开始减少了。那么东皇太一究竟忽略了什么呢？答案就是婚姻。

东皇太一是个神明，而神明的感情经历往往是空白的。纵观大荒诸神，除了少数几对神明眷侣之外，大多数神明都是单身。倒不是说神明们都那么能耐得住寂寞，而是客观条件不允许。

拿外形来说，东皇太一的形象是个头生独角的中年男子，这就算是大荒之中长相比较符合我们当下审美的神明了。但是和东皇太一相匹配的女神明细数下来，还真就没有。西王母是豹尾虎齿，蓬发戴胜；妪婆是身形佝偻，面容苍老；姑射神人又背生双翼，发如绸带。想象一下这几位和东皇太一谈恋爱的场景，根本不是一个画风。

从本质上来说，神明之间的差距那就更大了。根据《神异考》的说法，"神乃天地之灵，无谓老幼，无分雌雄，乃世间独一"。就是说，神明是无所谓男女老幼的，他们都是世间独一份的存在，从身体构造到生命物种都没有相似之处。

这种情况下，神明基本没有发生感情的先决条件。因此，在神明的思维模式里，根本就没有婚姻这个概念，这也就是为什么东皇太一能想出将男女分开，建立两个部落这种奇葩策略。再后来有了天河之水的洗涤，君子国和淑女国上上下下都成了没有情感欲望的人，自然也就没人告诉东皇太一这件事了。可是没有男女结合，两大部落自然也就没有了新生儿的诞生，再加上凡人必有一死，时间长了，这才出现了严重的减员现象。

东皇太一自己不明白，只能又一次找上了伏羲，把自己的经历和疑问全部说了一遍。他还问伏羲，自己完全是按照伏羲的办法来的，怎么就不灵了呢？伏羲怎么也想不到自己的管理培训居然让东皇太一这个鬼才理解成了这个样子。没办法，伏羲只能又

爆笑吧！上古诸神来了：一方山海中的神话故事

给东皇太一上了一堂生理卫生课，这下东皇太一才知道自己干了一件多么离谱的事情。

可是老话说得好，自古天子不认错，东皇太一自认为是个有身份的神，他当然不愿意承认自己的错误了。可是将错就错也不是长久之计，东皇太一还记着赌局的事，事关自己的身家，由不得他不重视。

为了想个两全其美的方法，东皇太一只能虚心请教伏羲是否有解决的办法。伏羲仔细思考了一下，告诉东皇太一，自己曾经听说，在大荒南海曾有一位神明独自产子，说不定她有办法解决东皇太一的问题。这位神明就是我们前面提过的南极夫人。

话说自从南极夫人的山寨事业遭受接连打击之后，她就返回了南海。但是回到南海之后，没多久南极夫人就又觉得无聊了，以前好歹还有个爱好，现如今却连个让她高兴的事情都没有了。静极思动，南极夫人再一次出发，前往大荒游历。

南极夫人上一次到大荒的时候，大荒还是一片荒芜。此时，经过创生运动之后，大荒的生灵数量急剧增长，虽不敢说随处可见，但一路走来，南极夫人还是和不少部落产生了交集。在这个过程中，南极夫人发现，几乎所有部落都是有老有少。经过了解，南极夫人的词典里多了一个新词组——养育后代。

南极夫人发现，不同部落培育出的幼儿是有很大区别的，他们有的擅长打猎，有的擅长战斗，还有的则是擅长饲养禽兽。基本上，南极夫人早年曾经有过的爱好，参与过的项目，这些幼儿们都有所涉猎，这就给了南极夫人一个启发。在南极夫人看来，养育后代是可以和养成游戏划等号的，正好可以拿来打发时间。可是她一个神明，该如何生子呢？

为了解决这个问题，南极夫人开始四处游荡，拜访各路神明。功夫不负有心人，最后南极夫人在拜访瞫瞬时，得到了解决的办法。我们前面说过，天河河面的河水具有孕育生命的功效。

《南荒遗故》记载，南极夫人访瞫瞬，得饮天河之水，乃孕生一子，五百年而生，是有天地后第一人。说白了，就是南极夫人

喝了天河水之后就怀孕了，用了五百年生下了一个孩子，是开天辟地后以怀孕的方法产下神灵的第一个神明。

南极夫人的事情知道的人不多，伏羲却正好是其中一个。在他的指点下，东皇太一拜访了南极夫人，并且成功地将这套方法问了出来。但是南极夫人也告诉东皇太一，要想成功地单性繁殖，最关键的是不能饮下天河河底的暗流之水，否则阴阳相冲，天河河水就失去了功效。

东皇太一想了一下，觉得这个问题也好解决，他凿开了天河的河岸，将天河表层河水接引下来的同时，还在原本的倒流河上竖起了一块巨石，命名为分水崖。天河河水流经此处，就会被一分为二，孕生之水流入倒流河中，暗流之水则被引入君子国旁的一处洼地内，最后形成了一眼无根之泉。东皇太一还分别给它们起了名字，一个叫子母河，另一个叫解阳泉。

从此，天河暗流的水就只有君子国才会饮用，淑女国的人则是饮下子母河水来繁衍后代，诞生的子嗣，依照性别不同，再被分入君子或淑女两国。但是自从淑女国不再接受洗脑之后，新诞生的女儿们可就有了自己的小心思了，甚至因为这些小心思，还导致了淑女国的叛变。这件事情让东皇太一很是受伤，那么这到底是怎么一回事呢？

淑女国的背叛

姑娘大了不能留，留来留去结冤仇。这个道理东皇太一显然是不会明白的，所以淑女国的背叛就成了一个时间早晚的问题。不过，凡事都有一个导火索，淑女国的革命也是有根源的。这事，得从淑女国的外交危机说起。

东皇太一办事真的是一点都不靠谱，他用解阳泉水给两大部落洗脑，结果让君子国和淑女国的国民都变成了无私无欲的道德楷模。要是放在今天，东皇太一说不定还能争取一下诺贝尔和平奖，但是在弱肉强食的上古时期，这样做几乎就是亡国之本。就拿淑女国来说吧，常年的和平生活让她们既缺乏危机意识，又不

懂得如何处理外交关系。

如果一直如此，也就无所谓了，反正就是关起门来过日子。可是自从淑女国不再饮用解阳泉水之后，新生的淑女国成员又恢复了女儿家的天性，也就是爱美，但是淑女国没有什么能工巧匠来为她们定制饰品。为了打扮自己，淑女国新生的国民们就经常去音山南面一处百花盛开的地方采摘花朵作为装饰。但是常年闭塞之下，消息不太灵通的淑女国国民不知道，这个地方其实是有主人的。

淑女国的这位邻居叫英招，也就是我们前面说过的那位敢和西王母叫板的昆仑山四恶霸成员之一。据《夜梦谭》记载，"英招爱花，居音山之南，自辟苗圃，繁育百花，入者必为其恶"。就是说，园艺爱好者英招早年住在音山的南面，自己种了几亩花田，自娱自乐，最讨厌的就是别人私闯自己的领地，凡是进去的，一定会遭到他的打击报复。

闯入者都是这个待遇，那因为臭美而时不时就去他花园里乱采乱摘的淑女国国民，就更是仇人一样的存在了。英招没有直接喊打喊杀，就已经是在照顾东皇太一的面子了，但是不打击报复并不代表英招就拿淑女国一点儿办法都没有。

英招花了很长时间，凭一己之力，把淑女国通向音山南边的大地给挖出了一条裂缝，以此来阻止淑女国国民进入。可是英招低估了女人爱美的决心，为了采摘花朵，淑女国的国民又修建了吊桥，通过吊桥进入英招的私人花园，继续偷采花园中的花卉。英招是不想得罪东皇太一，可是人家蹬鼻子上脸，都欺负上门来了，那他就不能太客气了。

为了给淑女国上下一点颜色看看，英招每天都把自己的剩饭剩菜扔到淑女国的驻地。可能有人会觉得英招这招太孩子气了，但事实上英招的剩饭可不是那么好接的，因为英招是以毒蛇巨蟒为食的，他的剩饭剩菜就是可以引起绝大多数女性强烈恐惧的脊索门爬行纲动物残骸。

想象一下，三天两头有人往你家里放蛇，这日子还能过吗？所以很快，淑女国上下就开始陷入恐惧之中。可即便如此，这群女娃娃也没想到要谈判一下，然后英招就认定淑女国的人就是一群死硬派，投递毒蛇的频率就更高了。可以说，到了这一步，淑女国和英招之间的关系已经陷入了恶性循环。

就在淑女国惶恐不已的时候，一个外来者的出现给淑女国带来了和平。这个外来者就是流民族的族人柔夷。柔夷是流民族之中少见的弱者，肩不能担担，手不能提篮，可以说战斗力极弱。

但是作为独身闯荡大荒的流民，柔夷也是有自己的生存技能的。他的强项就是口才很好，好到什么程度呢？《先民传》里说，"柔夷善言，能通百兽，能交鬼神，可使山峦低首，曲木直展"。就是说这个家伙能见人说人话，见鬼说鬼话，连小动物都愿意听他唠叨几句，火力全开之下，能让山峦低头，还能让弯曲的木头重新变直。今人管这种技能叫口遁。

柔夷四处流浪，无意之中到了淑女国。他是个热心肠，听说了淑女国的事情后，觉得淑女国也挺可怜的，就主动提出要帮淑女国解决这个问题。之后，柔夷就一个人出发去拜访英招了。

照理来说，英招是个暴脾气，且正在气头上，是谁的劝也不听的。但是架不住柔夷是专业口遁选手，他一面大骂淑女国不懂事，一面劝说英招不要老是一个人生气，应该大力出击，真正报复淑女国一次。

英招一看有人如此理解自己，立马就把柔夷引为知己弟兄。眼看着柔夷比自己还生气，居然开始反过来劝柔夷不要太把这件事情放在心上。柔夷一看感情牌打出效果了，就调转话头，告诉英招，估计淑女国的人不会畏惧英招的这些小动作，还是要来祸害他的后花园的。世上只有千日做贼，哪有千日防贼的道理，他告诉英招不如一劳永逸，换个地方重新开始。

英招听了觉得在理，自己何必和淑女国置气，另寻一地不就好了。然后，英招就听从柔夷的建议，去昆仑山讨生活了。这样，

　爆笑吧！上古诸神来了：一方山海中的神话故事

才有了英招四兄弟大战西王母的故事。到这里，柔夷靠着自己精湛的演说技巧，成功化解了淑女国的危机。

远来是客，相助是恩。于情于理，淑女国都得好好感谢一下柔夷的。于是，淑女国的首领就在淑女国中设下宴会，款待了柔夷。可是这一招待麻烦就来了，原因是柔夷长得实在是太好看了。

淑女国首领的女儿，也就是淑女国的少主，没喝过解阳泉水，所以有情感欲望。她一看见柔夷就爱上了柔夷，然后不管不顾，一定要和柔夷长相厮守。但是东皇太一曾经定下铁律，要求淑女国中绝对不能有男人出没，为此淑女国的这位少东家就求到了东皇太一面前。

东皇太一那是一百个不乐意，没有规矩不成方圆这句话简直快成了他的座右铭了，他当然不会同意这件事。但是爱情的力量是伟大的，这位少主一气之下，就带领着大批不愿意继续生活在无情无爱的淑女国的族人离家出走，建立了一个新的国度，也就是后来的女儿国。

这下东皇太一可就伤心了，只是还没等他缓过劲来，君子国又出问题了。

打败老赖的老赖

自从淑女国的少东家离家出走，淑女国的国情也为大荒生灵熟知。那个年头，各大氏族的青壮年都致力于向外扩张，但是由于女性族人相对体力弱，因此很多外出的队伍都是清一色的老爷们儿。刚开始，氏族通过通婚的方式，还能勉强维持住男女平衡。可随着人族的地盘越来越大，交通不便导致了部落之间的联系愈发困难，这么一来，光棍可就多了。

生育繁衍是本能，女性缺乏是客观事实。所以，当大家听说在大荒之中有一个纯粹由女性组成的部落，还都是国色天香的大美人之后，就都坐不住了。他们自发组建了一波又一波的相亲大队，踏上了前往音山的征程。

东皇太一地处偏远，得知这个消息的时候，已经有无数的小伙子来到了淑女国附近。这群小伙子使尽浑身解数，企图博得美人芳心。老话说得好，同性相斥，异性相吸。这群小伙子在吸引到了淑女国国民关注的同时，彼此之间也爆发了矛盾。其中矛盾最突出的，就是孔雀族和安和部落。

这两个部落都是摄提格氏族的分支，族民的特征相当一致，都是身躯魁梧强壮，相貌柔顺俊美，又靠打猎为生，因此才艺展示的项目也都是狩猎异兽，并将猎物送给淑女国的国民。但同行是冤家，淑女国民是有限的，两个部落的小伙却很多。为了争夺伴侣的选择权，这两个部落的人就在各自的部落首领雅南和燕吕的带领下，爆发了激烈的冲突。其他部落见状，也是有样学样，彼此之间纷争不断。

等东皇太一赶回音山的时候，这群相亲党都没能分出胜负。可是东皇太一已经不会给他们机会了，在东皇太一的心中，自家菜地里最水灵的白菜已经被一头叫柔夷的猪给拱了，剩下的无论如何也不能便宜了其他人。

为了防止淑女国再出状况，东皇太一想出了一个永绝后患的办法。据《山公野语录》记载，"太一之神请河伯挪侠水、玉水、柳河于淑女国城外，并子母河而围之，从此飞鸟不入，走兽无出，淑女国虽人丁兴旺，然自成世外之地"。就是说，淑女国被东皇太一关了禁闭，从此再也不能离开自己的驻地。慢慢地，外面的花花世界都成了传说，以至于后来的女儿国新生一代都把这些祖辈留下来的故事当成了幻想出来的事物。

但是封闭式管理有个弊端，那就是淑女国从此无法从外界获取必备的生活物资了。为了解决这个问题，东皇太一又找来了两位手下，负责为淑女国运送物资，延续国祚。这两位手下，一个叫渡叟，一个叫力翁。其中，力翁乃是阇茂部落的族人，擅长驯服水兽，外出驯兽时被东皇太一发现，收为了手下。而渡叟则是自己投靠东皇太一的。

渡叟本来是生活在大荒中心一个小型部落的首领，属于大荒

落氏族的远支，部落的驻地就在淮水的源头屈山脚下。但是没成想，蜒蛇路过的时候，拔走淮水附近的屈山，露出了淮水的水眼，导致洪水爆发，淹没了渡叟的部落，渡叟成了仅有的幸存者。心灰意冷之下，渡叟听说东皇太一在招手下，就投靠了东皇太一，然后和力翁组成了淑女国物流小分队。

东皇太一有了这两位手下，自觉高枕无忧，就离开了音山，准备去后土那里参观一下。没想到，他前脚刚走，后脚讹兽就来了。前面我们提到过，讹兽本来是个纯洁善良的小动物，但是却被委蛇借着一场赌博，夺去了最珍贵的诚实品质，从此变成了一个不会说真话的家伙。

讹兽本性不坏，不愿意四处为非作歹，就一路向西，逃离大荒中心，过起了离群索居的生活。偶尔他也会被人收留，但是讹兽在这些人面前都是一言不发，装出一副又聋又哑的样子，不知道它身份的人就称它为哑兔，对它多加照顾。因为愿意收留他的大多都是一些有过名扬大荒事迹的强大生灵，所以很多人觉得哑兔是瑞兽，能带来好运。

讹兽失去了善良，心中的负能量每日剧增。为了不伤害那些对他友善的生灵，讹兽从不在一个地方停留太长时间。就这样，讹兽在留下自己传说的旅程中，慢慢地靠近了淑女国，并且不幸落入了渡叟和力翁手中。

作为专业的荒野求生者，流民一族秉承的是绝不浪费任何食物的优良传统。在渡叟的提议下，两人决定加个餐。讹兽眼看着自己就要被下进锅里了，被迫开口，发出了近万年来的第一个声音。当然了，内容肯定是围绕着生存、善良、小动物保护之类的主题展开的。

力翁心地善良，可是渡叟却有一副铁石心肠。讹兽眼看着自己就要被渡叟强行用一口破锅超度了，无奈之下，开始了生平的第一次诈骗。讹兽告诉力翁和渡叟，他在大荒东南发现了一个绝世的宝藏，是一位不知名的神明留下的一面镜子，可以满足人所有的欲望。但是镜子那里有一只神兽看守着，自己东奔西走，就是找帮手来的。

听说世上还有这样的奇物，力翁还只是听个新鲜，渡叟却是兴致满满的。渡叟一直心心念念自己惨死的族人，希望能够重组部落，复生亡者，听说有一面能实现任何愿望的镜子，当下就坐不住了。他威胁讹兽给自己画了一幅地图，然后拿着地图就去寻找宝藏了。他这一走，讹兽的小命算是保住了，但是从此开始，讹兽也就彻底黑化，成了大荒之中的第一欺诈师。不过这都是后话，眼下最麻烦的还是渡叟的离去。

渡叟本来的工作就是根据性别调配淑女国的新生婴儿，为君子国补充人口，他这一走，淑女国新降生的婴儿就没人送往君子国了。因为淑女国的国民无法穿越河流，这下君子国也开始面临灭亡的危机了。

君子国人虽然无欲无求，但是对繁衍后代的渴望是本能。在四处寻找东皇太一无果的情况下，为了不让自己的国家衰败，君子国中凡是能经受长途迁徙的国民联合起来，带上了所有能够搬运的物资，一起向着大荒东方进发，准备回归大荒中心。

这一切都发生在东皇太一不在的时候，所以东皇太一毫不知情。他现在已经抵达了后土所在的成都载天山，正在为自己看见的事情发愁。

爆笑吧！上古诸神来了：一方山海中的神话故事

后土的人生初体验

后土的自爆基地之旅

所谓人离乡贱，外来务工人员东皇太一的建国之路本已坎坷，却仍旧难以平复频起的风波。而另一边的坐地户后土却选择在离开不周山之后，立马带领手下的族民返回了自己的老家壶山。在后土看来，自己的大本营正是开创基业的上佳宝地。后土的建国历程真的会如他所想的那般顺风顺水吗？当然不是，他不知道此时的壶山正有一个巨大的麻烦在等着他。事情要从他和幽嗣的赌局结束说起。

后土和幽嗣的赌局对壶山的生态环境造成了不可挽回的破坏，此时的壶山已经和当年完全不一样了。据《目离书》记载，"自壶山绝，凉水有众凶兽为祸，始无人居"。就是说，自从壶山被后土和幽嗣破坏了之后，环境就变得非常恶劣，无数凶兽都入驻此地，把整个凉水搞得乌烟瘴气、凶险万分。此地的生灵只能集体搬家，从此再也没人来这个地方定居了，只剩下无数凶兽在这里争夺领地，其中有三只凶兽最强势。

这三只凶兽分别是凶神巫支祁、恶兽团杂和流浪儿童开明兽。三只凶兽之中，恶兽团杂最强大。他体型椭圆，身上长有一尺左右的灰色毛发，口有利齿，喜欢拿活物当口香糖嚼，而且有严重的精神分裂症状，善恶难辨，行为处事全凭心情好坏。好在它生性懒惰，极度嗜睡。在占据了原来壶山之中后土的居所后，就长时间处于沉睡状态，每日清醒的时间不足一刻钟。即便他饥饿难忍，也不外出捕猎，只是坐等猎物上门。寻常的时候，只要没人误入壶山，他根本不理会外界的争端。但巫支祁和开明兽就不一样了。

开明兽双目如电，形如巨虎，金毛银鬃，力大无穷，是三只凶兽之中最早到达壶山的。原本他家住在九江山，在那里靠着自己的武力以及八个同胞兄弟，建立起了好大的势力，俨然是一副土霸王的做派。可惜在后土将九江山送给了破坏之神不庭之后，不庭上门接收财产的时候，发现开明兽长得太不符合不庭的审美了，就把他赶了出来。于是，开明兽带着自己手下的小弟，多次辗转后到达了壶山一带，准备再创辉煌。

刚开始，开明兽仗着自己人多势众，成功压迫了周围的众多凶兽，抢占地盘资源无往不利。他靠着自己的一双铁拳，非法致富，很快就过上了小康生活。但是老话说得好，哪里有压迫，哪里就有反抗，聚集在壶山的凶兽都是些桀骜不驯之徒，怎么可能心甘情愿受人剥削？可是多次反抗都被强势镇压，大家也只能把心中的怨怼藏了起来。日子一天天过去了，没过多久转机就来了，因为巫支祁也抵达了壶山。

巫支祁生性狡猾，初来壶山的时候，眼见开明兽势力庞大，自然是伏低做小，认开明兽为大哥。可是随着和壶山的凶兽熟悉起来之后，巫支祁发现大家都对开明兽心怀不满，他的小心思就动了起来。他表面上对开明兽曲意逢迎，私下里却四处串联，和那些对开明兽不满的凶兽联合起来。

之后，巫支祁利用开明兽对自己的信任，将开明兽骗入壶山，惊醒了恶兽团杂。在双方打得不可开交的时候，巫支祁配合倒明（开明兽）联盟一举重创恶兽团杂，并且逼得开明兽远走他方。在这个过程中，开明兽的八位兄弟为了掩护开明兽，都重伤身死，而巫支祁就成为壶山的新一代霸主。

但巫支祁性格凶残暴虐，他赶走团杂和开明兽之后，很快就把屠刀对准了当年他联合起来的小伙伴。那些当年倒明联盟的凶兽们不是被巫支祁设计杀害，就是自觉壶山凶险远走他方。最后，等后土回到壶山时，壶山除了多出个巫支祁外，一切竟然和后土走的时候没什么差别。

眼看一切风平浪静，后土就开始组织人手，修建驻地，为在壶山的长远发展做打算。但是后土的做法显然让巫支祁心生不爽，

后土

巫支祁不知道壶山的过往，一直以为开明兽就是壶山的主人。他眼看着自己好不容易起义成功，哪能允许后土来抢夺劳动成果。于是，巫支祁下定决心，不仅要把后土赶走，还要用残忍的手段

好好地让大荒的居民看看与自己作对究竟是个什么下场。那巫支祁为什么有底气和后土这种大神作对呢?

巫支祁称得上基建狂魔,在开明兽走后,巫支祁几百年的时间里并没有虚度光阴,而是仗着自己力大无穷,水性又好,在凉水河洪水尚未退去、遍地汪洋的时候,将壶山一带所有的地穴打通成一张地下水脉交通网。借着这些下水道,巫支祁完全可以在壶山一带自由出入。在决定要对付后土之后,巫支祁每天都不定时出来,掳掠后土手下的族民。

刚开始,后土因为不知道巫支祁的存在,吃了好大的亏。好在后来后土提高了警觉,不仅昼夜守卫,还筑起了高大的土城,靠着各种方法,强行提高了巫支祁掳掠的难度,这才暂时稳住了局势。

人总得吃饭,想要吃饭就要离开城池,去外面打猎耕种,这就给巫支祁提供了打游击的机会。巫支祁行动灵活,四处点火,使后土不胜其烦。很快,后土就抵挡不住巫支祁的攻势了。虽然每次巫支祁造成的损失都不大,但是后土也只能眼睁睁地看着局面开始走向一个不乐观的方向。

此时,后土正是年轻气盛,哪能忍受得了巫支祁的骚扰和挑衅,他不愿意陪巫支祁玩躲猫猫的游戏,就有心一鼓作气,除掉巫支祁,给自己的手下换来一片安静祥和的乐土。但是后土一来高估了自己的智力,二来小看了巫支祁的猥琐劲,虽然他屡屡设置陷阱,但巫支祁却总有办法逃脱。后土屡次出手,都被巫支祁以地道战的策略成功脱身。

脱身之后的巫支祁又变本加厉地报复回来,就这样后土和巫支祁玩了好几百年的警察抓小偷的游戏之后,心态彻底崩了。他忍无可忍,却又拿巫支祁毫无办法,只能从周围移来七十二座大山,彻底压住了所有的地穴,把巫支祁埋在了地下,算是出了一口恶气。

后土是出了气了,但是壶山也彻底没法住人了。没办法,后土只能求助自己的老朋友们,希望他们来帮自己出出主意。可是

爆笑吧! 上古诸神来了:一方山海中的神话故事

后土忘了，他组建部落的工作已经是开了大荒先河了。那么后土的朋友们能帮上忙吗？

后土的轻奢建国法则

家有千般不顺，也是快乐之源。而后土因为巫支祁的缘故，不得不带着自己的手下离家外出讨生活，说起来怎一个惨字了得。不过好在后土在大荒赌神争霸赛之后，靠着"钞"能力结交了无数好友。这次后土离开壶山之后，就打算找自己的老朋友们给出出主意，想一个万全之策来安顿追随他的族民。他最先找到的就是熊琼山上的老朋友。

据《山谭奇书》记载，"大荒山西出八千五百里有熊琼山，山内居五神明，一曰矻（kū）足，世间百味之源；一曰季苦，能合万物为药；一曰铭卂（qí），知五金所藏；一曰辱狙，司病残伤痛；一曰泾，能化石成沙，合称熊琼五神。"这五位看起来没有一个能和管理学、经济学、农业学等民生科学扯上关系的。换言之，他们对组建部落一点贡献都没有。

那么，后土为什么先来找这五位呢？当然是因为距离近。本来，后土对建立部落这种事情就一无所知，本着人多力量大的原则，后土是能找谁就找谁，也不管专业对不对口，反正先上门求教再说。

熊琼山五神也确实讲义气，虽然面对自己完全不熟悉的领域无法提出有用的建议，但是这五位都积极拿出了自己认为对后土有用的物资来赞助他。其中，气味之神矻足将自己的一块皮肤送给了后土，用来帮助他手下的人族收敛自己的气味，躲避凶兽的追踪。兼职保健学推广大使的医药之神季苦送给后土一棵季树，用来辟邪驱病。痛苦之神辱狙把自己带有麻醉止疼效果的血液送给了后土，用来给后土受伤的手下消除痛苦。

如果说以上这三位送的东西都还算正常，那么接下来的铭卂和泾给出的赞助可就不那么好拿了。泾是沙漠之神，可以将世间万物化作黄沙，他送出的就是一整片神奇的沙海，其中的沙子，遇到水就会凝结成石头，并且坚不可摧。泾解释说，如果后土他们找到了安定的驻地，就可以用这些沙子快速修建房屋。而铭亓的礼物是五座巨大的矿山，分别是玉山、金山、银山、铁山和铜山。不过和泾不一样的是，铭亓也没想好这么多矿石可以用来干什么，只不过他实在没有别的拿得出手的东西了，只能用这五座大山凑数。

这样一趟下来，后土不但没有得到什么有用的建议，反而不得不拖着一片沙海和五座大山继续上路了。此后，后土一路上拜访的朋友也都是些主意不多、诚意不少的朋友，而且他们有样学样，都和熊琼山五神一样，送出了无数价值不菲但是异常累赘的礼物。结果，后土他们的行进速度越来越慢。

好在天无绝人之路。就在后土陷入困境的时候，伏羲来了。伏羲和后土的缘分是从大荒赌神争霸赛开始的。当时后土把雷泽送给了伏羲，因此伏羲一直感念后土的恩情，和后土常来常往。这两位神明都是厚道人，彼此投缘，交情很快就深厚了起来。这次他听东皇太一说起和后土的赌约之后，就紧赶慢赶，总算是找到了后土，希望能对后土建立部落有所帮助。想想东皇太一求助伏羲的历程，只能说交情真是个好东西。

伏羲和后土会合的时候，后土一行人已经被各地神明送来的礼物压得基本丧失移动能力了。因此，伏羲建议后土干脆就地驻扎。后土信任伏羲的能力，就同意了。巧了，这附近正好有一座大山，地理位置优越，生态环境良好，是个上佳的定居之所，这座大山就是成都载天山。

但是，此时的成都载天山和后来的样子还是有些区别的。最直观的就是，成都载天山这个时候还有山峰凸起。当然，这不重要，重要的是，此时此地此山还有一个不利于部落生存的因素。据《博古杂谈》记载，"成都载天山陷于西南，乃地门之最，其上草木奇珍无数，山下群生源生"。就是说，成都载天山乃是天下群山排行榜的榜眼，能自由变化山体高度，而且山脚下物产丰富，食物充足，小动物很多。

看起来，成都载天山好像挺适合人类居住的。但是上古时期，越是物产丰富的地方，越是有凶兽神兽出没，成都载天山当然也不例外。后土就是因为壶山凶兽肆虐才不得不另寻住所。眼见此景，他不由地心存担忧，但是伏羲却告诉后土，自己自有安排。

为了改善成都载天山的风气，树立良好作风，伏羲先是请来了大荒十神，在成都载天山附近开展了清扫运动，把大批神兽凶兽统统赶走，然后又请刑天一斧头削去了半截山体，在山顶留下了一个平整的石台。之后，伏羲招呼后土的族民，在石台上利用早先后土收获的礼物为原材料，迅速修建了全新的家园，并且在这个过程中，给他们做出了详细的规划。此时，伏羲的成都载天山改造计划才完成了一半。

之后，伏羲又让后土将自己的胡须拔下，埋入了山脚下。结果，成都载天山如同植物一样，生出了根须，并且在山顶长出了一根藤条。从此之后，成都载天山可以人为操纵山体升降，拉动藤条，山可低至三尺，放开之后，则能高十万丈，不仅方便了后土族民的出入交通，还兼顾了安全防卫功能。

如此数十年间，伏羲靠着一己之力和后土雄浑的身家，硬是帮后土打造出了一座山上的雄伟巨城。可以说，后土啥都没干，白白得了一个堪称大荒之中最发达兴盛的部落。当然，这也说明了后土的人缘很好，否则如此奢侈的建国方式，其他神明即便有方案，也是无法实施的。但是一个部落光有钱就可以了吗？当然不是，生活在大山之上，只靠采摘、打猎是无法养活如此众多的族人的，所以后土还得想办法搞到食物。那么后土又会如何解决粮食问题呢？

中山国的成立

说起财力雄厚，如今后土在大荒之中是绝对无人匹敌的。可是即便如此，面对手下百万张嗷嗷待哺的嘴，后土也是愁得直掉头发，尤其在听伏羲说他也没有办法之后，后土简直都要抑郁了。可是日子还得过，所以后土打算继续去麻烦他的朋友们了。

当初，大荒赌神争霸赛的起因就是幽嗣和鼓蜒、厚厄两位神明之间的房产纠纷。幽嗣为了讨要大山，和后土对赌，并且成功获胜。随后输不起的后土就开始无休止地纠缠起了幽嗣，幽嗣无奈之下只能举办一场赌赛来打发后土。而在这个过程之中，鼓蜒和厚厄的房产问题就一直被搁置了下去。

幽嗣是个讲诚信的神，他答应了要给鼓蜒和厚厄找个住处，自然不能食言，就一路追着后土，想让后土给个解决方案。当时的后土忙着向东皇太一讨债，无心理事，就只能做了个紧急处理。

据《山民书》记载，"后土开幽谷，下潜一万四千八百丈，外扩七千二百丈，下则归于幽嗣，外则归于善恶二神"。就是说，后土把原本的幽谷向下挖了一万四千八百丈，形成了一条巨大的裂谷，然后把幽谷分为上下两部分。他把下半部分送给幽嗣，作为幽嗣的住所。上半部分就以出租的形式，让鼓蜒和厚厄暂时居住，并且约定每千年鼓蜒和厚厄就要无偿为后土做一件事情，以此充作租金。如今正好到了后土要收租的日子，所以后土决定自家族民的粮食危机就靠这二位解决了。

可是等后土上门求助之后才发现，厚厄和鼓蜒这两个租客属于精神上的巨人，物质上的矮子。这两位虽然致力于维护大荒和平，可是本质上还是穷光蛋，他们有心给后土解决粮食危机，奈何钱包不允许。眼看着第一次收租就不顺利，后土不禁为自己族民的前途暗自神伤。

正在三位神明面面相觑、集体发愁的时候，住在幽谷谷底的幽嗣也来了。幽嗣听说自己的邻居因为无法支付房租而尴尬，就一咬牙，告诉后土他可以解决粮食问题。后土知道幽嗣也是个穷光蛋，怎么可能有余粮帮助自己呢？可是后土没想到，幽嗣还真有办法，因为幽嗣有一件神奇的宝物。

按照《幽隐奇书》的说法，"幽嗣有聚宝之盆，能生万物，一石投之，可还一山，一米投之，可还万石"。就是说幽嗣有个名叫聚宝盆的宝贝，无论放进去什么，都能以无数倍奉还。幽嗣的方案就是让后土带着自己的聚宝盆回去，用这件宝贝变出粮食，养活族民。

只不过，幽嗣也告诉后土，自己的这个宝贝并不会无中生有，而是要等价交换。想要粮食，就必须用土将聚宝盆埋起来，聚宝盆每次生出粮食，都会吞噬土地，每次生出的粮食正好等同于土地的产出。所以，这个东西就是个自动贩售机，身家不够的，拿到它也没什么用。

后土琢磨了一下，自己堂堂大荒首富，富有大荒大陆，岂止万顷良田，区区一点土地还是消耗得起的。于是，他就带着幽嗣的聚宝盆回到了成都载天山，然后命令自己的手下，每天到山下开挖土地，将挖掘到的沙土投入聚宝盆中换取粮食。

神器的作用是强大的。有了聚宝盆之后，后土再也不需要为粮食的短缺而忧心了，他手下的族民甚至不需要从事生产了。因为无所事事，成都载天山的人们每天都会举办庆典，来表示对后土的感激。而后土虚荣心作祟，很享受这种万民敬重、举国崇拜的感觉。他非但不制止这种行为，反而还有所鼓励，经常赏赐他们一些奇珍异宝。慢慢地，这种模式成为后来生灵和神明沟通的主流形式，是后来的祭祀行为的起源。不过这都是后话了，眼下后土因为虚荣心作祟，生出了一个全新的念头。

后土在感受过万民敬仰的精神享受之后，自觉找到了神圣的追求，于是他迫不及待地想要有更多的人为自己歌功颂德。因此，后土在自己的族民之中发出了一条悬赏，他希望能够快速增加自己国家的人口，以此来扩充祭祀人群，享受更大规模的崇拜。为此后土承诺，谁能想到办法，就让谁成为第一任部族首领，并且获得为部落命名的权力。

果然，重赏之下必有勇夫。没多久，一个叫浏的家伙自告奋勇，说自己有良策献上。浏乃是大渊献氏族的成员，大渊献氏族的族民擅长鉴别食物和寻找矿产。除此之外，大渊献氏族还有一个特点，那就是非常能生。据《古民考》记载，"西北之地有大渊献，是多民之部，族中之民一年可育四子"。就是说，大渊献部落的人一年可以生育四次，平均下来三个月就能生一次孩子。而大渊献部落的生育能力之所以如此优秀，是因为大渊献部落所在的柚阳山附近有一种神奇的神兽，它的名字叫鹿蜀。

鹿蜀是一种群居型神兽，样子长得像马，但是身上有老虎一样的斑纹，还有一条奇长无比的火红色尾巴。这种神兽可以说浑身是宝，披着它的皮可以让人精力旺盛，喝了它的血可以让生育时间缩短，吃下它的肉则能保证新生的婴儿不夭折。

大渊献始祖无意之中发现了这种神兽的奇特功能，就把它们圈养起来，作为促进部落繁育的重要工具。浥建议后土前往大渊献氏族换取一些鹿蜀饲养在成都载天山，然后效仿大渊献部氏族的做法，只要操作得当，用不了多久，成都载天山的族民就能兴盛繁荣起来。

后土满脑子都是扩张人口、壮大祭祀队伍的想法，对于浥的建议自然是从善如流。他一听世间竟有这样的神物，自然立马动身前往大渊献氏族求取。大渊献面对后土这种大神的要求，是断然不敢拒绝的，当下不仅送出了十二对鹿蜀，还搭了一个名叫季男的饲养员作为添头，回到成都载天山。后土经过试验，确定了鹿蜀确实是神效非凡，就任命浥为族民的第一任首领。

浥知道后土喜好虚荣，就将部落命名为中山国，一个意思是建立在山中的部落，而另一个意思则是自己的部落乃是大荒中心，万族之首，自己等人对后土的供奉就是大荒第一部落对大荒最伟大神灵的祭祀行为。之后，浥觉得既然要造声势，那就要搞得大一点。于是，浥让自己的族民带上无数礼物，准备在周边的部落中好好宣扬一下后土的伟大。可是浥没想到，自己的这种行为却给中山国带来了巨大的危机。那么浥到底招惹了什么麻烦呢？

中山国君的有序传承

"人多力量大"，这话有时候还真不怎么靠谱。比如说，白身国和自己的盟友们汇聚了数十万人，在成都载天山下闹腾了好几个月，却对中山国毫无影响。可随着一位神明的加入，这次行动从声讨变成了攻城，从吊民伐罪变成了武力征服，居然给中山国造成了巨大的麻烦。那么到底是哪位神明有如此大的威力呢？这位神明就是大荒第一莽夫，名字叫莽汉。

莽汉是大荒之中少有的没有根据地的神明，他诞生于一位大神的梦中，因此无拘无束，但也因此存在着巨大的弱点。据《古神录》记载，"西北地陷之处有一神，蓝发红须，其首有缺，故人所言之，皆信"。就是说，莽汉这个神明，除了性情暴躁，为人正直义气之外，还有着严重的智力缺陷，别人说什么他都信。

这次他外出游历，偶然路过成都载天山，突然听到了人声鼎沸，就前来查看，结果看到了白及正率领人马声讨中山国。于是，莽汉第一时间上前询问起了前因后果。白及见有人搭理自己，就颠倒黑白，说这座山上有一件宝贝，本来归在场的所有部落共有，但是没想到一个外来的部落起了歹心，悄悄爬上山峰，占据了宝物。他们这群人正在试图讨个公道。

要是别的神明听了这话，多少也得考虑考虑这里面有几分真几分假，可是莽汉是个实心眼，马上就信了。他一听说此地居然有这样的恶霸，顿时怒不可遏，当下就凭着自己的双手，硬生生爬上了成都载天山，然后大闹中山国，抢走了聚宝盆。

莽汉能够得手，最关键的因素是后土恰巧外出。等后土回来之后，得知有人强行夺宝，就追着莽汉的踪迹，一路到了白身国所在的地方。后土本来打算好好教训一下这个莽夫。可没想到，莽汉心眼太实在，被痛打一通，还一个劲说自己完全是仗义而行。后土虽然生气，却也觉得这家伙傻乎乎得还有点可爱。于是，后土表示如果莽汉真的想要帮助白身国，他倒是有个主意。

后土告诉莽汉，聚宝盆肯定不能无偿送给白身国，毕竟自己手下的族民全靠这件宝物养活。如果有人能像莽汉一样，爬上成都载天山，那个人所在的部落就能获得足够他们使用十年的物资。

莽汉觉得不公平，还想抗争一下，但是讨粮联盟已经觉得很满意了。他们迫不及待地答应下来之后，就回家准备爬山事宜去了。此后的千载里，无数人都前来成都载天山尝试登山，以求得到奖励的物资，为自己部落的建设添砖加瓦。可惜没有一个人能够成功登顶，机会就摆在那里，奈何这群人不中用。直到一个残疾登山运动员的出现打破了这个尴尬局面。

第一位登上成都载天山的人叫蔺蒿，他是比邻国的人，早年乃是一个出色的猎手。据《先民书》记载，"蔺蒿善织绳，以绳套百兽，无有不能中者"。就是说，蔺蒿是个绳艺大师，擅长编制绳套做成陷阱，而他做出来的陷阱，是大荒凶兽的克星，几乎没有什么是他抓不住的。

但是蔺蒿的运气不太好，在一次狩猎中，他遇到了一个叫穷牙的凶兽，这种凶兽长得像狒狒，但牙齿有一尺多长，浑身长着绿色的长毛，血液有剧毒，可以腐蚀岩石。蔺蒿在捕猎它的时候，不小心双腿粘上了穷牙的血液，结果双腿就融化成了血水，从此身体残疾，再也不能外出狩猎了。

上古大荒时期，每个部落氏族的生存压力都很大，像蔺蒿这样的伤员，一般情况下，部落都会将他们送到部落之外，留下少量物资之后，任由他们自生自灭。可是比邻国的首领比较有人情味，就以蔺蒿是个有手艺的人为由，留下了他，并且以教授族人制作陷阱的名义，将他养活了起来。

蔺蒿一直感念部落的恩情，却苦于没有回报的机会，在听说登成都载天山的事情之后，就开始苦心琢磨如何登上山顶，最后他还真想出了一个办法。蔺蒿在仔细观察过成都载天山的山体之后，就知道后土说只要爬上山去就能为部落换取物资，那绝对不是因为大方。事实上，在经过伏羲的修正之后，成都载天山山体陡峭，一眼望去，石壁光滑如镜，别说是借力攀登的地方，就连一个凸起都很难找到。甚至蔺蒿在观察期间，还亲眼见到一条毒蛇试图攀爬成都载天山而被活活摔死。

但是与此同时，蔺蒿也想到自己早年曾经见过的一种名为守宫的异兽，能在光滑的漆树干上来回奔行。于是，蔺蒿让自己的徒弟们费尽辛苦，抓来了一批守宫，将它们驯养了起来，并且最终靠着自己驯养的守宫，成功登上了成都载天山。

后土以信为本，自然不会无视自己的承诺，他很痛快地让洌为蔺蒿调拨了一大笔资源。此后，源源不断的人开始凭借自己的智慧登上了成都载天山。随着时间的流逝，洌渐渐老去，对于每天应付各路成功登山者感到有些力不从心，这时候又是蔺蒿站了出来，接替了分发物资的工作。

后土对蔺蒿的能力表示满意，干脆来了一次大胆的尝试，他决定从此以后，中山国的国君不再必须从本国之中选举，而是谁想当都可以公平竞争。竞争者只要能获得所有国民的认同，就可以走马上任。后土这么一说，蔺蒿的胆子就壮了，他毛遂自荐，成为第一位外族的中山国国君。在此后的日子里，他兢兢业业，尽可能公平公正地对待每一位登山者。因此，很快他就赢得了大家的广泛好评，正式坐稳了自己的宝座。可以说，国君的禅让制度就是从这里开始的，这也是为什么后来尧帝老去之后，会从舜的部落选择舜来接班。

此时，中山国的基本制度框架就算是订立完成了。可是后土的麻烦还没有结束，因为他没想到，他毫无节制地使用聚宝盆已经让一位神明异常不满了。这位神明正在计划活捉后土，给他一个小小的教训。

后土去哪儿了

中山国民自从有了聚宝盆，那真是日渐兴盛。可是无论是中山国的国民还是后土都没想到，聚宝盆使用过程之中对土地的损耗和浪费引起了一位神明的关注。这位神明叫苦夷，他对于聚宝盆深恶痛绝，原因要从他的出身说起。

说起来，苦夷出生的时间比后土还早一些，他羊头蛇身，无足无尾，诞生于地下。但是和大蟹不同，苦夷擅长钻地而行，所以并没有面临被困一隅的尴尬境况。苦夷的工作也决定了他注定是要四处奔波的。

《鬼车书》上说，"苦夷居于地下，身形极细，重逾万万钧，能实土，作大地之基"。就是说，苦夷居住在地下，身形又细又长，体重却是天下之最，靠着自己的体重，苦夷夯实了土地，成为大地群山的根基。可以说，大荒大地的稳定性就是靠苦夷维持的，所以整个大荒的地下都曾经留下过苦夷的足迹。

当然，苦夷作为一代大神，活动范围也不止于此，他偶尔也会把头探出土壤之外，看一看大荒地表的花花世界。只不过，苦夷生来有个缺点，那就是无法把整个身体全部探出大地，所以苦夷从不在大荒地表行走，从名气上来说，就要比其他神明差一些。

但是名声不显，行动范围受限，并不影响苦夷帮助大荒生灵。当初，大荒东北的邛山有一个叫江阴的部落，这个部落生活在邛山的南侧，虽然规模不大，但是好在邛山附近没什么天敌，日子过得也算不错。不料大荒地震，将邛山地底震开了一条裂缝。这条裂缝的出现导致邛山一带频繁地陷，不仅在地上出现了无数坑洞，影响了部落的出行和打猎，还会在某些地方制造出表面完好内部掏空的陷空地洞。外出狩猎的族人一旦踩到陷空地洞，那就必死无疑。

江阴部落的首领几次想要率领族人冲出邛山，却都因为陷空地洞而折损人手，断绝归路。眼看着这个部落就完了，此时，苦夷正好探出头来透气，看到了这一条巨大的裂缝，填平地缝和夯实土地之类的基建工作本来就是苦夷的职责，所以苦夷顺着裂缝一路向北，正好看到了被困在邛山等死的江阴部落。苦夷本意是先打个招呼，问问什么情况，却没想到，他才刚露头，就被已经饿惨了的江阴部落当成误入邛山的猎物给围了起来。

结果就不细说了，反正自从这次失败的狩猎行动过后，江阴部落的成员就不吃蛇了。当时，双方在一片祥和友好的氛围中好好沟通了一下，苦夷这才知道江阴部落的遭遇。为了帮助他们，苦夷将自己的身体探出大地，朝着邛山平躺下，邛山被苦夷的体重和细长的身躯这么一勒，直接被分成了两节。从此，邛山一分为二，被世人称为北邛山和南邛山。而随着邛山破碎，无数巨石滑落，由此填平了地缝。江阴部落的人很感激苦夷，有心让苦夷留下成为自己部落的守护神，苦夷却因为工作繁多而离去了。

离开江阴部落，苦夷辗转就到了成都载天山的地下，并且在这里陷入了沉睡之中。可是没过多久，伏羲改造成都载天山的动静吵醒了他。等他反应过来，悄悄观察发生了什么事情的时候，却发现有一大群人每天在自己的头上不停挖土，然后运送到别的地方。这下苦夷就不开心了，自己每天费尽心思，将土地夯实，保证大荒大陆的坚固稳定，却偏偏有一群人和自己对着干。为了搞清楚发生了什么，苦夷就各处打探，最后弄明白了，原来后土才是罪魁祸首。

为了给自己和后土制造一个公平谈话的机会，苦夷在日常后土外出的地方挖了一个陷阱，成功捕猎到了后土。

据《太荒书》记载，"苦夷劝后土，以山入琼盆，山有数而时无穷，日久必受其害"。就是说，后土的国家是长久存在的，每天消耗大自然资源，什么时候才是个头呢？大荒里的资源毕竟是有限的，早晚有坐吃山空的一天，到时候岂不是大家都没好果子吃了。

后土是个大老粗，这个命题一抛出来，就触及他的知识盲区了。想来想去，后土觉得苦夷说的其实还是蛮有道理的。但是后土性格倔强，他不太愿意承认自己目光短浅，就只能强词夺理。他说自己自然会让手下的族民慢慢开辟土地，农耕劳作，自给自足，到时候再把聚宝盆封存起来，失去的土地他也会用自己的血肉重新补回。苦夷听了后土的话也没反驳，而是和后土打了个赌。

苦夷告诉后土，他要找到一个部落，无偿给这个部落提供粮食物资，而后土则要教他们耕作，等一千年以后，看他们会不会自给自足。如果自己赢了，那后土必须补回大荒消耗的土地，然后封存聚宝盆；反之，那就是自己错了，任凭后土处置。

后土是个缺心眼，一口就答应了下来。然后，他们在成都载天山西北六千里的地方找到了一个无名小部落，开始了自己的赌局。一千年眨眼而过，结果就不用多说了。好吃懒做是人的天性，习惯了衣来伸手饭来张口的生活，再让他们过上苦哈哈的生活，那像登天一样难，所以后土自然输掉了赌局。

到这儿，后土只能答应了苦夷，回去之后会立马执行赌约，这下苦夷才放过了后土。只是可怜了那个小部落，因为苦夷和后土赌局结束，他们一夜之间就被打回了原形，族人忍饥挨饿，生生把肠子给饿没了，从此改名无肠国。不过这是后来的事了。现在最主要的还是后土终于回家了，但是后土没想到的是，自己离家两千余年，很多事情已经不一样了。在后土离开期间究竟发生了些什么呢？

山外的神秘来客

俗话说"人无伤虎意，虎有害人心"。之前东皇太一悄悄来到了成都载天山，而他来了之后，一看到中山国的盛况，心里当下就拔凉拔凉的。一看中山国的规模，东皇太一就知道，这场赌局自己只怕是要输。就在他返回淑女国准备静静等待命运审判的路上，正好看见后土掉入了陷阱，琢磨一番之后，东皇太一觉得后土短时间内脱身的机会不大。他肚子里的花花肠子就开始翻腾了，他觉得自己似乎不是没有机会翻盘。

东皇太一趁着后土不在，乔装改扮之后，悄悄混入了中山国，四处惹是生非。他一面挑拨中山国和其他部落的关系，一面在中山国内部制造矛盾。他打算等到中山国乱起来之后，再想办法带着中山国的国民远走他乡。运气好的话，说不定他还能说服部分中山国民加入自己的队伍。

这一套还是很管用的。随着东皇太一的挑拨，中山国国民不仅和外界的部落频发冲突，就连部落内部也矛盾不断。眼看中山国就要乱起来了，当时的中山国君站了出来，他的名字叫角孤。

角孤本来是远山部落的首领，这个部落只有数十个人。虽然它规模很小，也没有固定的领地，却是大荒之中异常受人尊重的一个部落。因为这个部落的族人有一个最大的特点，那就是做事绝对公平。

远山部落的族民将公平两个字看得比自己的生命都重要。在日常生活中，远山部落的族民奉行食物均分、住所均分的理念，甚至连知识都是共享的。他们的行事作风使得大荒之中所有部落都乐于与他们打交道，甚至有些部落遇到纠纷的时候，还会请他

　　爆笑吧！上古诸神来了：一方山海中的神话故事

们来主持公道，比如诸子国和临渊国。诸子国和临渊国本来是生活在大荒神桃山西北的两个部落，素来和睦，但是没想到，在一次共同狩猎的时候，两帮人一同发现了神桃山。

那时，神荼和郁垒两位神明还在大荒四处游荡，神桃山属于无主之地。两帮人都看上了这里世外桃源般的环境，因此就把部落迁徙到了神桃山下。可是住在一起之后，两个部落发现虽然地盘可以平分，但是物资的分配却无法保证绝对公平，结果在争夺资源的过程中，本来的兄弟部落逐步变成了世仇。后来远山部落路过，诸子国和临渊国都听说过远山部落处事公道，就请远山部落的首领角孤来主持公道。

角孤听两个部落的首领说完彼此的恩怨之后，亲自丈量了神桃山周围三千里的环境，然后画了一张地图，将神桃山一分为四，让诸子国和临渊国的首领分别占据了一东一西两块地方。他还告诉两个部落，从此之后，两大部落分别在南北两块区域获取物资，每天所得的一半分给对方，两个部落听完之后，虽然心有疑虑，但还是乖乖照做了。结果，两大部落的首领都担心对方耍诈，于是都按照自己部落所需量的双倍来收集，到交换的时候反而谁都不吃亏。

诸如此类的事迹数不胜数，因此远山部落名声大噪，无数部落都纷纷请远山部落到自己的地盘替自己裁决矛盾。因此，角孤定下了规矩，从此远山部落没有驻地，随遇而安，四处飘荡，为大荒各大部落解决问题。就是说，远山部落变成了一个专业的裁判组织，还因此吸引了大荒之中的神兽獬豸（xiè zhì）前来投奔。

再后来，远山部落路过成都载天山的时候，听说爬山可以获取生存物资，就在山下驻留了一段时间。没想到上一任国君去世之后，大家一时之间找不到合适的继承人，又都认可远山部落的品性，就集体推举，把当时的远山部落首领角孤选为了国君。这次中山国出了乱子，大家让角孤来主持公道，虽然角孤的头脑不算太聪明，但是投奔远山部落的神兽獬豸可实在是太厉害了。

獬豸形如麒麟，头生独角，能大能小，是远山部落的首领独有的神兽。据《异物志》记载，"獬豸见人斗，则触不直者；闻人论，则咋不正者"。就是说，獬豸天生能够辨识善恶，看到有人争斗，就会用自己的独角指向过错方；听到有人辩论，就会朝着理亏的人大声吼叫。可以说，獬豸是大荒最优秀的裁判员。

在獬豸的帮助下，角孤很快就把部落之中的纷争一一审判平息。但是东皇太一眼看着自己没有暴露，就发扬锲而不舍的精神，继续不停地制造矛盾，所以中山国依旧会时不时爆发矛盾。

角孤只是为人淳朴，可他并不傻，眼看着本来平静安宁的氛围越来越糟，就知道肯定是有人捣鬼。于是，在獬豸的帮助下，角孤定下了一条计策，他让自己的族人假扮成中山国民，参与到中山国的各种矛盾之中，结果成功揪出了在背后搞鬼的东皇太一。角孤一看，果然是有人作乱，就把东皇太一五花大绑，然后召集族人，要公审东皇太一。

东皇太一作为神明怎么可能被区区凡人给制服了呢？原因很简单，他做的事情本来就不光彩，为了防止身份暴露，他只能放弃抵抗，任人宰割。好在中山国是文明之国，到最后也没想宰了东皇太一，只是把他暴打一顿之后，赶了出去。

此后，东皇太一又有过几次谋划，可是都在各种机缘巧合之下，被角孤和獬豸破坏了，搞得东皇太没着没落的。但是东皇太一也不着急，因为他知道自己必然是最后的赢家，他已经找到了对付角孤和獬豸的办法。

| **爆笑吧！上古诸神来了：一方山海中的神话故事**

提前出局的后土

专业的事情要交给专业的人来做，这是常识。就比如东皇太一，他有心算计中山国，可是没想到他这个破坏大王还没有完全发挥出自己的作用来，就被角孤和獬豸的组合给掀翻了。没关系，东皇太一也是有帮手的。东皇太一的帮手是谁呢？这得从东皇太一熬死角孤说起。

要说凡人和神明相比，最大的差距就在于寿命的长短不同。时光悠悠，三百年转眼而过，角孤无法承受时光的爱抚，就那么慢慢老去了。而角孤去世之后，远山部落的新一任首领遵循先祖的传统，带着獬豸离开了成都载天山，再一次踏上了四处奔走的旅程。而后中山国又开始了新一轮的国君选拔，这就给了东皇太一一个绝佳的机会。

东皇太一再一次乔装改扮成了凡人，只不过这一次，东皇太一的身份变成了来自遥远北方的神明。他还给自己起了个新名字——东君，自称是从太阳上诞生，来到大荒游历的神明。这家伙实际上就是套了个帝俊的马甲，然后准备作妖了。

东皇太一先是来到了成都载天山，报名要求参加国君的选举，还扬言既然中山国不在乎国君是不是中山国民，那么自然也不应该在乎参选者到底是不是神明。这话虽然是歪理，但是要想反驳还真不容易，于是经过简单的商讨之后，大家就同意了东皇太一的参选。然后东皇太一就开始积极宣传自己，他不但为中山国提出了很多发展建设的意见，还经常拿出一些新奇好玩的东西供大

家享乐。比如，后世我们所说的玉露琼浆中的玉露就是东皇太一发明的。

据《农桑指要》记载，"东君以桂花为引，援北斗之光，合之而成玉露，嗅其味者目清神明，饮其液者恍若仙人"。就是说，东君用桂花和北斗星的星光作为原材料酿出了一种珍贵的饮品，闻闻味儿就浑身舒坦，喝一口快活似神仙。

我们已经知道，中山国物资充沛，食物充足，国民不事生产，大把时间都是闲置的，颇有几分宅男的意思，而玉露简直正对他们心窍。很快，凭着自己手上的各种稀奇古怪的小玩意儿，东皇太一成了中山国上下最受欢迎的竞选者，然后不出所料成功当选为国君。

之后，在中山国大当家的位置上，东皇太一一干就是一百多年。期间他兢兢业业，丝毫不敢马虎。但是东皇太一毕竟是个不忘初心的神明，他混进中山国不是做贡献来的，他的主要目的还是取得中山国民的信任，以便实施自己的第二步计划。东皇太一的第二步计划是什么呢？这个就和前面我们说过的讹兽有关了。

东皇太一一百多年待下来，也发现了一个问题，那就是中山国之所以能存在，其核心就在于聚宝盆。正是有了聚宝盆，中山国才能无忧无虑地生活在成都载天山上。换言之，只要没有了这件神器，中山国分崩离析就是眨眼的功夫。但是作为镇国神器，聚宝盆一直都处在严密的看守之下，就算是首领，想要把它悄无声息地带走，那也是痴人说梦。所以，一来二去，东皇太一突然想到了大荒新近崛起的一代诈骗天皇讹兽。他准备找讹兽与自己里应外合，把聚宝盆光明正大地打包带走。

东皇太一找到讹兽时，讹兽正在实施犯罪，对象是一个很小的部落，讹兽也不是真的看上了这个部落有什么值钱的物件，它诈骗纯粹是因为敬业。听说东皇太一想雇用自己，讹兽内心深处是想要拒绝的，毕竟和这群大神走得太近，通常没什么好处。巨龟一族的惨状犹在眼前，更何况这次东皇太一给的活还涉及另一位大神。可是东皇太一威逼利诱，无所不用其极，到最后就差把

刀子架在讹兽脖子上了。眼看着再不答应自己就要身遭不测，讹兽只能答应配合，而且还下了军令状，一定要把聚宝盆带出中山国。

可能有人会怀疑，这玩意偷都不容易，光明正大有办法带走吗？在讹兽的计划下，东皇太一从大荒极西之地的海边找到了一种特殊的物产。按照《天方格物志》中所说，这种物产"似土然无所出，遇水不化，似砂然细如灰，风吹不起"。说白了，这种东西就是一种长得很像土却不是土的东西，学名叫净明砂，主要功能是可以将海水变成淡水，算是个实用型耗材。只不过东皇太一找到这玩意儿并不是要发明什么新工具，而是为了更好地帮助讹兽骗取聚宝盆。

东皇太一运来无数净明砂堆积在了中山国经常掘土的地方，然后将地面重新压平。之后中山国再来挖到的就不再是正常的土了，而是长得像土的净明砂。用这东西埋住聚宝盆里，当然就不会继续生产粮食了，没多久大家就发现，聚宝盆好像失灵了。

就在中山国人心惶惶的时候，东皇太一站了出来。他先是肯定了聚宝盆出问题的消息，然后又告诉大家不用担心，他知道有一个神明非常擅长修理神器，如果这位神明肯帮忙，那么聚宝盆一定能够恢复原状。中山国上下都是一帮凡人，对他们而言，神器就是黑科技产品，一旦遇到问题，根本不知道怎么处理。他们一听说东皇太一有办法，再加上此时东皇太一国君身份的背书，那当然是选择相信他了。于是，讹兽伪装成的修理工就这么带着聚宝盆大摇大摆地离开了中山国。

计划已经完成，东皇太一的隐藏身份也就可以顺理成章地下线了。于是在一个明媚的清晨，他就不告而别了。再然后，没了聚宝盆，中山国每况愈下。一方面是大家习惯了不需要劳作的生活，另一方面则是成都载天山周围到处都被洒满了净明砂，根本没有作物生长的空间。

这种情况下，大家开始四处寻找后土，可是始终没有结果。眼看中山国已经无法逃脱灭亡的命运了，在经过全体投票之后，

中山国上下一致决定另寻出路。很快，中山国分裂成了数只迁徙队伍，踏上了寻找新家园的旅程。就这样，后土莫名其名地被人端了老窝，而此时距离赌局开始已经过了九千余年，赌局马上就要接近尾声了。可以说，后土已经提前出局了。

委蛇的生育计划

后土提前出局了，而另一头的委蛇日子也不好过。别看他偏安一隅，远离尘世，老话说得好，人在江湖飘，哪能不挨刀？委蛇万万没想到，自己出门小小游历了一番之后，再回家，竟然物是人非了。事情要从委蛇离开龙伯国的第四百个年头说起。

委蛇虽然外出旅行，但是作为东海仅有的智慧生灵，还是禹虢本神亲自引入的品种，龙伯国巨人们受到的关照一直都是处于第一优先级的。所以，在委蛇离开之后，禹虢就顺势接手了保姆的工作，四百多个年头里，无论外界如何变化，龙伯国都在有序地发展着。可是人算不如天算，没过多久，一个婴儿的降生打破了这份宁静。

据《方天录》记载，"龙伯国居东海四百年，生圣婴，面红发青，月长一丈，龙伯国以为神异，殊不知，此诚亡国之兆也"。就是说，龙伯国在迁居到东海的第四百个年头，一个奇怪的婴儿降生了。这个婴儿脸色发红，发色乌青，每个月能长高一丈，龙伯国人将这个婴儿看作上天的恩赏，却不知道这是亡国的根源。那么，一个小小的孩子怎么就成了部落衰亡的象征了呢？原因就在于这个孩子太受宠爱了。

作为巨人国，龙伯国的审美标准一直非常清晰，那就是以身材高大为美，而这个每个月都能长高一丈多的孩子，理所当然地就被看作龙伯国的第一美男子。这个孩子力大无穷，生性悍勇，一岁多的时候就能在东海之上搏杀百丈大鱼。龙伯国居民都说他日后必然能够成为龙伯国有史以来最出色的勇士，为此，龙伯国的首领特意为这个孩子赐名为龙伯姜。

以国名为姓，这在上古年间是一种受到重视的体现。毫不夸

张地说，单凭这个名字，龙伯姜就是日后龙伯国首领的不二人选。但是，教育孩子还是不能太过溺爱。龙伯国上上下下都把龙伯姜捧到天上，日子长了，龙伯姜的性子也愈发无法无天起来。

平日里，龙伯姜不仅在自己的部落中称王称霸，就连偶尔随着海上贸易的队伍前往大荒内陆，都是一路上暴行不断，搅得大荒沿海诸多部落苦不堪言。终于有一天，龙伯姜在一次霸凌行为中踢到铁板了。

那是一个风和日丽的下午，熊孩子龙伯姜悄悄离开了通过巨舟抵达内陆的龙伯国大队伍，一个人跑到了东海的悬空岩一带。他在那里遇到了一名老者。熊孩子最爱恶作剧，龙伯姜眼看着那个老者没有发现自己，就从悬空岩上拔下一块十丈方圆的巨石，朝老者扔了过去。龙伯姜没想到，那名看起来风吹一阵就能断气的老者竟然回头怒目而视，只是看了一眼，就生生把巨石给瞪碎了。这下龙伯姜傻眼了。

紧接着，这位老者两步跨越千丈的距离，来到了龙伯姜的面前，一巴掌就把龙伯姜拍晕了过去。有人可能好奇了，这老头什么来历，怎么这么厉害？这位老者就是大荒十神中的老四干于。

干于天生体型枯瘦，须发皆白，面生皱纹，走路的时候也是一副步履蹒跚的样子，好似旁边有人吹口气他都能倒下。可是这些都是假象，以暴力名扬大荒的大荒十神社团的成员个个都不是善茬。这位干于人称兵器之神，他的名字用甲骨文书写，就是兵器和乐器的结合。据说，任何东西到了他的手里都可以变成最残暴的杀人武器，甚至就连空气都不例外。龙伯姜这次算是彻底栽了。

等龙伯姜醒来之后，干于问出了他的来历。然后，这位脾气不算太坏的神明就把龙伯姜送回了龙伯国的队伍。但是，干于临走前撂下了狠话，说自己不想再在大荒看到这个倒霉孩子了。于是，等到龙伯国贸易团返回龙伯国之后，得知详情的龙伯国首领就将龙伯姜关了禁闭，禁止他离开龙山半步。

龙伯国首领本意是为了保护龙伯姜，可是龙伯姜却毫不领情。他郁闷之下，跑到了龙山的边上，开始独自生活。刚开始，龙伯姜靠着胸中一口闷气坚持了下来，日子再长些，却受不了了。他天性喜动不喜静，无聊之下，他找来了两节木头，并在上面拴上诱饵，准备尝试着靠垂钓打发时间。

虽然龙伯姜的诱饵都是些他看起来很平常的食物，可对东海那些没见过世面的海鲜来说，已经是世间珍馐了。无数海中的生灵纷纷涌向龙山，希望能饱餐一顿，怎奈龙伯姜的鱼钩实在太大了，这些生灵竟然没有一个能吞下诱饵的。

有句话说得好，有心人天不负。在龙伯姜日复一日的等待下，终于有一天他钓上了一个奇形怪状的东西，这个东西龙首龟身，四爪如鳖，尾巴像蛇，看起来其貌不扬，吃起来鲜美无比。龙伯姜一吃之下，就爱上了这种怪龟。

有了动力的龙伯姜更是每天风吹不停雷打不动地坚持垂钓。如此三百年时间过去了，龙伯姜竟然累计收获了超过八百只怪龟。但是龙伯姜是吃美了，南海的一只神兽却心痛如刀绞一般。这只神兽就是我们前面说过的龙伯的族亲龙鳌，而龙伯姜吃下的就是龙鳌的子孙。

本来自从大荒赌神争霸赛之后，龙鳌踏遍大荒，找到了许多当年幸存的伙伴，回到龟眠之地。但是龙鳌因为自己的容貌变化，心怀自卑，在把族人送回老家之后，就独自出发，赶到了南海，在这里休养生息，开枝散叶。可没想到，自己的龟子龟孙们竟然因为贪玩游到了东海，还命丧龙伯姜之口。

杀子之仇不共戴天，当下龙鳌就赶到了东海，见到了龙伯。它把自己的遭遇告诉龙伯，希望龙伯能看在同族的份上，交出龙伯姜。龙伯一听就很为难，他心里明白，这事就是龙伯姜的问题。但是龙伯受委蛇之托，照顾龙伯国人，交出龙伯姜不难，可怎么向委蛇交代就是个问题了。想来想去，龙伯决定让龙鳌等委蛇归来，然后听他如何处置。

龙鳌满心愤怒，眼珠子通红，一听这话就觉得龙伯是在推诿。他心中怒火升起，便一头倒栽海底，活生生把龙山撞碎了一半，自己也头破血流。龙鳌的血染红千里的海面，惊动了禹虢。就在

　　爆笑吧！上古诸神来了：一方山海中的神话故事

龙鳌要撞第二下的时候，禺虢赶来，及时制止了龙鳌的自杀性袭击。龙鳌见对方有神明庇佑，知道仇是报不了了，只能满怀仇恨地返回了东海。

龙鳌不知道的是，他撞碎半个龙山的时候，龙伯姜正在海边垂钓。山体碎裂之后，龙伯姜也随之沉入海底。换句话说，龙鳌的仇已经报了，而且受龙鳌鲜血和怨气的影响，东海之中的许多大鱼变异，成为富有攻击性的海怪。这些海怪尤其仇视龙伯国人，在此后的岁月中给龙伯国造成了无数麻烦。但是这些都是后话了，眼下最重要的还是委蛇终于回来了。

到家的委蛇真是满肚子气却撒不出来。龙鳌跑了，龙伯姜死了，家被人拆了一半，却连个宣泄怒气的渠道都没有。眼看着龙伯国领地缺失，国民生存环境受限，龙伯国开始进入了人口倒退时期，委蛇左思右想，决定展开"计划生育"。

两个阴谋家的暗战之始

神的一生也真是命运无常，前脚东皇太一才坑惨了后土，后脚就不得不登门造访，请求帮助。原因在于，东皇太一的手下渡叟离职之后，淑女国和君子国的人口平衡计划就失去了基础。为了延续自己的两大部落，东皇太一希望后土能够帮助自己搬运一座大山，放在子母河上，成为两国交流的桥梁。后土会答应吗？当然会，原因要从后土寻回自己的少量国民说起。

自从后土走后，到中山国消亡，当时的中山国一共出现了四个挑头的人物，分别是匡凶、白峨、山巨和岣。他们能挑头，倒不是因为个人实力出众或者是德高望重，最关键的是，整个中山国最能生的就是他们四个。他们四个人平均每人有三千多个儿子，儿子再生孙子，孙子再生重孙，子子孙孙，加起来就是半个中山国。所以，凭借着家族纽带，他们才获得了重要的话语权。

这四个老家伙不仅能生，还都很偏执，他们对于日后的打算完全不同。其中岣是最年轻的，他是后来加入中山国的。他本是困顿部落的族民，眼看中山国即将消亡，就打算带着自己的子子孙孙向西迁徙，回到大荒中心，重归困顿氏族。匡凶则不同，他的祖先是敦牂氏族的弃民，因为犯了错误才被赶出了部落。匡凶没有可以回归的氏族，所以他准备带着自己的后裔，向北进发，开辟新家园。

剩下的白峨和山巨都是早就脱离氏族的小部落，对他们来说去哪儿都无所谓。但是白峨和山巨以前就不和，如今就更不想同行了。二人交流后，白峨向东出发，山巨向南前进，反正是各管各的，谁也不耽搁谁。

除了这四位之外，剩下的中山国民又分成了两拨。一拨就是骑墙派，随大流，准备各自从上面的四位头面人物之中选择一个加入其中，跟着他们一起走；而另一拨则是又推举出了一名国君，打算一起找回聚宝盆，重建中山国。就是说，中山国民最后分成了五拨人各奔前程。

在随后的迁徙之中，这几支队伍又因为各种各样的问题不停分裂，等后土回到成都载天山的时候，除了中山国的复国派靠着团结一致的决心保持原样以外，其他四拨人早就分成了大大小小数百支势力了。用《古国记》中的话说就是，"中山国亡，而后有西南一百四十二城"。想象一下，光西南就有一百四十二个部落，其他方向那就别提。等后土千辛万苦找回那支立志复国的小队伍时，他心疼得眼泪都快掉下来了。

此时的复国小分队已经换了四任首领了，现任首领叫囊巨，祖先是中山国第一批国民，他家世世代代都生活在成都载天山，对中山国有着深厚的感情。这位首领带着同样立志于复兴中山国的国民一路辗转，在大荒之中游荡了五百多年，一直苦苦追寻着讹兽的身影，希望夺回聚宝盆。这期间这位首领和讹兽曾经有过多次交锋，当然，大多数时候囊巨都是被骗的那一位。他被骗得最惨的一次，就是讹兽用四条鱼换了囊巨的复国小分队半年的口粮。

那是囊巨离开成都载天山的第一百五十个年头，也是他第四次追踪到了讹兽的足迹。那时，囊巨听人说曾经在浅水湖见过讹

　爆笑吧！上古诸神来了：一方山海中的神话故事

兽，就匆匆忙忙带人赶到了那里。可是到达浅水之后，他却没有发现讹兽的身影，只看到了几个人在湖边打捞着什么。囊巨一问才知道，原来是有一只长相憨厚可爱的神兽不小心将一件宝物掉落河中，因为那只神兽不善水性，打捞不出来，只能黯然离去。这几个人就是经过看见了，所以正在打捞那件宝贝。

囊巨怀疑他们说的神兽就是讹兽，就急忙追问宝物的模样，一听说是一件盆状的宝物，那就更加肯定了。可是没等囊巨下水捞宝，就听见那几个人说不用费功夫了，他们几个人捞了一个多月，除了捞上来四条大鱼之外，什么都没找到。

囊巨心里一动，他觉得中山国的镇国之宝大概率是被这几条鱼给吞入腹中了，然后就提出想用粮食换取这几条鱼。一番讨价还价之后，囊巨付出了自己一行人所有的口粮，这才满足了对方的胃口。可是囊巨不知道的是，这几个人压根就是讹兽派来的，那几条鱼肚子里除了水草再无他物。囊巨后来也反应过来了，不用问，这肯定是讹兽的主意。可是这时候鱼也杀了，总不能退货呀，可怜的囊巨最后硬是靠着要饭才带着族人渡过了难关。

有这么忠心耿耿的追随者，后土的心情之复杂就可想而知了，他半是惭愧，半是内疚。但是，无论如何，日子还是要继续的。后土找到囊巨，劝说囊巨放弃继续追查聚宝盆的下落。之后，后土带着他们踏上了回家之路。经历了一番辛苦，这群人重归故土，又回到了最初的地方。

回归成都载天山之后，后土将周围的净明砂全部挪走，又把自己的血洒在大地上，重新滋生出了大片的土地。这次，后土不打算再借用外力了，转为用自己教导无肠国民耕种的经验，教授囊巨他们耕种作物，并立下规矩，从今往后，自己的手下都要像普通的氏族一样耕种渔猎，不得再使用任何神器的辅助。为了表达决心，后土还给他们起了个新名字，叫劳民国，意思是由劳作之民组成的国家。

可以看得出，后土经历一番挫折之后，终于成长了起来，他懂得了如何带领族民走上正确的道路。他这一番对族民的安排，颇有些大家长的做派。而就在后土以为自己的生活终于要平静下来的时候，东皇太一又来了。后土真的没想到，东皇太一的脸皮这么厚，刚坑完自己就敢上门找自己办事。他有心拒绝，可是囊巨却劝说后土可以答应下来，自己有一条妙计，可以好好地报复一下东皇太一。

东皇太一的出奇制败

所谓恶人还需恶人磨，东皇太一绝对想不到有一天自己竟然栽在了一个无名小卒的手中。囊巨自称有一条妙计，可以报复东皇太一，后土当然有些不相信，毕竟囊巨自己曾被讹兽忽悠得险些活不下去了。可是囊巨再三劝说，后土也确实对东皇太一心怀不满，多方面考虑之后，后土决定给囊巨一次复仇的机会。囊巨到底会怎么做呢？

后土答应了东皇太一的请求之后，提出了要自己先行前往音山考察一下地形，才能知道自己能不能在子母河中放下一座山峰。因为淑女国和君子国就在子母河边上，万一移山之后导致洪水爆发，那岂不是好心办了坏事？

东皇太一本以为后土会刁难自己，却不想后土竟然很痛快地答应了下来，心里就多多少少有点儿不好意思。于是他提出要陪着后土一同回到音山，但没想到后土拒绝了东皇太一的要求，反而提出自己的劳民国刚刚经历动荡，自己走后，希望东皇太一能替自己看家。这话一说，东皇太一只能答应替后土看家，心里还感慨后土真是一个厚道人。

可是东皇太一想不到的是，厚道人后土到了音山之后，立马就开始不干正事了。据《谜国书》记载，"后土至音山南，面北而卧，无言语饮食，日久，鸟兽不觉其之所处"。就是说，后土一到音山就开始发呆，时间长了，连小动物们都不拿他当个活物了。

那么后土想干什么呢？很简单，他要吸引力翁的注意。果不其然，后土的行为艺术表演开始没多久之后，力翁就出于好奇，主动来和后土打招呼，问后土到这儿来做什么。后土装出一副完

全不认识力翁的样子，顺着力翁的话头就和力翁聊起了闲天。

后土告诉力翁，自己乃是受此地主人东皇太一的邀请，来为淑女国和君子国移山为桥的。力翁一听就知道面前的这位巨人是谁了，毕竟他知道东皇太一前去向后土求助的事情。可是没等他自报身份呢，后土话锋一转，又告诉力翁虽然自己答应了，但是很为难。

力翁顺嘴就问为难在哪里呢？后土告诉力翁，这桥一修好，怕是此地的力翁就要倒霉了。力翁立马就追问后土为什么。后土就告诉他，听说此地本来是两个人负责，分别是渡叟和力翁，后来渡叟跑了，力翁却没拦着，导致此地主人损失惨重。主人找不到渡叟，一肚子的气能朝谁撒呢？

这话要是别人说，力翁未必相信，可是从后土嘴里说出来，有了大神的信用背书，力翁就觉得这事靠谱。他立马问后土，这么一来，对那个背锅的岂不是很不公平吗？后土叹了口气，谁说不是呢，可是也只能怪力翁太蠢了，要是他早就跑路了。

后土看似无心之言，落在力翁的耳朵里却是一声平地惊雷。力翁一想，后土说得有道理。此时，力翁又听见后土说，要是想跑路，该如何如何。这些话力翁一句没落，全都记在心里了。力翁匆匆忙忙拜别后土之后，当天就收拾家当跑路了。

没错，这就是囊巨给后土出的主意，从后土来音山，到让东皇太一留在成都载天山替后土看家，最终目的是要忽悠力翁离开东皇太一。而囊巨之所以这么做，完全是为了一个目的，那就是让淑女国和君子国陷入瘫痪。

囊巨游历大荒五百多年，对于音山的情况也是有过耳闻的，他知道东皇太一的君子国出了问题。可是囊巨也知道，虽然君子国没有了人口的补充，濒临灭亡，但淑女国还是维持着良好运转的。在这种情况下，如果想要提出一些过分的条件来要挟东皇太一，很可能会让东皇太一直接放弃君子国。失去一个君子国，固然能让东皇太一心痛，却不能真正打击到东皇太一。所以，要想让东皇太一乖乖跳进自己给他准备好的坑里，囊巨先得想办法把

淑女国也逼入险境，彻底断掉东皇太一的后路。他设计忽悠力翁跑路，就是为了断掉淑女国的物资来源。

不仅如此，在囊巨的安排下，后土在离开音山之前，还很厚道地直接将一座名为两极的大山放在了子母河上，贴心地为淑女国打开了外出的通道。做完了这一切，后土回到成都载天山，告诉东皇太一，自己已经把所有问题全部搞定了。东皇太一大喜之下，对后土感激不尽。

可等他回到音山一看，眼前的景象却是这个样子的：君子国的国民依旧半死不活，而淑女国的国民却都不见了踪影。那么淑女国的国民去哪儿了呢？很简单，她们逃难去了。

自从力翁跑了，没有物资供应的淑女国早就陷入了慌乱之中。随后，有国民突然发现了一条通往外面花花世界的道路，这群被关了千年禁闭的女子们就都逃走了。用《古国志》的说法就是，"淑女国见山落于河，乃出其城而往别乡"。

淑女国的国民也担心东皇太一回来之后，发现他们私自离开驻地而大发雷霆，所以这群人都是尽可能地向着更远的地方逃跑。这导致东皇太一回家后，找遍了音山附近，也不过找到了数千族民。

东皇太一倒是想继续寻找，可是又怕仅剩的这几千族民也都趁着自己不在逃亡他处。正为难中，厚道人后土又来了。后土这次来是和东皇太一谈条件的。他告诉东皇太一，自己可以让自己的族民替东皇太一看家，条件就是，从此之后淑女国和君子国都要给自己的族民进贡，来保证自己族民的正常生活。东皇太一一听丧权辱国的不平等条约，有心不答应，奈何形势所迫，只能咬牙认栽。

眼看目的达成，后土也不食言，他让囊巨派出了族民，在音山安家，让淑女国为他们制作衣物，又让君子国替他们供应食物。时间长了，靠着淑女国和君子国的供养，这些族民日渐兴盛富裕，人口也慢慢增多。随后这些人的后代就组成了一个新的部落，名为饶民国。

就此，东皇太一算是彻底破产了，而委蛇成了最后的赢家。

在烛九阴的见证下，东皇太一把紫微星送给了委蛇，委蛇就成为第一任紫微星主，赌局至此算是告一段落了。不过不管后土、东皇太一和委蛇的赌局胜负如何，后来的人都感念三位神明带领人族走出大荒中心的恩德，将他们并称为皇权三神。这也是为什么后来皇帝在祭天大典上要供奉这三位神明。

但是三位神明的事情结束了，他们造成的影响却才刚刚开始。随着曾经跟随他们的人族在大荒之中传扬他们的名声，更多的生灵了解到了他们的存在。无数神明意识到想要名扬大荒，带领人族开辟领地是最好的方法。于是，无数神明开始尝试带着人族走向外面更广阔的世界，可是这么一来，大荒中心的人族数量就开始迅速减少，成为后来无数大事的起因。

神话是我们可以分享的小欢喜

在写下这篇后记前，我想了很多，但想来想去，最后却想起了我小时候邻家一位慈祥的爷爷。老爷子姓周，爱喝酒，有酒就有故事，故事的内容千奇百怪，有正经的神话传说，诸如女娲造人，共工怒撞不周山，天女下凡等，也有些山精鬼怪，民间野史。其中一篇周处除三害的故事我最喜欢，每到晚上，总是缠磨着老爷子重讲一回，一回又一回，我的童年就在神话的陪伴下，逐渐度过，平淡却幸福。

慢慢长大后，神话成了我温暖的记忆，柴米油盐的生活成了主题。可是每到晚上，我还是不自觉地想听一篇故事，但是讲故事的人却已经不在了。我分不清自己是怀念故事，还是怀念讲故事的人，抑或是怀念自己的童年。我开始迷恋读书，搜集神话古籍，在故纸堆中找寻那些我以为自己已经丢失的快乐。甚至在旅行中，我也很喜欢听当地的老人聊聊那些不一样的故事。我很喜欢不同，正如我喜欢周老爷子的故事一样。他的周处除三害的故事是时至今日我都未曾在别处听闻过的版本，却合理深刻，乃至于我总以此逻辑来听取故事和收集资料。

慢慢的，我收集的资料多了，就有了动笔写一写的念头，于是就有了这本书。这本书里的很多故事都是我搜集修补，甚至根据资料二次加工得来的，和现如今的诸多神话版本并不完全相同。至于参考资料，有些是从古籍之中摘选，有些则只是出现一些注本中注释者的只言片语，还有些干脆就是地方上口口相传的故事。汇总一处，去我不喜，留我所爱，最终成册。

我希望能把自己知道的、找到的都留成文字，给那些还希望看到神话的人留一份小欢喜。虽阅历浅薄，难登大雅，好在神话不与我计较，喜欢神话的想必也就不计较了。留几篇故事，未必深刻，却是我三十年人生中为自己的喜好做过的最浪漫的事情了，挺好。新的故事依旧在整理创作，希望我的人生因神话而浪漫，而读者们能一同分享。神话不死，浪漫不死。

北京阅想时代文化发展有限责任公司为中国人民大学出版社有限公司下属的商业新知事业部，致力于经管类优秀出版物（外版书为主）的策划及出版，主要涉及经济管理、金融、投资理财、心理学、成功励志、生活等出版领域，下设"阅想·商业""阅想·财富""阅想·新知""阅想·心理""阅想·生活"以及"阅想·人文"等多条产品线。致力于为国内商业人士提供涵盖先进、前沿的管理理念和思想的专业类图书和趋势类图书，同时也为满足商业人士的内心诉求，打造一系列提倡心理和生活健康的心理学图书和生活管理类图书。

《拆解一切故事写作》

- 新手写作快速入门，从灵感碎片、情节设置、人物塑造到成功结尾手把手传授写作技巧，铲除写作过程的每个问题。
- 帮助读者掌握有效构建的故事的技能，学会打造精彩好看的故事。

《剧本游戏写作入门》

- 第一本剧本杀写作指南！
- 新手编剧进入剧本游戏行业的入门书。
- 对剧本游戏的一切疑问，都可以在本书中找到答案。

《好奇心：保持对未知世界永不停息的热情》

- 《纽约时报》《华尔街日报》《华盛顿邮报》《图书馆期刊》《科学美国人》等众多媒体联合推荐，一部关于成就人类强大适应力的好奇心简史。
- 这是一本能帮你唤醒好奇心，改变人们对好奇心认识的书。

《假如猫狗会说话：关于动物的哲学思考》

- 由拉斯·史文德森撰写的一本关于理解动物的新作。
- 本书从哲学角度思考了从法国哲学家因为赤身裸体站在浴室里被猫看到而感到羞耻，到动物是否会感到孤独等问题。

《我们与恶的距离：关于邪恶的哲学思考》

- 作者史文德森结合哲学、文学、心理学、神学和科学（生物学）以及流行文化对邪恶现象的观察，介绍了从古至今的关于邪恶的思想，试图解析出邪恶的根源和本质。
- 史文德森认为，只有将邪恶视为人性的一面，我们才能理解并对抗它。

《独处：安顿一个人的时光》

- 不管是自愿的，还是被迫的，人在生命的某个阶段，都要面对独自一个人的生活。在当今社会，孤独是需要解决的普遍性问题。
- 作者从社会现象和人的精神角度带领我们去认识孤独，从心理学和哲学角度向我们展现了独处的意义。只有学会了更好地独处，才能更好地把握人生。

《写作即疗愈：用写作改写人生》

- 作者埃利森·凡伦是作家、演说家和写作教练。
- 要为生活打开新的局面，语言是你可用的最有力的工具之一。

《写作即思考：在写作中训练你的思维能力》

- 作者凯瑟琳·麦克米兰和乔纳森·魏尔斯分别在英国邓迪大学的学习中心和学术事务处工作，并且都拥有超过25年的教学经验。
- 本书通俗易懂的写作风格和书中的实际案例，不仅能让你领略到对不同的思维技巧的运用，还能对日常生活中常见的思维模式有更深刻的理解。